Sabine Scholl

Die im Schatten, die im Licht

Roman

SABINE SCHOLL

DIE IM SCHATTEN DIE IM LICHT

ROMAN

Weissbooks

Dieser Roman ist inspiriert von historischen Vorbildern, Aufzeichnungen und Dokumenten, seine literarische Ausgestaltung fiktiv.

Das vorangestellte Zitat von Inge Scholl stammt aus:
Inge Scholl, *Die weiße Rose*, © S. Fischer Verlag GmbH, Frankfurt 1993

Jenes von Sophie Scholl stammt aus:
Robert M. Zoske, *Sophie Scholl: Es reut mich nichts. Porträt einer Widerständigen*, © Ullstein Buchverlag GmbH, Berlin 2020

1. Auflage Juni 2023
Weissbooks Verlagsgesellschaft mbH, Berlin
Alle Rechte vorbehalten
© Weissbooks Verlagsgesellschaft mbH, Berlin 2022
Umschlag, Gestaltung und Satz: Harald Hohberger Grafikdesign, Berlin
Umschlagmotiv: © OÖ Landes-Kultur GmbH / Michael Maritsch
Druck und Bindung: CPI books GmbH, Leck
ISBN 978-3-86337-208-8
www.weissbooks.de
info@weissbooks.de

»Vielleicht liegt darin das wirkliche Heldentum, beharrlich gerade das Alltägliche, Kleine und Naheliegende zu verteidigen, nachdem allzuviel von großen Dingen geredet worden ist.«

Inge Scholl

»Wenn es die Männer nicht machen, muß es eben eine Frau tun.«

Sophie Scholl

PERSONEN & ORTE

Grieskirchen

Gretel – Schneiderin
Traudi – Küchenhilfe, drei Kinder
Rupert – Traudis erster und zweiter Ehemann gleichen Namens
Vera – Schlossherrin, drei Kinder
Otto – ihr Mann

Linz / Shanghai

Lotte – Schülerin
Lottes Eltern – Besitzer eines Kleidergeschäfts
Rudolf – Boxer

Salzburg / USA

Huberta – Hochstaplerin

Aussee

Rosi – Zugehfrau und Traudis Halbschwester
Hermine – Wäscherin, zwei Kinder
Elsa – Rosis Freundin, drei Kinder

Paris

Kitty – Lottes Tante auf der Flucht, zwei Kinder
Francine – Filmschauspielerin
Willy – Ottos Cousin und Geliebter von Francine

I. UNHEIL 1938/1939

GRETEL | Grieskirchen

An der Donau, wenn der Wein blüht, klingt ein Lied von Haus zu Haus ... Gretel schwirrt die Melodie noch durch den Kopf, als sie aus dem Kino stolpert. Sie richtet ihren Hut. Aufgeregt laufen Menschen, ohne zu grüßen, an ihr vorbei in Richtung Hauptplatz. Gretel folgt, steht in der Menge und wartet. Nervös streicht sie mit ihren Fingerkuppen die weichen Fasern des Samtbandes glatt, mit dem ihre Jacke gesäumt ist. Das beruhigt. Fährt sie in die entgegengesetzte Richtung, stellen sich die Fasern auf. Das macht kribbelig. Ihre Fingerspitzen sind empfindlich. Gretel erkennt Beschaffenheit und Zusammensetzung von Stoffen, sobald sie sie nur einmal kurz berührt. Sie ertastet feinste Dellen einer Naht. Bei der Arbeit nestelt sie dünnes Garn von eng gepressten Rollen, fädelt es in Handnadeln oder in die Maschine.

Hermann in seinem Büro im Rathaus Grieskirchen fischt das harte Lederetui vom Regal, entkleidet seine Kamera, fährt das Objektiv aus. Passt. Stellt Entfernung und Blende ein, genießt das feine metallene Klicken der Mechanik, ihr leises Einschnappen. Öffnet den Körper des Apparats an der Rückseite, wickelt den Film aus der Folie, fingert das Streifenende aus der Rolle und spannt es Zahn für Zahn in den Apparat. Lauscht dem mechanischen Ratschen, als er die Kurbel dreht, um den Film einzuziehen. Schussbereit. Aus der Lade hinter den gebügelten Taschentuchquadraten holt er seine Armbinde, die er ab nun nicht mehr verstecken muss, und legt sie an. Von seinem Fenster aus überblickt er den Platz. Die Autos nähern sich. Eine neue Epoche bricht an.

Gretel nestelt an ihrem Halstuch, rückt die Lederhandtasche zurecht, obwohl sie sich inmitten der Wartenden befindet, nicht in vorderster Reihe. Als die Wagen endlich auftauchen, geht ein Murmeln durch die Menge. Gretel hört die weiter vorn Stehenden rufen: *Jetzt, jetzt, jetzt!* Da biegt die erste Schnauze eines dunklen Automobils mit runden Radflügeln um die Kurve. Kommt kaum vorwärts. Links und rechts der Hauptstraße beginnen immer mehr Leute begeistert zu schreien. Gretel kichert, blickt um sich, hüpft hoch, versucht über die Schultern der größeren Männer zu sehen. Da packt die Welle sie, die Rufe, das Lachen, so schön, alle zusammen, Gänsehaut kriecht ihr über den Rücken, den Hals hinauf, überzieht ihre Brust, und sie ergibt sich dem Gefühl, kreischt auch. *Endlich deutsch sein, sogar wir, hier in Grieskirchen, ohne was dafür zu tun.*

Hinter der Kavalkade aus pechschwarzen Fahrzeugen erkennt Gretel nun einige Lehrer, die aus dem Gasthaus geströmt sind. An den linken Ärmeln ihrer Jacken leuchtet das Rot der Stoffbinden mit dem weißen Kreis, heimlich genäht von ihren Ehefrauen. Sogar der Herr Pfarrer ist gekommen und hält seinen Arm ausgestreckt in den Himmel, sichtbar für alle. Hinter den Autos knattern die Motorräder der einfacheren Soldaten und hinterlassen eine Geruchsspur von Auspuffgasen. Gretel atmet tief ein, wird in die Mitte des Platzes gedrängt, steigt auf den Vorsprung des Brunnens, um besser zu sehen. Hält sich am Steinrand fest, will die Gesichter der uniformierten Männer erkennen und hofft, dass sie für einige Zeit bleiben.

Inzwischen ist die Nacht eingefallen. In den Turnhallen der Hauptschule stehen Feldbetten bereit. Sogar in der Schwesternschule werden Soldaten untergebracht. Jeder verfügbare Raum wird gebraucht. Die Klosterschwestern dürfen die Deutschen bedienen, weil sie die

Bräute Jesu sind. In den Fremdenzimmern der Wirtshäuser kommen die höheren Ränge unter. Die Nudelsuppen brodeln, Fleisch brutzelt im Rohr, duftet herrlich wie an einem Sonntag. Obwohl Freitag ist. Andererseits könnte das heutige Datum für ewig das wichtigste sein.

Hermann schießt Bilder, hält ihn fest, den wichtigen Moment, behält den Überblick vom ersten Stock aus; die Filme sorgefältig gereiht, seine Aufnahmen für die Chronik einer neu gerechneten Zeit. Der Kaltenbrunner, sein guter Freund, hat ihm all das vorausgesagt. Deshalb ist Hermann bereit. Der Kaltenbrunner hat gewusst, dass das Land angeschlossen und er selbst einen hohen Posten ergattern wird. Alle Parteigenossen werden aufsteigen, hat er Hermann versichert. Wichtiges ist jetzt zu tun. Das Land zu ordnen, aufzuräumen, mit dem Besen zu kehren, mit dem Kochlöffel umzurühren. Draußen braust die Menge auf. Hermann hat den Bürgermeistersessel bereits ausprobiert. Passt ihm gut. Den Schlüssel zum Büro und zum Safe hat er sich besorgt. So viele Aufgaben warten. Bald beginnt sein Dienst für die frisch geborene Nation. Er atmet durch. Das Singen der Menge draußen setzt ein. Hermann prüft die versammelten Gesichter, schaut, wer die Fahnen hält. Die Begeisterung wächst. Hermann weiß, wer den Feiern fern bleibt, wird augenblicks zum Feind.

Gretels Lederschuhe drücken vorne an den Zehen vom langen Stehen. Trotzdem will sie nicht zurück ins öde Zimmer und in die Schneiderwerkstatt. Hält ihren Hut fest im Gedränge, lacht wie verrückt, will zuschauen, was passiert. Die Menge schiebt Gretel in Richtung Gefängnis. Plötzlich öffnet sich ein Kreis: ein Schauspiel, eine Schlägerei. Einige haben während des Wartens zu viel Bier erwischt. Aber nein, da ist der Toni am Boden,

den sie kennt. Der versucht gerade aufzustehen. Er fährt sich über die blutende Nase. Und da ist der Franz, der ihn wieder niederdrischt. Ein Blitz blendet ihr Gesicht, sie schließt die Augen, nur mehr leuchtende Flecken hinter ihren Lidern. Sie hört, wie die Grieskirchner sich freuen und den Franz anfeuern, den Toni aber beschimpfen. Was hat der eigentlich angestellt? Egal, das hier ist ein Fest. Die Faust vom Franz knallt dumpf auf Tonis Kinn. Von weitem erklingt Blasmusik. Sogar die Kirchenglocken setzen dröhnend ein, dazu das Kreischen der Frauen, die Gesänge von Männern. Gretel schlägt die Augen wieder auf, erkennt dicht vor den Kämpfenden den Herrn Rechtsanwalt, der fotografiert. Jetzt wird ihr doch ein wenig schlecht. Der Toni tut ihr leid, und dass ihm keiner hilft. Obwohl ihm Blut aus der Nase rinnt, schreit er. Was schreit er? Er schreit, er will kein Deutscher sein. Aber warum? Sie versteht nicht. Hermann knipst. Der Toni am Boden, und schwere Männerschuhe treten auf ihn ein. Ein Toben und dröhnende Gesänge.

»Komm!«, hört sie eine muntere Stimme neben sich. Ihre Freundin Helga hakt sich bei ihr ein. »Komm, wir gehen ins Wirtshaus auf einen Schnaps, und vielleicht sehen wir dort ein paar deutsche Soldaten. Komm. Die werden sicher was trinken wollen. Vielleicht laden sie uns ein.« Die Helga zieht sie aus der Menge. Aufgewühlt fährt Gretel mit den Fingerspitzen über die Samtborten ihres Jankers in sattem Grün. Ihre Sonntagskleidung, selbstgenäht. An Helgas Jacke leuchten die vom Mund abgesparten silbernen Münzen. Ihre veilchenblauen Augen strahlen. Die Helga kichert und quatscht vor sich hin, als hätte sie jetzt schon einen Rausch.

»Vergiss endlich die blöde Geschichte mit dem Karl! So ein Trottel, dass der dich nicht will.« Gretel schüttelt den Kopf, flüchtet aufs Klo. Dort muss sie sich übergeben, die Aufregung, sicherlich. Und warum muss die Helga sie gerade jetzt an den Karl erinnern. Der hat sie reingelegt. Sie schämt sich dafür. Dann betritt Gretel den nach Suppe und Schweiß riechenden Schankraum, in dem Rauchschwaden die Sicht vernebeln und die Helga von weitem winkt, ihren Namen schreit. Sie hat einen Sitzplatz zwischen den Feiernden gefunden.

Während die einen sich gehen lassen, bereitet Hermann sich zurück im Rathaus Grieskirchen auf seine Pflichten vor. Die Arbeit beginnt.

1. Juden gehören gezählt
2. Zigeuner eingesammelt und zur Arbeit gezwungen
3. Deren Frauen zum Arzt geschickt, um sie zu sterilisieren. Schluss mit Kinderkriegen
4. Die lästigen Invaliden aus dem Stadtbild entfernt. Zitterer und Alkoholiker ebenso
5. Fremdvölkische Kinder aussortieren und in Heime abschieben
6. Abtrünnige werden gehängt
7. Eine Fahrradabgabe wird erhoben
8. Schluss mit Juden und Mischlingen im benachbarten Kurort

FRANCINE | Paris

Kann das wirklich Sünde sein, wenn man immerzu an einen nur denkt, wenn man einmal alles ihm schenkt, vor Glück ...

Francine sitzt am Schminktisch und steckt sich eine Zigarette an, genießt den ersten Zug, diesen leichten Schwindel. *Ihre Stimme ist nicht schlecht, d'accord!, aber der Gesang: miserabel und bloßer Ersatz für die Dietrich. Außerdem phrasiert die lausige Schwedin total übertrieben*, denkt sie und prüft den Lack auf ihren Fingernägeln, ihr Gesicht hinter den aufsteigenden Kurven der Rauchkringel. *Warum eigentlich bringen die Deutschen Sünde aufs Tapet, sobald sie von der Liebe reden? Warum sich mit einem Einzigen begnügen?* Francine ist nicht so sehr am Ziel interessiert, sondern an der Verführung. Auf diese Weise liegt die Affäre stets in ihrer Hand. Und ehrlich, worauf sollte sie sonst zählen als auf die Liebe? Krieg liegt in der Luft. Soldaten marschieren, bereiten sich vor. Die Surrealisten stellen aus. Die Hüte der Frauen werden immer größer. Francine bläst Rauch aus, ihr Blick folgt dem Weg weißer Schleifen, die sich im Raum verteilen, im Spiegel ihrer Coiffeuse verdoppeln. Ohne die Liebe hätte Jean-Marc ihr nicht diese Wohnung besorgt, drei Zimmer in Paris, ein Palast gewissermaßen. Ohne die Liebe würde sie weiter vor einer monströsen Schreibmaschine hocken, sich langweilen, den Rücken krumm tippen und mit zittrigen Fingern das Farbband wechseln, alles im Akkord. Ohne die Liebe würde sie bis heute im Modesalon kostspielige Roben vorführen und danach im Baumwollfähnchen unters Dach ins ungeheizte Zimmer hinaufsteigen. Mehr konnte sie sich nie leisten. Ohne die Liebe wäre sie auf die paar Francs angewiesen, die sie erhielt, nachdem sie über Stunden in einem stinkigen Etablissement ihre Beine in die Luft geworfen hatte, nur mit einem Paillettenkorsett und sündteuren Netzstrümpfen bekleidet, die sie mit Vorsicht behandeln musste, damit sie nicht rissen. Weil Nachschub rar war. Bis endlich der Bestzahlende sie nach der Vorstellung auf Champagner einlud und noch mehr. So kam Jean-Marc ins Spiel, den sie wirklich schätzte für das, was er ihr bot. Der gute Mann mietete Francine diese Wohnung samt Badezimmer und blitzenden Spiegeln. Jean-Marc besah sich gern beim Liebemachen. Von ihm erhielt Francine exquisite Kleider geschenkt. Andere Mädchen führten nun ihr die neuesten Fetzen in den Salons der Couturiers vor. Abends lud Jean-Marc sie in noble Restaurants. Die Foie Gras musste Francine nicht mehr aus der Büchse schneiden, sondern sie strich die Pastete mit dem Silbermesser auf Baguette oder auf Toast, was ihr lieber war. Jean-Marc wollte ihr sogar beibringen, wie man Weine auswählt. Sie winkte ab.

»Das interessiert mich 'n Dreck, Chéri! Wie oft habe ich dir das schon gesagt, du Idiot. Ich trinke am liebsten Champagner oder Vichy. Im Zweifelsfall nehme ich einfach die teuerste Plörre, die auf der Karte steht.«

Francine dämpft ihre Zigarette aus. Greift nach einem Flakon, um den Tabakgeruch zu zerstäuben. Der Duft nach Vanille und Rosen hat sie jahrelang begleitet. War schon nicht schlecht, dieses Leben damals mit Jean-Marc. Aber monoton irgendwie. Schließlich hatte sie Ambitionen, und als Francine sich beinahe an das träge Dasein einer Geliebten gewöhnt hatte, vermisste sie die Bühne und den Applaus. Der Neid der bourgeoisen Damen, wenn sie auf Gesellschaften mit dem Liebhaber erschien, ödete sie an. Sie bekam Zustände, wenn sie nur in ihre nichtssagenden Visagen blickte. So hatte ihr alter Freund Sacha leichtes Spiel, als er Francine überredete, mit ihm nach Berlin zu gehen.

»Pass mal auf, Chérie, das ist jetzt der Ort, wo alles geschieht. Ich habe uns ein paar Engagements organisiert. Wir singen und tanzen in den besten Cabarets. Trau dich!«

Francines Stimme war nicht schön, klang manchmal sogar schrill, aber Sacha hatte ihr beigebracht, das in Charme zu verwandeln.

»Frech muss es sein, unverschämt, und ja, impulsiv! Vor allem vergiss nicht, woher du kommst. Du bist ‚n Straßengör. Die Leute lieben das Vulgäre. Auf der Bühne. Dann ist es egal, dass dein Dekolleté nicht so gefüllt ist wie die Abendkleider der fetten Deutschen.«

Francine tritt vor den großen Ankleidespiegel, dreht sich. Ihre Figur ist tadellos. Schlank, sogar dünn. Sie hat selten Appetit. Zigaretten und Champagner reichen, ein paar Petits Fours zwischendurch. Wann hätte sie denn essen sollen? Nachts war sie mit Sacha unterwegs. Von allen Sorten Fleisch wird ihr heute noch schlecht. Bei Fisch kann sie den Gestank nicht ertragen. Salat hasst sie immer schon. Und Obst sagt ihr nicht zu.

»Die Gretels sollen sich ärgern, dass sie nicht so graziös sind wie du«, meinte Sacha. »Die fressen nur Kartoffeln und saufen Bier. Das füllt Hüften und Schenkel.«

In ihren auf den Leib geschneiderten Kostümen betonte Francine die schmale Taille und hob ihren Derrière hervor. Das hellbraune Haar färbte sie schwarz, steckte es hoch. Ein paar Fransen fielen über ihre Stirn. Dazu kam der französische Akzent. Voilà, fertig war sie, die Pariserin, so wie die Berliner sie liebten.

SACHA ET FRANCINE stand auf haushohen, bunt gemalten Plakaten, die am Ku'damm und am Zoo affichiert waren. Sie sangen und witzelten im Metropol und im Eldorado. Die Nächte endeten nie. Nach der Vorstellung trafen sie andere Schauspieler. Hans Albers, der in einer Revue einen gewissen Baron Felix spielte. Mit Erfolg; das Stück bloß ein Vorwand, um Brüste, Beine und Hinterteile seiner Mitspielerinnen ausgiebig wackeln zu sehen. Gemeinsam machten sie sich lustig darüber. Schlafen gingen sie im Morgengrauen, und in der Abenddämmerung standen sie auf. Frühstückten, schminkten sich. Das Tageslicht war ohnehin kein Freund. Auf der Bühne wurde Francine von geschickt auf ihr Gesicht gerichteten Scheinwerfern inszeniert. Sie freundete sich stets zuerst mit den Beleuchtern an. Erst wenn die Lichtregie stimmte, konnte sie loslegen. Wie daheim in der muffigen Wohnung bei Maman und dem todkranken Papa. Als Kind hatte Francine zu Hause ständig vor sich hin gequatscht, um die scheußliche Stille zu vertreiben. Immer blieben die Fenster geschlossen. Solange Papa Lokführer gewesen war, ging es ihnen halbwegs gut. Aber von dem Unfall hat er sich nicht mehr erholt. Lag im Bett und ließ sich bedienen. Greinte vor sich hin. Das hatte Francine bald satt, hatte sie kribbelig gemacht. Francine war jung und wollte atmen, machte sich davon, sobald sie konnte.

Ihre Erfolge in den Cabarets verschafften der Vedette Einladungen nach Babelsberg. Schauspielen hatte sie zwar nie gelernt, aber sie musste sich ohnehin nicht verstellen, sondern nur sein, was sie war: eine Draufgängerin, sicher in ihrem beweglichen Körper, der es nichts ausmachte, vor der Kamera und versammelter Truppe in Unterwäsche herumzulaufen. Eine, die mit ihrem formidablen Aussehen und ihrer großen Klappe Geld verdiente. Eine, die Männer sogar liebte, wenn sie sich unverschämt aufführten. Eine, die's nicht so genau nahm.

»Mach, mach, mach! Nimm so viel mit, wie du kannst und so lange du kannst!«, meinte Sacha. »Es wird ohnehin bald knallen.«

Aber noch nicht, immer noch nicht. Die Zeit schien einmal still zu stehen und wurde dann wieder rasend schnell. Monatelang hatten sie sich nicht drum gekümmert, wie es auf den Straßen und Plätzen Berlins rumorte. Die Restaurants hatten sich seit den Nazis nicht verändert. Zumindest fiel Francine nichts Besonderes auf. Die Kellner waren höflich, grüßten mit Respekt.

Doch während sie in Babelsberg den »Walzerkrieg« drehten, gab es plötzlich Streit. Sie spielte eine kleine Schokoladenverkäuferin, die eine Balletttänzerin bewunderte. *Stupide!* Dann wurden von einem Tag auf den nächsten alle jüdischen Arbeiter entfernt. Darunter ihr Lieblingsbeleuchter. *Wie ärgerlich!* Und ständig sollten sie Walzer tanzen. Und dazu diese sentimentalen Lieder: *An der Donau klingt ein Lied in die weite Welt hinaus, zieht nach Frankreich, zieht nach England ...*

Was für ein Kitsch! Wirklich kurios, dass sie als Pariserin in Berlin so hatte tun müssen, als wäre sie in Wien.

LOTTE | Linz

Vor ihrem Gesicht ragen die Schichten von Haselnusscreme und Teig auf, braun und gelb, gekrönt von einem Cremekranz, in dessen Mitte eine Nuss steckt, aus Krokant. Daneben ein großer, weißer Berg Schlagobers. Es riecht nach Kaffee. Am Flügel ein Pianist in schwarzem Frack, Lotte kennt ihn vom Linzer Landestheater. Er untermalt die Gespräche mit einem Konzert aus leichten Melodien und singt: *Ich lach sie an und sage schlau, Sie sind die Richtige, gnädige Frau. Komm ich in Glut, dann ist mir jede so gut ...*

Lotte greift nach der Gabel. Wagt den ersten Stich. Den Kuchen hat sie sich selbst verdient. Sie ist stolz darauf. In Papas Kleidergeschäft sieht sie manchmal zu, wenn er nach langen Beratungen die Damen und Herren zur Kasse bittet. Manche Kunden aber gehen fort, ohne zu bezahlen. Sie unterschreiben bloß ein Stück Papier.

»Warum, Papa? Warum geben sie dir kein Geld?«

»Sie zahlen in Raten. Jeden Monat einen bestimmten Betrag.«

»Aber wie kannst du wissen, dass du alles bekommst?«

»Man muss vertrauen.«

»Warum verlangst du nicht gleich den vollen Preis?«

»Weil sie nicht so viel Geld auf einmal haben. Beim Kaufhaus am Hauptplatz, die geben keinen Kredit. Dafür kommen die Leute zu mir.«

Die Mama zupft an Lottes Haar, richtet ihr die riesige weißschimmernde Masche. Sie haben sich schön gemacht für den Kaffeehausbesuch. Auf Mamas Filzhut ist ein dunkelblaues, glänzendes Band befestigt. Der Schatten der Krempe fällt über ihre Augen. Sie trinkt nur Kaffee mit Milch, wollte keine Torte. Das schwarze Seidenkleid mit der Schleife über dem Ausschnitt hat sie in Wien gekauft. Der Papa, in Anzug mit Weste und gestreifter Krawatte, bestellt wie immer Dobosch-Schnitte, Schokoladencreme und Glasur aus Karamell, weil ihn das an seinen ungarischen Großvater erinnert. Lotte lässt die Bissen flaumigen Teigs und fetter Creme mit Nussbröseln langsam auf der Zunge zergehen. Hofft, dass immer alles so schön bleibt wie in diesem Moment. Auch wenn sie älter wird.

»Versprich mir, dass ich Tänzerin werden darf, Papa!«

»Ich versteh dich nicht, meine Kleine. Du sollst mit vollem Mund nicht sprechen.«

Lotte zwängt die süße Nussmasse hinunter, spült mit Himbeersaft nach.

»Ich will immer tanzen.«

Der Papa lächelt, findet keine Antwort. Die Mama schweigt und blickt in die Runde der Gäste, die in den plüschigen Sitzecken verteilt sind, sich unterhalten, rauchen, Zeitung lesen, Kuchen essen oder Palatschinken oder Spiegeleier oder Würstel mit Kren und Senf. Eine warme Glocke aus menschlichen Geräuschen, gedämpftem Klappern von Tellern und Besteck. Lotte fährt fort, den Vater zu bearbeiten.

»Papa! Hör mir zu! Ich bin doch eine fleißige Schülerin.«

»Ja, das bist du.«

»Im Konservatorium haben sie gesagt, dass ich begabt bin.«

»Ja, mein Herz, das bist du.«

Früher, als Lotte kleiner war, gingen sie nach der Konditorei auf den Spielplatz im Park. Oder sie machten einen Ausflug mit dem eigenen Auto.

»Vielleicht können wir später nach Schlögen fahren? Und dort essen wir ein Eis? Ja?«

Lotte ist Papas Liebling. Und Mamas Liebling auch.

Und die Erna, das Kindermädchen, mag sie genauso gern. Wenn das Publikum im Linzer Landestheater klatscht, kommt Lotte sich bereits viel älter vor. Seit sie sechs ist, steht sie auf der Bühne. Das heißt, seit fünf Jahren. Fast ihr halbes Leben. In der Künstlergarderobe trifft sie auf erwachsene Sänger, knickst und gibt ihnen die Hand. Nie wird sie das Kleid vergessen, das sie bei ihrem ersten Auftritt trug. Im Kostüm mit Krinoline, Rüschen und Blumenkränzchen am weiten Rock, kurzen, gebauschten Ärmeln wurde sie fotografiert. Sogar der Ausschnitt war mit Blüten garniert. Und Blumen schmückten den Kranz über ihrem kurz geschnittenen Haar. Sie hat nie Zöpfe, geht immer mit der Mama zum Friseur. Auf dem Foto hält sie ihre Füße in Ballettschuhen nach Vorschrift gekreuzt. Inzwischen hat der Intendant dazu Lottes Singstimme entdeckt. Mit Erfolg tritt sie seitdem in »Der lustige Bauer« auf. Unterschreibt sogar Postkarten mit ihrem Bild. Seit sie überhaupt ihren Namen buchstabieren kann. Als Heinerle trägt sie Hosen, und ihre Bühnenmutter singt:

Heinerle, Heinerle, hab kein Geld. Wenn ich aber Geld tu haben, Heinerle, mein Heinerle, soll das Bubi alles haben ... Lotte summt, um den Papa zu überzeugen.

»Aber du weißt schon, dass die Schule das Wichtigste ist?«

Vor allem mag Lotte Schönschreiben und Geographie, und dass sie bei den Mitschülerinnen beliebt ist. Mit ihrer besten Freundin Emmy erledigt sie die Hausaufgaben. Weil die Schule Mozarts Namen trägt, glaubt Lotte fest daran, dass sie für ein Leben mit Musik bestimmt ist. Dass sie aus der Klasse gehen muss, wenn der katholische Pfarrer zu den anderen kommt, kümmert sie gar nicht. Sie besucht dafür den Rabbiner.

Lotte häuft den weich gewordenen Rest Schlagobers

auf ihren vorletzten Tortenbissen. Die aus Krokant geformte Nuss hat sie für den Schluss aufgespart. Da wird plötzlich die Glastür aufgerissen, Schwaden frischer Luft stören die Gäste auf; ein paar Jugendliche in Lederhosen, weißen Kniestrümpfen, schweren Schuhen und weißen Hemden mit aufgekrempelten Ärmeln stürmen herein. Dabei ist es Anfang März noch nicht so warm.

»Aus is, aus is, aus is, jetzt kommt der eiserne Besen und kehrt!«

»Aussi mit eich!«

»Aussi mit die Judn!«

Alles geht schnell. Einer läuft auf ihren Tisch zu, fegt mit der Hand Teller und Tassen von der Marmorplatte, Scherben spritzen, klirren. Lottes Nuss aus Krokant landet am Boden, der Rest von Schlagobers auf Lottes Kleid, Kaffeeflecken auf Papas Weste. Sie schreit auf.

»Mama!«

Die Mama wischt sich mit dem Handrücken Wasser aus dem Gesicht, sucht nach einem Taschentuch.

»Raus, raus, Juden raus!«

Die Burschen schwirren herum, sind vielleicht betrunken. Der Kellner versucht die Splitter aufzuklauben, holt den Besen, wischt mit einem Tuch nervös herum. Der Kaffeehausbesitzer, der sonst alles von der Theke aus überwacht, lässt sich nicht blicken. Der Kellner entschuldigt sich höflich.

»Vielleicht ist es besser, Sie gehen. Man weiß ja nicht, was die noch vorhaben.«

Der Papa greift in seine Anzugjacke nach der Brieftasche. Der Kellner schüttelt den Kopf. Andere Gäste sind bereits aufgestanden, schreien durcheinander. Nicht wenige bleiben sitzen und lächeln einander verschwörerisch zu. Wissend irgendwie. Aber worüber wissen sie Bescheid?

Lotte klammert sich an die Mama. Als sie zum Ausgang kommen, sieht sie den Konrad vor der Tür. In kurzen Hosen und weißen Kniestrümpfen. Verzagt lächelt sie ihm zu. Sie kennt ihn aus Papas Laden. Aber der Junge wendet beschämt sein Gesicht zur Seite.

Zu Hause angekommen, nimmt die Mama mit zitternden Händen den Hut ab. Der Papa schaltet das Radio an. Er hat es geahnt. Deshalb war er so nachdenklich, hat kaum auf Lottes Fragen geantwortet. Der Mama war bereits im Kaffeehaus übel gewesen. Im Voraus.

»Die Torte aus dem Mund geschlagen«, murmelt der Papa vor sich hin.

Lotte denkt an die verschwendete Nuss aus Krokant, die nun keiner mehr isst.

Als abends Lärm aufkommt, öffnet der Papa das Fenster. Sie starren auf die schwarzen Autos mit offenem Verdeck, die sich durch eine Menge von erregten Menschen drängen. Letzte Sonnenstrahlen spiegeln sich auf dem blanken Blech der bauchigen Kotflügel. Hinter den Soldaten marschieren viele Linzer. Eltern heben ihre Kinder hoch. Manche sind auf die Pestsäule und andere Erhebungen geklettert, um besser zuzuschauen. Die bislang verbotenen Fahnen werden herausgeholt und geschwenkt.

Lotte strengt sich an, vertraute Gesichter in den Gleichgeschalteten zu erkennen. Da ist der Eisenwarenhändler, der Bäcker und da: Sie hält die Luft an.

»Schau mal, Papa, der Herr Doktor!«

Der Kinderarzt hat Lottes Lungen abgehört, mit einem Holzstäbchen ihre Zunge festgehalten, während er ihren Rachen mit den entzündeten Mandeln studierte. Er ist sogar nachts gekommen, hat Fieberzäpfchen verabreicht, wurde immer gut bezahlt und bestens bewirtet.

Den rechten Arm streckt er nach vorn. Lotte schaudert. So nah war der Doktor ihrem Körper.

»Schau, Papa! Der Herr Doktor!«, ruft sie noch mal.

Der Papa starrt bloß hinunter auf die aufgebrachte Menschenmenge. Lotte begreift, dass er Angst hat und keine Ahnung, was tun. Das beunruhigt sie umso mehr.

»Linz«, sagt die Mama, »Linz hat der immer geliebt. Viel mehr als Wien, wo sie ihn rausgeschmissen haben, wo er im Armenhaus gewohnt hat. Warum Linz? Unser Linz.«

Da blickt der Papa auf, schiebt seine Finger ineinander und drückte sie nach unten.

»Das war's!«, stößt er hervor. »Das ist unser Ende.«

Am nächsten Tag ist das große Kaufhaus am Linzer Hauptplatz geräumt, sein Besitzer abgeholt.

»Aber das ist gut für dein Geschäft, Papa«, meint Lotte. Doch der Papa telefoniert bereits mit der Großtante in Wien.

»Nur für den Fall.«

»Aber das Theater?«

»Da werden's dich genauso nicht mehr wollen.«

»Können wir zumindest nach Aussee fahren? Ins Haus, wo wir im Sommer immer sind.«

»Dort warten sie nicht gerade auf uns.«

Lotte kommen die Tränen. Trotzdem verlangt die Mama, dass sie sich wie immer verhalten.

»Sonst hätten sie uns gleich besiegt.«

Lotte ist erleichtert, hat befürchtet, dass sie nun zu Hause bleiben soll. In der Schule läuft zuerst alles normal. Nur in den Pausen flüstern die Mädchen. Nach dem Unterricht ruft die Lehrerin Lotte nach vorn.

»Du musst uns verlassen. Wir haben Anweisungen. Die Schule soll judenrein sein.«

Als Lotte in den Hof trottet, stehen die anderen Mädchen zusammengedrängt wie Hühner. Der Kopf schwirrt ihr, der Schulranzen wiegt schwer auf den Schultern. Sobald sie Lotte näher kommen sehen, dreht sich ihre beste Freundin Emmy um.

»Was ist?«

»Mein Vater erlaubt es nicht. Weil du keine Christin bist.«

Die Emmy hängt sich bei zwei Mädchen ein, verlässt den Schulhof. Ihre blonden Zöpfe wippen auf den Schultern und wippen und wippen. Sie lassen Lotte einfach stehen. Dabei ist ihr Haar genauso hell.

VERA | Helfenstein

Ich hab bei Frauen so schrecklich viel Glück, das ist kein Wunder, denn mein Sternbild ist der Stier ...

Im Schloss unweit von Grieskirchen macht Otto das Radio aus, nimmt am Frühstückstisch Platz.

»Gestern habe ich noch Bericht erstatten müssen über die Illegalen, weil sie mit ihren Fahrrädern herumgefahren sind und sich wie Mordbuben aufgeführt haben. Und heute, von einem Tag auf den anderen, sind sie im Recht.«

Vera schenkt Kaffee ein, versucht mit der flachen Hand eine Falte im Tischtuch zu glätten. Die Brösel, die sich beim Auseinanderschneiden der frischen Semmeln auf dem Damast verteilt haben, kratzen gegen ihre Haut. Sehen kann sie nur schwache Schatten, obwohl sie dicke Brillengläser trägt.

»Jetzt geht's los.«

Otto trinkt, setzt seine Tasse mit heftigem Klirren ab. Vera fährt zusammen, tastet nach den Gliedern ihres goldenen Hochzeitsarmbands. Ottos Tweedjacke schließt fest über seinem runden Bauch. Sein Gesicht ist gerötet. Der schwarze Schnurrbart frisch gestutzt.

»Sogar das Anhaltelager wollen sie zusperren. Ich muss heute gleich nach Schlögen. Die Übergabe organisieren.«

Vera spürt Gundos Atem unter dem Tisch, streicht über seine harten Rückenhaare. Das Tier atmet gleichmäßig und besänftigt sie damit.

»Pass auf dich auf, mein Lieber.«

Otto hat bereits den ersten Krieg in diesem Jahrhundert durchgemacht. Vera konnte ihn an der Front besuchen, weil sie beim Roten Kreuz war. Sie hatte es nicht mehr ausgehalten zu Hause in Böhmen, die Einkaufsfahrten nach Wien zum Hofschneider, um ihre Ausstattung für die nächste Saison zu bestellen. Batistmanschetten, Serge-Kostüm und Schleier tauschte sie dankbar gegen das einfache weiße Baumwollkleid einer Sanitäterin. Nach Kriegsende feierten sie große Hochzeit. Aus ganz Europa rückte Verwandtschaft an. Als Diplomatensohn hatte Otto in verschiedenen Ländern gelebt. Der italienische Zweig aus Venetien und Sizilien fand sich fast vollständig zur Feier ein. Auch die Guttenbergs aus Bayern und Berlin. Der Vater schenkte Vera ein wertvolles Diadem mit Diamantmaschen und je einem Perlentropfen darin. Von Otto erhielt sie das Armband mit den Saphiren und Diamanten, das sie so sehr liebt. Danach der Umzug ins Schloss, schließlich die Kinder, eins nach dem anderen. Und nun das. Vera hat sich nie gewünscht, dass sich die Zeiten ändern.

»Großdeutsch, bodenverwurzelt, volksverbunden.« Wiederholt Otto die Wörter, die vor dem Musikprogramm aus dem Radio gepoltert sind. »Heißt das überhaupt etwas? Wer kann sich denn so einschränken wollen!«

»Soll ich dich ins Lager begleiten? Ich könnte die Hunde mitnehmen.«

Vera sehnt sie sich nach einem langen Spaziergang, um ihre Gedanken zu ordnen. Außerdem mag sie die Landschaft um Schlögen. Die Donau formt dort eine Schlinge, bildet ein U im engen, waldbestandenen Tal. Dazwischen steht eine Granitzacke auf. Wie gemeißelt. Ein Naturwunder. Es sieht aus, als fließe das Wasser zurück.

»In die verkehrte Richtung«, sagt sie laut.

»Genau so«, antwortet Otto und meint Politik. »Trotzdem, ich muss mich kümmern.«

Vor drei Jahren haben sie in Österreich damit begonnen, streunende Bettler aufzusammeln. Razzien wurden veranstaltet, um die Heimatlosen im Schlögener Lager unterzubringen. Weil Otto als Sicherheitsdirektor verantwortlich für die Region ist, fällt das Lager in seinen Aufgabenbereich. Vera hatte die Einrichtung gleich zu Anfang besichtigt. Ein übermannshoher Stacheldrahtzaun begrenzt das Gebiet. Wachturm und Scheinwerfer garantieren, dass die Arretierten nicht entfliehen. Solange sie vor Ort bleiben, sollen sie sich ins Zeug legen und nicht betteln. Die Aufgegriffenen sollen lernen, dass es achtbarer ist, sich sein Brot durch eigene Anstrengung zu erwerben. Fingerabdrücke werden genommen und ihre Gesichter für eine Kartei fotografiert. Sie erhalten Kleidung, eine Kluft aus grobem Stoff, lang haltbar, strapazierfähig, Hose, Jacke, weißes Hemd, Schuhe mit festen Sohlen, sowie einen Hut als Schutz gegen die Sonne. Zumindest laut Plan. Oder für die offiziellen Fotos. In den frisch gezimmerten Baracken aus Holz wohnen sie jedenfalls bequemer als vorher. Sie können sich waschen. Tag für Tag werden sie ans Arbeiten gewöhnt. Mit Spitzhacke, Krampen, Schaufel die ungenutzten Muskeln trainiert. Dafür gibt es fünf Zigaretten pro Tag für jeden. Sobald sie geheilt sind vom Vagabundieren, werden die Männer entlassen, ein Lohn in Form von frischer Kleidung und Schuhen wird ihnen ausgefolgt. Otto achtet auf die Einhaltung der Regeln, kümmert sich um zuverlässiges Wachpersonal. Vera schaut darauf, dass die Wachhunde gut gehalten werden. Sie kennt sich aus, ist Mitglied des Züchtervereins für Deutsche Schäferhunde.

»Schade, dass sie das Lager mit einem Mal schließen. Ist doch gut gelaufen.«

Otto greift nach einer weiteren Semmel. Vera klingelt nach mehr Milch für den Kaffee. Ihr Mann legt die Semmel zurück, zündet sich eine Zigarette an, was er immer tut, wenn er sich aufregt.

»Die Ergebnisse haben sich sehen lassen. Ohne unsere Arbeiter wäre das römische Kastell in Schlögen drüben immer noch unter Erdmassen begraben.«

Vera legt ihre Hand leicht auf seinen Unterarm.

»Du sollst nicht so viel rauchen.«

Sie ängstigt sich um seine Gesundheit. Wegen seiner Lungen, wenn er lange im Freien herumläuft, die ständigen Fahrten in den Waldbesitz und zum Lager bei Wind und Regen. Und seine Haut ist bei Kälte so empfindlich. Otto ist aufgebracht.

»Die Nibelungenstraße, auf der die deutschen Herren gestern mit ihren Autos ins Land eingefallen sind. Die wurde von unseren Arbeitern gebaut. Und mit einem Mal wollen die das Lager auflassen.«

»Soll ich nun mitkommen oder nicht?«

»Nein, nein. Wir müssen abwarten, was passiert. Das sind unruhige Zeiten.«

Vera klingelt ein zweites Mal. Wo bleibt die Milch? Hat sich das Mädchen verplappert? Und die Brösel müssen vom Tischtuch. Sie erhebt sich, drückt ihrem Mann einen Kuss auf die Wange, geht nachschauen.

VERAS TAGEBUCH

Ein schrecklicher Tag. Otto wurde zur Gestapo nach Linz beordert. Ich bin mit ihm hingefahren und wartete vor der Gestapo-Zentrale in unserem Auto. Es fiel mir schon auf, dass ich von einem Herrn in Zivil sehr erstaunt angesehen und beobachtet wurde, was mir nicht ganz erklärlich, aber verdächtig schien. Endlich kam Otto, gefolgt von einem mir gänzlich unbekannten Herrn, auch in Zivil. Otto sah sehr blass und verändert aus. Ich dachte, er würde chauffieren, da wir ja niemanden mehr hatten, der den Wagen führte, und setzte mich wie üblich vorne hin. Otto wollte wie gewohnt beim Lenkrad einsteigen, aber einer der Herren sagte, er sollte sich rückwärts setzen und er würde lenken. Auf Ottos Frage, ob ich neben ihm sitzen könnte, wurde ihm dies verweigert mit der Begründung, es sei besser so, getrennt. Dann fragte Otto, ob er mich informieren könnte, was ihm erlaubt wurde. Über den Eindruck und die Gefühle, die seine Mitteilung auf mich sowie ihn machte, sei hier nichts gesagt, da es sich jeder denken kann. Otto sagte, er müsse ins Altreich, einstweilen nach Berlin, dürfte noch nach Hause, um einzupacken, und würde am Abend gleich wegfahren müssen.

Nach Mitternacht ging sein Zug dann nach Berlin, wo er sich am Tag der Ankunft, also am 18. August bei der dortigen Gestapo melden muss. Dies müsste er dann immer wieder tun. Aber sonst kann er sich frei bewegen und verkehren, mit wem er will.

HUBERTA | Salzburg

Ich brech die Herzen der stolzesten Frauen, weil ich so stürmisch und so leidenschaftlich bin …

Huberta hasst Radio. Ist ihr zu gewöhnlich. Sie hat schließlich ein Grammophon, wählt selbst aus, was sie hören will. Sie ist da sehr empfindlich. Außerdem spielt sie auf Abendgesellschaften Klavier, vierhändig mit einem jungen, gutaussehenden Pianisten. Dieser Rühmann, eher singender Clown als Mime, ist ihr zu mickrig. Falls sie überhaupt ins Lichtspieltheater gehen sollte, schaute sie sich lieber den Albers mit seinen blaustrahlenden Augen an. Der hat Format. Andererseits sind deutsche Filme im Vergleich zu Hollywood ohnehin ziemlich provinziell. *Beschränkt* passt nicht zu ihr. Eine Frau von Welt bleibt immer in Bewegung. Eine Frau von Welt reist und weiß, wohin sich wenden, um zu überleben. Und zwar mit Stil. Erstklassige Erziehung und eine außerordentliche Beobachtungsgabe verhelfen zu erstklassigen Beziehungen. Tadellose Umgangsformen und eine gepflegte Erscheinung sind Hubertas Kapital. Der Adelstitel, den sie als junge Frau erheiratet hat, kommt in den Salons auch nach dem Ende der Monarchie bestens an. Einer Prinzessin öffnen sich überall Türen. Natürlich spricht sie mehrere Sprachen, verfügt über passende Garderobe und einigermaßen Schmuck für jeden gesellschaftlichen Anlass. Die Adresse des stadtbesten Friseurs findet sie immer gleich bei ihrer Ankunft in einer neuen Umgebung heraus, und denen ist es eine Ehre, ihr zu dienen.

Huberta Clotilde Louise Hermine Marie Charlotte. Mit ihren achtundvierzig Jahren hat sie es weit gebracht. So ist es nur verständlich, dass Er ihr Schloss Leopoldskron anbot. Nach der Abreise des jüdischen Regisseurs stand das Anwesen ohnehin leer. Kultur ist Ihm wichtig. Nicht umsonst bemüht Er sich, die weltbesten Gemälde zusammenzutragen und für Sein Volk zu reservieren.

Huberta blättert in den Fotoalben des flüchtigen Hausherrn, bevor sie sie aussortiert und zu den Gegenständen in die Kisten räumen lässt, die sie dem Reinhardt nach Hollywood schicken wird. Mustert die auf der Terrasse zum Garten hin platzierten Schauspieler und Sänger auf den Fotografien. Frauen in Topfhüten und unförmigen Kleidern auf grün überwachsenen Stufen sitzend, das Haar eng an die Köpfe geklatscht. Herren in weißen Sommerhosen, ihre Hände ungeniert in den Taschen. Das wirkt schlampig, nahezu heruntergekommen.

Die Rosen in diesem Park müssen beschnitten und das Unkraut von den Marmorstufen gerupft werden, nimmt sie sich vor. Huberta verabscheut die Streuung von Blütenfeldern nach englischer Manier, zieht den französischen Stil vor und macht sich eine Notiz für den Gärtner. So viel zu tun. Die weiß lackierten Terrassenmöbel sind nicht nach ihrem Geschmack. Besser geflochtene besorgen. Sie notiert und blättert um.

Vor dem mannshohen Kamin im Saal haben die Gäste nach den Aufführungen weiter Theater gespielt. Die Einladungen zu nächtlichen Partys wurden flüsternd im Kaffeehaus ausgegeben. Nicht jeder durfte in den ausgewählten Zirkel. Die Künstler wollten nicht aufhören, sich zu verkleiden und dicke Perücken zu tragen. Waren sie jemals ungeschminkt?

Huberta besteht darauf, dass sie mindestens fünfzehn Jahre jünger geschätzt wird. Knapp über dreißig, gibt sie zu, wenn sie die unhöflichste aller Fragen überhaupt beantwortet. Meist schweigt sie dazu. Was sind denn Zahlen!

Sie klappt das Album zu. Jetzt ist sie Herrin eines Schlosses in Salzburg. Als Prinzessin hat sie die nötige Erfahrung, um das Personal zu führen und in ihrer Residenz ausgewählte Besucher standesgemäß zu empfangen. Sie selbst kann nicht einmal Wasser zum Kochen bringen, ohne dass ihr jemand dabei hilft. Sorgfältig hat Huberta darauf geachtet, keine weiblichen Fertigkeiten zu erlernen. Mit dem Prinzen früh in ihrem Leben hat sie Glück gehabt. Obwohl Papas Geld half. Damals war sie erst achtzehn und hatte bereits einige Heiratsanträge abgelehnt. Praktisch jedes Mal, wenn sie in einer Gesellschaft erschien, wurde sie mit Angeboten überhäuft. Als junge Aristokratin schoss sie mit dem Prinzen ihren ersten Hirschen im kaiserlichen Revier im Salzkammergut. Beide in Trachten, wie es sich für Jagende gehört. Huberta kann mit einer Waffe umgehen, hat keine Scheu zu töten, fürchtet sich nicht vor Blut. Inzwischen sind sie längst geschieden. Den Titel durfte sie behalten. Dass die Prinzessin sich in Salzburg so gut auskennt, hat Seine Entscheidung, ihr das Schloss zu übergeben, zweifellos mitbestimmt.

»Diese herrliche Stadt und die Alpen. Meine Herzenslandschaft«, betonte Huberta in London und Paris, wo sie vor ihrer Rückkehr Hof hielt.

»Die mächtigen Berge, in deren felsigen Auffaltungen sich reißende Flüsse graben und tiefdunkle Seen hineinbohren. Die prachtvollen Färbungen der Gewässer in allen Grün- und Blautönen, duftende Waldungen. Am frühen Morgen fahre ich mit den Fischern auf deren hölzernen Nachen hinaus«, schwärmte Huberta. Die Zuhörerinnen hingen ihr an den Lippen. So eilte ihr Ruf bis hin zu Ihm.

Als Er sie einlud, schickte Er eine schwarz glänzende Limousine. In die weiche Polsterung gelehnt, wurde die Prinzessin direkt nach Berlin kutschiert. In einem eleganten Kostüm von Chanel, hochhackigen Schuhen, den Silberfuchs über ihren Schultern, stellte sie sich Ihm vor. Als Er sich zum Handkuss vorbeugte, kitzelten die feinen Härchen ihres Pelzes Seine knollige Nase. Er musste niesen, zog umständlich ein kariertes Taschentuch aus dem grauen Waffenrock, knetete Seine Nasenlöcher. Leichter Ekel stieg in Huberta auf. Seine Krawatte in der Farbe eines Hustenbonbons und Seine schwarzen Sokken schienen ihr von Nahem betrachtet von schlechtem Geschmack. Dieser Mann, der auf Fotografien beeindruckend aussah, war anscheinend gar nicht so edel, wie Er von seinem Volk verlangte zu sein. Am meisten überraschte Huberta Sein Haar. Sie hatte es sich eher dunkel vorgestellt. Es war aber ein helles Braun, ein recht gewöhnliches Straßenköterbraun. Die berühmte Strähne, die Ihm beim aufgewühlten Reden in die Stirne fällt, klebte an diesem Tag mit Pomade ölig an Seinem Schädel. Wenn Er sprach, fiel Huberta auf, dass Seine vorderen Zähne von einem dünnen Goldrand eingefasst waren. Sein Mund war für einen Mann eigentlich zu klein und zu schmal. Wenn Er ihn aufmachte, formten sich Seine Lippen zu einer dunklen Öffnung. Äußerst unappetitlich. Huberta konnte kaum hinsehen. Die Prinzessin hielt den Atem an. Zumindest waren Seine Augen fast schön. Also konzentrierte sie sich darauf. Das Blau sehr hell, leider quollen sie hervor wie bei einem Kranken. Fehlte diesem erfolgreichen Mann einfach nur Jod? Und warum bemerkte das keiner? Er war doch umgeben von Ärzten. Huberta hatte gehört, dass Er Fleisch verschmähte und sich um Seine Gesundheit übermäßig sorgte.

Dann bot Er der Prinzessin einen Platz Ihm gegenüber an. Ihre zierliche Gestalt versank in den dicken Kissen des

Sessels. Der Wollstoff ihres Kostümrocks rutschte hoch, so dass ihre Knie freilagen, Ihm ins Gesicht zu starren schienen. Er starrte zurück, räusperte sich und erzählte ihr vom Schloss, das sie erwartete. Und von der neuen Zeit, die im Reich angebrochen war.

Huberta musste sich konzentrieren, um ihr Gesicht nicht zu verziehen, wie ihr seit frühester Kindheit beigebracht worden war, in der Ballettschule und beim Benimmunterricht. Wann immer sie auf Menschen niedrigsten Standes traf, sollte sie Abstand halten, sich nie gemein machen. Wenn man körperlich nicht zurücktreten konnte, war entsprechende Mimik angebracht. Denn dieser mächtigste Mann in Berlin verwendete Ausdrücke der untersten Klasse, so als hätte Er nie richtig sprechen gelernt. Wahrscheinlich hatte Er das wirklich nicht. Wo denn? Im Obdachlosenheim in Wien? Sein Dialekt schlug durch. Als Er Hubertas Reaktion bemerkte, versuchte Er ungeschickt seine Worte in ein Hochdeutsch zu übersetzen, von dem Er annahm, dass es Eindruck machen würde. Es war aber ein Wienerisch von der ordinären Sorte. Die Prinzessin strengte sich sehr an, ihre gute Miene nicht zu verlieren und genau zuzuhören.

»Das Schloss wurde ordnungsgemäß arisiert, und alles dort steht Ihnen zur Verfügung, gnädige Prinzessin. Es ist mir ein Anliegen, Sie in meiner Nähe zu haben. Stellen Sie sich vor, das Schloss als Gästehaus für Prominente zu führen. Sie sind dann der strahlende Mittelpunkt dieses politischen Salons. Sie mit Ihren Kontakten nach London, nach Wien und Paris. Und Ihre Sprachkenntnisse können dem Deutschen Reich von Nutzen sein.«

Das stimmte. Huberta hatte sich erkundigt. Keiner Seiner Vertrauten, Göring, Hess, Goebbels, Himmler und wie sie alle heißen, war je in England gewesen. Keiner spricht

Englisch, und vor allem haben sie, wie Er selbst, keine Manieren. Die Prinzessin hingegen hat jahrelang in Paris und in London gelebt, dort sogar Ribbentrop kennengelernt. Obwohl der sie nicht leiden kann. Sie stellt eine Konkurrenz für ihn dar, weil Huberta in adeligen Kreisen beliebter ist als er. Und einflussreicher. Immerhin wirkte sie in London als Beraterin für einen Lord, der sie hoch für ihre Dienste bezahlt. Bis heute. Schloss Leopoldskron ist daher das Mindeste, was ihr zusteht. Doch ihre Verbindungen zum Lord waren wohl der wahre Grund für das Geschenk. Denn der Lord suchte die Nähe zum neuen Deutschland, und das neue Deutschland suchte die Nähe Londons. So einfach war das. Dazwischen wirkte und schaffte Huberta. Sie sollte Mittlerin sein.

»Sie müssen halt bereits bei den heurigen Festspielen so weit sein, als Schlossherrin aufzutreten, gnädigste Prinzessin. Am 24. Juli fangen die Aufführungen an. Das schöne Heimatland ist jetzt ganz unser.«

ELSA | Aussee

Sie blickt aus dem Fenster, betrachtet die Wolkenballen, die entlang der Felswände aufsteigen und den Talkessel, in dem sich das Dorf befindet, zusätzlich verengen. Soll sie die Wäsche bereits hereinholen oder den mittlerweile scharf aufbrausenden Wind zum Trocknen nutzen? Sie versucht den künftigen Verlauf des Wetters aus den Formen der Wolken und ihren Grau- bis Blauschwarztönungen zu lesen. Die ansonsten spiegelnde Oberfläche des undurchsichtigen Sees ist bereits aufgerissen.

Jeder kleine Spießer macht das Leben mir zur Qual, denn er spricht nur immer von Moral. Elsa dreht das Radio aus. Solche Lieder kann sie nicht ertragen, selbst wenn sie aus Berlin kommen. Oder vielleicht, weil sie aus Berlin kommen. Die Worte der schwedischen Sängerin klingen wie Hohn. Genauso ärgert sie sich über den frohsinnigen Rühmann. Und überhaupt. Sie ist so wütend auf Berlin, immer noch, obwohl sie dort geboren und aufgewachsen ist. Doch in letzter Zeit fragt sie sich, ob es nicht sicherer gewesen wäre, in der Großstadt zu bleiben. Im Dorf, in Aussee unter den wachsamen Augen der Einheimischen zu leben, ist hart. Andererseits stimmt natürlich, was Ulrich sagt. Kein Krankenhaus in Berlin hätte Elsa unter den derzeitigen Umständen genommen. Was für eine Enttäuschung, dass ihre Ausbildung zur Röntgenspezialistin, ihre Begabung im Umgang mit Menschen umsonst gewesen sind. Genauso für Anna, ihre Schwester. Als Mädchen schon hatten sich beide für die Selbstständigkeit entschieden und für einen Beruf. Zum Glauben ihres Vaters waren die Schwestern ja längst übergetreten. Umsonst. Dabei haben sie gemacht, was man so macht. Sind in einem anständigen Elternhaus in Grunewald aufgewachsen, haben das Gymnasium besucht, Klavierunterricht, Ballett. Alles, wie es sich gehört. Umsonst. Mutti konnte nicht mehr miterleben, als Elsa und Anna ihren Dienst im Virchow-Klinikum aufnahmen. Beide waren sie so stolz, den weißen Kittel und das Häubchen zu tragen. Die neuen Herrschaften in der Regierung entschieden anders. Die Nationalsozialisten wollen keine selbstständigen Frauen, und vor allem nicht solche mit einer jüdischen Mutter. Elsa gelang die Flucht als Erste. Sie lernte Ulrich kennen, heiratete und verließ die Villa in Grunewald. Papa und die Schwester blieben in Deutschland. Elsa folgte ihrem Mann ins österreichische Aussee, weit von Berlin entfernt. Und begonnen hatte es ja schön. Ein bisschen gruselte Elsa anfangs wegen der Berge, die nah und hart vor einem aufragen, und weil im Winter der See so dunkel wird wie flüssiger Teer. Obwohl die Berge sogar leuchten, sobald Schnee in weißen Adern den Felsen durchzieht. Trotzdem, als Berlinerin bleiben ihr die steilen Gebilde aus Stein wohl für immer fremd. Im Sommer regnet es oft wochenlang in Strömen, und das Wasser weicht die Wiesen am Ufer auf. Wenigstens wird es damit richtig strahlend grün. Für die Hortensien in ihrem Garten ist die viele Feuchtigkeit ein Segen. Doch jetzt, als sie sich endlich etwas eingewöhnt hat, beginnen die bösen Gerüchte erneut.

Elsa reißt sich aus düsteren Gedanken. Der Blick auf den unergründlichen See lässt sie die Zeit vergessen, das Dunkel saugt ein, was sie war und werden wird. Dieses Gewässer ist es, das Aussee beherrscht und bestimmt. Sie erhebt sich, holt Kartoffeln aus der Speisekammer. Nicht dass sie die gern isst, aber sie muss viele hungrige Mägen versorgen. Besonders die Jungs kriegen nie genug und könnten immer weiteressen. Gott sei Dank bringen die Kirchgänger oft Naturalien für den Herrn Pastor. Frische Eier. Manchmal sogar ein Suppenhuhn zum Dank für eine Taufe. Oder einen großen Fisch vom See für ein Aufgebot. Das ist jedes Mal ein Fest.

Elsa schrubbt Erde von den Kartoffeln, beginnt mit dem Schälen und Augenausstechen. Die wertvollen Schalen behält sie für die Hühner.

Als sie in Aussee ankamen, wurde der Pastor mit seiner Familie mit allen Ehren empfangen. Sogar die Blasmusik spielte auf. Elsa konnte lachen, sich entspannen und wurde wieder schwanger. Bereits das fünfte Kind. Der Gottesdienst war gut besucht. Langsam wurde sie mit den feindseligen Bergen vertrauter und dem vielen Schnee. Solche Unmengen kannte sie nicht aus der Hauptstadt. Irgendwann jedoch holten die Ereignisse aus Berlin sie ein. Sogar hier verbreiteten sich die bösartigen Einstellungen, vor denen sie geflohen waren.

Mit einem Mal zeigen die Plakate im Dorf das Hakenkreuz über dem Dachstein aufgehen wie eine Sonne. Dieses hässliche, grauenvolle, spinnenartige Ding überzieht Papier, Fenster, Landschaft und Gehirne. Viele Leute glauben daran wie an einen Gott, einen Erlöser gar. Aus dem Radio donnert die quäkende, spuckende Stimme des Ungeheuers, für das sie bereit sind, alles zu geben, was sie sind. Weil der Preis gering ist. Sie müssten bloß die zu unliebsamen erklärten Menschen in ihrer Umgebung loswerden, und gleich gehe es allen wieder gut, lautet die grausame Botschaft.

So wurde sogar in dem abgelegenen Dorf bedeutsam, dass Elsa aus einer jüdischen Familie stammte. Sie selbst würde ja alles ertragen, wegen der Kinder aber schmerzen die Bosheiten umso mehr. Die Kinder sollen nicht spüren müssen, dass zwar mit einem Schlag alle Deutsche geworden sind, dass ihre Mutter jedoch den nunmehr gültigen Ansprüchen nicht genügt. Ihrem Mann ist Elsa dankbar, dass er sie nie verlassen wollte. Dass er sich stets gekümmert und zur ihr gehalten hat, dass er die schiefen Blicke und das gehässige Getuschel ignorierte. Sie kann wirklich froh sein über diesen Mann. Ulrich würde alles für sie tun.

Doch die Kinder. Elsa sorgt sich um die Kinder. Die können einfach nicht verstehen, was da vor sich geht. Warum werden jetzt Christen von Christen unterschieden? Warum sollen sie bei den Umzügen durchs Dorf zum Kirchplatz, auf die alle so stolz sind, nicht mehr dabei sein? Nicht mehr bei der Maiandacht, beim Kreuzweg zur Karwoche? Warum hilft es nichts, dass Elsa den älteren Jungs die Hemden nach Vorschrift näht und die Kniestrümpfe nach Mustern strickt, die sie von wohlmeinenden Nachbarinnen besorgt hat? Warum lässt man die ihrigen nicht bei der Hitlerjugend mittun?

Elsa schürt das Feuer, legt ein paar Scheite nach, schnuppert das harzige Holz, steckt die Kartoffeln in den großen Topf und wartet, bis der Deckel zu klappern beginnt, nimmt ihn ab, schält die Zwiebel, schneidet sie in Ringe. Fährt sich über die tränenden Augen.

Den Zweitältesten, den Clemens, trifft es besonders. Er hat Klarinette gelernt, die Musikschule besucht, damit er in die Ausseer Feuerwehrkapelle kann. Völlig umsonst. Plötzlich wollte ihn keiner weiter unterrichten, und die Blasmusik nicht mehr mitspielen lassen.

Am Feuerwehrfest wagte es keiner, sich zur Pastorenfamilie an den Tisch zu setzen. Da konnte rundum alles noch so voll sein. Die Bedienung ignorierte sie, brachte ihnen keine Getränke, nahm nicht einmal ihre Bestellung auf. Im folgenden Jahr wurden sie von keinem mehr gegrüßt. Inzwischen ist ihnen sogar der Zutritt ins Festzelt verwehrt. Die Kinder haben geweint vor Enttäuschung, sind danach still im Haus gesessen, haben dem Lärm, der Musik, dem Lachen von weitem zugehört. Nichts heiterte sie mehr auf. Seitdem wird Elsas Kindern von den Eltern ihrer Freunde verboten, diese zu besuchen. Nicht einmal ein Glas Wasser dürfen sie in deren Küchen trinken, wenn ihnen heiß ist vom Spielen.

TRAUDI | Grieskirchen

Keine Frau bleibt doch immun, wenn ein Mann sie küsst; jede würd' es gerne tun, wenn's auch verboten ist ...

Traudi drückt auf die elfenbeinfarbene Taste aus Galalith und macht das Radio aus. Sie geht hinaus und greift sich den Holzrechen, legt ihn über den Lenker ihres Fahrrads, balanciert, tritt in die Pedale, steigt auf, wackelt anfangs über den unebenen Wiesenweg. Biegt vorsichtig ab, radelt bis zum Gruberwirt, wo die Männer auf einer Bank im Schatten sitzen. Biergläser vor ihren Nasen. Dort steigt sie wieder ab, weil sie die Anhöhe mit dem Rechen am Lenker nicht fahrend bezwingen kann. Traudi trägt ein Kleid aus dünnem Schürzenstoff. In ihre blonden Locken fährt leicht der Wind. Aus den Augenwinkeln bemerkt sie, dass der Rupert mit einem Bierkrug dabei hockt. Sie weiß, dass sie gut aussieht und wiegt sich in den Hüften. Er lacht ihr entgegen. Sie tut, als hätte sie ihn nicht bemerkt, grüßt beiläufig die Bedienung, die sie kennt.

»Griasste.«

»Griasste, Traudi.«

Manchmal bei Hochzeiten oder Begräbnissen bittet die Wirtin Traudi, in der Küche mit anzupacken. Sie ist froh darum, weil es in dem Kurhotel in Gallspach, wo sie normalerweise aushilft, jetzt weniger zu tun gibt. Die jüdischen Kurgäste dürfen nicht mehr kommen, und die haben immer gutes Trinkgeld gegeben. Die Gäste, die nachgekommen sind, haben keine Manieren und meinen, wenn sie der Bedienung auf den Hintern greifen, ist das Belohnung genug.

Traudi beginnt das Fahrrad die Steigung hinaufzuschieben. Fünfzehn Kehren sind es bis nach oben. Sie spürt, dass die Männer ihr nachschauen und beobachten, wie sie in dem steilen Aufstieg ihre Waden anspannt. Traudis kräftige Oberarme stemmen das Gewicht des Fahrrads und balancieren den Rechen auf der Lenkstange. Bald atmet sie schwerer. Auf ihrer Stirn sammelt sich Schweiß. Ihr Tuch setzt sie nicht auf. Noch nicht. Erst bei der Arbeit, um die Frisur zu schützen. Traudi fährt fast jeden Tag zu einem anderen Bauern und hilft beim Heumachen. Weil das Wetter passt. Über der Landschaft liegt der Geruch von sonnengetrocknetem Gras. Die Hitze sirrt. Da werden viele Arme auf einmal gebraucht. Besonders wenn ein Gewitter droht, tut Eile not, sonst verdirbt das Heu, wenn es in den Regen kommt.

Sobald Traudi die Kuppe erreicht, steigt sie wieder aufs Rad und kommt ohne Anstrengung voran. Sie radelt durch den Schatten eines Waldstücks. Auch der leichte Fahrtwind verschafft etwas Kühlung. Zu jedem Bauern geht sie drei Mal. Einen Tag zum Ausstreuen, damit die Sonne die grünen Halme goldgelb färbt. Beim nächsten Mal werden mit dem Rechen die Büschel zusammengeschoben, mit der Heugabel auf Holzgestelle gehoben, wo das Gras weiter trocknen soll. Ein paar Tage darauf werden die getrockneten Garben vom Gestell genommen, auf den Leiterwagen hoch aufgehäuft und in den Stall eingebracht. Dort warten weitere Arme und schupfen die Garben nach oben auf den Heuboden, wo das Heu raschelnd, zitternd, staubig lagert, überdacht, geschützt vor dem Wetter, um im Winter, wenn das Vieh draußen nichts mehr findet, als Futter verwertet zu werden. So viele Handgriffe um ein paar Bissen für die Tiere!

Neulich hat Traudi sich schwitzend nach der Arbeit am Brunnen erfrischt, bevor der Mostkrug herumgereicht wurde. Dabei hat dieser Mann, der Rupert, sie überrascht. Er war ihr erst gar nicht aufgefallen. Sie hat das wertvolle fließende Wasser über ihre Oberarme rinnen lassen und ihr erhitztes Gesicht darunter gehalten, schließlich gierig direkt aus dem Strahl getrunken. Als sie sich aufgerichtet hat, spürte sie seinen Schatten und seinen Geruch hinter sich. Er hat sie beobachtet. Eigentlich hat er ihr nicht schlecht gefallen, sehr groß, fast hager, hohe Backenknochen, schmale Augen, rötlichblondes Haar. Rupert hat gelacht, als er gemerkt hat, dass sie ihn bemerkt hat. Traudi hat gut aufgepasst. Hat nicht wieder hereinfallen wollen auf einen Hallodri. So wie der Letzte. Der Edi, der Sohn von der Herrschaft in Aussee, bei der sie Dienstmädchen gewesen ist bis vor drei Jahren. Ihre Halbschwester, die Rosi, die dort mit einem Schuster verheiratet ist, hat ihr die Arbeit besorgt. Der Edi hat ihr ewige Liebe versprochen, und Traudi hat nachgegeben. Das war zuerst so schön, und sie hat dem Edi alles geglaubt, wenn sie spätabends zusammen in ihrem schmalen Bett gelegen sind, heimlich. Als er sich endlich getraut hat, seinen Eltern davon zu erzählen, waren die dagegen und haben dem Edi verboten, Traudi zu heiraten. Angeblich war sie nicht gut genug. Gut genug in was? Sie ist hübsch, sie ist fleißig, sie waren verliebt. Und so ein Sägewerk am Ortsrand, das Edis Eltern gehörte, ist ja nicht gerade vornehm. Aber der Edi hat gehorcht, hat sie schwanger sitzenlassen. Ein Glück hat sie gehabt, dass ihre alten Eltern sie wieder aufgenommen haben. Ledige Mutter hin oder her. Nur der Pfarrer ist nicht zufrieden, ständig soll sie ihm was beichten. Jedes Mal, wenn sie ihn trifft, fängt er damit an.

Traudi hat genug von Männern. Nie mehr wird sie einem voll und ganz vertrauen. Obwohl es ihr gefällt, dass sie dem Rupert gefällt. Sie ist ja nicht mehr ganz jung und hat dazu ein lediges Kind. Das bedeutet unter der Hand, mit der kann ein jeder. Bald feiert sie ihren Dreißiger. Die Männer sind in diesen aufgeregten Zeiten außer Rand und Band. Seit sie Deutsche sind. So richtig begriffen hat Traudi nicht, was das bedeuten soll. Das Gras wächst genauso, die Sonne scheint wie vorher. Die Tiere müssen morgens und abends gefüttert werden. Das Heu muss eingebracht werden, das Kind hat Hunger, der Regen regnet. Aber die Männer sind seitdem völlig rabiat. Als wären sie plötzlich noch wichtiger als sonst. Gibt's jetzt mehr Freibier? Traudi hat noch nie Bier getrunken, nur gekostet und den Schluck sofort wieder ausgespuckt. Ihr schmeckt der Most besser, den sie daheim zum Essen trinken oder als Belohnung beim Heuen aus dem kühlen Krug aus bemaltem Steingut.

Als sie nach getaner Arbeit vom Bauern zurück auf dem Heimweg ist, ballen sich die Wolken dunkelschwer über ihrem Kopf. Traudi wird von ersten Tropfen getroffen. So schnell sie kann, saust sie den Berg abwärts, lässt Kehre nach Kehre die Räder laufen, bremst wenig, hofft, dass der Blitz sie nicht erschlägt. Unten angekommen, stellt sie sich gegenüber dem Gasthaus bei den Bäumen unter. Zu spät. Die dicken Regengarben haben Traudi auf den letzten Metern erwischt. Der dünne Schürzenstoff klebt ihr am Körper, legt die Umrisse ihrer Brüste und Schenkel frei. Die Tropfen rinnen ihr ins Gesicht. Dann muss sie lachen, weil sie sicher wunderlich aussieht. Die feixenden Blicke der Männer aus dem regenbegossenen Wirtshausfenster, die wegen dem Gewitter eine Ausrede haben, ein weiteres Bier zu trinken, sind ihr egal. Sie winken, dass sie zu ihnen hereinkommen soll. Sie lacht, schüttelt den Kopf, zeigt ihre weißen Zähne. Aber die Frisur ist hin. Als der Regen dünner wird, schiebt Traudi das Fahrrad die restliche Strecke durch die Allee und das gurgelnde Rinnsal entlang, bis sie das niedrige Häuschen mit den kleinen Fenstern erreicht, wo die Eltern auf sie warten. Ihr Kind mit rundem Gesicht und blonden Locken schaut durchs Fenstergitter, fährt mit den Fingern die Spuren der Regentropfen am Glas nach.

VERA | Helfenstein

Sie sortiert ihre Post auf der Suche nach einem Brief von Otto aus Berlin. Vergebens. Öffnet einen Umschlag mit Linzer Absender. Kleine Kärtchen aus halbtransparentem Papier fallen heraus. Modezeichnungen von Jacken und Kleidern samt Angaben, wie viel Stoff oder Wolle dafür benötigt wird. Die Nächte im Schloss sind eisig in dieser rauen Gegend. Die Steinmauern speichern die Kälte sogar über den Sommer. Seit Otto fort ist, friert sie viel. Ein Bettjäckchen aus Fleurette-Schafwolle in Wäschefarben käme auf fünf Schilling. Oder soll sie eine mit Daunen gefüllte Sportweste bestellen, gefertigt aus englischem Schafwollgespinst?

Nächstes Mal in Linz wird sie im Geschäft vorbeischauen. Sie muss sowieso regelmäßig auf die Behörden, bei wichtigen Herren vorsprechen, sich bemühen, Otto freizubekommen. Wie soll sie es ohne ihn schaffen? Das Schloss, die Landwirtschaft, die Wälder, das Sägewerk, die Arbeiter aus der Gegend und drei Kinder, die in Wien studieren. Das ist für einen Menschen allein zu viel. Entscheidungen muss Vera ohne Ottos Hilfe treffen, hat nur den Verwalter, den Förster und den Buchhalter, um sich zu besprechen.

Sie nimmt die Abschrift von Ottos Bittgesuch zur Hand, direkt an den Reichsführer gerichtet. Weiterhin befindet ihr Mann sich in der Pension Continental am Kurfürstendamm. Otto bittet in dem Brief, im Schloss von Veras Schwester unterzukommen, um sein Exil dort zu verbringen. Auch Graf Guttenberg, der Schwager, hat an den Reichsführer geschrieben und um Ottos Verlegung gebeten.

Der Verbannte wird sich ordnungsgemäß bei der Ge-

stapo melden, sich auf gar keinen Fall mehr politisch betätigen. Wollen Herr Reichsführer den Ausdruck meiner aufrichtigen Ergebenheit entgegennehmen, schrieb der Schwager.

Alles Unglück nur wegen diesem Pilar. Weil Otto den kennt und ihn gesprochen hat, bevor die Situation sich änderte. Dabei ging es beim Treffen gar nicht um Politik, versichert Otto. Pilar war anscheinend Kommunist und damit hochverdächtig. Inzwischen sitzt er im Lager und kann eh nichts mehr anstellen gegen die neue Regierung.

Vera legt ihre Füllfeder zur Seite. Nimmt das Ungetüm zur Hand, ihre Näharbeit. Fädelt eine goldene Paillette auf, steckt sie fest. Kneift ihre Augen hinter dicken Gläsern zusammen. Neuerdings ist sie Mitglied der Goldhaubengruppe des Heimatvereins. Hauben sind gerade in Mode. Als wären sie wieder im Mittelalter. Aber Vera lässt sich ihren Hut nicht verbieten. Sie ist Herrin auf einem Schloss und trägt auf dem Kopf, was immer sie will. Vera stichelt mit dem Goldfaden nur, um ihren guten Willen zu zeigen. Sie war nie begabt in Handarbeit, wurde jedoch auf dem Mädcheninternat damit geplagt. Lieber hätte sie mehr über Finanzen und Wirtschaft gelernt. Das könnte sie jetzt gut gebrauchen. Doch Tanzen war wichtiger in der Ausbildung einer Prinzessin. Tanzen, Zeichnen, Klavier. An vielen Übungsstunden konnte sie ohnehin nicht teilnehmen, weil sie bereits als junges Mädchen stark kurzsichtig war.

Vera stickt und hofft. Denkt an die Kinder in Wien und an Weihnachten. Wo sie feiern werden. Entweder alle bei ihrer Schwester auf Schloss Guttenberg oder hier. Je nachdem.

VERAS TAGEBUCH

Kurz vor Weihnachten durfte Otto zu meiner Schwester aufs Schloss, wo er bleiben musste. Ich besuchte ihn dort. Jeden zweiten Tag musste er sich beim Posten melden. Wenn er über den Bezirk einen kleinen Ausflug machen wollte, so musste er es melden und genau angeben, wie er und wohin er fahren wollte. Dann erhielt er endlich die Erlaubnis, wieder bei uns zu leben. Eine schöne gemütliche Zeit brach an, die wir sehr genossen. Dann kamen eines Tages neuerlich Herren von der Gestapo und durchsuchten das ganze Zimmer von Otto, besonders seine Korrespondenz, nahmen einige Briefe und Bankbelege mit, alles unbedeutende Schriften. Auch diesmal konnten wir nicht mehr allein miteinander sprechen. Um 7 Uhr abends führten zwei Herren Otto mit einem der Autos weg, die anderen blieben noch hier, weiter das Zimmer zu untersuchen. Es wurde uns nur gesagt, dass Otto zum Verhör nach Linz müsse, warum und zu welchem Zweck wussten wir nicht.

Dann endlich wurde Otto freigelassen. Das heißt, es wurde ihm mitgeteilt, dass er provisorisch enthaftet sei, einige Tage zu Haus sein dürfe und Orte nennen müsse, wo er ins Exil kommen könnte. Dies machte er dann, ehe er mit mir nach Hause fuhr. Eine Woche wurde nichts entschieden, dann kam zuerst der Befehl, dass er sich nach Nürnberg zu begeben habe. Da aber Otto wieder mit seinem Gesicht zu tun hatte, den Erfrierungen, und weil in der Folge der Unterernährung überall Ekzeme ausgebrochen waren, wurde dies verschoben.

Als Otto das Schloss neuerlich verlässt, ist seine Gesichtshaut immer noch trocken und mit roten, schuppenden Flecken überzogen. Jede Rasur schmerzt. Unter den Brauen und unterm Schnurrbart wuchern Ekzeme, die nässen, nicht austrocknen wollen und dauernd jukken. Vera hat aus der Apotheke ein Paket mit heilenden Salben und Kräutern besorgt, das sie ihm bei der Abreise übergibt.

Auch Gundo hat ein Hautproblem. Ihn behandelt sie mit Canidol. Das Jungtier ist herangewachsen und ist mittlerweile ihr engster Vertrauter. Der Schäferhund winselt, sobald sie vergisst, ihn morgens zu begrüßen, wartet vor der Tür des Schlafzimmers, folgt ihr auf Schritt und Tritt und begleitet sie durch die ottolose Zeit. Mit ihm fühlt sie sich weniger allein. Morgens nach dem Frühstück begibt sie sich an ihren Schreibtisch und geht die Post durch.

In einem Schreiben befinden sich Fotografien aus Linz vom Züchterverein. Lieber ist Vera, wenn sie hinter der Kamera steht und selbst Bilder schießt. Nur eine Aufnahme ist darunter, die ihr gefällt. Im Trachtenkostüm, die grünen Aufschläge am Schwarz-Weiß-Foto dunkel, ein fast knöchellanger Rock und am Kopf der Lieblingshut mit breitem Band. Es war warm an diesem Nachmittag. Sie trägt die praktischen Ledersandalen. Der Boden aufgewühlt von den vielen Schritten am Exerzierplatz. Lehm klumpte an ihren Sohlen und verdreckte das Auto auf der Heimfahrt. Gundo und Puppi an der Leine waren hervorragend getroffen. Sie legt das Bild zur Seite, überlegt, es vergrößern zu lassen, zu rahmen und an Otto zu schicken.

Als im September der Krieg beginnt, müssen Veras Söhne einrücken. Der älteste Sohn hatte sich vorher in Berlin bemüht, den Kaltenbrunner zu treffen, um zu intervenieren. Weil der Obergruppenführer aus der Gegend um Grieskirchen stammt, und weil Otto ihn persönlich kennt. Aber das Treffen mit dem roten Pilar bleibt weiter ein Grund, den Schlossherrn von seinem Stammsitz fernzuhalten. Es werde geprüft, hieß es. Geduld sei vonnöten. Wie kann ein einziges Gespräch so verhängnisvoll sein, dass eine ganze Familie, ja eine ganze Gegend davon den Nachteil hat? Und das über Jahre?

Der älteste Sohn schreibt Vera, dass er den Reichsleiter gebeten habe, die Angelegenheit vom rein menschlichen Standpunkt aus zu prüfen. *Tun Sie es mit der Gewissheit, einem guten Mann und Vater zu helfen.* Nichts fruchtet. Otto habe sich seine Lage einzig und allein selbst zuzuschreiben, behauptet Himmler. Vera studiert die Unterschrift mit Auf- und Abschwüngen, regelmäßigen Abständen zwischen den Strichen, keine Unterlängen, keine Rundungen, alles spitz und scharf. Sie legt ihre Finger auf die Buchstaben, um den Abdruck seiner Macht zu erspüren. Nichts passiert. Das bringt Otto nicht zurück.

Ihr Briefpapier hat Vera der veränderten Lage nicht angepasst. Erst will sie alle Bögen, die sie noch hat, aufbrauchen, kein wertvolles Material verschwenden. Gemäß dem Briefkopf wohnt sie weiter in Oberösterreich und nicht in Oberdonau, wie die Deutschen ihre Region nun nennen. Vera sieht nicht ein, warum sie sich an Vergängliches halten soll. Ihre Familiengeschichte reicht schließlich über Jahrhunderte. Sie spannt den Bogen in die flache Schreibmaschine, obwohl sie für Korrespondenzen lieber ihren Füller verwendet, feine dünne schwarze spinnenartige Buchstaben malt, die sie zu einem späteren Zeitpunkt selbst kaum entziffern kann. Wegen der besseren Lesbarkeit hat sie sich zuletzt für eine Maschine entschieden. Das Schreiben an den Kreisleiter in Linz ist zu wichtig. Sie wird den Brief ihrem Chauffeur übergeben, weil der in der nächsten Stunde noch in die Stadt hinunterfährt. Vera tippt mit zwei Fingern, den Kopf nahe an den Tasten, ihr Sehvermögen hat sich weiter verschlechtert:

Sehr geehrter Herr,
die wirtschaftlich so schwere Zeit macht es mir als alleinstehende Frau schwierig, den Anforderungen gerecht zu werden. Daher bitte ich Sie, es zu ermöglichen, dass mein Mann, der in der jetzigen Zeit, mehr denn je gebraucht wird, wieder nach Hause kommen kann. Er ist unendlich nötig und darf ich behaupten wichtig im Betrieb. Nun sind auch unsere drei Söhne seit Beginn des Krieges an der Front. Unsere Söhne waren uns immer eine große Hilfe, da sie auch hier ihren Mann stellten.
Neil Nitler!

Sie dreht das beschriebene Blatt am ratschenden Rad heraus, setzt ihre fedrige Unterschrift darunter. Bemerkt nicht, dass sie zum Schluss das *H* mit dem *N* verwechselt hat, froh, endlich am Ende des Briefes angekommen zu sein.

LOTTE | Linz

Im Gebäude der Hilfsschule Linz wird eine Judenklasse eingerichtet. Allein, dass sie dieses Haus betreten muss, beschämt Lotte. Dorthin gehen nur die schlechtesten Schüler, die, denen nichts im Gehirn hängenbleibt. Sie selbst hat mit den Freundinnen noch darüber gespottet. Keiner will so sein wie die. Nicht einmal vorbeigehen mögen die Mädchen an dem schlecht beleumundeten Haus. Zumindest findet Lottes Unterricht nachmittags statt, sobald die Zurückgebliebenen das Haus am Tummelplatz verlassen. Nach ein paar Wochen haben die jüdischen Schülerinnen wieder frei. In den Klassenräumen werden Soldaten untergebracht. Ein langer, ungewisser Sommer bricht an. Die meiste Zeit verbringt Lotte zu Hause und liest oder versucht Papa im Geschäft zu helfen. Sitzt zwischen Stoffen, Maßbändern und dunklen Anzügen, sortiert die Hüte aus Filz und aus Stroh. Spielt mit Damenhandschuhen. Doch es kommen kaum Kunden.

Bald darauf verlieren sie die Wohnung in der Humboldtstraße. Vorher holen die Männer in den schweren Mänteln Lottes Vater ab, verfrachten ihn ins Auto. Mitten in Linz. Am helllichten Tag. Nicht einmal winken darf sie ihm. Der Papa auf dem Rücksitz sieht geradeaus in Fahrtrichtung. Sein Kleidergeschäft wird einem Verwalter als Eigentum des Reiches übergeben. Das Auto beschlagnahmt. Sie beziehen ein Zimmer im jüdischen Gemeindehaus gegenüber der Synagoge. Der Rabbiner ist rechtzeitig geflüchtet.

»Aber können wir nicht ins Sommerhaus in Aussee? Dort ist es sowieso schöner.« Hat Lotte die Mama gefragt. Jeden Sommer und die Osterferien hatten sie an dem dunklen See verbracht, so wie viele jüdische Familien aus Linz und aus Wien.

»Das haben sie längst konfisziert.« Mamas Stimme klang so düster, dass Lotte sich nicht zu fragen traute, was dieses Wort bedeutete.

Manchmal schaut im Gemeindehaus die Erna vorbei, die sie entlassen haben müssen, und bringt eine Schaumrolle für Lotte. Das frühere Kindermädchen huscht heimlich, immer nur nach Einbruch der Dunkelheit, zu ihnen herein. Das Kaffeehaus dürfen sie nicht mehr betreten. Nur die Kruste der Schaumrolle kracht wie früher, wenn Lotte hineinbeißt.

Gegen drei Uhr morgens erwacht Lotte vom Geruch nach brennendem Holz. Aus den Fenstern der Linzer Synagoge gegenüber schlagen Flammen. Ein Mann in brauner Uniform und Kappe, Waffe in der Hand, stolziert aus dem Gebäude. Andere schleppen Thora-Rollen und Gebetbücher, werfen sie auf den Boden. Ein Nachbar, Lotte hat ihn sofort erkannt, obwohl er einen Zylinder auf dem Kopf trägt, packt die Thora-Rolle, setzt sich auf die Stufen zum Eingang und beginnt in einem Kauderwelsch, das Hebräisch sein soll, zu murmeln und zu singen. Wiegt seinen Kopf und Oberkörper hin und her, hin und her. Die begierige Menge applaudiert, ihre Gesichter flackern. Ein großer Spaß. Mit Blaulicht kommt die Feuerwehr zwar angefahren, doch anstatt zu löschen, arbeiten die Männer nur daran, dass der Brand nicht auf benachbarte Häuser übergreift. Lotte scheinen die Flammen unheimlich nah. Anstatt zurückzuweichen, kann sie ihre Augen nicht davon lösen. Als hielte sie die Gefahr auf diese Weise in Schach. Vom Hof her vernimmt sie hämisches Lachen und Schreien. Dann werden die Gebetbücher am Boden entfacht. Die blitzenden Gold- und Silbergegenstände von einigen Burschen zusammengetragen, auf einem Laster abtransportiert. Lotte entdeckt

Fräulein Leni in der Menge, eine frühere Kundin, die lauthals schreit: »Judensau, Judensau!«, und um das Feuer tanzt. Eine andere, Fräulein Edelgard, umarmt einen der herumstehenden Männer nach dem anderen: »Erschlagt die Juden! Erschlagt sie!«

Eltern sind mit ihren Kindern angerückt, um das Spektakel zu betrachten, wie das Feuerwerk zu Silvester. Gruppen von Jugendlichen in weißen Kniestrümpfen und kurzen Hosen, die in der Novembernacht nicht frieren, sondern sich Schweiß von der Stirn wischen. Auch den Konrad, den klein gewachsenen Nachbarn mit dem Buckel, so dass er aussieht, als zöge er seinen Kopf stets ein, kann Lotte erkennen. Er schreit nicht und reißt nie seinen rechten Arm nach oben wie die anderen. Er ist immer nur ins Geschäft gekommen, um Knöpfe oder Hosenträger zu kaufen. Seine Mutter ist arm, also erhofft er sich viel von der neuen Zeit.

»Schönheit liegt im Detail!«, hat der Junge gesagt und dabei gelächelt.

»Kinderlähmung«, hat der Papa erklärt.

»Aber er kann doch gehen, seine Arme bewegen«, wandte Lotte ein.

»Ja, er hat Glück gehabt. Dafür wächst er nicht mehr.«

Lotte verschweigt, dass sie Konrad sympathisch findet, nicht so wild wie die älteren Buben.

Das Dach der Synagoge ist längst abgebrannt, die hohen Fenster ohne Glas. Nun kann man von außen ins Gebäude hineinsehen. Die Bäume sind geschwärzt, die Herbstblätter verkohlt. Dicke Wellen aus Hitze, Gerüche nach verbranntem Papier und Holz lassen Lotte sich zurückducken ins Zimmer. Dann geht es Schlag auf Schlag. Drunten läutet es. Männer trampeln durchs Treppenhaus. Mama öffnet die Türe. Die braun Gekleideten rennen hin und her, packen dies und das, reißen Laden und Schränke auf. Schreien herum:

»Sara, wo ist das Geld! Wo ist das Silber, wo ist der Schmuck! Gib her!«

Sie zerren Bettzeug und Matratzen zu Boden, zerschlagen Stühle. Lotte, an die Wand gedrängt, um den Weg freizugeben, erkennt einen der Männer, den Herrn Brandl, einen ehemaligen Kunden. Jetzt tut er, als kenne er keinen und wühlt in der Unterwäschelade, den verbliebenen wenigen Kleidungsstücken, die sie hatten mitnehmen können in die neue Unterkunft. Sein Kollege schnappt die Mama am Kragen und hält ihr die Pistole an den Kopf.

»Gib her, gib her! Sonst ...«

»Herr Brandl«, wagt Lotte zu sagen. Der Schreck macht sie mutig.

Der tut erst, als höre er nicht und meint zuletzt: »Ah geh! Lass sie in Ruhe, die Sara! Ihr Mann sitzt eh schon im Lager.«

Obwohl der Herr Brandl genau weiß, dass die Mama Julia heißt, sind alle jüdischen Frauen für ihn mit einem Mal Sarahs. Alle gleich, nicht einmal verschiedene Namen dürfen sie tragen. Zuerst nehmen sie die Wohnung, dann das Geschäft, dann die Schule, dann den Namen und zum Schluss den ganzen Körper. Papa hat recht. Es ist aus und vorbei. Außer sie schaffen es, weit fortzugehen. Lotte weint nicht. Ihr ist nun klar, dass dieser Tag das Ende ihrer Kindheit bedeutet. Sie hilft Mama, das Nötigste in zwei Koffer zu packen. Zu Fuß gehen sie zum Bahnhof. Juden dürfen nicht mehr Tram fahren. Sie nehmen den ersten Zug nach Wien.

HUBERTA | Salzburg

Erst als sie von Berlin über Wien nach Salzburg reiste, um das Schloss zu übernehmen, erfuhr sie von ihrem Anwalt, dass die Geschichte mit der vollständigen Arisierung von Leopoldskron nicht ganz stimmte. Huberta wurde auch nicht mit allen Ehren empfangen, wie erwartet, sondern es gab in diesem rückständigen und erzkatholischen Salzburg nicht wenige Gegner der Vereinbarung. Dass sie von Ihm geschickt worden war, passte den heimischen Aristokraten nicht. Außerdem war fast alle Habe des jüdischen Besitzers Max Reinhardt, dem ehemaligen Leiter der Festspiele, auf dem Anwesen verblieben. Ihre Ansprüche darauf seien ungeklärt, hieß es.

Und obwohl Hubertas Einquartierung von allerhöchster Stelle ausging, weigert sich nun die Wirtschafterin, der Prinzessin beim Aussortieren zu Diensten zu sein, da sie fürchtet, Reinhardts jahrelang aufgebaute Sammlung aus wertvollen Büchern und Möbeln würde zerstört. Es ist dieser Frau anscheinend nicht klar, dass das Vermögen längst als staats- und volksfeindlich deklariert und entschädigungslos enteignet wurde. Die stupide Frau hat kein Recht, für den früheren Schlossherrn einzustehen. Huberta ist über diese kleinbürgerliche Sturheit entrüstet.

»Sie irren sich«, versucht sie die Frau trotzdem zu überzeugen. »Ich bin es doch, die dieses Juwel der Architektur vor dem Zugriff der Barbaren retten will. Wenn ich es nicht übernehme, werden hier Soldaten einquartiert. Und sie können sich vorstellen, was dann passiert. Dann werden Baracken in das schöne Barock geschlagen. Rücksichtslos. Ich wurde vom Führer persönlich gebeten, die Tradition des Hauses fortzusetzen, und nicht, es zu ruinieren. Das ist ein äußerst freundlicher Akt von meiner Seite und kein feindlicher.«

»Aber der Gnädige Herr hat Leopoldskron von Grund auf restauriert, alles, jeder Stein und jeder Strauch im Garten, ist von seiner Hand und nach seinem Plan. Ich bin mehr als zwanzig Jahre hier im Dienst.«

»Und wo ist er nun? Abgehauen nach Amerika. Ließ alles im Stich. Sogar Sie.«

Die Frau bleibt ungerührt, verteidigt ihren Dienstherrn. *Einfach impertinent!*

»Der Herr Professor hat so vielen geholfen hier im Ort. Die ganzen Schauspieler und die Sänger und die Gasthäuser, die haben von den Festspielen gelebt. Sonst hätten sie gehungert in diesen schwierigen Zeiten. Hier war schon der Herr Moissi, und der Herr Zweig, sogar Schauspielerinnen aus Hollywood. Ohne unsere Festspiele wären wir alle brotlos.«

»Genau, und jetzt, da eine neue, eine bessere Zeit beginnt, reißt er aus, lässt die Festspiele im Stich.«

»Nein, so ist es nicht.«

»Begreifen Sie endlich! Das Volk wünscht eine Änderung für Salzburg. Denken Sie daran, die Nähe zum Führer lässt sich hier erspüren. Er atmet nur ein paar Kilometer entfernt auf seinem Anwesen frische Bergluft. Das Volk pilgert nach Berchtesgaden, nur für ein paar Stunden. Das Volk veranstaltet Fackelzüge Ihm zu Ehren und hofft, vielleicht einmal von weitem einen Blick auf Ihn zu werfen. Die Leute kommen in festliche Trachten gekleidet. Trotz strömendem Regen harren sie aus. Ich habe das mit eigenen Augen gesehen. Und wenn Er sich nicht zeigt, beginnen sie einander zu erzählen, wie sehr sie Ihn verehren, wie ihr Leben besser wird durch Ihn.«

Die Wirtschafterin bleibt bockig. Die Prinzessin muss

sie entlassen. Sie wechselt das gesamte Personal aus, legt vor allem auf gepflegte Umgangsformen wert. Für den Festspielsommer installiert sie eine Schneiderin im Schloss, so dass sich jeder ihrer Gäste eine Tracht maßanfertigen lassen kann. Die Schneiderin breitet Brokate in ihrer Werkstatt aus, die feinen Spitzen für die Blusen, eine Kollektion aus eleganten Lederschuhen mit verzierten Schnallen für die Frauen. Eine aus schweren Schnürschuhen für die Männer. Die Schneiderin kennt sich mit dem Unverfälschten und dem Bodenständigen aus, ist selbstverständlich Mitglied des heimischen Trachtenvereins. In Salzburg gehört Tracht zum guten Ton. Das hat sogar Reinhardt verstanden. Aber er hat nicht daran gedacht, dass es sich für Juden nicht gehört, so zu tun, als wären sie Teil des deutschen Volkes.

Ansonsten ist die Einrichtung in Hubertas neuem Domizil weitgehend in Ordnung. Schloss ist Schloss, die Lüster sind in Schuss, sogar die Elektrizität funktioniert. Die Kamine der Kachelöfen ziehen gut. Doch die hohen, weiten Räume bekommen sie damit nicht warm. Das wichtigste Merkmal von Schlössern und Palästen ist, dass seine Bewohner darin kräftig frieren. Huberta hasst Kälte. Aber wenn erst alles durchgeputzt ist, der Staub der dekadenten Vergangenheit verschwunden, kann sie sich durchaus vorstellen, sich hier wohlzufühlen. Vorher wartet die anspruchsvolle Arbeit mit den Bediensteten auf sie, denen sie beibringen muss, wie echter Service von höchster Qualität gelingt!

An Reinhardt nach Hollywood – und der muss dort sicher nicht frieren – schickt sie vor allem Bücher, die sie ohnehin nicht lesen wird, also fast alle. Bücher hat sie nicht nötig, um andere zu beeindrucken. Huberta lässt Reinhardts gebrauchte Garderobe in Kisten packen, abgetragene Schuhe und speckige Hüte, vor deren Geruch ihr graust. Sie sendet ihm von dem weniger wertvollen Porzellan und ein paar Möbelstücke, die ihr nicht gefallen. Sie will unbedingt ein paar Räume neugestalten, ihre eigene Marke setzen, hat große Pläne, das Schloss so zu verändern, wie es einer Prinzessin im Dienst des Reiches gebührt. Wie soll sie sonst den öden Winter überstehen, wenn keiner mehr kommt und es erst wochenlang regnet und schließlich nur mehr massenhaft Schnee fällt. Von früheren Aufenthalten im Salzkammergut weiß Huberta über das ungünstige Klima Bescheid. So viele attraktive Schilehrer kann es gar nicht geben, um sich vom Schlechtwetter abzulenken. Bei denen stört sie Dialekt überhaupt nicht, im Gegenteil, er erhöht sogar den Reiz. Vor allem an den Wochenenden, wenn ihr Liebhaber Fritz keine Zeit hat, weil er bei seiner Familie ausharren muss, wächst Hubertas Bedürfnis nach Bergführern und Skifahrern.

Nur ein Tennisplatz fehlt dem Anwesen noch. Einen fünfzehn Jahre jünger aussehenden Körper erhält man nicht ohne ständiges Training, und Fritz spielt halt so gern, hält seine Muskeln in Schuss. Seit die Prinzessin das Schloss übernommen hat, plant der Geliebte, eine der günstigen Villen am Wolfgangsee zu erwerben. Nach dem Abzug der Juden sind die für einen Spottpreis zu haben. Oder er lässt von Lagerarbeitern ein Haus bauen, wie viele seiner Kollegen.

»Die kosten nichts«, hat Fritz geschwärmt.

»Mein Freund Hans ist Lagerkommandant und könnte mir so viele Gefangene besorgen, wie ich nur brauchte. Die arbeiten nur für mich, ganz exklusiv. Da geht rasch was voran. Weißt du, der Hans hat Großes vor. Das Grundstück hat er sich selbst ausgesucht, für praktisch nichts gekauft, und die Lagerinsassen bauen ihm die Villa ganz nach seinen Vorgaben, samt Bootshaus, Felsenkeller, Garten mit Springbrunnen. Die Arbeitszeiten bestimmt der Bauherr selbst. Nachts werden die Arbeiter dann im Dorfgefängnis eingeschlossen, damit sie nicht auf dumme Gedanken kommen. Stell dir vor, wir hätten so ein Anwesen. Du könntest dann jeden Tag im See schwimmen, meine liebe, aufregende Huberta.«

Er schmeichelt ihr, und sie lässt sich gern schmeicheln. Sie sieht im elfenbeinfarbenen Badeanzug weiterhin hervorragend aus. Ihre langen schlanken Beine sind ihre Stärke. Die Haut an ihrem Dekolleté ist fleckenlos und seidenweich.

ELSA | Aussee

Das Volkskleid, wie es inzwischen genannt wird, ist Juden nicht erlaubt. Das Ausseer Dirndl, mit lila Schürze und rosa Rock, das Elsa sich gleich zu Anfang nähen ließ, hängt lang schon im Schrank. Weil sie es nicht mehr tragen darf. Dabei hat sie alles versucht. Das *Juten Tach* aus Berlin hatte Elsa sich ohnehin rasch abgewöhnt, als sie merkte, dass die Leute das nicht mochten. Seit sich die Lage verschlechtert hat, ist ihr sogar das *Grüß Gott* verwehrt. Die Kinder dürfen zwar *Heil Hitler* in den Mund nehmen, werden trotzdem schief angesehen. Und es stimmt ja, wie sollen sie diesem Kretin Gutes wünschen, der ihnen beibringt, andere zu verachten. Obwohl sie Christen sind.

Ulrich bleibt tapfer, will nicht nachgeben. Er glaubt weiter an die Vernunft und das Gute in den Herzen der Menschen. Er predigt, sucht das Gespräch mit einzelnen Mitgliedern der Gemeinde. Ulrich ging sogar zum Bürgermeister von Aussee, um den Ruf der Familie zu retten.
»Tut mir wirklich leid, Herr Pastor, Sie sind ja tüchtig. Ich will sie nicht verlieren. Sie sind beliebt. Also Sie persönlich«, meinte der. »Die Zeiten sind nun einmal schwierig. Wo immer ich was bewirken kann, werde ich das tun. Machen sie sich keine Sorgen um die Kinder und um die Frau. Im Grunde wollen wir alle, dass sie bleiben.« Halbwegs beruhigt kam Ulrich nach Hause, und sie beteten gemeinsam.

Ein paar Tage darauf überhörte Elsa am Eingang zum Friedhof ein Gespräch, das in Gemurmel überging, sobald sie näher kam. Die Frauen steckten ihre Köpfe ein, duckten sich, rupften Unkraut, füllten ihre Gießkannen an der Tonne und wässerten die Blumen.

»Der Pastor soll seine Frau loswerden«, tuschelten die Frauen. »Er selbst ist nicht das Problem, und bei den Kindern, na ja, das wäre nicht so tragisch. Aber die Frau soll gehen. Überall sonst ist die Gegend von den Juden befreit. Warum muss das bei uns anders sein? Eine Schande für die anständigen Leute.«

Elsa tut das für ihre Kinder weh, weil sie zu jung sind, um zu begreifen. Sie sollten nicht erfahren, wie anfällig für den Hass manche Menschen sind. Die Großen haben sich bereits aufs Gymnasium gefreut. Begabt sind sie ja. Der Clemens will aufs Konservatorium nach Salzburg mit seiner Klarinette. »Mit diesem Instrument kannst du alles spielen. Klassische und Volksmusik. Es wird ja dauernd aufgespielt momentan. Die brauchen Nachwuchs in ihren Kapellen.« Clemens hatte Pläne. Als er sich bewerben wollte, waren alle Plätze vergeben, hieß es. Und das Gymnasium gibt ihren Kindern auch keine Chance, mussten sie erfahren. Mit einer jüdischen Mutter würden sie nie aufgenommen. Wo ist denn ihre Zukunft in dieser zerbrochenen Zeit?

Elsa prüft, ob die Erdäpfel, wie man hier sagt, gar sind, bemüht, sie mit der Gabel anzustechen, ohne dass die Knolle zerfällt. Schiebt den Topf von der Kochstelle.

Tag für Tag werden ihre Kleinsten an der Volksschule gequält. Da können sie noch so gute Leistungen bringen. Ihre Hefte sauber führen, in schönster Schrift schreiben, singen wie die Engel, die Worte des Lehrers auswendig vor sich hersagen. Nützt alles nichts.

»Jud ist Jud. Da wird nix Gscheites mehr draus«, behauptet der Lehrer vor den anderen Kindern. Und die müssen ihm glauben, weil er bestimmt, wie es mit jedem von ihnen weitergeht. Wenn die Eltern nur erfahren, dass ihr Nachwuchs mit den Judenkindern sympathisiert, fällt das auf sie zurück. Die meisten Mitschüler schweigen also, und manche haben sogar Spaß, die Worte des Lehrers zu wiederholen, während der Pause, auf dem Schulweg oder wann immer sie Elsas Kinder treffen, mit denen sie bis dahin befreundet gewesen sind. Sie tun nun, als ob sie sich nicht kennten. Das geht so lang, bis Ulrich die Kinder von der Schule nimmt. Sie durften ohnehin nichts mehr lernen. Die Bücher sind ihnen längst weggenommen. Wenn sie auf eine Frage hin aufzeigen, weil sie die Antwort wissen, werden sie nicht aufgerufen. Sie werden nun zu Hause unterrichtet, wann immer der Vater Zeit findet für sie. Elsa übernimmt den Unterricht der beiden Mädchen. Sie bringen ihr dafür ein wenig Dialekt bei, den sie zwar versteht, aber nicht spricht. Elsa hofft, dass sie dadurch den Anschein der Fremdheit verliert. Zumindest will sie ihren Kindern das Gefühl geben, dass sie kein Opfer ist und dass es bessere Zeiten geben wird. Irgendwann.

Über dem Ausseer See braut sich ein Sturm zusammen, Wellen peitschen sich auf, Wind saust hart durchs Laub, braust durch die Tannen, zerrt an den Ästen. Von hinten klopft es leise. Besuch kommt nur mehr durch die Tür zum Gemüsegarten. Die wenigen Vertrauten nähern sich dem Pfarrhaus von der Wiese, nicht von der Straße her, halten den Kontakt geheim. Elsa wartet auf Rosi, ihre einzige Freundin. Blickt hinaus. Keiner da. Wahrscheinlich ein Windstoß, der die Gartengeräte durchrüttelte. Aus der Speisekammer holt sie Schlagrahm für die Suppe. Gottseidank hat sie bei ihrer Ausbildung zur Krankenschwester auch Hauswirtschaft gelernt. So kann sie sogar aus Resten eine passable Mahlzeit zaubern.

In den Villen rund um den See wohnen keine jüdischen Gäste mehr. Leer stehen sie trotzdem nicht lang.

Rosi, die auf diese Häuser aufpasst, hat erzählt, dass die neuen Herrschaften, als sie den fremden Besitz übernommen haben, zu allererst mit weißen Handschuhen alle Vorsprünge und Ecken abgefahren sind, auf der Suche nach Staub. Nichts haben sie gefunden, weil Rosi wirklich sorgfältig putzt.

Mit dem Fahrrad kommt die Freundin viel in der Gegend herum. So viel, dass den Reifen manchmal die Luft ausgeht. Dann scheppert sie über die unebenen Wege, und Elsa kann sie von weitem hören. Rosi steigt sogar auf die Almen, obwohl sie einen schlechten Fuß hat. Sie kennt verborgene Pfade. Als Frau.

Elsa kann weder Bergsteigen noch Fahrradfahren. Zu Hause in Berlin hatten sie einen Chauffeur. Im Sommer wurde das Verdeck geöffnet, wenn sie an den Wannsee zum Schwimmen und Sonnenbaden fuhren. In ihr vergangenes Leben kann sie nicht zurück, weil dort nichts mehr so ist wie vorher. Im Gegenteil, in Berlin hat der Schrecken ja begonnen.

Zuerst hatten sie ihre Schwester Anna aus der Klinik geholt. Direkt weg vom Dienst. Sie war auf Visite mit dem Oberarzt, als die Männer in schwarzen Anzügen kamen. Sie zwangen sie, ihren weißen Kittel auszuziehen. Rissen ihr die Haube vom Kopf, sagten, sie solle es nicht wagen, je zurück ins Klinikum zu kommen. Anna hat sich daraufhin in der Villa versteckt, ging nicht mehr hinaus, völlig verängstigt. Während Elsa mit ihrem Mann bereits fortgezogen war, haben sie noch manchmal miteinander telefoniert. Anna war sehr niedergeschlagen und ohne Hoffnung. Elsa wollte sie überreden, nach Aussee zu kommen.

»Was soll ich dort? Ich bin Krankenschwester.«
»Ach, das ergibt sich. Komm erst mal her!«

Anna wollte nicht. Kurz darauf fand der Vater sie im Badezimmer, erhängt. Anna hat die Demütigung nicht ertragen. Nicht lange danach starb Elsas Vater. Sie war hochschwanger, und Ulrich meinte, es wäre zu gefährlich für sie, nach Berlin zu reisen, nachdem Anna in den Tod getrieben worden war. Ulrich fuhr allein. Die Villa, das Auto, die ganze Einrichtung wurden ohnehin danach rasch enteignet. So wie die jüdischen Häuser in der Gegend um Aussee. Aus Berlin hatte Ulrich bloß einen Koffer von Elsas Schwester mitgebracht, darinnen ihre Ausstattung und die Dokumente. Er fand ihn sorgfältig gepackt in Annas Zimmer vor, als hätte sie daran gedacht zu fliehen. Einen Brief hat sie nicht hinterlassen. Vielleicht wollte Anna sich ersparen, was Elsa und den Kindern jetzt droht.

LOTTE | Wien – Venedig – Shanghai

Alles, was in Wien schön war – die Parks, die Alleen, die Plätze, die Museen, die Konditoreien, sogar die Parkbänke –, ist jüdischen Menschen nun verwehrt. Lotte soll den ganzen Tag zu Hause bleiben. Sicherlich, die Wohnung der Großtante ist elegant, hohe Räume mit elfenbeinfarben lackierten Türen, Ornamente aus Stuck an den Decken, chinesisches Porzellan auf polierten Kommoden und Gobelins an den Wänden. So wertvoll. Zu wertvoll. Haufenweise Gegenstände, die leicht kaputtgehen. Es riecht nach Bohnerwachs und Lavendel. Lotte wagt es kaum, sich zu bewegen. Anfangs versucht sie das glatte Parkett zu nutzen, um in Strümpfen zu tanzen, vor dem riesigen goldgerahmten Spiegel am Gang ihre Pirouetten zu drehen. Die Großtante erwischt sie und verbietet es ihr. Verbietet fast alles. Sie sorgt sich mehr um das Befinden ihrer Möbel als um das ihrer Gäste. Anscheinend braucht sie die vielen Zimmer nur für sich allein. Lotte fühlt sich nicht willkommen. Tagaus, tagein schreitet die Großtante rastlos auf dem glänzenden Holz in Stöckelschuhen hin und her, hin und her. Früher haben ihre beiden Kinder in der riesigen Wohnung gelebt. Mamas Lieblingskusine ist hier aufgewachsen. Als Kind durfte die Mama mit Kitty sonntags in den Prater. Lotte hat Fotos gesehen. Die Mädchen mit weißen Schleifen im Haar hielten Ballons an Schnüren. Der Bruder ist früh gestorben, und Kitty hat nach Paris geheiratet. Die Mama nach Linz.

Jetzt verdrückt Lotte sich in dunkle Ecken. Die Großtante spürt sie in allen Verstecken auf. Am liebsten wäre ihr, das Mädchen bliebe stundenlang in der Küche auf einem Stuhl sitzen, ohne sich zu rühren. Wie ein Gegenstand. Nicht einmal Bücher aus der Bibliothek darf Lotte sich borgen.

Die Mama ist ständig unterwegs. Sie bemüht sich um ihre Ausreise in ein Land, für das man keine besondere Erlaubnis braucht. Was so gut wie unmöglich ist. Überall gibt es Beschränkungen. Man benötigt viel Geld. Nordamerika kommt längst nicht mehr in Frage. Nicht einmal Südamerika geht noch. Kurz hoffen sie auf Australien. Bis auch dort keine Juden mehr gestattet sind. Also bleibt nur Shanghai, weil das japanisch ist.

»Wir fahren nach Japan?«

»Nein, Shanghai ist in China, und die Japaner haben das Gebiet übernommen. Für uns ist das ja egal. Hauptsache, sie haben nichts gegen Juden. Das ist das Einzige, was zählt.«

»Gibt es dort ein Theater?«

»Sicher, Shanghai ist eine viel größere Stadt als Wien.«

Weil die Mama den Behörden verspricht, dass die Familie Österreich verlassen wird, darf der Papa aus dem Lager. Obwohl Lotte sich so auf das Wiedersehen gefreut hat, wird ihr ganz kalt, als ein schäbiger Mann vor ihnen steht. Wie ein anderer Mensch. Weil sie seinen Kopf geschoren haben, erkennt sie sein Gesicht erst nicht. Der Papa ist völlig abgemagert und sein Bauch verschwunden. Seine Hose aus grobem Stoff hat er nicht mit einem Ledergürtel, sondern einem Strick festgebunden. Der Kragen an seinem Hemd ist gelb und an den Nähten zerfranst. Nie hat Lotte ihn so elend gesehen. Er ist ohne Jacke und friert. Das Lächeln hat er verlernt. Erst später begreift Lotte warum.

Die Großtante sagt dem Papa gleich, dass er diese dreckigen Holzschuhe, die er im Lager tragen musste, ausziehen soll, bevor er in die Wohnung darf. Sonst komme er ihr nicht aufs polierte Parkett. Der Papa antwortet nichts, gehorcht bloß, steht da in Socken mit Löchern an den Zehen. Seine Füße stinken. Er ist zu müde, um sich dafür zu schämen. Später, die Eltern haben Lotte schlafen geschickt, schleicht sie zur Küche, wo die Mama immer den Abend verbringt, um die Großtante nicht zu stören. Sie lauscht. Papas Stimme zittert, als er erzählt, wie grauenvoll es im Lager war. Er hat unterschreiben müssen, darüber zu schweigen. Nur deshalb durfte er raus. Lotte hört, wie die Mama alle Flammen am Herd anzündet, damit der Papa nicht so friert. Der Gasgeruch sickert durch den Türspalt und Lotte schleicht zurück ins Bett. Papas Husten hört nicht auf.

Als sie endlich im Zug nach Venedig sitzen, lässt der Reiz nicht nach. Nichts hilft ihm. Keine Einreibung, keine Pastille, nicht die frische Luft, nicht die warme, nicht die kalte. Das Kratzen sitzt so tief in Papa drinnen wie in Lotte der Schrecken und in Mama der Mut. Die meisten Zähne haben sie ihm ausgeschlagen. Öffnet der Papa den Mund, sieht Lotte dunkle Höhlen.

Trotzdem freut sie sich aufs Meer. Bootsfahrten kennt sie von Familienausflügen an die Donau. Insgesamt vier Wochen sollen sie auf See verbringen. Falls es ihnen in Venedig gelingt, Plätze am Schiff zu kriegen. Suez - Bombay – Colombo - Singapur - Hongkong - Shanghai werden angelaufen. Alle Kreuzer sind mit Flüchtenden überfüllt, die sich an den Kais drängen und bis zur letzten Minute versuchen, an Bord zu kommen. Erzählt ein Mitreisender der Familie im Zugabteil.

Und tatsächlich, als sie frühmorgens am Bahnhof aussteigen und sofort das Büro der Lloyd-Triestino-Gesellschaft aufsuchen, wird ihnen mitgeteilt, dass keine Passage mehr frei ist. »Wir sind ausgebucht! Keine Chance! Eigentlich.«

Die Mama versteht sofort, was dieses letzte Wort des Angestellten bedeutet. Sie ist so klug. Im schwarzen Seidenkleid mit der Schleife am Ausschnitt, mit dem schönsten Hut, der ihr geblieben ist, den zweifarbigen Riemchenschuhen und in Seidenstrümpfen kniet sie sich vor den Mann. Mit vor der Brust gefalteten Händen – wie in der christlichen Kirche – bittet sie ihn, die Namenslisten ein weiteres Mal durchzusehen. Auch der dünne zerbrechliche Papa hockt sich hin, umfasst die Knie des Mannes im weißen Anzug, wie Odysseus den König, als er aufbrechen will. Das Gesicht des Angestellten bleibt ruhig. Lotte fällt auf, dass er öfter blinzelt, von Lotte zur Mama und wieder zu Lotte schaut. Er nimmt seine Unterlagen neuerlich zur Hand, streicht, rechnet herum und nickt.

Mit ihrem letzten Geld erstehen sie zwei Plätze für sich und einen halben für Lotte. Die Fahrkarten sind unverschämt teuer, Bordgeld inkludiert, zu zahlen im Voraus. Damit haben sie zwar keinen Groschen mehr in der Tasche, können aber auf der Überfahrt an Bord reichlich essen und trinken. Was bei ihrer Ankunft passieren soll, weiß keiner. Der Name des Überseedampfers lautet *Conte Biancamano*. »Das bedeutet weiße Hand«, sagt die Mama. »Das klingt doch gut.«

Lotte nickt. Es ist ein schönes Schiff, schwarzer Bauch, weiß lackiertes Deck, zwei riesige Schornsteine, ein mächtiges, weit verzweigtes Takelwerk. Dieses Wort hat sich Lotte gleich am ersten Tag gemerkt.

Nur der Papa redet fast nichts. Seit sie das Boot bestiegen haben, bleibt er lange im Bett liegen, kommt selten ans Tageslicht. Als würde er sich für seinen schwachen Körper schämen. Papas Haare wachsen nicht mehr so dicht nach wie vor dem Lager. Zumindest isst er und nimmt wieder zu. Das Fleisch zwischen seinen Wangen füllt sich ein wenig auf. Gegen die fehlenden Zähne kann man nichts tun. Er lächelt sowieso nie. Nicht einmal Lotte kann ihn aufheitern.

Den ganzen Tag über trägt sie ihren gestrickten Strandanzug und Sandalen. Die Mama hat daran gedacht, Sommersachen mitzunehmen. Überall duftet es nach Sonnenöl. Sobald sie wärmere Regionen erreichen, laufen die Kinder nur mehr leicht bekleidet an Deck herum. Lotte findet Spielgefährten. Wenn es regnet, hecken sie Spiele auf den langen Gängen mit den flauschigen Teppichen und den schwarzweiß gemusterten Böden aus, Springschach, Himmel und Hölle. In der Ersten Klasse, wohin Lotte mit ihren Kameraden manchmal schleicht, ist alles voller Plüsch, und es duftet vornehm nach Vanille. Sie spielen stundenlang Verstecken, so dass sie abends im Speisesaal ruhig sitzen können. Zwischen gedeckten Tischen und unter Lüstern, mit Spiegeln rundherum vergessen sie, warum sie sich hier befinden. Aus Unglück. Nicht aus freier Wahl. Sogar die Erwachsenen scheinen ihre Sorgen auf später zu verschieben, solange sie ausgiebig essen und ausgezeichneten Wein trinken können, ab fünf Uhr Cocktails, angenehme Umgangsformen. Für die Kinder Kuchen, so viel sie wollen. Lotte lernt Cannoli, gefüllt mit süßer sahniger Creme, kennen und verlangt jeden Nachmittag danach. Der Wunsch wird ihr erfüllt. An Bord verbietet ihnen keiner zu leben und sich wie normale Menschen zu bewegen. Die Kellner sind freundlich. In den Kabinen kann man sich sogar waschen, mit kaltem und mit heißem Wasser. Der Papa verliert seinen Gestank nach Lager. Es gibt ein Orchester, abends wird getanzt. Einmal darf Lotte auftreten und erntet Applaus.

Doch wenn sie an einem Hafen anlegen, darf keiner von ihnen an Land. Dann sind sie neuerlich nur Juden, also Menschen, die keiner haben will. Sobald das Schiff abfährt, scheint alles wieder gut. Solange sich die Passagiere in der *Weißen Hand* befinden, reicht es, dass das Schiff verlässlich über die Meere seinem Ziel entgegensteuert. Die Kinder fragen nicht nach einem Morgen. Die Erwachsenen vermeiden es, an den ungewissen Ausgang ihrer Fahrt zu denken. Das Ende des Vergnügens erwartet sie früh genug. Ihre Gegenwart auf dem Schiff scheint das Schicksal anzuhalten. Nur das Wetter und die Mahlzeiten bestimmen den Verlauf. Fast ist Lotte froh, Linz zu entkommen. Obwohl sie die Schule vermisst und ihre Freundin Emmy. Dafür erlebt sie gerade ein großes Abenteuer. Manchmal spielt die Mama sogar Bridge mit anderen Müttern und entflieht ihren dunklen Grübeleien. In solchen Momenten fühlt Lotte sich leichter. Mit Zehenspitzen zeichnet sie Tanzschritte auf die Planken.

Als die Geflüchteten in Shanghai die Gangway hinunterklettern, verwandeln sie sich wieder in die Niemande, die sie waren, bevor sie das schwimmende Zuhause in Venedig bestiegen. Sie werden sogar Geringere sein als vorher, weil sie die Stadt und ihre Sprache überhaupt nicht kennen. Lottes Familie besitzt nur zwei Koffer, zehn Dollars und die Kleider, die sie auf ihren Körpern tragen. Alles andere fehlt und müssen sie erobern, ohne zu wissen wie. Fürs Erste werden sie in Busse verfrachtet und in Heime transportiert, die sich fast außerhalb befinden. Auf dem Gelände haben die Chinesen bis vor kurzem gegen die Japaner gekämpft. Spuren davon sind geblieben: halb zerstörte Gebäude, ausgebrannte Ruinen, verfallene Läden und Reste von Fabrikhallen, teilweise überwachsen von Gräsern. Kaum Straßenbeleuchtung oder Verkehrszeichen. So was haben die Ankömmlinge noch nie gesehen. Bevor sie die Unterkünfte erreichen, bemerkt

Lotte eine Abordnung japanischer Soldaten, die ihnen entgegenmarschiert. Viele von ihnen mit einer Stoffmaske über Mund und Nase. Wie ein Maulkorb für Hunde, überlegt Lotte. Gleich darauf begreift sie, warum. Das Erste, was die Reisenden spüren, als sie die Busse verlassen, ist die schwere Hitze und ein unerträglicher Geruch nach Klo und Müll. Vorbei ist es mit den Kabinen, die Lotte auf dem Schiff eigentlich zu winzig fand. Nun im Nachgang, als sie den Schlafsaal mit den Notbetten betreten, erscheint ihr das Vergangene ziemlich bequem. Ab jetzt verfügen sie nur mehr über zwei Toiletten für zwei Dutzend Menschen, nicht getrennt für Männer und Frauen. Frische Luft kommt kaum herein, die Gassen sind zu eng, als dass sich Wind dorthin verirrte. Die Abflüsse funktionieren selten. Deshalb staut sich der Gestank. Am ersten Tag weigert sich Lotte strikt, aufs Klo zu gehen. Hält sich zurück, bis sie nicht mehr kann. Aber es gibt keine andere Lösung, und sie wartet lang, bis sie endlich drankommt. Lotte wird rasch klar, dass sie durchhalten muss, bis die Eltern eine gute Unterkunft finden. Sie fürchtet sich oft. Wenn der Strom ausfällt, sitzen sie im Dunkeln. Und sie hat Angst um den Papa, dass der immer kränker wird. Wegen der feuchten Hitze und den Keimen, die überall lauern. Die wichtigsten Regeln, die ihnen zu Beginn eingetrichtert werden, lauten:

Trinkt das Wasser nicht!

Trinkt keine Milch!

Esst nichts Ungekochtes!

Haltet euch von japanischen Soldaten fern!

Traut keinem Polizisten!

Lotte sehnt sich zurück nach der Wohnung in Linz. Sogar die Küche der Wiener Tante wäre ihr nun recht. Der Geruch der Abfälle in den Gassen und der im Fluss treibenden Fischkadaver verursacht ihr Übelkeit. Sie bringt keinen Bissen hinunter. Der Papa ist zwar tapfer, die Anstrengung setzt ihm allerdings zu. Jeden Morgen sucht er Büros auf, um Arbeit zu finden oder ein Geschäft zu gründen. Ohne Erfolg. Bald ist er zu schwach, um weiterzumachen. Er hat geglaubt, es wäre einfach, mit seiner Erfahrung als Geschäftsmann neu anzufangen. Am Schiff war die Hoffnung darauf groß. In Shanghai jedoch hat niemand auf Neuankömmlinge gewartet. Sie sind eine Last. Um den Papa nicht zu kränken, gibt Lotte – obwohl sie hungrig ist – weiterhin vor, sie könne nicht viel essen. Weil der Fluss so übel riecht und es im Heim von Kakerlaken wimmelt. Die Hitze drückt. Manchmal meint Lotte sogar, Bakterien durch die Luft schweben zu sehen, besonders wenn der Papa sich beim Atmen schwertut. Das kommt vom Lager. Er hat sich nie davon erholt. Etwas in ihm ist zerbrochen. Genauso wie seine Zähne. Lotte merkt, dass sie ab nun für den Papa sorgen müssen, und nicht umgekehrt. Also kocht die Mama Wasser ab, das übel riechend aus der Leitung kommt, füllt es in zwei Blechkannen und versucht es becherweise auf der Straße zu verkaufen. Wegen der höllischen Hitze will jeder ständig trinken, und ungekochtes Wasser ist gefährlich. Leider bringt Mamas Geschäft nicht genug ein. Also überwindet sie sich, geht hausieren und verkauft die letzten Gegenstände von Wert: Papas Paletot aus reiner Schurwolle. Ihren Verlobungsring, besetzt mit Diamanten. Es fällt ihr nicht leicht, sich davon zu trennen.

»Ich könnte tanzen«, meint Lotte eines Abends. »Ich habe in Linz schon damit Geld verdient. Ihr habt gesagt, dass es in Shanghai ein Theater gibt.«

»Kommt überhaupt nicht in Frage. Du bist ein Kind.«

Also sitzt Lotte die freien Tage mit dem traurigen und

kranken Papa auf ihrem Bett. Meistens singt sie. Er starrt ins Leere.

TRAUDI | Grieskirchen

Wenn der Rupert lacht, kneift er seine Augen zu schmalen Schlitzen zusammen und entblößt ein Gebiss aus flachen weißen Zähnen. Ein gesunder Mann, denkt Traudi. Von denen gibt's nicht mehr so viele in der Gegend, die noch frei sind. So viele Krüppel nach dem Krieg. Und die Verwachsenen haben sie eh bald abtransportiert nach Pupping, in ein Heim. Da können sie unter sich sein. Das hat sie gehört, seit sie alle Deutsche sind. Für die Bauern ist das sowieso egal. Das Vieh, das Heu, das gute und das schlechte Wetter. Mehr ist es nicht, was zählt. Egal, wer da vorne schreit. Aber stolz sind sie alle schon, dass ein Mann aus Oberösterreich der Allerwichtigste ist bei den Deutschen draußen. Das macht den Anschluss irgendwie logisch.

Beim nächsten Heumachen richtet Rupert es so ein, dass er neben Traudi in der Reihe zum Arbeiten kommt. Sie schnaufen. Seite an Seite müssen sie mit der Heugabel in die dichten Ballen stechen und die schwere Ladung auf den Wagen hieven. Da lässt sich nicht vermeiden, dass ihre Schultern sich manchmal berühren, wenn sie im selben Rhythmus sind.

»Darfst schon was sagen zu mir«, schlägt er nach einer Weile vor. Und Traudi denkt, warum nicht, sind ja die anderen dabei. So kann sie sich die Zeit vertreiben, und die anstrengende Arbeit wird leichter. Sie gibt nach.

»Ja, eh. Meinen Namen kennst du ja.«

»Und du meinen«, lacht er.

Ihr Haar hat Traudi wegen dem Staub unters Tuch gesteckt. Wenn sie es nach getaner Arbeit abnimmt, erkennt sie am dunklen Rand auf ihrer Stirn, wieviel Dreck der Stoff abhält. Ansonsten setzt sie nicht gern was auf.

Sie mag auch keine langen Haare. Gibt ihr Geld gern beim Friseur aus und lässt sich Wellen legen. Schon als Kind hat sie sich gegen Hauben gewehrt.

    Später bei der Jause, als sie alle unter dem schattigen Eichbaum sitzen, reicht der Rupert ihr den Mostkrug zuerst. Obwohl eigentlich die Männer vorher drankommen. Traudi trinkt, spürt die saure Flüssigkeit mit Apfelsüße rau auf ihrer Zunge, leckt sich die Lippen. Das ist der Moment, in dem der Rupert unbemerkt den Arm hinter sie legt und sie ziemlich fest in die Hüfte zwickt. Traudi schreit auf. Hält sich gleich den Mund zu, damit niemand es merkt. Doch da grinsen ein paar, wenden sich dann wieder ihren Brotbrocken zu und dem Fleisch-Fett-Fleisch-gestreiften Speck und dem salzigen Krautsalat mit Kümmel. Es ist schwül. Die Wolken stehen am Horizont. Der Bauer schimpft. Wieder arbeiten sie Schulter an Schulter, Traudi und Rupert. Wenn er die Arme hebt, treibt eine Wolke seines Geruchs hinüber zu ihr. Auch aus ihren Achselhaaren tropft der Schweiß. Trotzdem hält keiner der Arbeitenden jetzt an. Sie wollen die Ernte zu einem Ende bringen. Traudi beginnt, die zu Boden gefallenen Halme mit dem Rechen aufzufangen und zu einem weiteren Ballen zu häufen, eine Arbeit, die normalerweise die Kinder erledigen. Die sind weit und breit nicht zu sehen. Die Luft schwirrt, und plötzlich steht der Rupert hinter ihr, streift ihren Rock, während er seine Heugabel in den Haufen sticht und über die Schultern gestemmt davonträgt, nur mehr im Unterhemd. Traudi schaut ihm nach, ohne zu merken, dass sie es tut.

    Dann endlich ist es vorbei. Nach der Jause packt sie ihren Rechen. Da steht der Rupert auf und bietet ihr an, sie nach Hause zu begleiten. Sie fühlt sich beschwingt nach getaner Arbeit und nach dem Most. Sie nickt. Die anderen werfen sich vielsagende Blicke zu. Nebeneinander gehen sie die Trattnach entlang, am Wiesenweg. Er weiß, wo Traudi wohnt, weil sich in der Gegend fast jeder kennt, oder jeder kennt einen, der den anderen kennt. Sie reden nicht viel. Ihr Tuch hat sie abgenommen und lässt den kühleren Abendwind an ihre verklebten Locken. Er trägt ihren Rechen und seinen über der Schulter, hält die Stangen fest mit einer Hand. Mit der anderen versucht er, Traudis Finger zu fassen, aber sie ist so vorsichtig wie er kühn. Sie weiß nicht, ob er ihr wirklich gefällt. Er beteuert bereits, wie fesch sie sei, und ihren Waden habe er oft genug nachgesehen. Er mag es, wenn Frauen kräftig sind. Er versucht einen Kuss. Sie wendet sich fort. Er wird wütend.

»Zuerst machst du mir schöne Augen, und dann tust, als ob du mich nicht magst? Ich weiß schon, was so eine wie du will.«

»Nein, warte!«

»Du hast Ja gesagt.«

»Ich habe gesagt, dass du mich nach Hause begleiten kannst.«

»Trotzdem, du hast mehr wollen, gib es zu! Du bist doch sonst nicht so. Warum lässt du die anderen und mich nicht? Glaubst, du bist was Besseres?«

»Nein, nein! Rupert! Ich hab ein Kind.«

»Genau, und das hat dir ein Mann gemacht. Das kann ich auch.«

»Nein, nein.«

Er wirft die Holzrechen auf die Uferböschung und zerrt Traudi ins hohe Gras. Von weitem kann man die beiden miteinander ringenden Körper nicht sehen. Er zerrt ihr die Unterhose über die Oberschenkel, knöpft sein Hosentürl auf. Drückt ihren Oberkörper nach unten mit seinem anderen sehnigen Arm. Sein Gesicht legt sich über Traudis Gesicht. Aus dem Mund riecht er scharf nach Alkohol. Er leckt zuerst mit der Zunge über ihre Wangen, drückt sie danach zwischen Traudis Lippen und schlüpft hinein. Sie will schreien. Da hält er die Handfläche gegen ihren Mund, stößt und stößt zwischen ihre Beine. Sie gibt es auf, sich zu wehren. Danach steht er auf, wortlos, knöpft die Hose wieder zu, packt seinen Rechen und geht pfeifend davon.

HUBERTA | Salzburg

Sie kann immer noch nicht genug von ihrem Geliebten kriegen und er nicht von ihr. Manchmal lädt Fritz sie an den Wolfgangsee ins Hotel Weisses Rössl ein. Dort scheint alles frisch und neu, nachdem die jüdischen Eindringlinge endlich abgezogen sind. Huberta hasst Operetten und verachtet ihre Komponisten. Sie begeistert sich entweder für die höchste Kunstform der Oper oder gleich für den amerikanischen Stil, mit modernen Melodien. Operette bedeutet Rückschritt, eine ungute Mischung. Sie selbst lebt völlig vorwärtsgewandt. Deshalb soll in ihrem Schloss alles nach neuester Technik funktionieren. Kachelöfen hin oder her. Es reicht ihr mit der winterlichen Kälte. Huberta lässt eine Zentralheizung einbauen. Um ihre Gäste angemessen zu bewirten, bestellt sie einen überdimensionalen elektrischen Herd, amerikanische Kühlschränke und modernste Küchenmaschinen. So erspart sie sich unzuverlässiges Personal. Die Köche und Kellner, die sie für Empfänge engagiert, müssen sehr gut ausgebildet sein. Am besten in London oder Paris. Eine Prinzessin führt eben Hof und dilettiert nicht wie dieser bürgerliche Theatermensch, der vorher hier wohnte. Darauf legt sie Wert. Der Führer zahlt alle Investitionen, da sein adeliger Schützling damit den Wert des Schlosses erhöht. Nur Ribbentrop ist, wie erwartet, eifersüchtig, versucht Huberta zu schneiden, wann immer ihre Wege sich kreuzen. Als hätten sie nicht in London viele Empfänge gemeinsam besucht und sich zumindest höflich begrüßt. Aber Huberta weiß, dass er wütend ist, weil seine Übernahme von Schloss Fuschl nicht so klaglos funktioniert hat.

Anfangs hat Huberta das Anwesen sogar besichtigt, hat Ribbentrops Frau angeboten zu helfen, als Dame von

Welt. Die Lage ist tatsächlich phänomenal. Hat man das Schloss einmal gesehen, will man nirgendwo anders hin. Da gibt sie Joachim recht. Auf einer kleinen Halbinsel ragt das burgartige Gebäude, ein vierhundert Jahre altes Jagdschloss, in den See hinein. Man ist sehr privat, die kleine Zufahrtstraße wurde längst für den Verkehr gesperrt, ein Refugium. Ribbentrop hat eindeutig gutes Gespür für Liegenschaften von Wert. Sogar die Innenräume sind hervorragend renoviert. Enteignet war das Anwesen bereits, denn der Schlossherr wurde früh als gehässiger, aktiver Feind der nationalsozialistischen Bewegung entlarvt. Er hatte insbesondere die Parteigenossen in der Gemeinde Hof, zu der Fuschl gehört, als Illegale verfolgt. Für diese Untaten verschwand der enteignete Besitzer zur Strafe in einem Lager. Der Weg für Ribbentrop war frei. Aber als wäre damit ein Sturm entfacht, begannen plötzlich Streitereien. Mit einem Mal begehrten gleich mehrere verdiente Parteimitglieder das Anwesen. Leider gibt die Frau des Schlossherrn ihren Kampf nicht auf. Jetzt ist die Lage verfahren. Sogar die Gestapo mischt sich ein. Dann heißt es wieder, dass doch Ribbentrop den Zuschlag bekommt. Bis alles geregelt ist, darf er dennoch nicht einziehen. Dann gewinnt neuerlich eine andere Streitpartei die Oberhand. So geht es ständig hin und her. Huberta ist nur froh, dass für Schloss Leopoldskron der Befehl von ganz oben ausging. Diese Entscheidung bleibt unumstößlich, und so gesehen versteht sie Ribbentrops Neid. Denn die Prinzessin schaltet und waltet, wie sie will. Hubertas Lebensunterhalt wird weiterhin vom Londoner Lord finanziert. Indem sie sich auf ihrem eigenen Schloss aufhält und Gäste empfängt, dient sie dem Reich. Sie ist abgesichert, fürchtet nichts und niemanden.

Bald hat sie einen gutaussehenden blonden Pianisten mit strahlend blauen Augen für ihren Salon engagiert, der alle durch sein Spiel verführt. Die ersten Gäste aus Frankreich, England und den Staaten trudeln ein und fühlen sich wohl. Nach ihrer Rückkehr erzählen sie begeistert von dem wunderbaren Aufenthalt in dieser traditionsreichen Stadt des neuen Deutschlands. Die Prinzessin erfüllt Seinen Auftrag wie gewünscht. Er ist anscheinend derart zufrieden, dass sie eine weitere Einladung erhält. Diesmal nach Berchtesgaden. Sie soll in einem vertraulichen Gespräch zwischen dem Führer und dem englischen Lord vermitteln.

Ein Sonderzug erwartet die Prinzessin am Salzburger Bahnhof. Großes Aufsehen rundherum. Die Leute laufen zusammen, versuchen durch die Fenster des Führerzugs zu starren. Huberta bahnt sich einen Weg durch die Menge, wird mehrfach fotografiert. Hände strecken sich nach ihr aus. Man bittet sie sogar wie einen Filmstar um Autogramme. Drinnen im Wagen sind die Wände holzvertäfelt. Es gibt fließend heißes und kaltes Wasser, die Böden sind mit Samtteppichen ausgelegt. Komfortable Sitzmöbel, das ganze Ensemble wirkt wie ein geschrumpfter Salon. Mit dezenter Beleuchtung. Huberta bestellt als Erstes Tee, um zu prüfen, ob das Personal auch englisch ausgebildet ist. Dass es sich um einen Panzerwagen handelt, um Ihn gegen Attacken jeglicher Art zu schützen, fällt von außen keinem auf.

Spätabends, als die Prinzessin Berchtesgaden erreicht, wird ihr die höchste Ehre zuteil. Sie ist eingeladen, am Berghof zu übernachten. Keinem anderen Gast wurde dies bisher erlaubt, außer Eva Braun. Huberta lässt es sich gefallen. Als sie am nächsten Morgen den Frühstücksraum betritt, steht der Führer bereits am Kachelofen, der angenehme Wärme verströmt. Huberta, in Salzburger Tracht mit kess verkleinertem grünem Hütchen auf ihrem kastanienbraunen Haar, ergreift sofort Seine Hand, drückt sie herzhaft. Sein Gesicht scheint ihr ziemlich verquollen. Sie darf zu Seiner Linken Platz nehmen, und der Londoner Lord, der ihr zur Begrüßung die Hand küsst, sitzt zu Seiner Rechten. Der Führer greift nach der knakkigen Handsemmel, säbelt sie in zwei Hälften. Die Marillenmarmelade schmeckt ausgezeichnet. Der Londoner trinkt Tee. Der Gastgeber genauso. Huberta beobachtet, dass Er zuerst seine Tasse mit Zuckerstückchen bis zum Rand anfüllt. Die Prinzessin schenkt beiden Männern ein, beugt sich nach vorne und merkt anfangs kaum, dass der Führer ihr sanft übers Haar fährt, fast den kecken Hut herunterwischt. Er streichelt ihre Locken wie verträumt und lächelt. Die Goldränder Seiner Zähne blinken. Er verspeist ein Kuchenstück nach dem anderen. Guglhupf, Biskuitroulade, Punschkrapfen. Der Lord verabschiedet sich als Erstes. Huberta bleibt. Sie soll noch eine Runde mit dem Führer drehen. Der Spaziergang führt bergab, so ist es Seine Gewohnheit. Unten wartet bereits das Auto, um sie ohne Mühen zurück nach oben ins Haus zu kutschieren. Von der Terrasse blickt man fast bis nach Salzburg, wenn man will. Huberta hat die Namen der Bergspitzen auswendig gelernt und macht damit Eindruck. Er verabschiedet sich überschwänglich und drückt mehrere nasse Küsse auf den nackten Rücken ihrer Hand.

Da es spät geworden ist, will sie eine weitere Nacht im Hotel verbringen, nützt die Gelegenheit für ein Stelldichein mit Fritz, der sich als Adjutant des Führers oft in der Nähe des Berghofs befindet. Gerade als Huberta sich in ihrer Suite einrichtet, schickt Er als Zeichen ihrer besonderen Freundschaft einen großen Rosenstrauß und einen jungen Schäferhund. Sein Stammbaum ist tadellos, darauf legt Er Wert. Was soll Huberta damit tun? Erst mal tauft sie ihn auf Wolf, dann bittet sie den Hoteldiener des Hotels, sich um das Tier zu kümmern. Sie setzt sich an den Sekretär und schreibt einen Dankesbrief:

Hunde sind für mich das Symbol der Treue und Freundschaft. Schade, dass Sie kein gewöhnlicher Sterblicher sind, dem man sagen kann, ich revanchiere mich beim nächsten Mal. Ganz die Ihre, Prinzessin Huberta

Sie klingelt, übergibt das Schreiben einem Boten. Als endlich Fritz im Salon ihrer Suite erscheint, vergisst sie den Schäferhund sofort. Wer kann diesem Geliebten widerstehen, so groß, so dunkel, so muskulös, seine buschigen Brauen ein Ausdruck höchster Männlichkeit. Drei Jahre lang geht die Affäre schon und muss geheim bleiben, denn der Geliebte ist verheiratet. Huberta kümmert das nicht. Hauptsache, Fritz kann einer Prinzessin bieten, was sie in ihrem Alltag benötigt und darüber hinaus. Der Führer selbst hat die Liebenden zusammengebracht, seinen Adjutanten angewiesen, sich um die Prinzessin bestens zu kümmern. Ein Auftrag, den Fritz nur zu gern erfüllt. So oft seine Mission es erlaubt, begleitet sie ihn nach Berlin. Inkognito. Dort mieten sie sich im Hotel Adlon ein, sie lassen es sich gut gehen. Der Geliebte erhält ausreichend finanzielle Mittel, um Huberta zu hofieren, bezahlt Hotels, Restaurants, Telefon, Taxi, Flüge, hin und wieder sogar Handtaschen, Unterwäsche, Schuhe, Hüte, Kleider. Sie kriegt alles, was sie will.

ELSA | Aussee

An der Hintertür klopft es leise. Elsa hört Rosi ihre schweren Bergschuhe abtreten, die sie bei gutem wie bei schlechtem Wetter trägt, und reißt sich aus den Gedanken an Berlin. Was geschehen ist, kann sie ohnehin nicht ändern. Sie öffnet der Freundin. Rosi reicht ihr nur bis zu den Schultern. Sie ist so zart. Leicht zerzaust, mit Kopftuch über den hellen Locken steht sie vor ihr, außer Atem.

»Griasste Elsa.«

»Griasste Rosi.«

Elsa genießt den festen Händedruck der Vertrauten. Kurz hält sie sich an Rosis schwieliger Hand fest. Vom vielen Wäschewaschen im kalten Fluss sind ihre Handflächen und Finger rau. Die viele Wäsche für die Wiener und dazu noch für die Berliner Herren.

»Bist du so schnell geradelt?«

»Na ja, bei dem starken Gegenwind muss man mehr treten.«

Rosi ist neben Ulrich der einzige Mensch, der Elsa Nachrichten von draußen bringt. Mit einem mächtigen Schlüsselbund radelt die klein gewachsene Frau von Villa zu Villa, um nach dem Rechten zu sehen. Nach der Vertreibung ihrer Besitzer stehen die schönen Häuser in der Gegend um Aussee nicht lang leer. Bestimmt haben die Nazis sich die Villen vorher ausgesucht, meint Rosi, und daraufhin die Herrschaften verjagt. Man könne ja ihre Häuser nicht verkommen lassen, hieß es, müsse sich um den Garten und so weiter kümmern.

»Manche von denen, die jetzt das Sagen haben, schnappen sich gleich mehrere. Eins für die offizielle Ehefrau und den Nachwuchs, eins für die Geliebte und deren ledige

Kinder. Dazu eine Schihütte, ein Badehäuschen. Seelage bevorzugt. Die die es ruhiger wollen, nehmen lieber ein Haus am Hang. So wie die Villa Trapp mit den hohen, bogenförmigen Fenstern, die so schwer zum Putzen sind.«

Hat Rosi Elsa erzählt.

»Während die Familie beim Radio g'sessen ist und sich die Rede vom Führer anhören hat müssen, weil sonst gab's ja kein Programm, da ist der Toni, der Bedienstete, herein in den Salon und hat sich aufg'spielt als Herr. Weil er war bei der Partei und bringt ihnen bei, wer das Kommando hat. Aber die haben ihn aussig'schmissen. Und die Hakenkreuzfahne haben sie nicht ins Fenster g'hängt. Stattdessen haben sie ihre guten Teppiche zum Lüften aussig'legt. Kurz danach sind sie für eine Tournee nach Amerika g'fahrn und nie mehr z'rückkommen«, erzählte Rosi.

Rosis Aufgabe ist es, die Betten zu beziehen, die Öfen anzufeuern, sobald die Herrschaften ihre Ankunft annoncieren. Sie soll dem Kaufmann Bescheid geben, welche Lebensmittel zu liefern sind.

»Die meisten von denen sind direkt aus Deutschland kommen, nachdem die Wiener weg waren. Weil das Salzkammergut halt so günstig liegt. So nah am Führer im Bayrischen. Immer am Sprung, wenn Er ruft.«

Elsa rührt Rahm in die Schüssel, erwärmt die Flüssigkeit. Die Kartoffeln, in Scheiben geschnitten, wird sie als Suppeneinlage verwenden. Das sättigt.

»Juden aussischmeissn hat dauert. Anfangs haben sie sich gewehrt, haben glaubt, sie haben ein Recht, sie können so sicher wie die anderen sein, die Aristokraten und die Reichen. Haben g'meint, es ist genug, wenn sie ihren Glauben aufgeben. So wie bei dir, Elsa. Die, die früher aufgeben haben, haben manchmal sogar ein bisserl Geld kriegt fürs Haus, das sie renoviert und eing'richtet haben. Die, die am längsten blieben sind, haben am meisten leiden müssen.«

Rosi erzählt gern. Sie hat kaum Vertraute, denen sie ihre Empörung darüber mitteilen kann.

»Wie der Schreiber vom Léhar in der Villa drüben in Ischl. Der hat geglaubt, dass der Komponist ihn schützt. Aber nichts da. Obwohl er so eine Berühmtheit ist, hat er nicht helfen können. Weil der Schreiberling viel zu lang g'wartet hat, haben sie ihn dann abg'holt.«

Wenn Rosi Derartiges berichtet, bekommt Elsa noch mehr Angst, dass eines Tages die schwarz Gekleideten vor ihrer Tür stehen, dass Ulrich und seine Position sie nicht mehr länger davor bewahren, dass der Bürgermeister es sich anders überlegt.

»Dabei war vorher den Leuten im Dorf das Geld recht, das die Juden bracht haben im Sommer. Weil die haben immer Hilfe braucht, eine Köchin, ein Kindermädchen«, hat Rosi erzählt. »Beim ersten Mal, da war ich fast noch ein Kind, bin ich zu zwei alten Damen aus Wien kommen. Die Mutter hat mich g'schickt, und ich habe den ganzen Sommer über bei denen bleiben müssen. Hab nicht mehr heim dürfen.«

So hat Rosi immer im Sommer für Gäste gesorgt und im Winter leere Häuser gehütet, wenn die Herrschaften nach Wien zurück sind. Eine Vertrauensperson. Sie hat gewusst, wann wer wo anreist und wohnt. Ein wandelndes Fremdenbüro.

»Am meisten hat's mir als junges Mädchen bei Familien mit kleinen Kindern g'fallen. Die Wiener haben alles mitbracht. Bettwäsche, Teller, Besteck, Lebensmittel, Handtücher, Badesachen, Spielzeug.« Morgens musste Rosi mit dem Rucksack beim Bäcker einkaufen und den Tisch decken. Nach dem Frühstück die vielen Teller, Tassen, Löffel und

Gabeln abwaschen, trocknen, wieder in die Schränke räumen. Zum Bügeln, zum Waschen und zum Fensterputzen haben sie wieder andere Frauen aus dem Dorf geholt. Tagsüber waren die Herrschaften unterwegs zum Schwimmen und zum Bootsfahren am See.

»Über unseren Dialekt haben die sich lustig g'macht, haben uns nicht verstanden oder probiert, uns Wienerisch beizubringen«, erzählt Rosi. »Manchmal habe ich sogar im Auto mitfahren dürfen. Im offenen Wagen, wenn es nicht g'regnet hat.«

»Mein Vater in Berlin, der hatte auch einen großen Wagen. Schwarz lackiert. Wir haben Ausflüge zum Schlachtensee gemacht oder weiter hinaus. Manchmal sogar bis an die Ostsee. Der leichte Geruch nach Salz. Meine Mama hat da noch gelebt«, erinnert sich Elsa.

»Auf einmal, hat's g'heißen, das ist schlecht für Aussee, wenn Juden auf Urlaub sind. Weil die Deutschen sonst nimmer kommen. Wer hat denn g'merkt im Badekostüm, wer jüdisch war und wer nicht? Und vor allem bei den Kindern? Kinder sind Kinder! Die Familie, für die ich g'arbeitet hab, ist dann fort. Nach Amerika. Das war eh ein Glück. Am Vorabend habe ich Schnitzel für alle ausbraten. Obwohl es die Lieblingsspeise der Kinder war, haben sie g'weint. Wenn die Villenbesitzer einmal abgerauscht waren, sind die Geier 'kommen. Sind einfach ohne Schlüssel hinein. Pelzmäntel, Silbersachen, Porzellan, Schmuck, Goldmünzen. Jeder hat sich bedient. Am nächsten Tag war das Ganze offiziell beschlagnahmt. Und wer nicht freiwillig 'gangen ist, den haben sie abtransportiert. Irgendeinen Grund dafür haben sie immer g'funden. Und wenn es keinen geben hat, dann haben sie einfach g'logen. Der Metzger, der Wirt, der Müller sind über Nacht verschwunden g'wesen. Ins Lager, hat es g'heißen.«

Auf einmal klopfen schwere Regentropfen gegen die Fenster.

»Schnell die Wäsche!«, schreit Elsa.

Die Frauen laufen hinaus und reißen die heftig durcheinander tanzenden Kleidungsstücke von der Leine, werfen sie in den Korb und rennen zurück in die Stube. Rosi nimmt ihr Kopftuch ab, schüttelt es. Ihre nach hinten gekämmten und mit einem Band im Nacken befestigten Locken riechen nach frischem Wasser und nach verbranntem Holz. Ein kleiner Hauch Gegenwart. Elsa saugt ihn gierig ein.

FRANCINE | Paris

Nach dem Vorfall in Babelsberg verließ Francine Berlin, reiste zurück nach Paris, wo sie von Jean-Marc bereits erwartet wurde. Er war immer noch verrückt nach ihr. Bald darauf kam Sacha nach. Der Komplize verkehrte in Künstlerkreisen und kannte *tout Paris*. Über Sacha lernte Francine schließlich André kennen und danach Marcel, der ihr Potential sofort erkannte.

Francine greift nach einer weiteren Zigarette, schaut auf die goldene Armbanduhr. Prüft ihren Lippenstift. Das amerikanische Feuerzeug, Abschiedsgeschenk von Jean-Marc, klickt. Saugt den duftenden Rauch ein. Mittlerweile kann sie sich ihre Liebhaber aussuchen. Die Schauspielerei fällt ihr leicht. Ihre Rolle ist praktisch immer gleich. Eine Frau, die ihre bestrumpften Beine bis zur Unterwäsche hinauf zeigt. Eine, die ihre Liebe bedenkenlos verteilt. Eine, die sich an ein wenig Gewalt nicht stört. Eine Frau auf Abwegen, die ihr großes Herz nie verliert. Die freche Klappe hat Francine an langen Cabaret-Abenden ausgiebig trainiert. Als es nötig war, das Publikum bei Laune zu halten, damit es wiederkam. Und jetzt muss sie halt die Produzenten damit überzeugen.

Dafür lief sie sogar diese verdammte Brücke hinauf, die die Bühnenarbeiter aus Holz im Studio nachgebaut hatten. Sie musste so tun, als wäre es die echte am Canal St. Martin. Mit Rostfarben gestrichen sollte die Attrappe aussehen, als wären die Teile aus Metall. Statt richtigem Wasser gab es Glanzpapier, auf dem sich das Licht der Straßenlaternen fing, wenn Nacht sein sollte. Weil die echte Brücke mit grünem Geländer ein Monster war. Die Treppen viel zu steil. Die Pariserinnen mit hohen Absätzen kletterten lieber auf dem Schleusengitter über den Kanal, als sich auf die Stufen zu wagen. Sie hatten das vorher ein paar Mal ausprobiert. Sah nicht gut aus. Schließlich wurde der Dreh ins Studio verlegt. Innenszenen filmten sie in dem echten Hotel am Kanal. Da musste Francine nur sie selbst sein. Sich versonnen die Nägel feilen. Die Wimpern ausgiebig tuschen. In die Farbe spucken, damit die sich besser löste. Einen Morgenmantel tragen, der sich mit jedem Schritt öffnete und ihre Beine hervorblitzen ließ. Dazwischen schimpfen. Möglichst ordinäre Ausdrücke verwenden. Später den hauchdünn duftigen Peignoir ausziehen, um vor aller Augen halbnackt dazustehen und in eine Kreation zu schlüpfen, die die ganze Länge über mit einem einzigen Zipp zu schließen war. Eine Sensation. Der Reißverschluss überhaupt, und dann so ein endloser. Praktisch, weil endlich ohne Knöpfe oder Haken. Die Französinnen liefen allein wegen Francines Kleider in diesen Film und wegen ihrer unerreichbar schlanken Figur. Sie war ein Vorbild. Später stürmten die Frauen in die Geschäfte und stellten fest, wie kostspielig Reißverschlüsse waren. Die Männer gingen wegen Francines nackter Beine ins *cinéma* und um ihren Liebsten anzudeuten, wovon sie träumten.

Die Francine auf der Leinwand ist schlagfertig. Sie ist frivol, aber nie zu sehr. Sie sagt einem Mann, wo's langgeht. Sie wird wütend, wenn er sich in Ausreden flüchtet. Sie ist mütterlich gegenüber dem Mädchen im Hotel, dem die Eltern erlauben, einer Dame von zweifelhaftem Ruf ein Stück Torte vorbeizubringen. So ist das eben in Paris.

Die Zuschauerinnen lachen herzlich, als Francine mit einem blauen Auge vorm Spiegel steht, in tadelloser Garderobe, ein Ensemble mit Bolero aus kariertem Stoff. So ein Jäckchen können nur Körper mit wenig Oberweite tragen. An dem Veilchen haben einige Frauen sich wiedererkannt. Francine im Film motzt herum, drückt ein Stück rohes Fleisch darauf, versucht den dunklen Fleck zu überschminken, was ihr nicht gelingt. Der Geliebte, den sie mit ihrem Verdienst als Prostituierte aushält, regt sich auf. Murmelt seine Unzufriedenheit in sich hinein. Gesteht, dass er sein Leben ändern will. Wünscht eine Änderung der Atmosphäre. Francine tut aufgebracht, als ob sie keine Fremdwörter kennt. Haut ihm das Wort um die Ohren. Zerdehnt es, verhöhnt es, spricht es falsch aus. Zerdrückt es, presst es ihre Nase hinauf. Fehlt noch, dass sie dem Geliebten ihre Handtasche ins Gesicht schlägt. Plötzlich besinnt sie sich und geht ab. Wütend.

Nach der Premiere ist sie *tout un coup* in ganz Frankreich berühmt. Die *Atmosphäääre* wird zum Markenzeichen. Im nächsten Streifen tritt sie gleich nackt auf. Das kann sie sich leisten mit ihrer Figur.

Es klopft. Das Dienstmädchen öffnet die Tür. Sacha ist vorgefahren. Endlich. Er wird sie mit unzähligen Koffern zum Bahnhof bringen. Francine drückt ihre Zigarette aus, sprüht N⁰5 auf ihr Kleid. Sie kauft es direkt bei Coco, obwohl ihr der Duft eigentlich zu schwer ist. Sie streift die Handschuhe über, greift nach der Krokodillederhandtasche, fährt mit dem ruckeligen Lift hinunter auf den Quai de Conti und steigt in die wartende Limousine. Venedig. Die Filmfestspiele, Flanieren am Lido. Ihr neuer Film wird vorgestellt. Den Preis für die beste Hauptdarstellerin will sie sowieso nicht gewinnen. *La Coppa Mussolini!* Ein Witz.

II. KRIEG 1941

GRETEL | Grieskirchen

Nichts ist besser geworden. Schon gar nicht mit dem Krieg. Alle Männer, die sich gerade noch gefreut haben über den Anschluss, mussten an die Front. Die Frauen schauen nicht einmal mehr auf einen Tratsch vorbei. Auf der Straße weichen sie ihr aus. Solange Gretel nichts verdient, kann sie kein Material kaufen. Braucht auf, was sie hat. Die Kundinnen lassen ihre Kleidungsstücke nicht mehr ändern. Eine Zeitlang hat Gretel Hosen rausgelassen, weil die Kinder schnell gewachsen sind, hat Röcke enger genäht, weil die Frauen keine Mehlspeisen mehr essen. Zucker horten sie für schlechtere Zeiten. Ändern ist ohnehin eine Heidenarbeit. Reißverschluss raus, Reißverschluss wieder rein. Nicht jede beherrscht das. Weil nicht jede die passende Apparatur hat, um den harten Wulst aus doppelt genähtem Stoff und Verschluss festzuhalten, ohne dass sich die Naht verzieht. Nur Gretels moderne Maschine hat dieses spezielle Füßchen. Das hat sie extra aus Deutschland bestellt. Und dann wird von einem Tag auf den anderen nicht einmal mehr die geringste Reparatur verlangt. Da kann Gretel so freundlich grüßen, wie sie will, wenn sie über den Hauptplatz geht. Wahrscheinlich machen die Frauen ihre Ausbesserungen mit der Hand. Wenn überhaupt. Meist reicht eine Sicherheitsnadel.

Also hat sie die Werkstatt aufgeben müssen und wohnt bei der kränklichen Mutter in der Kammer. Die Mutter hat es mit den Nerven, regt sich über alles und jeden auf. Zumindest hat Gretel eine Tür, die sie hinter sich zuschlagen kann, wenn sie allein sein will, um zu überlegen, wie es weitergehen soll. Wenn die Mutter nicht zu schimpfen aufhört, dass ihre Tochter eine überflüssige Esserin ist und sie arme Frau noch ins Grab bringen wird, dreht Gretel das Radio an. Hört Musik zum Durchhalten aus Berlin: *Lass deinen Kummer Kummer sein, denke an den guten Rat: Sing ein Lied, wenn du mal traurig bist ...*

Gretel summt und hofft, dass es hilft. Eigentlich sollte sie mit ihren fünfundzwanzig Jahren längst verheiratet sein. Aber die Männer im passenden Alter sind im Krieg. Und der Karl, der sie so lang hingehalten hat, will nichts mehr von ihr wissen. Die anderen, die nicht begreifen wollten, dass eine neue Zeit beginnt, sind abgeholt worden oder verschwunden, ohne dass einer was weiß. Die Feiglinge haben sich aus dem Staub gemacht. Gretel will ihr eigenes Geld. Das ist sie so gewohnt.

Schließlich erfährt sie am Bezirksamt Grieskrichen, dass es gute Chancen auf Anstellung in einem Lager gibt. Sie könnte das ewige Herummeckern der Mutter hinter sich lassen und wieder frei sein. Warum nicht Aufseherin werden? Dazu braucht sie kein Vorwissen.

»Hauptsache, du bist immer anständig gewesen«, sagt der Mann im Amt. Nicht einmal in die Partei muss Gretel eintreten. Gegen das Heimtückegesetz hat sie nie verstoßen. Rundfunkvergehen ist keines gemeldet. Ihr Leumund wird genau geprüft. Sie wird gut verdienen. Einhundertfünf Reichsmark plus Überstundenzuschlag. Aufpassen muss sie eh nur auf Frauen. Weil sie gegen die Volksgemeinschaft sind, geht es darum, sie umzuerziehen.

Gretel wird gratis Essen sowie Arbeitskleidung, neue Schuhe und sogar Unterwäsche erhalten. Es ist lange her, dass sie sich welche leisten konnte. Seit ihre Nähmaschine nicht mehr zum Einsatz kommt. Als Gretel zwei Wochen später am Bahnhof auf den Eilzug Richtung Nürnberg wartet, ist sie aufgeregt.

»Zuerst ein Monat Ausbildung in einem Lager in der

Nähe von Berlin«, hat der Mann vom Amt gemeint.

»In der Führerhauptstadt.«

»Genau.«

In diesem Augenblick begreift Gretel erst, wie wichtig ihre Aufgabe sein wird.

»Mindestens so wichtig wie die der Männer im Krieg«, hat der Beamte versichert.

Am Bahnhof warten zwei andere Frauen, die Lisi und die Elfi, die sie vom Sehen flüchtig kennt. Wie Gretel waren sie arbeitslos und hoffen jetzt auf eine Zukunft.

»In Nürnberg müssen wir in den Zug nach Berlin umsteigen.«

»Dort werden wir abgeholt. Mit dem Omnibus.«

Nervös zupft Gretel an ihrem Kostüm aus graugrünem Trachtenstoff. Noch nie ist sie so weit gereist. Die Knöpfe an ihrer Jacke glänzen. Auch die anderen haben ihre besten Sachen angelegt. Die Mutter hat ihr zum Abschied sogar ein Fläschchen Kölnischwasser geschenkt. Gretel freut sich, bald eine Respektsperson zu sein. Ihre Sohlen sind abgetreten, dafür hat sie das Oberleder ihrer Schuhe extra schön poliert. Sie will gut aussehen. Möglich, dass sich einer von den deutschen Männern, die sie in Berlin treffen wird, für sie interessiert. Sie könnte Grieskirchen endlich vergessen.

Die Lok hält mit langanhaltendem Quietschen. Dikker Kohlenqualm nebelt die Reisenden ein. Gretel greift nach ihrem halbleeren braunen Pappkoffer, erklettert die hohen Metallstufen. Etwas Reisegeld haben sie auch bekommen. Als die Umrisse der Stadt vorbeiziehen und der Zwiebelturm der Kirche aus ihrem Blickfeld verschwindet, spürt Gretel schon die neue Zeit. Endlich wird sich was ändern. Sogar für sie.

Die Fahrt vergeht schnell. Schon wird sie mit anderen

in der Hauptstadt wartenden Frauen in einen Polizeibus geladen. Die Landschaft nördlich von Berlin ist flach und grün, keine Hügel wie rund um Grieskirchen. Sie fahren am Ufer eines tiefblauen Sees entlang, das Schilf rundum wuchert hoch. Gretel stellt sich gerade ihre eigene neue Wohnung mit gemusterten Tapeten an der Wand vor, die sie sich hier oben verdienen wird. Sie wird in einem seidigen, mit Spitze verzierten Negligé vorm Spiegel stehen, und plötzlich klopft es an ihrer Tür. Dann hält der Bus abrupt. Alle kreischen auf, überrascht.

»Aussteigen.« Eine kräftige Frauenstimme. Weit und breit kein gutaussehender Mann.

Es riecht nach Mistgrube, Schlachthof, verbranntem Fleisch, Holzkohlen. Gretel versucht durch den Mund zu atmen, sich nichts anmerken zu lassen. Den anderen Frauen geht es genauso. Still geworden trotten sie an Holzbaracken für die Gefangenen vorbei: Gestalten, deren Körpern Gretel nicht mehr anmerkt, dass es weibliche Wesen sind. Aber sie tragen Kopftücher. Die Anwärterinnen marschieren vorbei an Anlagen mit zwei Schloten, aus denen dichte Wolken quellen. Ihre Dünste drehen Gretel den Magen um. Sie atmet tief ein. Gleich wird ihr besser. Sie ist nicht zimperlich. Die Unmengen an Asche werden kurzerhand in den dunkelblauen See gekippt, wird ihnen später erzählt. Zu den Kröten und den Fischen.

Gretel beißt die Zähne zusammen. Wäre alles wirklich so schlimm, wie es auf den ersten Blick erscheint, hätten die Verantwortlichen in Grieskirchen sie sicherlich gewarnt. Dort war nur die Rede von einem sicheren Arbeitsplatz. Sie darf nicht gleich aufgeben. Denn wer soll die Rückreise bezahlen, wenn sie kapituliert? Sie hat schon Schulden genug. Gretel denkt an das Lager in der Nähe von Linz. Dort wird sie nach der Ausbildung stationiert sein. Das hat der Mann vom Amt versprochen. Daran hält sie fest. Die Träume von einem Leben in Berlin gibt sie am besten auf. Gretel lässt sich auf die Pritsche fallen. Will sich nicht ausziehen, hat Angst vor der fremden Bettwäsche, streift nur die Schuhe ab. In ihr Stofftaschentuch spritzt sie ein paar Tropfen Kölnischwasser, legt es über Nase und Mund.

Die Schulung beginnt am nächsten Morgen. Zuerst lernen die Frauen, wie sie denken müssen, um ihre Aufgabe zufriedenstellend zu verrichten. Das meiste kennt Gretel ja schon. Sie hat im Wirtshaus immer genau zugehört, wenn die Männer darüber redeten:

dass die Sozis und die Juden alles versauen,
dass eine Ordnung sein muss,
dass der Parasit beseitigt werden muss,
dass es dann den echten Deutschen besser geht,
dass die Polen den Deutschen den Platz wegnehmen,
dass der Krieg ihr gutes Recht ist.

Sogar der Pfarrer hat gegen Arbeitsscheue und Dahergelaufene gewettert am Sonntag.

Die müssen eingesammelt werden und gestraft.

Ungeziefer wird beseitigt, so wie es sich in einem anständigen Haus gehört.

Das hat sogar Gretels Mutter verstanden. Saubermachen ist der Stolz einer jeden Hausfrau.

Nach der Theorie erfahren die Anwärterinnen, wie ein Lager funktioniert, die ganzen Regeln und Vorschriften. Auswendiglernen ist Gretel nie leichtgefallen. Deshalb hat sie sich ja mit dem Schneidern eine Arbeit gesucht, die sie händisch ausführt. Sie hofft, dass sie in dem neuen Beruf in der Praxis besser ist, sodass nicht auffällt, wie schwer sie sich mit dem Merken tut. Zum Abschluss folgt eine praktische Übung. Gretel weiß inzwischen, dass ein kaputter, mit dreckigen Fetzen bekleideter Körper in der Ordnung dieser neuen Zeit nichts zählt. Aber genau hinzuschauen traut sie sich nicht. Sie fürchtet das Gesicht der Frau, in dem sie Angst erkennt. Eine Angst, die Gretel anspringt. Sie bezwingen will. Erstarren lässt. Sie wird durchfallen. Dann muss sie zurück zur Mutter. Das darf auf keinen Fall passieren. Gretel dreht sich so, dass die Gefangene mit dem Rücken zu ihr steht. Sie hält die Luft an, wegen dem Gestank. Erinnert sich an die Mahnungen der Ausbilderin.

»Die Brust muss sich öffnen«, hat sie befohlen. »Nur wer seine Stimme zum Klingen bringt, ist fürs Kommandieren geeignet.« Sie hat ihnen gezeigt, wie der Atem durch den Körper strömen muss und auf den Stimmbändern schwingt. Mit den Fingern haben sie den Vibrationen am Kehlkopf nachgefühlt. Gretel stellt sich breitbeinig, hebt den Arm, den Griff der Peitsche in der rechten Hand. Sie spürt eine Kraft, die ihr über die Schultern bis in die Brustmuskeln zieht. Und dann kommt die Wut. Wut darüber, weil sie nie eine Chance, sondern immer nur ein Unglück hat, und dass sie das nicht verdient. Wut auf diese Zeiten, die es schlecht meinen mit ihr. Wut wegen der Ungerechtigkeit. Wut auf den Karl, diesen Hund, der ihr die Heirat versprochen hat. Nachts ist sie aus der Wohnung geschlichen und hinter der Kapelle hat der Drecks-Karl ihr gleich den Rock hochgeschoben. Dann stieß er zu. Es hat wehgetan. Das sollte die Liebe sein, nach der sich alle sehnten? Danach hat der Schuft sich nicht mehr blicken lassen. Ein schöner Verlobter. Die Mutter hat dauernd geschimpft und ihr die Schuld gegeben dafür. Hat ihr nicht geholfen, als Gretel noch tagelang das Brennen zwischen den Beinen gespürt hat. Sondern dauernd kontrolliert, ob die Tochter nicht schwanger ist. Ein lediges

Kind ist das Schlimmste. Der Karl hat sie reingelegt. Seitdem hasst sie. Fast steigen ihr die Tränen hoch. Doch Gretel reißt sich zusammen und schlägt zu. Dreschflegel, fällt ihr ein, während sie mit der Peitsche arbeitet, so fest es geht. Dreschflegel! Trenne das Gute vom Schlechten! Dreschflegel! Den brennenden Geschmack, der aus ihrem Magen kommt, schluckt sie hinunter. Gretel ist gewissenhaft und genau. Die Ausbilderin zufrieden. Gretel besteht die Prüfung.

Am Vorabend der Abfahrt bekommen sie die Arbeitskleidung. Von dem groben, dunkelgrauen Wollstoff ist Gretel enttäuscht. Zumindest ist die hüftlange Jacke mit Revers gut geschnitten, vorne mit aufgesetzten Taschen. Die sind praktisch, tragen aber auf. Am Rock springt vorn eine Falte auf. Gretel fährt mit ihren Fingern über den leicht kratzigen Stoff. Die Bluse aus Baumwolle fühlt sich besser an. Die Unterwäsche auch. Ihre neuen Schnürschuhe haben dicke Sohlen und werden lang halten. Stiefel für den Winter müssen sie sich erst verdienen, hat die Ausbilderin gesagt. Damit ist Gretel offiziell. Zwei Tage Heimaturlaub, danach geht der Dienst los im Lager in der Nähe von Linz. Weil sie gehört hat, dass dort deutsche Ärzte arbeiten, hofft Gretel, doch noch einen Mann zu finden. Vielleicht wird sie eines Tages was Besseres. Und sie denkt an die gemusterte Tapete an der Wand, die sie sich später leisten wird. Nicht bloß das Muster aus der Walze.

Zurück in Grieskirchen stolziert sie in ihrer Arbeitskleidung und den neuen Schuhen herum. Zeigt sich, sucht das Kaffeehaus auf, das Wirtshaus, kauft beim Bäcker Semmeln für die Mutter, die sich darüber freut. Früher haben sie nicht einmal am Sonntag Weißbrot essen können. Alle sollen sehen, wie gut es ihr geht. Deshalb geben ihr sogar die Geschäftsleute die Hand. Und viele, die nichts mehr von ihr wissen haben wollen, solange sie arbeitslos war, grüßen nun mit Respekt. Gretel ist wieder wer.

Sie lehnt am Stadtbrunnen, lauscht dem Geplätscher der unablässigen Wasserstrahlen, zündet sich sichtbar für alle eine Zigarette an. Sie kann sich so was leisten.

TRAUDI | Grieskirchen

Der Bürgermeister in seinem Büro im Rathaus nippt an seinem Kaffee, summt ein Lied, *dagegen hilft Musik, Musik, Musik*, gut gelaunt, taucht seine Füllefeder ins Tintenfass, pumpt, drückt, zieht frische Tinte hoch. Er schraubt die goldverzierte Hülse über die königsblaue Patrone, freut sich über das Quietschen des feinen Gewindes. Er atmet ein, holt mit seinem rechten Arm aus, legt ihn sorgfältig auf der Schreibtischunterlage zurecht. Schnippt mit den Fingern der anderen Hand seine Sekretärin an den Tisch, die ihm die Mappe aufgeschlagen vorlegt. Der Bürgermeister beginnt sein Tagesgeschäft. Mit dem vom Gauleiter persönlich überreichten Gerät, dem neuesten Füller aus Berlin, setzt er seine sorgsam ausgetüftelte Unterschrift – so ein Doppelname samt Doktortitel braucht schließlich Raum - unter die Dokumente.

Heute ist Erb- und Rassenpflege an der Reihe. Alles wird von ihm persönlich geprüft und muss rasch über seinen Tisch. Der Bezirk ist groß. Der Bürgermeister muss die Bevölkerung einer sorgsamen Reinigung unterziehen.

Er studiert die Zahlen von Geisteskranken, Idioten, Epileptikern im Raum Eferding.

Er unterschreibt Maßnahmen zur Behandlung von unfruchtbaren Frauen.

Fall für Fall bestätigt er Entmündigungen wegen Geistesschwäche, Geisteskrankheit, Trunksucht. Mit seinem Namen in strahlendem Blau. Er liebt den Geruch von Tinte. Die Sekretärin dicht hinter ihm, mit dem Löschblatt, passt auf, dass die geschwungenen Buchstaben nicht verwischen, und blättert um.

Nächste Akte. Es geht um die internierten Personen

in der Heilanstalt Niedernhart. Unnötige Esser. Auf die Kompetenz der Ärzte dort kann der Bürgermeister vertrauen. Parteigenossen. Alles läuft gemäß der Verordnung. Die Aufnahme- und Abgangszeiten geisteskranker Personen, Idioten, männlicher und weiblicher Pfleglinge in Niedernhart und Gschwendt werden blau auf weiß bestätigt.

Die Sekretärin trocknet sorgfältig, klappt die Mappe zu. Der Bürgermeister streckt sich, gähnt, schraubt die Kappe auf den Füller, legt ihn in die Ablage fürs Schreibgerät, blickt auf die Uhr.

»Geh, bring mir eine Mehlspeise zum Kaffee!«

Die Sekretärin nickt, läuft die Treppen auf den Hauptplatz hinunter, vorbei am Stadtbrunnen in Richtung Friedhof zur Bäckerei Wanka und grüßt die Chefin.

»Griasste.«

»Griasste.«

Die Semmeln duften. Traudi ist vor ihr dran. Seidenzuckerl mit pastellfarbenen Streifen werden hier stückweise verkauft. Traudi leistet sich zwei, steckt eins davon sofort in den Mund, steigt wieder aufs Fahrrad, ist Richtung Gallspach unterwegs, wo sie einmal in der Woche schwarz was verdient. Ihr eigenes Geld. Ausgezahlt bar auf die Hand. In den Kurort kommen wieder mehr Gäste. Vor allem aus Deutschland. Weil der Doktor Zeileis von der Klinik hat einen Apparat erfunden, der durch Strom Krankheiten heilt. Die Deutschen kommen zahlreich und bringen Geld in den Ort. Im Kurhotel wäscht Traudi das dreckige Kaffeegeschirr und erhält neben ihrem Lohn manchmal sogar Kuchen vom Vortag.

»Für die Familie«, sagt Traudi zur Chefin und nimmt das Geschenk gern an. Verrät nicht, dass sie meist auf dem Nachhauseweg anhält und die eingetrockneten Torten selbst verschlingt. Sie nimmt sich zwar vor, die Köstlichkeiten aufzubewahren, dabei ist sie süchtig nach Zukker und Fett. Für ihre Kleine ist zu viel Süßes eh schlecht. Die kriegt nur Bauchweh, entschuldigt sie ihr schlechtes Gewissen.

Traudi genießt ihre Ausflüge. So nennt sie das bei sich, während sie der Mutter erzählt, dass sie unbedingt arbeiten muss. Wie soll man sich sonst was leisten! Strümpfe, Schuhe, den Friseur, ein bisschen Kölnischwasser, das kostet. Die Mutter liebt Traudi so bedingungslos, dass sie ohnehin alles darf. Sogar als sie schwanger von ihrer Arbeit in Aussee zurückgekehrt ist, haben die Eltern ihr verziehen. Sogar als das zweite Kind daherkam, wieder ein lediges. Es war ja nicht ihre Schuld. Trotzdem will Traudi manchmal einfach fort. Vor allem von den quengelnden Kindern und dem idiotischen Gerede der Leute, die hämisch hinter Traudis Rücken fragen: »Na, von wem ist sie denn, die Kleine?« Sie meinen damit, dass sie nicht verheiratet ist und dass jeder mit ihr ins Bett kann. Die Männer empfinden das als Angebot, die Frauen als Bedrohung. Schon allein, dass sie öfter zum Friseur geht als die anderen, um ihre blonden Locken in Fasson zu legen, wird ihr vorgeworfen.

Im Kurhotel steckt Traudi ihren Kopf in den Pausen gern in die Durchreiche zwischen Küche und Gastraum, um die Besucher zu beobachten. Entweder tragen sie Lederhosen, Krachlederne, wie sie sagen, oder Militäruniform. Kaum einer ist in Zivil. Seit der Hess hier kurt, tauchen immer mehr von den höheren Chargen im Hotel auf. Auch andere militärische Ränge mischen sich wie zufällig unter die eigentlichen Kurgäste. Weil sie was von dem wichtigen Nazi wollen. Also eigentlich vom Führer. Der Hess soll wie eine Telefonleitung zu ihm sein. Angeblich ruft ihn der Führer manchmal an, um mit dem Vertrauten zu reden. Hier! Im Kurort Gallspach! Der Führer! Seine Stimme im Zimmer vom Hess! Ein kranker Mann soll der Hess sein, wird herumerzählt, und dass er sich von seinen Bewunderern schöntun lässt. Jedenfalls glaubt er fest an die neumodischen Heilmethoden vom Zeileis-Institut.

Traudi mustert die Deutschen von weitem. Das sind alles solche, die kommandieren, weil sonst wären sie im Feld. Zwei Jahre dauert der Krieg jetzt schon. Sogar den Kaltenbrunner, dessen Vater als Rechtsanwalt Geschäfte in Grieskirchen verfolgte, hat sie hier einmal erkannt. So ein groß Gewachsener, mit riesigem Schädel und dicken Schmissen. Er besucht seine Freunde vom Verein in der Sparkasse, heißt es. Nicht dass Traudi einen Deutschen im Bett haben will. Aber Träumen ist erlaubt.

VERA | Helfenstein

Nimm doch das Leben nicht so schwer, merke dir einen Trick: Ärgerst du dich auch noch so sehr, dagegen hilft Musik, Musik, Musik ...

»Sofort das Radio ausstellen!«, ruft Vera, als sie die Küche betritt, um das Abendessen zu besprechen. »Nicht die dummen Lieder. So war es vereinbart.«

Fräulein Emmy sitzt in dicker Wolljacke bei der Köchin am Tisch. Vera hat das Mädchen aus Linz als Sekretärin eingestellt, auf Vermittlung ihres Vaters, eines Lehrers, hat auf deren Bildung vertraut. Nun hört Emmy heimlich Radio. Es werden Marschmusik, Wagner-Arien und viel zu viele Schlager gesendet. Vera überlegt, den Frauen das Gerät wegzunehmen.

»Kommen Sie mit nach oben, Fräulein Emmy! Wir haben Korrespondenz zu erledigen.«

Im Maschineschreiben ist sie gut. Wenn sie auch zu viel herumgeistert im Schloss. Ein junges Mädchen mit Flausen im Kopf. Als ob Vera nicht genug zu tun hätte ohne den Ehemann. Ihre Reise nach Berlin gleich zu Jahresanfang brachte bislang keinen Erfolg. Sie will den Verlauf dieser Gespräche protokollieren, damit sie etwas in der Hand hat für weitere Unterredungen. Und die Sache mit dem Zuchtverband muss sie regeln. Vera braucht eine offizielle Bestätigung, um die während des Krieges raren Futtermittel für die Hunde zu bekommen. Eine für Gundo und eine für Puppi. Vera schiebt Emmy die Formulare hin, damit sie diese ausfüllt. Die nötigen Angaben diktiert sie ihr.

Draußen schneit es in schweren, nassen Flocken. Seit zwei Tagen bereits. Der Verwalter hat nur einen kleinen Gehweg ausgeschaufelt. Alle Arbeiten im Wald stehen still bei diesem Wetter. Vielleicht ist Emmy deswegen so unruhig. Weil so viele Männer in ihren Unterkünften herumschwirren oder ins Gasthaus hinunterstapfen, um sich mit Trinken die Wartezeit zu vertreiben.

Nach den Formularen sitzt Emmy endlich vor der waffengrauen Erika, die haben sie extra neu gekauft, legt ihre zehn Finger vorschriftsmäßig auf die dunkelgrünen Tasten aus Bakelit. Veras Augen sind so schlecht geworden, dass sie dem Mädchen das Tippen inzwischen völlig überlässt.

»Und denken Sie daran! Machen sie den Rand nicht zu breit! Ein Zentimeter zu beiden Seiten genügt. Wir müssen Papier sparen. Also. Beginnen wir mit den Aufzeichnungen meiner Reise nach Berlin!«

Vera versucht, ihre flüchtigen Schriftzeichen auf dem Notizblock des Hotels zu entziffern. Hält die Lupe dicht ans Papier.

17.1.1941

Ich wollte zu Oberführer Müller gehen, dieser war angeblich nicht da. Ein Sachbearbeiter wurde mir angegeben, dieser wies mich an Pg. Punsch, dieser wies mich einem weiteren zu, welcher in der Sache informiert wurde.

Zuerst wurde ich gefragt, in welcher Angelegenheit ich vorsprechen wolle. Nachdem ich das beantwortet hatte, sagte der Herr: »Ich kann keine Auskunft geben. Man wirft ihrem Mann vor allem vor, dass er sein schriftliches Versprechen, keinen seiner alten Bekannten der anderen Richtung zu sehen, gebrochen hat. Außerdem sei er in diese gewisse Sache verwickelt. Eines kann ich sagen, dass es voraussichtlich nicht mehr lange dauern wird. Acht Tage, freilich kann es auch noch sechs Wo-

chen dauern. Wenn er aber frei wird, wird ihm eine Belastung aufgelegt werden.«

Ich: »Was meinen Sie mit dem Ausdruck ›Belastung‹. Ob dies geldlich gemeint ist?«

Er: »Finanziell wird es nicht sein, aber wenn er nach Hause kommt, so wird ihm der Verkehr mit den Bekannten der anderen Richtung verboten werden.«

Ich: »Es wurde von SS Ob. F. Heydrich Admiral Canaris mitgeteilt, am 23. November, dass mein Mann enthaftet wird.«

Er: »Das hat er falsch verstanden.«

20.1.1941

War ich im OKW bei Dr. v. Dohnányi, dem ich vom Gespräch am 17.1. erzählte und um eine Vorsprache bei Admiral Canaris bat.

20.1.1941

War ich bei Admiral C. am Vormittag, dem ich mitteilte, dass wieder alle 3 Buben eingerückt seien und sich trotz seiner Bemühungen nichts rührt. Und erzählte ihm von Ottos Gesundheitszustand und Ernährung. Auch erwähnte ich kurz mein Gespräch vom 17. Der Admiral versprach, wieder Verbindung mit Himmler aufzunehmen. Heydrich habe ihm bedeutet, wenn Otto frei würde, dieser nicht zu Hause bleiben könne. Admiral C. möchte erwirken, dass man mich direkt kommen lässt und die Bedingungen sagt.

22.1.1941

Mit Ehlgötz gesprochen. Ihm alles genau vorgetragen über Otto und die Situation geschildert.

23.1.1941

Karl Ludwig verständigt mich, dass wir zu R. Lietzenberger zwischen 11 und 12 kommen sollten, um Näheres wegen Ottos Aufenthalt zu hören. Admiral Canaris hatte

Karl Ludwig sagen lassen, dass Otto freikommen würde und Bedingungen damit verbunden seien. Zuerst wollte L. nichts sagen, dann aber erreichten wir soviel, dass wir erfahren haben, die Ostmark sowie Sudetengau kämen nicht als Zwangsaufenthalt in Betracht sowie keine große Stadt wie Berlin. Ich bat darum, dass Otto sich einige Zeit erholen könne, da er absolut nicht reisen kann, weil sein Gesundheitszustand das nicht zulässt. L. versprach, mit Linz zu sprechen.

Karl Ludwig rief dann gegen 1 Uhr wieder Lietzenberger an und erfuhr, dass Otto am gleichen Abend freikommen soll.

25.1.1941

In der Gestapo Linz war man bereits unterrichtet und Otto wurde geholt und freigelassen. Vorher sprach er auch mit Assessor B. Der sagte, Otto sei einige Zeit zu Hause, aber unter gewissen Bedingungen. Nur Sachen, die den Betrieb angingen, und Leute, die damit zu tun haben, wären gestattet. Er müsse drei Orte nennen, wo er sein wolle.

Vera seufzt. Mittlerweile verbringt Otto sein Exil wieder im Schloss der Guttenbergs, ein paar Autostunden von hier entfernt. Veras Schwester ist mit dem Grafen verheiratet. Otto, verurteilt zum Nichtstun. Sie muss allein mit dem Schnee und den rastlosen Angestellten zurechtkommen.

»Danke, das reicht für heute, Fräulein Emmy!«

Mit einem Ratsch zieht das Mädchen die randvoll getippte Seite aus der Maschine.

»Vorsicht! Das Durchschlagpapier ist dünn. Nicht, dass es reißt.«

»Entschuldigung, Frau Gräfin.«

»Können Sie bitte dem Verwalter sagen, er soll ein paar Scheiter herauftragen und nachlegen.«
»Natürlich, Frau Gräfin«.
Es würde kälter werden, hat der Verwalter vorhergesagt. Er kennt sich mit Wetter aus. Seine Prognosen stimmen immer. Gerade beginnen Schneeflocken sich an der Fensterscheibe zu sammeln. Sie würden festfrieren über Nacht. Vera seufzt. Alle drei Söhne befinden sich an der Front. Otto in der Verbannung. Und dazu das Gerede im Dorf. Vera hat dem Fräulein eigentlich verboten hinunterzugehen, damit nicht noch mehr getuschelt wird. Emmy treffe sich heimlich mit dem Buchhalter des Schlosses, ist ihr zu Ohren gekommen. Zumindest erzählt seine Ehefrau derartige Geschichten. Wie immer maßlos vor Eifersucht. Vera fragt sich, wie sie verhindern hätte sollen, dass Emmy überhaupt mit ihm zusammentrifft. Wenn er hier an den Büchern arbeitet und sie im Büro tippt, ist es nicht zu vermeiden, dass die beiden ein paar Stunden im selben Raum verbringen. Es ist ja nur hier untertags geheizt. Das allein regt die Frau des Buchhalters auf. Dass ein junges Mädchen ihrem Ehemann gegenüber am Schreibtisch sitzt. Warum die nicht zu Hause bleibt, und dass sich das nicht gehört. Frauen sollen heiraten und Kinder kriegen. Sogar bei Vera hat die Gattin bereits vorgesprochen und geklagt. Sie hat Emmy als »verdächtig« angeschwärzt. Könne ja sein, dass mit dem Organismus des Mädchens alles einwandfrei sei, doch ihr Lebenswandel ließe zu wünschen übrig. Diese Sorte Frauen müsse überprüft werden und streng gehalten in der neuen Zeit. »Oder ist sie etwa steril, kriegt deswegen keinen anständigen Mann und muss sich bei den braven Ehemännern anderer Frauen bedienen?« Die Stimme der Gattin wurde schrill, als sie Vorwurf für Vorwurf auf-

zählte. Dabei schielte sie auf Veras goldenes Armband mit den Saphiren, ihren Glücksbringer, der sie an die schönen Zeiten mit Otto erinnern soll. Um den Mut nicht zu verlieren. Sie versuchte, die Frau zu beruhigen.

Der Schnee fällt, der Teich friert zu, die dicken weißen Wülste liegen schwer auf den Ästen der Bäume. Viele brechen unter der Last, und spät erst setzt der Frühling ein.

Otto befindet sich weiterhin bei ihrer Schwester, der Gräfin Guttenberg. Keine Änderung in seinem Fall. Vera lässt ihm Lesestoff schicken, führt eine Liste und muss darin sorgfältig sein, weil die Gestapo prüft, ob die Lektüre politisch ist. Natur und Tiere scheinen unverfänglich. Sie verzichtet auf Werke zu Geschichte oder Philosophie. Besser, er liest Bücher über den Wald, in den die Deutschen so vernarrt sind, ohne ihn wirklich zu kennen. Denn der Forst bedeutet bloß Arbeit und ist überhaupt nicht romantisch. Bisher hat Otto folgende Titel erhalten:

»Der alte Jäger«
»Der Birnerknecht von Hambach«
»Klein Erna«
»Karpatenhirsche«
»Die letzten Adler«
»Rund um den Hirsch«
»Das fröhliche Bestiarium«
»Diana, Hubertus und ich«
»Hirschen in Österreich«
»Hirschen und Böcke«
»Wenn der Wald stirbt«
»Der Tierwald in der deutschen Landschaft«

Vera geht die Reihen der Bibliothek ab. Mit der großen Lupe in der Hand entziffert sie die Titel und überlegt, welche Bücher sie Otto als Nächstes schicken soll. Dann klopft der Buchhalter. Sie will ohnehin wegen Emmy mit ihm reden. Er hingegen sorgt sich um die Steuerprüfung, die demnächst ansteht. Obwohl er zuverlässig arbeitet, fürchtet er, die nationalsozialistischen Behörden könnten Fehler erfinden und Güter für eigene Zwecke abkommandieren. Er hat mit den Zuständigen schon verhandelt und eingewandt, dass das Funktionieren des Betriebs ja im Interesse der Regierenden liege.

»Erhaltung deutschen Eigentums, die Arbeiter im Forst und im Sägewerk, unser Beitrag zur Versorgung der Bevölkerung«, zählt er vor Vera jetzt auf.

Trotzdem, sie muss ihm Entscheidungen dahingehend überlassen. Buchhaltung hat sie in der Schule nicht gelernt. Also war das bislang Sache des Schlossherrn. Otto besorgte die Verwaltung, Vera kümmerte sich um die Menschen und die Tiere.

»Könnten wir nicht versuchen, den Herrn Grafen nur für die Tage der Steuerprüfung von seinem Exil zu befreien?«, schlägt der Buchhalter vor. Vera nickt. Auch sie wäre erleichtert. Sofort ruft sie nach Fräulein Emmy, diktiert einen Brief an den Herrn Oberführer, ob dieser beim Gauleiter Fürsprache einlegen könne, so dass Otto zumindest für die paar Tage der Steuerprüfung nach Hause käme, um ihr beizustehen. Vera führt den Mangel an Arbeitskräften an, weil so viele Männer zurzeit in Russland sind, unter anderem jeder ihrer drei Söhne. Vielleicht könne ihr Gatte gleich zu Hause bleiben, die Zeiten seien so hart.

Dabei müssen sie noch froh sein. Die Güter anderer Besitzer wurden umgehend nach dem Anschluss beschlagnahmt. Wilhering, St. Florian, Lambach, Schlägl, Hohenfürt, alles übernahmen die Nationalsozialisten, ob die Eigentümer zustimmten oder nicht.

In der Post findet Vera ein paar Tage später die ernüchternde Antwort aus Linz. Der Oberführer übermittelt ihr die Entscheidung des Gauleiters, dass es seiner Meinung nach zu früh sei, über die Bewilligung einer Heimkehr des Grafen zu verhandeln. Doch solle sie ein Schreiben an den Gauleiter direkt verfassen und darin die Kriegsleistung ihrer drei Söhne betonen. Was sie sofort dem Fräulein Emmy in die Maschine diktiert.

Während sie auf Nachrichten von außen wartet, vergeht Vera die Zeit sehr langsam. Die ottolosen Tage scheinen endlos. Andererseits türmen sich Pflichten und Sorgen so hoch, dass die Gräfin mit der Arbeit kaum nachkommt. Wenn sie abends ein paar Seiten zu lesen versucht, mit der Lupe bei schlechtem Licht – ihre Augen werden fortschreitend schwächer – jagen Gedanken durch ihren Kopf, und sie kann sich kaum konzentrieren. Das Alter zwickt. Sie ist nicht mehr die Jüngste, sechsundvierzig schon. Sie versucht zwar das Beste aus sich zu machen, aber die Verantwortung drückt auf ihre Schultern, macht sie fast krumm. Ihr Haar verliert sein dunkles Braun, ist nun von dicken grauen Strähnen durchzogen. Sie verdeckt sie mit einem Hut, sobald sie sich zurechtmacht, um sich nach Linz fahren zu lassen. Das Auto besitzen sie weiterhin, es wird nur stets schwieriger mit dem Benzin. Jedes Mal, wenn sie die Anhöhen hinunterrollen, tiefer und tiefer bis in die Ebene vor Linz, beginnt Vera zu hoffen und sich nach ihrem Mann zu sehnen. Wenn er käme, würde sie ihn zuerst in der Stadt unten treffen und seine Rückkehr feiern. Sie malt sich ein passendes Restaurant und besondere Speisen aus, einen feinen Wein, den sie dazu trinken. Vergebens.

Manchmal macht Vera die Reise nach Linz mit Gundo und Puppi, trifft die Mitglieder des Schäferhundezüchtervereins. Sie ist oft die einzige Frau bei Versammlungen, weil sie die Stelle ihres Mannes einnimmt. Nicht, weil es ihre Wahl gewesen ist, sondern weil sie muss. Den Mann hat man ihr weggenommen, wenn auch aus unklaren, wenn nicht gar verdächtigen Gründen. Reden kann sie darüber mit niemandem, nur mit Otto selbst. Und ihn zu treffen, nach Bayern zum Schloss ihres Schwagers hinauszufahren, fehlt ihr die Zeit.

Für offizielle Anlässe in Linz trägt sie meist Tracht, ein Kostüm mit grünem Besatz an Ärmelaufschlägen und Revers, dazu den Ausseer Hut mit schmaler Krempe und glänzendgrünem Band. Die Männer hingegen sehen heutzutage alle gleich aus: schwere Gummimäntel, schwere Stiefel und Zahnbürstenbärtchen unter der Nase. Nur nicht abweichen und am besten die Herren an der Regierung nachmachen, um selbst mächtig zu sein. Vera hingegen wäre froh, könnte sie von ihrer Macht etwas abgeben. Ohne Mann und Söhne ist ihr das jedoch nicht erlaubt.

Sogar um Wilderer muss sie sich kümmern. Gerade kürzlich war der Förster bei ihr und bat darum, Otto zu berichten, dass der berüchtigte Wilddieb Fröstl sich im Wald herumtrieb, zusammen mit einem Komplizen. Durchs Fernglas hat der Förster beobachtet, wie die beiden auf einen Hirsch anlegten, der aber unversehens Wind bekam und fortlief. Da bäumte sich ein Auerhahn auf, kurz bevor Fröstl ihn erlegen wollte. Das Gewehr im Anschlag näherten die beiden Wilderer sich dem Förster, der rief: Fröstl, du bist erkannt, halt oder ich schieße!

»Was macht so einer mit dem Tier eigentlich, falls es ihm gelingt, einen Hirsch zu erlegen?«, hat Vera den Förster gefragt.

»Na, ausweiden, in Stücke schneiden und teuer verkaufen. Die Leute haben nicht genügend Fleisch in diesen Tagen und zahlen gut dafür.«

Sie berichtet Otto davon, als sie ihn endlich erneut besuchen kann. Hat ihm Hirschsalami mitgebracht aus schlosseigener Fabrikation. Im Monat darauf nimmt Vera einen neuen Anlauf mit den Bittgesuchen. Sie diktiert Emmy einen Brief an Ottos Cousin, einen Offizier der deutschen Wehrmacht in Paris. Wilhelm ist seit einiger Zeit dort stationiert und verkehrt in höchsten Kreisen. Sie bittet ihn, sich für Otto zu verwenden und vor allem umzuhören, wie man in Berlin über die Sache denkt. Schildert ihm ihre eigene dramatische Lage. Danach richtet sie ein Schreiben an die lokale Polizei.

9. August 1941
Sehr geehrter Herr Polizeidirektor,
da ich schon so lange nichts in der Angelegenheit meines Mannes gehört habe, möchte ich ein Gesuch an den Reichsmarschall persönlich richten, jedoch will ich diesen Schritt nicht unternehmen, ohne Sie vorher davon zu verständigen. Ich habe meinen Mann vor einem Monat besucht, und auch er hat bis dahin keinerlei Verständigung bekommen. Man scheint aber in Augsburg selbst bei der Gestapo wohlwollender für ihn zu sein.

»Zum Schluss die üblichen Floskeln, Fräulein Emmy. Sie wissen ja.«

Emmy gehorcht, dreht ratschend das Blatt heraus, legt es Vera zur Unterschrift vor, adressiert den Briefumschlag, klebt eine Hitlerbriefmarke darauf. Sie weiß nicht, wie sie ohne das Mädchen zurechtkommen soll. Aber der Vater besteht darauf, dass sie nach Linz zurückkehrt, um sie zu disziplinieren. Das dumme Lied, zu

Anfang des Jahres, das das Mädchen so gerne summte, brachte nur Unglück. Emmys Geschichte ist bei weitem nicht das schlimmste Ereignis in diesem Jahr. Als Vera die Schreckensnachricht erhält, lässt sie sich sofort nach Linz bringen, nimmt den nächsten Zug nach Bayern, um sich mit Otto zu besprechen und zu weinen. Ihr ältester Sohn war bei Novgorod Seversk gefallen.

LOTTE | Shanghai

Anfangs in Shanghai hat Lotte sich gefragt, wozu die Männer mit den langfädrigen Bärten auf dem Gehsteig hocken, Tintenfass, Papier und Pinsel neben sich gelegt. Inzwischen hat sie herausgefunden, dass sie auf Kunden warten, welche nicht schreiben können. Sobald sie Briefe brauchen, suchen sie die Hilfe von Schreibkundigen. Lotte sieht den Schreibern zu und versucht, sich einzelne chinesische Zeichen zu merken. Sie bewundert die komplizierten Gebilde auf dünnem Papier. Oder sie schaut bei den fliegenden Buchhändlern vorbei, blättert in Kinderfibeln und prägt sich englische Wörter ein. Kleine Chinesen, manche sogar jünger als Lotte, versuchen Haustiere zu verkaufen: Katzen an der Leine, Grillen und Vögel in allen Farben, eingesperrt in Käfige. Unzählige Essensstände locken mit köstlichen Gerüchen: frittierte Frühlingsrollen, gedämpfte Reiskuchen, geröstete Kastanien, frisch aufgeschnittene Melonen, gefüllte Dampfknödel. Sie ist immer hungrig. Die Mama hat Lotte jedoch verboten, Speisen von der Straße zu essen. Wegen der Hygiene. Man muss aufpassen mit den Keimen. In Shanghai ist viel mehr los als in Linz. Lotte würde gern jede freie Minute herumstreichen. Der Nachhauseweg ist ihre einzige Gelegenheit, weil die Mama sie von der Straße fernhalten will.

Mittlerweile besucht Lotte eine Schule, die ein jüdischer Millionär gegründet hat. Die wohlhabenden Juden von Shanghai sind keine Flüchtlinge, sondern bereits länger hier und mit Geschäften erfolgreich. Sie wohnen etwas außerhalb in riesigen Villen mit Hausangestellten, Kinderfrauen, Köchen, Gärtnern, Chauffeuren und Wächtern, beschützt von hohen Mauern. Dort ist auch die Luft viel besser. Ohne die Hilfe der längst Arrivierten ginge es den neu angekommenen Juden noch schlechter.

»Man muss dankbar sein«, sagt die Mama.

Lotte soll schnell Englisch lernen. Leider ist die Schule nicht so gut wie ihre alte in Linz. Von den Kindern wird nur Auswendiglernen verlangt. Die Lehrerin besteht darauf, dass sie einzelne Abschnitte aus den Schulbüchern ohne Stocken aufsagen können. Dann ist sie zufrieden. Lotte denkt, dass dabei nichts hängenbleibt. Sie möchte mehr wissen. Leider gibt es keine öffentliche Bibliothek. Also trödelt sie auf dem Nachhauseweg, versucht Zeit totzuschlagen, bevor sie wieder die stinkende Enge des Heims erreicht, in dem sie untergebracht sind. Eine eigene Wohnung können sie sich nicht leisten.

»Ich weiß nicht, wie spät es ist, hab keine Uhr«, redet Lotte sich heraus, wenn der Papa sich aufregt, weil sie spät zurück in das Heim voller Gerüche nach schlecht gewaschenen Körpern und Desinfektionsmittel kommt. Niedergeschlagen schaut er auf sein Handgelenk. Weil die Uhr das Letzte ist, was ihm aus seinem früheren Leben geblieben ist. Die will er nicht versetzen. So ist die Zeit das Einzige, was er noch kontrolliert. Lotte soll sich nie zu weit vom Heim entfernen. Die Mama nur hinaus, um zu arbeiten und Essen zu kaufen. Auf der Straße herumzuspazieren verbietet der Papa. Mehr oder weniger dürfen sie sich nur in Klein-Vienna oder Klein-Berlin aufhalten. Meist beachtet Lotte Papas Verbote. Vielleicht ist er so streng, weil ihm Shanghai und das Klima gar nicht guttun. Weil er im Grunde zu schwach ist, um rauszugehen. Am liebsten würde Lotte aus dem Heim in eine eigene Wohnung mit vielen Fenstern für frischere Luft, einem Wasserhahn und einem separaten Klo ziehen.

Solange dieser Wunsch nicht in Erfüllung geht, will sie

unbedingt die Umgebung erforschen. Ihr selbst machen die Keime ja nichts aus. Sie ist jung, sie ist neugierig, Englisch nach kurzer Zeit kein Problem mehr. Sogar ein paar Worte Wu-Chinesisch beherrscht sie schnell. Verschiedene Sprachen klingen durcheinander, weil Juden aus allen Teilen der Welt auf der Suche nach Sicherheit hier angelangt sind. Lotte kommt an Ständen mit Zeitungen in Englisch, Italienisch, Russisch, Japanisch und Deutsch vorbei, studiert die Schlagzeilen. Leisten kann sich die Familie diese Blätter nicht. Allein fünfzig Radiostationen gibt es in Shanghai. Von überall her dröhnt Musik. Die Wolkenkratzer an den großen Boulevards erinnern Lotte an Fotos aus Amerika. Die kleinen Straßen dahinter sind chinesisch, vollgepackt mit Rikschas, Fahrrädern und Kulis, welche unmenschliche Lasten auf dem Rücken transportieren. Hunderte Händler preisen mit lauter Stimme ihre Waren an. Geschickte Taschendiebe wuseln herum. Schwärme von Bettlern umlagern Ausländer und wohlhabende chinesische Damen.

 Manchmal besucht Lotte mit der Mama heimlich eins der riesigen Kaufhäuser, wo es nach Parfum duftet und die Toiletten und Puderräume mit bequemen Polstermöbeln und riesigen Spiegeln größer sind als das gesamte Linzer Kaufhaus. Natürlich kauft die Mama dort nichts. Sie bewundern die Waren und stellen sich vor, was sie aussuchen würden, hätten sie Geld. Nicht einmal den Besuch in einem der von Geflüchteten eröffneten Kaffeehäusern kann sich die kleine Familie leisten. Keine Schokolade mehr, keine Eiscreme, keine Nusstorte, kein Krokant wie noch in Linz. Auf frische Früchte müssen sie verzichten, weil die gefährlich sind, Typhus, Cholera, Malaria hervorrufen können. Für Medikamente, die dagegen helfen, hätten sie kein Geld.

Als es in ihrem ersten Sommer in Shanghai drückend schwül wird, wünscht Lotte sich dringend, schwimmen zu gehen. Sie sehnt sich nach zu Hause. Doch der Eintritt in die Hotels mit Pool wäre unermesslich hoch, und in dem schlammigen, verdreckten Fluss können keine Menschen baden. Einen Strom so schön wie die Donau gibt es in Shanghai nicht. Aber wie in Linz fährt hier eine Tram.

Dann kommt Lottes großer Moment. Glücklicherweise hat die Mama bei der überstürzten Abreise aus Linz ein Kostüm aus dem Landestheater in den Koffer gepackt. Auf ihr Drängen hin. »Bitte, bitte, als Erinnerung«, hat sie die Mama angebettelt.

Deshalb hat Lotte für die Tanzveranstaltung an ihrer Schule, bei der sie auftreten soll, gleich die passende Ausstattung. Zum Bühnenkleid hat die Mama ihr eine riesige weiße Schleife ins Haar gebunden. Wie der Zufall will, befindet sich ein Mann im Publikum, der im Hotel Cathay arbeitet und Lottes Talent sofort erkennt. Er empfiehlt das Mädchen weiter. So erhält sie ein paar Monate nach ihrer Ankunft ein echtes Engagement im berühmtesten Hotel Shanghais. Abends tanzt und singt Lotte für die Reichen, damit die sich amüsieren. Mit dem Honorar kann ihre Familie gesünder essen und Medikamente für den Papa erstehen.

Das Hotel Cathay ist wunderschön. Eigentlich sieht es wie ein Ozeandampfer aus, findet Lotte, mit dem Turm im Vordergrund wie ein Schornstein. Mit Hunderten Fenstern, die den Luken des Schiffes gleichen, das sie nach Shanghai gebracht hat. Die Einrichtung ist extravagant. Lalique-Lampen, Art-déco-Möbel, sagt die Mama, die diese Namen kennt und den Wert der Gegenstände, eine Mischung aus westlichen und orientalischen Elementen.

»Kitsch«, schimpft der Papa. Lotte hingegen gefallen die Lampen und die Fenster aus buntem Glas.

Ein bis zwei Mal pro Woche ist sie nun Star einer Revue. Viele Tänzer und Sänger waren geflohen und bestreiten nun die Aufführungen im Cathay Hotel. Lotte gefällt das Leben hinter der Bühne, das Geschminktwerden, damit ihr Gesicht in dem grellen Scheinwerferlicht nicht verschwindet. Dankbar saugt sie den Geruch von parfümiertem Puder ein. Ist nie nervös, sondern immer voller Freude zu zeigen, was sie kann. Ihr Künstlername lautet »Little Gretel«. So steht es sogar auf Plakaten und Flugzetteln, die über die ganze Stadt verteilt werden. Wenn sie auf der Bühne steht, die Sitzreihen und Tische der feiernden Gäste überblickt, vergisst sie den Ort und die Zeit und den kranken Vater. Lotte tanzt sich in eine Welt, in der es keine Sorgen gibt, keine ungewisse Zukunft, sondern nur den Augenblick ihres Körpers, der macht, was sie will. Auch ihre Stimme gehorcht. Genauso gut wie in Linz: *Sing ein Lied, wenn du mal traurig bist. Sing ein Lied, wenn dich kein Mädel küsst. Sing ein Lied, weil du dann leicht vergisst. Trallala la la la la.*

Sogar die Zeitungen berichten über Little Gretel. Hinter der Bühne trifft sie auf Schauspieler und berühmte Sängerinnen, die in Berlin Filme gedreht haben und später, weil sie Juden sind, nicht mehr auf Leinwänden erscheinen durften. Alle sind sie freundlich zu Lotte, nehmen sie auf als eine der ihren. Nur der Papa schimpft, wenn sie einen deutschen Schlager summt. Klagt, dass das Nazi-Lieder sind, und will ihr verbieten, sie zu singen.

Manchmal tritt Lotte als Bub, in kurzen Hosen im Trachtenstil auf. Die Mama hat eine Schneiderin damit beauftragt, Hosenträger und den Latz mit Edelweiß besticken zu lassen. Sie zeichnet sogar die Vorlage, weil eine Chinesin ja diese Blüten nicht kennt. Dazu trägt Lotte weiße Kniestrümpfe.

»Warum überhaupt Trachten?«, hat Lotte den Gabor gefragt, der sich um den letzten Schliff der Kostüme kümmert und manchmal die Kulissen selbst malt. Gabor war lange Jahre in Wien am Theater beschäftigt und hat alle bekannten Sänger kennengelernt.

»In Österreich war es ab einer bestimmten Zeit Juden nicht erlaubt, Dirndl zu tragen. Und wenn sie schon nicht in ihrer Heimat bleiben dürfen, so können sie hier zumindest so tun, als wäre alles gut.«

Lotte ist das recht. Sie schuhplattelt, juchzt und jodelt, solange das den Gästen gefällt.

Nur der Papa klagt, dass es sich nicht gehört, wenn ein Kind spät abends am Broadway herumhüpft, an Wochentagen dazu. Weil sie am nächsten Tag zur Schule muss.

»Für ein Mädchen kann das nur ins Unglück führen, ihre nackten Beine vor allen Leuten zu zeigen. Das geht nicht gut, das geht gar nicht gut«, grummelt er.

Einen Plan, womit sie sonst zu Geld kommen können, hat er aber auch nicht. Also macht Lotte weiter. Sie will gern Tänzerin sein. Das ist sogar ein Beruf. Und sie denkt an den letzten schönen Nachmittag in Linz im Kaffeehaus, als sie den Papa gebeten hatte, für immer tanzen zu dürfen. Er hatte ihr nicht geantwortet, und dann stürmten die Nazis herein, und sie mussten Österreich verlassen. Nie hätte Lotte geglaubt, dass ihr größter Wunsch aus Not in Erfüllung ginge. Die Mama versucht, dem Papa zu verheimlichen, wann immer ein neues Kostüm für seine Tochter entworfen wird. Meist vergeblich. Irgendwann berichten die Zeitungen über Little Gretel, drucken ein Foto ab, und der Papa bekommt das Blatt in die Hände, meist von einem Freund, der genug Geld verdient, um eine Zeitung zu besorgen. Dann gibt es Streit.

»Wo wird das enden? Das sind unlautere Menschen. Gauner, Spieler, Prostituierte, mit denen meine Tochter verkehrt! Bald ist sie kein Kind mehr. Wir sind anständige Leute.«

Ein bisschen hat der Papa recht. In den Kasinos treiben sich Taugenichtse und Schwindler herum. Doch auf Lotte passen die Kollegen auf, und die Mama ist abends immer mit dabei. So kann praktisch nichts passieren. Und was sollen sie sonst tun? Alle älteren Kolleginnen reden ihr zu, eine Karriere als Tänzerin anzustreben. Sie sei wirklich begabt. Beinahe beginnt Lotte Shanghai zu mögen. Trotz allem ist ihre Freiheit größer als in Linz.

Nur der Papa wird immer dünner, sein Mund von Tag zu Tag trauriger. Seine Nase scheint länger, je mehr seine Wangen einfallen. Nicht einmal für die Wut hat er noch Kraft. Seine Augen schauen nicht mehr auf die Welt rundherum, sondern zurück in die Vergangenheit. Und dort wartet nur Schmerz. Auch wenn der Papa nie vom Lager spricht. Nicht einmal Lottes Lachen und ihre Liebe zu diesem anderen Papa in Linz können ihn ablenken von der Grübelei. Lotte hat diesen letzten Moment noch nicht vergessen. Kurz bevor alles gekippt ist. Im Kaffeehaus, der verbliebene Tortenbissen und die Nuss aus Krokant. Die letzte Minute, bevor Lottes früherer und lustiger Papa verschwand. Zurück blieb eine Hülle, aus der leere Augen ins Nichts starren, so dass selbst ihr die Fröhlichkeit vergeht.

Zu Ende des Jahres tritt Japan in den Krieg ein. Von einem Tag auf den anderen gelten die aus Deutschland und Österreich geflüchteten Juden als Feinde.

»Wie kann das sein, Papa? Wir haben immer in Linz

gewohnt. Und plötzlich haben sie uns gesagt, dass wir nicht dazugehören. Weil wichtige Männer in der Hauptstadt das beschlossen haben. Und alle haben es geglaubt. Sogar die Lehrerin an meiner Schule. Sogar meine Freundin Emmy.«

»Stimmt. Wir haben nichts anders gemacht als vorher. Wir haben gelebt, gelernt, gearbeitet, Steuern bezahlt.«

»Trotzdem haben wir verschwinden müssen.«

»Ja, sonst wären wir jetzt tot.«

»Du sollst nicht so mit der Lotte reden!« Mama mischt sich ein.

»Das Kind muss Bescheid wissen. Ab nun wird es in Shanghai noch gefährlicher. Der Krieg folgt uns. Wohin wir auch gehen. Für die Japaner sind wir Juden die Feinde der Deutschen. Das ist absurd.«

»Was bedeutet absurd?« Lotte hat Angst.

»Ach, lass den Papa!«

Der Spaß ist vorbei. Die Tänze im Hotel Cathay sind eingestellt. Ab nun erhalten sie nur mehr eine warme Mahlzeit pro Tag im Heim. Weil die Hilfsgelder aus Amerika Shanghai nicht mehr erreichen. Lotte hat ständig Hunger. Der Papa erträgt die Veränderung nicht. Eines Morgens, als Lotte aufwacht, liegt er ruhig in seinem Bett. Sie wundert sich. Normalerweise schläft er nicht so tief. Sie rüttelt ihn. Sein Körper ist kalt. Herzversagen. Nun sind sie nur mehr zu zweit. So weit entfernt von Linz.

Nach dem Begräbnis steht Lotte mit der Mama neben Papas kümmerlichem Grab. Die schmale Stelle ist mit Steinen und Zweigen markiert. Sie haben ihr Bestes versucht. Auf ein nacktes Holzbrett Papas Namen in schwarzer Schrift gemalt. Einen Blumentopf als Schmuck. Das ist alles. Mama hat die Schleife von ihrem Seidenkleid längst abmontiert, den Stoff bereits zweimal nachgefärbt. Lotte lieh sich von Gabor aus dem Kostümfundus ein schwarzes Kleid, das schief sitzt. Mamas weiße Söckchen schimmern. Hinter dem Holzschild schießt Bambus hoch, bereit, die Stätte in kürzester Zeit zu überwuchern. Lotte blickt zu Boden, ein Taschentuch in ihrer rechten Faust zerknüllt. Ist es ihre Schuld? Hätte sie früher aufhören sollen mit dem Tanzen?

Natürlich war es ein indiskreter Angestellter im Hotel Adlon, der ihre Affäre verriet. Eine Katastrophe. Daraufhin wurde Fritz als Adjutant des Führers in Unehren entlassen und musste eine Stelle als Konsul in San Francisco annehmen. Immerhin. Auch die Prinzessin wurde von Ihm wegen liederlichen Verhaltens geächtet. Gerüchte kamen auf. Plötzlich hieß es, sie stehe wegen ihrer Verbindungen ins Ausland im Verdacht, Spionin zu sein. Vor allem, weil sie so viele Sprachen beherrschte. Das roch förmlich nach Verrat. Also überlegte Huberta nicht lange, verließ von einem Tag auf den anderen Schloss Leopoldskron, um nach London zu fliegen. Als sie ihr Stammhotel betrat, Gepäckwagen nach Gepäckwagen mit über hundert Koffern wurden hinter ihr in die Lobby geschoben, war das Ondit schon angekommen. Die anwesenden Damen der Londoner Gesellschaft begannen zu tuscheln, lauter zu werden, dann ertönte eine Stimme:

»Hinaus, du dreckige Spionin.«

Das hatte man also davon, wenn man wendig und gebildet war und in den höchsten Kreisen Europas verkehrte! Ohne mit der Wimper zu zucken, setzte die Prinzessin ihren Einzug fort, wurde an der Rezeption höflich empfangen. Doch London war nicht das richtige Pflaster. Sie blieb nur kurz. Ohnehin wurde sie von Fritz in Kalifornien sehnsüchtig erwartet. Seine Frau samt Kindern war in Wien geblieben. Huberta fiel tief, aber weich.

Wenn sie es genau bedachte, so war ihr Aufenthalt in Leopoldkron zwar reizvoll, doch dieses erzkatholische und kleinbürgerliche Denken, der Neid und die Missgunst der einfachen Leute, ja sogar der Bürgerlichen waren im Grunde außerordentlich peinlich. Das passte ohnehin nicht zu einer Prinzessin aus hohem europäischem Hause. Huberta war doch keine Provinzlerin. Festspiele hin oder her. Der Trachtenwahn ging ihr längst schon auf die Nerven. Ihre aufwendigen Hüte, die plötzlich für deutsche Frauen nicht mehr genehm sein sollen, ließ sie sich schon gar nicht verbieten. Das Schloss vermisste sie nicht. Wohnsitze sind flüchtig, hat sie von klein auf gelernt. Eigentlich liebt sie vor allem die Weite und Männer mit Einfluss, die ihr zu Füßen liegen und sie heiraten wollen, wohin sie auch reist. Die Prinzessin studierte also die Fahrpläne von Schiffspassagen. Wozu das neue Deutschland, wenn man in die Neue Welt reisen kann. Fritz organisierte das Visum. Wozu war er schließlich im diplomatischen Dienst? Auf Krieg konnte sie sowieso verzichten.

Und ihr Empfang Anfang letzten Jahres in New York war wirklich triumphal. In der Kabine der SS Veendam hatte sich Huberta auf ihre standesgemäße Ankunft vorbereitet. New York sollte staunen. Zum tiefblauen Seidenjerseykleid, das ihre Figur betonte, trug sie schwarze Sandalen aus Glacéleder mit himmelblauen Plateausohlen. Am Revers steckte die glücksbringende Biene, ihre Lieblingsbrosche. Auf ihrem Haar drapierte sie einen Turban, warf den dreiviertellangen, dazu passenden Silberfuchspaletot über ihre Schultern. An ihren Ohrläppchen glitzerten aus Brillanten geformte Blüten. Am Ringfinger steckte der Diamantring, das Abschiedsgeschenk von Fritz. In allen Einzelheiten wurde ihre Erscheinung später in Zeitungsberichten beschrieben. Eine Menge von Journalisten und Fotografen erwartete Hubertas Ankunft auf dem amerikanischen Kontinent. Die Skyline näherte sich. Kurz bevor sie das Schiff endgültig verließ, die neue Welt betrat und damit eine weitere Version ihres Lebens, bekam sie Lust auf Übertreibung. Um wirklich allen im Gedächtnis zu bleiben, griff sie sich eine rosarote Rose aus der Vase, kürzte den Stängel und steckte sich die Blüte an den Turban. Immer im Bewusstsein, dass die Fotos ihrer Ankunft um die Welt gehen, in die Archive Eingang finden und damit in die Geschichte. Schließlich konnte sich ihre Bekanntheit mit der der Dietrich messen, wenn auch aus unterschiedlichen Gründen. Huberta war überzeugt, dass sie im Gegensatz zur Schauspielerin über jede Menge Geist verfügte. Eleganz sowieso. Marlenes grobe, fleischige Hände, die sie in Fotografien stets vermied zu zeigen, verrieten die niedere Herkunft der Diva. Einer Prinzessin machte keine was vor. Huberta erfasste mit einem Blick, wer von Stand war und wer vulgär. Die Dietrich war Letzteres, zweifellos, da halfen keine perlenbestickten Roben. Eine Offizierstochter! Meine Güte! Was war das schon! Huberta ließ sich nicht so leicht täuschen.

Zum Schluss zog sie ihre taubengrauen Lederhandschuhe über, den Diamantring musste ja nicht jeder sehen, verließ ihre Kabine und begab sich in das strahlende Blitzlichtgewitter New Yorks. Leichtfüßig schritt die Prinzessin die Gangway hinunter, drehte sich im richtigen Winkel, senkte den Kopf leicht, winkte. Die Kameras klickten endlos. Sie drängte sich durch die Menge, entkam in einem Taxi. Ein glorioses Entrée.

Im Plaza Hotel, wo sie sich einquartierte, stand das Telefon nicht still. Huberta war begehrt. Zeitungsherausgeber standen Schlange vor ihrer Suite und überschlugen sich mit Angeboten. Sie sollte Artikel für ihre Blätter schreiben. Dabei hatte sie bisher bloß Briefe verfasst.

»Schreiben ist nicht wirklich mein Metier. Ich halte es eher mit der Diplomatie.«

»Das macht nichts, Hoheit. Artikel können von Fachleuten überarbeitet werden«, beteuerten die Herausgeber.

»Das Wichtigste ist, dass Sie, werte Prinzessin, den amerikanischen Lesern die verworrenen Zustände in Europa erklären können. Ihre prominente Person ist politisch interessant.«

Huberta nickte gnädig.

»Sie wurden von Mister Hitler, vor dem die ganze Welt zittert, persönlich eingeladen. Sowohl nach Berchtesgaden als auch nach Berlin. Keinem Menschen ist das sonst gelungen. Sie könnten uns Einzelheiten schildern. Zum Beispiel, wie sind die Räume am Berghof eingerichtet? Wie verhält sich das Monster im privaten Bereich? Wie klingt seine Stimme im vertrauten Gespräch? Und all diese Dinge.«

Geschmeichelt willigte Huberta ein.

»Zuerst aber müssen wir Sie unseren Lesern vorstellen. Ihr Gesicht bekannt machen. Am besten mit einem ausführlichen Interview.«

»Einverstanden.«

Tags darauf erschien ein Reporter der *New York Times*. Fotografen wurden eingeladen. Die Suite mit grellen Lampen vollgestellt. Sorgfältig hatte Huberta sich zurechtgemacht. Auf den Turban konnte sie nicht verzichten. Sie hatte keine Zeit gehabt, sich um die Frisur zu kümmern. Auf allen Tischen hatte sie frische Blumen verteilen lassen. Dem Journalisten waren Pflanzen wohl egal, denn er rauchte in einem fort. Zumindest war sein Anzug gut geschnitten, seine Finger manikürt. Er war ausgiebig rasiert. Seine Kiefer mahlten ununterbrochen. Das machte Huberta nervös. Sie bat ihn in bestem Londoner Englisch, den Kaugummi zu entfernen. Er gehorchte, spuckte den Gummi vor ihr in seinen Aschenbecher. Sie starrte auf den verschmierten grauen Klumpen, hasste den Reporter nun unwiderruflich. Als er mit seinen Fragen anfing, hasste sie ihn noch mehr.

»Mister Hitler hat Ihnen ein Schloss geschenkt. Das ist es, was unsere Leser interessiert. Mister Reinhardt, der frühere Besitzer, lebt schließlich in Hollywood. Er wurde enteignet.«

»Das stimmt so nicht. Das Gegenteil ist der Fall. Ich habe mich um seinen Besitz gekümmert, dafür gesorgt, dass alles erhalten bleibt, so wie er das wünschte. Ich habe ihm Unmengen von Kisten auf eigene Rechnung nachgesendet. Ohne mich wäre das Schloss verwahrlost. Mir ist es also zu verdanken, dass das Haus eine würdige Bestimmung fand. In meinen Salons bewegten sich die Künstler, Opernsänger, sogar Hollywoodstars.«

»Sie selbst sind mit zahllosen Gepäckstücken angereist. Handelt es sich also um einen längeren Aufenthalt in den USA? Kehren Sie Deutschland den Rücken?«

»Das ist meine Privatangelegenheit.«

»Man erzählt, Sie wären Ihrem Geliebten, einem hohen Nazi-Funktionär, in die Staaten gefolgt?«

»Sehe ich so aus, als könnte ich nicht selbst entscheiden, wohin ich reisen will?«

»Aber was haben Sie vor?«

»Ich bin eine Frau von Welt, ich habe bereits in mehreren Hauptstädten Europas in den höchsten Kreisen verkehrt. Warum sollte ich nicht auch auf diesem Kontinent schöne Tage verbringen?«

»Stimmt es, dass Ihre finanzielle Situation angespannt ist?«

»Natürlich nicht.«

»Wurden Sie nicht gezwungen, Deutschland zu verlassen, nachdem Mister Hitler erfahren hatte, dass Sie ihn mit seinem Adjutanten betrügen?«

Der Reporter grinste. *Unverschämt.* Sie brach das Interview ab, verbot der Zeitung, es zu veröffentlichen. Telefonierte lange mit Fritz in San Francisco. Er sollte mit seinem Anwalt dafür sorgen, dass der impertinente Schreiber ihren Ruf nicht gleich zu Anfang ruinierte. Zeitungsartikel würde sie diesen Blättern sicherlich nicht liefern.

Ein paar Tage danach, sie war endlich beim Friseur gewesen, hatte ein paar Einladungen abgesagt, wollte sich erst sammeln, erhielt sie ein weiteres Angebot. Ein Verleger suchte sie in ihrer Suite auf. Der Amerikaner küsste ihr sogar die Hand.

»Wir erwarten von Ihnen ein Buch, sehr geehrte Prinzessin.«

»Ein Buch?«

»Sie sollen über Mister Hitler schreiben. Natürlich stellen wir Ihnen alle Hilfe zur Verfügung, die Sie benötigen. Sie liefern das Rohmaterial, und ein professioneller Autor wird die Geschichte formulieren. Denken Sie daran, es könnte eine Sensation sein. Sie sind die Einzige, die dem gefährlichen Mann nahegekommen ist.«

»Sie meinen, ich soll beschreiben, wie er aussieht, seine Möbel, die Bilder an der Wand und so weiter?«

»Nein, nein. Viel mehr. Sie sind ja durchaus politisch interessiert, wie ich weiß. Und eine Menschenkennerin. Bringen Sie uns Licht in die Psyche dieses Mannes. Sie waren doch eine Art Botschafterin für ihn. Wir wollen so vieles wissen. Die Zukunft von Millionen Menschen hängt davon ab. Bedenken Sie nur. Sie können uns helfen, zu verstehen. Ist er eher kaltblütig und berechnend, oder lässt er sich leicht von Gefühlen überwältigen? Warum liebt er seine Hunde so sehr und verabscheut den Genuss von Fleisch? Warum hält er sich ständig in Berchtesgaden auf, wo er wichtige Besprechungen abhält, seine Getreuen dorthin befiehlt, und nicht in der Hauptstadt Berlin?«

»Sie halten das für interessant?«

»Ja, natürlich, gnädige Prinzessin, natürlich. Sie werden die erste Frau auf dieser Welt sein, die ein Buch über die menschlichen Eigenschaften des Mannes schreiben kann, von dem wir nur die grausamen Taten kennen. Sie sind die Einzige, die Mister Hitler mit den Augen einer Frau wahrgenommen hat. Davon sollen sie unseren Lesern erzählen. Und ich garantiere Ihnen, Millionen werden dieses Buch lesen wollen.«

»Ich werde es mir überlegen.«

»Finanziell können wir Ihnen einiges bieten. Vorschuss, monatliche Zuwendungen. Sie sind unsere Starautorin. Bedenken Sie. Man wird sie landesweit zu Vorträgen einladen. Nicht nur in New York.«

Huberta witterte den Erfolg. Sie hatte tatsächlich Geldsorgen, denn der Londoner Lord zahlte ihre Apanage nicht mehr. Das Buch könnte den Anfang ihrer Karriere in der neuen Welt bedeuten. Aber sie wollte nicht zu schnell einwilligen, um ihren Wert zu erhöhen. Der Verleger sollte nicht wissen, dass sie keine Mittel hatte, die Rechnung im Plaza zu begleichen.

»Einverstanden. Ich schicke Ihnen einen Vorschlag meines Anwalts.«

»Einverstanden. Ihr Anwalt und mein Anwalt werden einen Entwurf ausarbeiten.«

ELSA | Aussee

Sie stöbert in der Speisekammer, zählt Kartoffeln ab, findet ein paar Pakete Zwieback, die seit Jahren hier lagern. Die getrockneten Pilzstreifen haben sie längst verbraucht. Auch die Rationen Feigenkaffee nehmen rasch ab. Morgen für Morgen brösselt sie weniger davon in die Milch für die Kinder. Ein süßlicher, leicht verbrannter Geschmack, der mit Kaffee aus gerösteten Bohnen nicht viel zu tun hat. Die Gläser voller selbstgemachter Marmelade gehen zur Neige. Die Zwetschken vor zwei Jahren, da war die Ernte gut, Schwarze Ribisel, Kirschen. Im Herbst hatte Elsa die Kinder zum Himbeer- und Brombeersammeln in den Wald geschickt, danach die Früchte eingekocht. Mittlerweile kommen sie kaum mehr aus dem Haus. Wer aus dem Dorf zu ihnen hält, besucht sie heimlich durch die hintere Tür.

Elsa rumort in den Schränken, sucht nach dem Topf, der groß genug ist. Einen Teil ihres Geschirrs haben sie abgeben müssen, als das Metall knapp wurde. Wegen des Kriegs. Jeder, der konnte, musste aus seinem Haushalt etwas beitragen. Krüge, Kerzenständer, Lampen, Pfannen, insgesamt zweitausendfünfhundert Kilo sind in Aussee zusammengekommen, hat ihr Mann erzählt und sich geärgert, dass das Zeug im Volkshaus aufgebaut worden war wie ein Altar.

»Man könnte meinen, wir sind in heidnische Zeiten zurückgefallen. Sie glauben an den Führer wie an einen Erlöser.«

Fast alle in Aussee haben sich den neuen Aufgaben verpflichtet. Die Frauen treffen sich im Volkshaus zum Stricken und Sticken. Verbringen Wochen damit, immer mehr Fahnen zu nähen, nadeln Hakenkreuzsocken und Pullover in traditionellen Mustern. Sie schneidern Dirndlkleider aus Stoffresten. Lernen, Röcke zu fälteln, Fäden zu ziehen, drehen seidige Kordeln. Die Jugendlichen veranstalten nachts Fackelzüge, wandern singend mit dem tragbaren Feuer die rutschigen Pfade den Berg hinauf.

Wegen Clemens, ihrem Ältesten, tut es Elsa vor allem leid. Er hatte sich gefreut, so wie die anderen zur Hitlerjugend zu gehören. Endlich zusammen mit den anderen das Hemd zu tragen, die Armbinde, Wanderungen zu unternehmen, Lagerfeuer, Zelten. Elsa hatte Clemens die selbst gestrickten weißen Kniestrümpfe zurechtgelegt und seinen waldgrünen Janker. Sie hatte eine an den Beinen ausgefranste, alte Hose seines Vaters gekürzt und am Bund enger genäht, damit alles passte. Sogar einer Mutprobe hatten sie zugestimmt, die nicht ungefährlich war. Alles nur, damit Clemens mit dabei sein konnte. Es war sein größter Traum. Um sich den Kameraden zu beweisen, sollte er nachts zur Schutzhütte auf die Alm steigen, wo die anderen ihn erwarteten. Käme er bis Mitternacht an, gelte er als aufgenommen. Ihr Mann hatte mit dem Buben noch geübt. Zwei Tage vorher waren sie gemeinsam die Wege gegangen. Der Vater hatte ihn auf Gefahren hingewiesen, hatte ihm gezeigt, wo er in der Nacht achtgeben sollte, damit er nicht aus dem Tritt käme und stürzte. Der Vater hatte sogar aus dem wertvollen Vorrat an Batterien zwei frische für Clemens' Taschenlampe spendiert. Die ganze Familie fieberte mit ihm. Elsa konnte nicht einschlafen, war wie immer voller Sorgen.

Dann wurde sie am frühen Morgen schon von einem Klopfen am Fenster geweckt. Da stand Clemens mit steinerner Miene.

»Was ist denn los?«

Erst wollte er nicht reden. Die Tränen hielt er zurück. Dann brach es aus ihm heraus.

»Das war eine Falle. Die wollten mich reinlegen, von Anfang an. Hätte ich doch nie gesagt, dass ich dabei sein will! Ich will es nicht mehr! Nie nie mehr!«

»Erzähl!«

»Als ich oben angekommen bin und in die Hütte hinein, da sind sie alle aufgesprungen und haben gelacht. Mich ausgelacht, weil ich wirklich geglaubt habe, ich dürfe zu ihnen gehören. ›Du hast hier nichts verloren. Du Judenbazi!‹, haben sie geschrien. ›Wir sind Elite. Die Zukunft des Führers. Du, verschwind', bevor was Ärgeres passiert!‹ Und ich bin davon. Wieder hinunter zu euch.«

Clemens zitterte, vor Empörung, vor Enttäuschung. Elsa wollte ihn umarmen, aber er ließ es nicht zu. Da verrührte sie die letzten Brösel Kakao mit den Resten von Zucker, goss warme Milch darauf, stellte ihm das Häferl hin als Trost. Er nahm es wortlos, trank und legte sich schlafen. Den Vorfall hat er nie mehr erwähnt.

Seit damals ist Elsa klar, dass es so nicht weitergeht. Sie selbst ist ja der Grund, warum die Leute ihre Kinder schlecht behandeln. Eine halbe Jüdin, eine Fremde aus der Hauptstadt. Wenn sie sich aufregt und mit den Kindern schimpft, wird sie wieder zur Berlinerin. Die harschen Laute, mit denen sie aufgewachsen ist, hat Elsa nie verlernt. Trotz des Unterrichts in Dialekt durch ihre Kinder. Ihrem Mann ist es besser gelungen, seine Aussprache abzurunden. Mit ihm reden die Leute weiterhin. Mit Elsa nicht. Zum Einkaufen schickt sie die Kinder. Wenn es überhaupt was zum Einkaufen gibt. Ihrer Freundin Rosi gibt sie hin und wieder was mit zum Tauschen.

Wegen dem Gerede und den vielen Hakenkreuzfahnen überall ist Elsa aufs Haus beschränkt. Das dunkle Holz, mit dem die Außenwände verkleidet sind, findet sie zu düster. Auch die kleinen Fensterluken. Das enge Gitter.

Nicht einmal mehr in den Garten geht sie gern. Die Berge rücken dann näher. So kommt es ihr vor. Sie muss sich trotzdem um ihre Gemüsebeete kümmern. Kurz nach dem Anschluss haben sie abends Feuer auf den Hängen beobachtet. Die Holzhaufen in Form von Hakenkreuzen angeordnet, so dass die brennenden Symbole des Schreckens von weitem die Aussicht beherrschen. Elsa hat daraufhin dichte Vorhänge genäht. Tagsüber kann die Sonne sie nicht mehr täuschen. Das Licht ist flüchtig. Je weniger sie im Dorf gelitten wird, desto beklemmender erscheint ihr die Landschaft. Hinter jeder Zacke, jeder Felsnase, jedem Baumstamm lauert eine Drohung. Sie strickt viel, trennt ihre Pullover auf und verarbeitet sie zu Kleidung für die Kinder. Nachts wälzt sie sich im Bett. Einmal ist ihr die Decke zu schwer, ein anderes Mal fröstelt sie. Später überfällt sie Durst oder der Hunger. Sie schleicht durchs Haus, tritt ins Freie, in den Regen. Die Felswände scheinen zu ihr zu sprechen, sie vor Unheil zu warnen. Die Landschaft drückt aufs Gemüt.

In einer dieser schlaflosen Nächte steigt sie auf den Dachboden. Täglich hat sie an das Schicksal ihrer Schwester Anna gedacht. Damals, im Schock über ihren Tod, fehlte die Zeit zu trauern. Die Kinder waren klein und verlangten nach Elsas Gegenwart. Jetzt denkt sie oft an den Koffer, den die Schwester hinterließ. Annas Erbe. Seit dem Selbstmord hat sie das Ding nicht angerührt. Elsa klettert die steile Holztreppe hinauf, in den eiskalten Speicher, leuchtet mit der Taschenlampe in die Ecken, zieht ihn unter einem Stapel leerer Holzkisten hervor. Klappt den Deckel auf, zieht den Atem scharf ein, als sie die sorgsam gefaltete Schwesternuniform erblickt. Das Häubchen, Zeichen ihres Vorlebens in Berlin. Sie sinkt auf die Knie, taucht ihre Nase in den Duft aus Kernseife und Grunewald, den Geruch einer besseren Vergangenheit. Tränen laufen ihr über die Wangen. Der Koffer samt Inhalt ist ihr verlorenes Zuhause. Sie kann nicht zurück.

Ein Lichtstrahl schreckt sie auf. Sie hält sich die Hand vor Augen und ist erleichtert, als sie Ulrich vor sich stehen sieht. Im Pyjama.

»Was machst du hier?«

»Anna«, schluchzt sie. Ulrich nimmt sie in der Arm. Lange hocken sie so im Staub, bis Elsa zu frösteln beginnt. Aber sie will nicht hinunter.

»Vielleicht kann ich die alten Sachen umnähen für die Kinder. Das sind gute Stoffe.«

»Wie du willst.«

Gemeinsam prüfen sie den Inhalt, finden neben der Uniform etwas Unterwäsche, zwei weiße Blusen aus Batist, eine Wolljacke, Söckchen, ein Seidentuch, ein fast neues Paar Lederschuhe.

»Die sind viel wert. Die können wir tauschen. Oder sie passen vielleicht unserer Ältesten. Ihre Füße wachsen wie verrückt.«

Ganz unten finden sie eine Mappe mit zwei Kartondeckeln. Elsa nestelt die schwarzen Stoffbänder auf, blickt auf Annas Dokumente und Diplome.

»Komm zurück ins Bett. Ich wärme dich.« Ulrich geht zur Treppe.

Elsa packt die Mappe und nimmt sie mit hinunter, betritt kurz die Speisekammer, versteckt sie unter dem Schmalz und folgt Ulrich in die Schlafkammer. Draußen tobt der Wind.

»Es wird Frühling. In ein paar Wochen ist es warm. Wirst sehen.«

Ulrich tröstet Elsa. Sie kuscheln sich aneinander. In der kommenden Nacht steht Elsa wieder auf, schleicht in die Speisekammer, um sich Annas Ausweis genauer anzuschauen. Die Schwestern mit nur eineinhalb Jahren Altersunterschied haben sich immer ähnlich gesehen. Viele glaubten sogar, sie seien Zwillinge. Als ihr Anna auf dem Passfoto entgegenblickt, erschrickt Elsa zuerst. Ihr jüngeres Ich schaut sie an. Ein Leben voller Hoffnung. Das Studio des Fotografen in Zehlendorf fällt ihr ein. Und wie sie sich vorher gegenseitig die Haare gemacht hatten. Annas Ausweis stammt aus einer Zeit, in der es noch nicht Gesetz war, dass Menschen jüdischer Herkunft mit einem J markiert wurden. Elsa überlegt. Der Tod ihrer Schwester könnte eine Chance sein, die Lage ihrer Familie zu verbessern. Sie schleicht zurück ins Bett, weiht Ulrich ein.

Sie warten ein paar Wochen, bis der Schnee geschmolzen ist und die Schleichwege nicht mehr vereist. Jeder Tag erscheint ihr nun endlos. Jeder Sonnenstrahl wird begrüßt. Die Wärme gibt den Weg frei. Schlafen kann Elsa weiterhin nicht gut. Und vor allem darf sie die Kinder nichts spüren lassen. Nur Clemens, den Ältesten, weiht sie ein. Weil er längst begriffen hat, unter welchem Risiko sie leben. Die Mutter wird sich opfern, lautet der Beschluss des Familienrats. Auf Clemens kann sie sich verlassen.

Dann erfährt Ulrich, dass der Gendarm Elsa bereits am nächsten Morgen abholen wird, um sie ins Lager zu bringen. Sie müssen sofort handeln. Der Nachthimmel ist dunkel genug. Es ist Neumond. Elsa umarmt ihren Mann und macht sich mit Clemens auf. Zu Fuß laufen sie den See entlang, stolpern über hervorstehende Baumwurzeln, steigen in Pfützen, tappen durch übrig gebliebene Schneeflecken. Zwei Stunden sind es bis zum Bahnhof im benachbarten Dorf. Elsa wird in den ersten Zug steigen, der sie nach Passau bringt. Noch wartet kein Mensch.

Das silbergerahmte ovale Türchen des Fahrkartenschalters ist geschlossen. Ihre schweren Schuhe mit dicken Sohlen rumpeln auf dem Holzboden des Warteraums. Sie bemühen sich, vorsichtig aufzutreten, um nicht entdeckt zu werden. Clemens sorgt sich um seine Mutter.

»Ich muss zu Hause sein, bevor es tagt. Du musst alleine warten.«

Sie umarmen sich. Elsa weiß nicht, ob sie ihre Familie je wiedersehen wird.

»Keine Angst, ich komme zurecht, mein Großer. Hilf Papa, versprich es mir! Du musst Verantwortung für die Kleineren übernehmen. Ich weiß, dass du das kannst.«

Clemens nickt. Tapfer. Seine Augen sind verhangen, aber er hält die Tränen zurück. Elsa küsst ihn ein letztes Mal. Mit raschen Schritten stapft er davon. Ab nun muss sie eine andere sein. Sie wird zu Anna, einer in Berlin ausgebildeten Krankenschwester. Während des Krieges werden Frauen wie sie dringend gebraucht, um jene Deutschen zu verarzten und zu umsorgen, die sich angeblich vor Menschen wie ihr ekeln und alles dafür tun, um sie zu vernichten. Es ist ein Wahn, der sie erfasst hat. Doch um zu überleben, muss Elsa vorgeben, so wie die Verführten zu denken und zu sein. Sie muss ihre im Krieg verletzten Soldatenkörper pflegen, nachdem diese an vielen Fronten die Körper anderer Menschen absichtlich zerstörten.

In ihrem Abschiedsbrief hat Elsa geschrieben:

Liebe Kinder, lieber Ulrich, obwohl es eine Sünde ist, sich das Leben zu nehmen, kann ich euch diese Schande nicht ersparen. Ich sehe keinen anderen Ausweg. Ich möchte euch nicht mehr länger daran hindern zu leben, wie es euch gebührt. Ich bin es, die stört. Ich will nicht mehr sein. Gott wird mir verzeihen, Adieu, ich liebe euch.

Als am nächsten Morgen der Gendarm an die Tür des Pfarrhofs klopft, um Elsa festzunehmen, öffnet ihm der Pastor.

»Meine Frau ist fort. Ein Unglück.«

Tränen rinnen ihm über die Wangen, als er den Gendarm in die Küche führt, ihm Elsas Abschiedsbrief in die Hände drückt. Die Kinder sitzen um den Tisch herum und heulen. Der Pastor hat ihnen sagen müssen, dass die Mama fort ist.

»Wo ist sie?«

»Ich weiß es nicht.«

»Am Dachboden oder im Keller ist sie nicht?«

»Nein, ich habe überall nachgesehen.«

»Na, entweder hat sie sich im Wald erhängt oder sie ist ins Wasser.«

Der Herr Pastor nickt. In der Küche ist es eisig. Der Gendarm reibt sich die Hände, schaut sich um. Keiner hat den Sparherd angefeuert. Das war immer Aufgabe der Frau. Einerseits ist der Gendarm froh, dass sich das Problem auf diese Weise von selbst löst und er sich um den Abtransport der Halbjüdin nicht mehr kümmern muss. Er hat Angst gehabt, dass sie sich wehrt, dass er grob werden muss. Das wäre ihm schon peinlich. Besonders, wenn man sich kennt. Andererseits muss er sich an die Vorschriften halten und den Behörden Bescheid geben über den Verbleib der Verdächtigen. Also suchen sie nach Elsas Leiche. Ein Trupp durchkämmt erst den Wald, erfolglos, danach den Weg um den Ausseer See. Bald ertönt das Pfeifchen. Sie haben was gefunden. Die Pastorenfrau hat sich anscheinend völlig entkleidet, bevor sie ins eiskalte Wasser gewatet ist. Ihre Jacke, ihr Kleid, die Unterwäsche, die Söckchen hat sie schön gefaltet am Ufer abgelegt. Eine ordentliche Person. Die Gummistiefel stehen parallel ausgerichtet daneben, ihre Spitzen jedoch nicht zum Wasser hin, sondern in Richtung Berg. Hat das was zu bedeuten?

»Wenn sie da ins Wasser ist, finden wir sie nie mehr.«

Der Pastor nickt, schaut vom Kleiderbündel auf die unergründliche Oberfläche, in der sich die Berge spiegeln. Jetzt ist es nahezu windstill.

»Sie wissen ja, die Strömungen da drunten. Der See ist einfach zu tief. Der zieht Leichen hinunter bis auf den Grund.«

Der Pastor schweigt. Der Gendarm ist erleichtert. Ulrich packt die Stiefel und Elsas Kleider. Unklar, was damit geschehen soll. Trottet langsam damit nach Hause. Mit hängenden Schultern.

Später ein Klopfen an der hinteren Tür. Rosi, Elsas alte Freundin, in ihren wadenlangen Wetterfleck gehüllt, bringt frisch gebackenen Kuchen.

»Für die Kinder.«

Gelb, süß, mit braunen Sprenkeln. Sogar Rosinen hat sie aufgetrieben.

»Kommst du zur Totenmesse?«

Rosi nickt, bekümmert, streicht die blonden Strähnen unters Kopftuch, blickt Ulrich mit ihren blauen Augen an.

»Wenn du Holzschuhe brauchst für die Kinder, sag es mir. Mein Mann macht sie dir sofort.«

»Dank dir schön.« Ulrich tut es leid, dass er ihr nichts verraten kann. Dass sie glauben muss, Elsa hätte sich tatsächlich umgebracht. Nach dem Vorbild ihrer Schwester.

»Die haben sie in den Tod trieben. Eine Mutter, und

noch so jung. Wir haben ja dasselbe Alter. Neununddreißig ist doch jung«, meint Rosi, bevor sie ihre Bergschuhe festschnürt und aufs Fahrrad steigt.

ROSI | Aussee

Sie ist dieser Tage viel beschäftigt. Die Villen wurden von neuen Herrschaften übernommen. Alles Nazi. Dass die so gierig sind. Meist hat sie ja nur mit ihren Frauen zu tun, die sich aufführen, als wären sie dazu geboren zu kommandieren. Rosi macht, was verlangt wird, immer in Sorge um ihren Mann. Der ist nicht gesund. Nur deshalb musste er nicht in den Krieg. Nur deshalb kann er Geld mit Holzschuhen verdienen, die er eigenhändig herstellt. Weil sie praktisch sind und langlebig und einfach zu reparieren. Ständig werden welche gebraucht. Lederschuhe kann sich keiner mehr leisten. Wer weiß, was den Nazis noch alles einfällt. Rosi hat gehört, dass die Schwachen und Kranken abgeholt werden. Nur zu ihrem Besten, Sonderbehandlung. Aber ob das stimmt?

Von den früheren Dienstboten, hat sie erfahren, was dem Liedschreiber vom Léhar passiert ist. Zuerst verjagt von seinem eigenen Anwesen, dann ins Lager. Gefängnis hat es geheißen. Aber einsitzen wofür? Wie kann ein freundlicher Mann, gut erzogen und harmlos – man braucht sich nur die Lieder anhören, da weiß man das –, wie kann denn der gefährlich sein? Und wem? Jedenfalls sollen sie ihn dort erschlagen haben. Die Köchin hat geweint, als sie es Rosi erzählt hat. Weil er nicht schnell genug gearbeitet hat. Wie hätte er das können? Er war ein Herr. Ein Schreiber. Ein Künstler. Kein Arbeiter.

Und die Villa Roth. Da sind sie auf Dauer eingezogen, nicht nur für den Sommer. Die Frau vom Goebbels und seine Kinder. Weil's in der Hauptstadt gefährlich wird. Die Villa gehört seinem Gönner, einem Munitionsfabrikanten.

»Das sind liebe Kinder«, sagen die Nachbarn. »Was

können die Kinder von einem Ungeheuer dafür! Die Größeren gehen mit den unsrigen in die Schule. Jeden Tag in frischen Sockerl mit Spitzensaum aus Paris und Mascherl im Haar. Nur danach rennen sie gleich heim, dürfen nicht mit den unsrigen spielen. Sind halt was Besseres. Aber die Frau Goebbels, sechs Kinder hat sie, kauft sogar Eier, Hendl und Speck beim Bauern.«

Zur Begrüßung, als die Familie hergezogen ist, haben die Dorfbewohner gesungen. Als gäbe es nichts Besseres zu tun, als Verbrecher willkommen zu heißen. Rosi hält den Mund. Das sind Worte, die sie nur denkt. Doch sie muss sich ärgern. Und manchmal könnte sie laut schreien, so wie jetzt, wo sie noch die Elsa auf dem Gewissen haben.

Mit ihrem Mann will Rosi nicht darüber reden. Ihn nicht gefährden. Sie weiß, dass er sich mit einigen von denen, die im Salzbergwerk arbeiten, im Wirtshaus trifft und dass sie Heimlichkeiten haben. Tagtäglich fürchtet Rosi, dass sie ihn schnappen. Mit der Hermine redet sie trotzdem. Zu der wird sie fahren, wenn sie hier fertig ist. Vorerst muss sie den Dreck von Männern aufräumen, die die Gemeinschaft in Aussee kaputtmachen und die vom Misstrauen untereinander ihren Vorteil haben. Sie wird der Hermine von der Elsa erzählen. Die Hermine hat nie Angst, vor gar nichts.

Am Ende der Uferstraße stellt Rosi ihr Fahrrad ab, packt den Rucksack mit den Bürsten, den Fetzen, der Seife und nimmt den Forstweg. Von weitem hört sie Männerstimmen. Einheimische, die Befehle geben, und Gemurmel in einer Sprache, die sie nicht versteht. Zwangsarbeiter. Irgendjemand muss den Wald ja pflegen, Bäume fällen. Holz wird gebraucht. Sie lauscht dem Sägen, dem Klingen, wenn die Axt auf den Stamm trifft, und danach das

Ächzen, wenn der Stamm sich langsam nach unten neigt. Schließlich das Rauschen, wenn das Holz fällt und das langgezogene Aufprallen, seine Wucht durch den Waldboden gedämpft. Rosi steigt weiter hinauf, obwohl ihr linker Fuß manchmal schmerzt, wenn sie falsch auftritt.

Die Männer aus Aussee sind fast alle in den Krieg. Voller Freude haben die Tauglichen in ihrem besten Gewand beim Wirt gefeiert. Mit Blüten auf ihre Hüte und die Janker gesteckt, mit weißen Socken in den Bergschuhen. So frohe Gesichter hat Rosi lange nicht erlebt. Zumindest einige davon. Wer von den Mädchen und Frauen vorbeigegangen ist, hat einen Schnaps gekriegt. Rosi hat nein gesagt. In der Mitte saß immer einer mit der Ziehharmonika. Weil gesungen wurde, sobald es so weit war. Weil sie verzagt waren oder aufgeregt. Einige sind inzwischen tot. Und von anderen weiß keiner, wo sie geblieben sind. So müssen eben ausländische Männer, Gefangene, mit Äxten und Sägen die Holzwirtschaft in Gang halten. Oder das Heu einführen. Oder den Most pressen. Und vorher die Äpfel und Birnen dazu klauben. Rosi kriegt keine Hilfe. Weil sie ihren Mann daheim hat. Obwohl er krank ist. Deswegen geht sie Putzen und Wäsche waschen für andere Leute. Langsam verklingt das Klopfen und Hauen und Schreien in den Tiefen des Walds. Sie ist beruhigt.

Nach einer halben Stunde zweigt ein Pfad rechts ab. Über steile Stufen durch den Mischwald gewinnt sie bald Höhe. Ihr Tritt ist sicher, bis sie nach weiteren vierzig Minuten ein Bankerl erreicht, auf das sie sich setzt, zum Verschnaufen. Sie kennt diese Steige seit ihrer Kindheit, wie jeder der herinnen aufgewachsen ist. Mit einem steilen Aufstieg geht es weiter zur Eisentreppe. Bereits schwerer atmend, nimmt sie die neunundsechzig Stufen und dreht sich oben angekommen um, schaut auf den blinkenden, schattengefleckten See. Bekreuzigt sich, als ihr die Elsa in den Sinn kommt, die jetzt in dem tiefen Wasser ruht. Als sie die Quelle erreicht, die aus dem Fels sprudelt, bückt Rosi sich, hält die Hand auf und trinkt das frische Wasser. Dann nur noch die Serpentinen, und dann wird es gleich flacher. Die Hütte, zu der sie aufgebrochen ist, steht unter dem Schutz dreier Tannen, direkt am Bach, umgeben von weichen grünen Almwiesen. Da oben liegt Schnee. Sie muss stapfen, bricht mit ihren Schuhen krachend durch die gefrorene Schicht, kommt langsamer voran. Der Bürgermeister hat sich die Almhütte vor ein paar Jahren bauen lassen. Und weil seine Frau das nicht tut, soll die Rosi aufräumen und putzen. Besonders, nachdem seine Jagdfreunde da gewesen sind, die nur Unordnung hinterlassen.

Vorm Eingang nimmt sie die Abdeckung vom Brunnen, schlägt mit einem Stein durch die Eisschicht und erfrischt sich. Sie holt den Schlüssel aus ihrer Tasche. Die Jacke hat sie von ihrem Mann geborgt. Er ist ja fast so klein wie sie selbst. Ein zarter Mann. Nur die Ärmel muss sie aufkrempeln. Als sie die Türe öffnet, haut sie der Muff von tausenden Zigaretten und Zigarren und Männerschweiß fast um. Also reißt sie die Fenster auf, klappt die hölzernen Läden zur Seite. Humpelnd zerrt sie die Fleckerlteppiche ins Freie, breitet sie auf der festen Schneedecke aus. Bindet sich ihr Tuch vor Mund und Nase. Und drischt los. Der Staub vergangener Festlichkeiten, oder besser gesagt: Saufereien, wirbelt auf. Rosi schlägt und schlägt und schlägt voll Wut. Sie will, dass es einmal nicht nach Tod riecht, wohin sie kommt. Das ist erst seit den Nazis und dem Krieg so schlimm.

FRANCINE | Paris

Krieg? Stört Francine überhaupt nicht. Im Gegenteil. Noch nie ging es ihr so gut. Was täte sie ohne den Krieg! Ist doch nicht schwer, seinen Feind zu lieben! Vor allem wenn der Feind ein exzellentes Französisch spricht. Wenn er seinen Maßanzug so formidabel ausfüllt. Wenn seine Manieren tadellos sind. Wenn er Paris und seine besten Plätze kennt und Paris liebt. Wenn der Feind weiß, was einer Frau wie Francine gefällt und es ihr täglich von Neuem beweist. In so einem Fall ist der Feind kein Feind, sondern der beste Geliebte, den sie je erhört hat. Wilhelm steht in seinem Pass, sie aber tauft ihn Willy. Caro hat ihn Francine vorgestellt. Obwohl die Freundin Deutschlands Politik verabscheut, kommt sie nicht um Willy, seinen Charme, seine Gewandtheit herum. Was daran liegt, dass er eigentlich Österreicher ist, Aristokrat natürlich. Da ist alles Mögliche beigemischt, Italienisch, Spanisch und so weiter. Die adeligen Verwandten sind über den ganzen Kontinent verstreut. Sein Vater war Diplomat, die Familie zog dauernd um. Jedenfalls fährt Caro inzwischen ständig mit ihrem klapprigen Fahrrad durch Paris. Organisiert Aktionen gegen die deutsche Besatzung. Deshalb gehört Willy nun ganz Francine.

»La France muss verteidigt werden«, schärft Caro ihr ein. Aber Politik ist Francine furchtbar egal. Sie lässt sich lieber von Willys Chauffeur im Mercedes durch die Stadt kutschieren. Begleitet von ihrem Geliebten fürchtet sie keine Sperren oder Kontrollen. Uniformen kann Willy nicht leiden. Uniform engt ein. Seit seiner Kindheit hat er in so vielen Ländern gelebt, dass er im Grunde alle irgendwie liebt. Und was Sprachen betrifft, ist Willy sicher nicht monogam. Die meisten spricht er ohne Akzent.

Fühlt sich in allen wohl. Diese eine bestimmte Montur, die Uniform des Offiziers der deutschen Wehrmacht, ist bloß seine Dienstkleidung, nichts was tiefer geht. Francine bleibt von diesem Anblick ohnehin meist verschont. Darauf hat sie von Anfang an bestanden.

»In meiner Gegenwart trägst du nur Anzug, Smoking, Frack oder bleibst nackt, à la nature. Nichts sonst. So kann ich dich als Mensch genießen, und wir verlieren keine kostbare Zeit.«

Entkleidet kehrt der Geliebte zurück in den Urzustand seiner menschlichen Qualitäten. Das heißt, seiner männlichen. Weil es die sind, wofür Francine sich vor allem interessiert. Mit Nationalitäten hat ein nackter Körper nichts zu schaffen.

Andererseits haben sie sich wegen seiner Uniform und deren Funktion näher kennengelernt. Weil erstens brachte seine Position Willy nach Paris. Und zweitens tauchte er aus diesem Grund bei den Dreharbeiten im Schloss außerhalb der Stadt auf. Francine spielte natürlich die Hauptrolle. Wieder eine Frau, die sich nicht darum schert, was andere von ihr denken. Dafür ist sie ja bekannt. Sie hat sich das Datum genau gemerkt, als es anfing mit ihm. Einen Tag nach ihrem Geburtstag. Dem zweiundvierzigsten. Inoffiziell. Mit der Equipe feierten sie den fünfunddreißigsten.

Das Schloss war, wie alles, was schön ist, von den Deutschen beschlagnahmt und Willy für das Anwesen zuständig. Er erteilte dem Filmteam die Erlaubnis zu drehen und sollte eigentlich im Hintergrund bleiben. Doch seit er außerhalb der Cité stationiert war, langweilte er sich. So weit von Restaurants und Bars entfernt, wie er ihr später erzählte. Natürlich kannte Willy ihre Filme. Deshalb hatte er Francine von Anfang an im Visier. Für die

Außenaufnahmen brauchten sie ein halbwegs passables Pferd, das sie nicht gleich abwerfen würde. Reiten konnte sie wirklich nicht gut. Willy suchte höchstpersönlich ein Tier für die Vedette aus. Obwohl das jeder Stallbursche erledigen hätte können. Er half ihr in den Sattel, ließ sich damit Zeit. Verfolgte ihre Bewegungen aufmerksam. Gab Anweisungen. Brachte mit einem leichten Druck seiner Hand Francines Rücken in die richtige Position. Sie war elektrisiert.

Ganze drei Drehtage stand der Offizier ihr zur Verfügung und bot sich zum Abschluss als Geschenk. Francine nahm ihn mit Vergnügen, genauso fasziniert von ihm wie er von ihr. Obwohl die Reihe ihrer Liebhaber und Verehrer bereits lang ist.

Jedenfalls spielte sie im Film eine Wäscherin. Eine aus dem Volk, die einen Militär geheiratet hat, der Karriere am Hof Napoleons macht. Wie passend. Die Frau ist dreist und redet geradeheraus. Egal ob sie bei Hofe ist oder nicht. Den anderen ist das peinlich. Aber dem Kaiser gefällt's. Eine perfekte Rolle. Francine kann dabei schwatzen, wie sie gerade will. Manche meinen, diese Frechheit sei ein Vorbild dafür, wie die Dame Frankreich sich gegenüber den deutschen Besatzern verhalten soll. Das ist Francine alles egal. Dieser ganze Zirkus um den Krieg und die französische Kapitulation. Sollen sie darüber denken, was sie wollen! Francine ist die Vedette und muss dafür nur so sein, wie sie ist: frisch, frei und ohne Genierer. Sie kann sich bewegen, wie und mit wem sie will.

KITTY

(Über allem liegt das Rauschen eines Aufnahmegeräts, das mit Drahtspulen arbeitet.)
    B: Woher sind Sie?
    K: Aus Wien, Österreich. Mein Mädchenname ist Strasser. Mein Mann war tschechischer Staatsbürger. Er war ... er meldete sich als Freiwilliger zu Kriegsbeginn.
    B: Haben Sie ihn in Linz geheiratet?
    K: Ja. Er lebte seit 1932 in Paris. Aber er kam nach Wien für die Hochzeit ... nur für die Zeremonie.
    B: Kannten Sie ihn vorher?
    K: Ja, ich habe ihn kennengelernt, als ich eine Freundin in Paris besuchte. Dann verließen wir Wien, um dort zu leben. Ich habe noch eine Schwester in Linz, die dort verheiratet ist.
    B: Ja.
    K: Als dann die Deutschen kamen, habe ich Paris auf einem Fahrrad verlassen. Ich fuhr 900 Kilometer.
    B: Und das Fahrrad hat durchgehalten?
    K: Ich habe es gekauft, um rauszukommen. Es war sehr schwierig, eins zu kriegen.
    B: Weil jeder dieselbe Idee hatte?
    K: Ja. So kam ich nach Südfrankreich, um meinen Mann zu treffen. Dann gingen wir zurück nach Paris. Er wollte mich und die Kinder nicht alleine lassen.
    B: Und?
    K: Er wurde verhaftet.
    B: Als was?
    K: Als Tscheche, als Jude.
    B: Und?
    K: Er wurde ins Lager gebracht. Zuerst nach Drancy, in der Nähe von Paris. Dann wurde er mit unbekanntem

Ziel deportiert.

B: Mit unbekanntem Ziel?

K: Mit unbekanntem Ziel.

B: Sie wollen sagen, dass er nicht zurückkam?

K: Erst später fand ich heraus, was geschehen war.

(Pause)

B: Ja?

K: Zuerst blieb ich allein in Paris und führte unser Geschäft weiter.

B: Welches Geschäft?

K: Mein Mann hatte ein gut gehendes Juweliergeschäft. Import Export. Aber dann eines Morgens um halb Vier Uhr früh, wollten sie mich und die Kinder abholen. Aber ich habe die Tür nicht geöffnet und bin danach sofort aufgebrochen.

B: Wie haben Sie das gemacht, die Tür nicht zu öffnen?

K: Ich habe eben nicht aufgemacht. Es war abgeschlossen, und sie haben die Tür nicht aufgebrochen.

B: Und Sie hielten still?

K: Ja, ich habe mich nicht gerührt. Habe mich überhaupt nicht gerührt.

B: Und die Kinder, wie alt waren sie?

K: Eins war 5, eins 3 und das kleine, 13 oder 14 Monate. Wir haben Paris sofort verlassen. Ich hatte ein Kindermädchen, sie kam mit uns. Wir haben die Kleinen getragen. Bis über die Demarkationslinie.

(Sie spricht sehr bestimmt, schnell, angespannt. Eine hohe Stimme, aber nicht schrill. Der Interviewer stark bejahend, Fragen einwerfend. Geräuschvoll atmend.)

B: Ins unbesetzte Frankreich?

K: Ja. Da sind wir geblieben. Ich hatte einen falschen Ausweis.

B: Wie sind Sie über die Demarkationslinie gekommen?

K: Zuerst mit dem Zug und dann zu Fuß mit zwei Führern. Ich habe unser Gepäck getragen, das Kindermädchen den Jüngsten und die anderen zwei mussten laufen. Wir waren die ganze Nacht unterwegs. Wir sind illegal über die Grenze. Durch den Wald.

B: Aber wo haben Sie denn die Führer gefunden? Was waren das für Leute?

K: Franzosen.

B: Und haben Sie gezahlt?

K: Ja, aber nicht viel. Weil es waren gute Menschen.

B: Gute Menschen und trotzdem mussten Sie sie bezahlen?

K: Aber nicht viel. Also, wir marschierten von elf Uhr abends bis drei Uhr morgens. Und dann wurden wir zu einem Haus geführt, wo wir die Nacht verbringen konnten. Danach sind wir noch mal zwei Stunden gegangen bis zum Bus. Dann lebten wir in dem kleinen Dorf, bis ich kein Geld mehr hatte.

B: Alles sonst war in Paris geblieben?

K: Ja. Ich musste also mit falschen Papieren dorthin zurück. Ich konnte ja meinen Namen nicht ändern wegen der Kinder. Weil wenn sie jemand gefragt hätte, wie sie heißen. Ich konnte ihnen nicht beibringen, dass sie andere Namen nennen sollen. In Paris wurde ich jedoch am Bahnhof verhaftet.

(*Das beständige Krachen und Knistern der Aufnahme ist der Zeitraum, der die Gegenwart von diesen Stimmen trennt. Kittys R ist hart.*)

B: Warum verhaftet?

K: Weil ich die falschen und die echten Papiere bei mir hatte. Und in meinem echten Ausweis war der Stempel »Jude« drin.

B: Nachdem die Deutschen Paris besetzt hatten?

K: Ja. Also ich wurde gefangen genommen und nach Drancy, in ein Lager in der Nähe von Paris gebracht.

B: Und die Kinder?

K: Die Kinder blieben im Süden mit dem Kindermädchen. Und sobald sie erfuhr, dass ich verhaftet worden war, brachte sie sie bei einem französischen Paar unter, das nicht wusste, dass es jüdische Kinder waren. Und dort sind sie immer noch.

(*Sie lacht erleichtert auf. Auch in seinem »Ja« liegt Freude. Dann Pause.*)

FRANCINE | Paris

»Ich bin total verknallt«, gesteht Francine ihrer Freundin Caro, der es nicht gefällt, dass Francine mit einem Nazi schläft. »Pass auf, das wird gefährlich.«

»Ja«, lacht Francine dreckig. »Das ist es schon, und ich genieße jede einzelne Sekunde. Die Affäre ist doch der beste Beweis, dass Liebe international ist. Grenzenlos. Liebemachen ist das Wichtigste. Damit überwindest du jeden Krieg! Wir könnten eine Bewegung gründen. Ich bin ja nicht die Einzige, die so fühlt. Da sind noch Michelle und Mireille. Auch sie arbeiten am Frieden, indem sie Deutsche lieben. Schließ dich uns an! Mach mit! Zusammen vögeln wir gegen den Krieg!«

»Danke nein! Ich kämpfe. Ich werde keine Hure für die Deutschen!« Caro ist angewidert und enttäuscht, kündigt ihr die Freundschaft auf.

Francine und Willy sind unzertrennlich. Zwar ist er zehn Jahre jünger als sie, doch das Leben mit ihm gestaltet sich so unfassbar köstlich, dass sie keine Sekunde an solche Details verschwendet. Das Leben mit Liebe bringt Hummer und Austern und Champagner. Statt kleine Rationen schlechten Essens auf Lebensmittelkarten, mit denen sich die meisten begnügen. Das Leben mit Liebe heißt Pianosonaten zum Frühstück. Abends Opernpremieren statt krachendem Radio, ständig unterbrochen durch Annoncen und fade Propaganda. *Sing ein Lied, wenn du mal traurig bist, Trallala la la la la, trallala la la la,* und derartige Schweinereien. Drehfreie Tage werden grundsätzlich im Bett verbracht. Der Liebhaber nimmt Urlaub, wann immer sie will. Weil er kann. Er ist Offizier. Er bestimmt. Die Naziarbeit ist ihm völlig egal. Er hat sich genauso für die Liebe entschieden und gegen den Krieg.

Er ist das unglaublichste männliche Wesen, das Francine je getroffen hat, und punktet in allen Bereichen. Wirklich allen. Ihre engsten Freunde, eingeschworene Pariser, finden sich an Francines Soirées ein, um sich mit dem Geliebten über Literatur und Kunst zu unterhalten. Meist haben sie einen Extraraum im Hôtel Lutetia am Boulevard Raspail reserviert. Willy diskutiert mit Valéry, während Francine die Gäste bewirtet. Marie Laurencin zeigt ihm Skizzen. Bei Francines Diners wird geraucht und gelacht und ausgiebig gespeist. Werden hervorragende Weine entkorkt. Alles von Willy aus einem nie endenden Depot beschlagnahmter Spezialitäten zur Verfügung gestellt. Die Freunde sehen es als ihr gutes Recht, auf diese Weise zurückzuerhalten, was den Deutschen nicht gehört.

Auch Coco teilt ihre Geheimnisse mit Francine. Sie gehört zum Club der Liebe. Weil Mode genauso Grenzen überschreitet. Sich um das Gerangel zwischen Nationen nicht kümmert. Obwohl Krieg ist, wollen die Pariserinnen nicht darauf verzichten, sich elegant zu kleiden. Als Strümpfe rar werden, malen sie sich lieber einen Strich über die Waden, als strumpflos auszusehen. Sogar Cocteau nähert sich Francine. Aus Protest gegen die Besatzung geht er weiß gepudert und mit Rouge auf den Wangen aus dem Haus. Vorstudien für einen Film. Im Kreis von Wohlgesinnten extemporiert er kleine Szenen, arbeitet nachts am Manuskript.

»Ich habe eine Hauptrolle für dich, liebe Francine.«
»Wer bin ich denn?«
»Eine geheimnisvolle Dame, geliebt von vier Männern gleichzeitig.«
»Nicht schlecht. Welche Epoche?«
»Eigentlich ein Märchen«, verspricht Cocteau. »Wir Franzosen brauchen Überzeitliches, um die Hoffnung

nicht zu verlieren. Die Fantasie reißt aus, besiegt die dumpfe Gegenwart. Wer will sich denn in Politik verwikkeln! Hier doch keiner. Vor allem nicht die, die meinen Film finanzieren.«

KITTY

B: Was haben Sie im ersten Lager gemacht?

K: Nichts. Anfangs gab es nichts zu tun. Ich habe die Böden gekehrt und den ...

B: Wie viele Leute waren in einem Raum?

K: Das war ein ziemlich großer Schlafsaal. Wir waren ungefähr achtzig.

B: Und jeder hatte sein eigenes Bett?

K: Ja. Nach drei Monaten wurde ich zusammen mit anderen in einen Güterwaggon gepackt.

B: Gab es da irgendwelche Bänke?

K: Nichts.

B: Nichts zum Draufsetzen?

K: Nichts.

B: Gab es Toiletten?

K: Nein.

B: Sind Sie dann an den Stationen ausgetreten?

K: Nein. Die ganze Fahrt lang nur ein oder zwei Mal.

B: Hatten Sie Wasser zum Trinken?

K: Wir haben eine kleine Wasserflasche bekommen.

B: Aha.

K: Für fünfzig Menschen.

B: Also es gab keine Toiletten?

K: Nein.

B: Aber was haben die Leute gemacht?

K: Es gab einen Eimer. Nichts sonst. Da war ein Deckel drauf.

B: Aber für das andere Bedürfnis?

K: Habe ich doch schon gesagt. Es gab einen zweiten Eimer.

B: Aber war der offen oder mit Deckel?

K: Offen. Wir mussten eben ... Wir haben es rausgeworfen. Es gab ein kleines Fenster. Und das war ... wir haben es da runtergeworfen.

B: Aber ich meine, der Kübel, der war doch ...

K: Nein, nichts, nein, nein

(Als er genau wissen will, wie sie sich im Viehwaggon erleichtert haben, wird ihre Stimme grell, sie spricht noch schneller als sonst, klingt äußerst angespannt.)

B: Waren die Leute sichtbar, während sie ...

K: Es gab keinen Sichtschutz, nichts, wir haben einfach ein Tuch um uns gewickelt.

B: Ach so, Sie haben ein Tuch, ein Tuch um sich herumgewickelt, wenn Sie den Eimer benutzten?

K: Ja, ja, wenn wir ihn benutzten.

B: Aha. Gut. Und dann?

K: Wir sind endlich angekommen. Nicht an einer Bahnstation, sondern da war nur das Feld und eine Hütte. Sie sagten, wir sollen aussteigen. Und unser Gepäck mitnehmen.

B: Wie viel Gepäck hatten sie?

K: Nur einen kleinen Rucksack. Das war alles.

B: Ja.

K: Und dann, als wir ausgestiegen waren, sagten sie, wir müssten das Gepäck zurücklassen.

B: Ja.

K: Im Regen.

B: Ja.

K: Und dann wurden wir ausgesucht ...

B: Das Wort heißt selektiert.

K: Selektiert, ja. Aber das haben wir da noch nicht gewusst.

B: Ja.

K: Sie haben die Alten und Kranken herausgesucht.

B: Ja.

K: Und sie auf so Wagen ...

B: Lastwagen?

K: Lastwagen, ja. Und die anderen wurden in fünf Gruppen geteilt, und wir wurden ins Lager geführt. Und von den anderen haben wir nie mehr gehört.

B: Sie haben von den anderen nie gehört?

K: Nein.

B: Nein.

K: Also, wir kamen ins Lager. Es war schrecklich. Der erste Eindruck von diesem Lager.

B: War das weit weg?

K: Ich weiß die genaue Distanz nicht.

B: In Polen wurde dann selektiert? Wen haben sie da ausgesucht, glauben Sie? Die Älteren?

K: Ja, die Alten und Kranken.

B: Und Kinder?

K: Kinder auch.

(Ihre Stimme wird fast unhörbar.)

B: Und dann, wer ist übrig geblieben?

K: Sie haben die Leute gelassen, die arbeiten konnten. Die gesund waren, die stark waren.

B: Können Sie mir sagen, wie der erste Tag im Lager war?

K: Wir sind abends angekommen, so ungefähr sechs Uhr.

B: Ja.

K: Also zuerst wurden wir tätowiert. Wissen Sie, die wollten die Nummer an unserem linken Oberarm haben.

B: Aha. Sie wurden tätowiert.

K: Ja. Das war das Erste. Wir haben nichts zu essen bekommen, nur so kleine Flaschen mit etwas, das sie Tee nannten, so Kräutergetränke. Und dann ließen sie uns in Ruhe. Es gab keine Anlagen, nichts. Nur der nackte Boden, Sand, der hart gestampft worden war.

B: Mit Anlagen meinen Sie Toiletten?

K: Nein, nicht Toiletten, nein ... Es gab keine Decken, keine Lumpen, kein Bett, überhaupt nichts. Aber wir waren so müde, dass wir trotzdem geschlafen haben.

B: Am Boden.

K: Ja.

B: Sind Männer und Frauen getrennt worden?

K: Ja, ja. Sie haben uns gleich nach der Ankunft getrennt. Dann ... dann ... wir waren ... wir wurden am nächsten Morgen geweckt. Es war noch ziemlich dunkel.

FRANCINE | Paris

Willys Fahrer chauffiert die Vedette nach Versailles. Francine begleitet den berühmten Cocteau in eine Ausstellung mit Brekers Werken, dem Lieblingskünstler des Führers. In der Schau kann der Dichter sich vor Entzücken über die nackten Männer aus Bronze und Marmor kaum halten. Er betastet polierte Glieder, fährt genüsslich mit der Hand die Rundungen ihrer Hinterteile nach.

»Zumindest was das Lob männlicher Schönheit betrifft, stimme ich mit den Deutschen überein. Wenn auch aus anderen Gründen.« Cocteau leckt mit der Zunge über seine rot geschminkten Lippen. »Ich möchte sie aufessen.«

Die Ausstellung »Der Jude und Frankreich« im Palais Berlitz aber gefällt keinem von Francines Freunden. Das riesige Plakat, das die schmale Front des Gebäudes völlig einnimmt, finden sie sofort vulgär. Cocteau erregt sich über die schlechte künstlerische Qualität. »Die Krallen dieser Figur sind disproportional. Außerdem greift das Monster auf dieser Landkarte nach Afrika, nicht nach Frankreich. Das ist mir nicht präzise genug.«

Francine schüttelt den Kopf. »Was bin ich froh, dass Willy kein Nazi-Deutscher ist! Nicht einmal geboren wurde er dort. Stell dir vor, in seiner Geburtsurkunde steht Paris! Nur sein Pass ist derzeit deutsch und seine Uniform. Sonst nichts. In seinem Inneren ist er ein wahrer Mensch. Ein richtiger Mann.«

Zu Hause erhält Francine immer öfter Anrufe von Unbekannt. Anonyme Stimmen, meist männliche, die Obszönitäten in den Hörer brüllen. Sie legt sofort auf. Einiges gräbt sich trotzdem ein. Sie muss sich anstrengen, diese Affronts wieder zu vergessen. Dann klingelt es erneut.

Letztens hat sie sich entschlossen, das Telefon nicht mehr eigenhändig abzuheben. Sie befiehlt dem Dienstmädchen, nur namentliche Anrufe zu melden. Anonyme nie.

Eines Tages bittet der abscheuliche Céline um ein Treffen. Er will Francines Geliebten kennenlernen. Sie kann ihn nicht abschütteln und verabredet sich für die Oper. Dort wird man den Dichter schneller wieder los. Für die Dauer der Vorstellung muss er sowieso schweigen. Möglicherweise ist der Schriftsteller auch an Francines schlankem Körper interessiert. Ihr gruselt. Sie wird darauf achten, nicht neben ihm zu sitzen. Eigentlich ist sie genau sein Typ: wenig Rundungen, sehnig, zart, große Augen. Oder vielleicht will Céline mit Willy fraternisieren? Man sagt, dass er gegen Juden ist und Hitler verehrt. Gelesen hat Francine Célines Bücher nie. Möglicherweise wünscht er auch, von Willy übersetzt zu werden, um in dem Land, das er verehrt, mit seinem Werk zu reüssieren. Als sie im Foyer einander gegenüberstehen, ist Francine bestürzt. Wie hässlich Céline ist. Nicht allein wegen seiner Kriegsverletzung, sondern seine Miene und das struppige, schlecht gekämmte, strähnige Haar sind ihr zuwider. Sogar sein Anzug ist abgetragen. Er stinkt nach Tier. Ihm scheint es zu gefallen, dass er sie offensichtlich schockiert. Als er mit Willy zu reden beginnt, und nicht mit ihr, merkt Francine, wie besessen der Dichter von der Barbarei der Deutschen ist. Geilt sich an Grausamkeiten auf. Willy beeindruckt er nicht. Den ganzen *Fidelio* lang, obwohl sie in der Loge schräg hinter ihm sitzt, muss Francine Célines gesammelten Hass ertragen. Sie verabschieden sich nach der Vorstellung schnell. Im Bett braucht Willy ziemlich lang, um das Maß der Liebe in ihr wieder aufzufüllen. So angeschlagen ist Francine von dieser Begegnung. Aber es gelingt. Als Willy sich herauszieht, ebenso erschöpft wie die Geliebte, hat der perfide Eindruck sich gelöst. Liebemachen hilft ja gegen alles Böse in der Welt.

KITTY

B: Also Sie waren ...

K: Ja, das Erste war, dass wir durchsucht wurden, und sie haben alles weggenommen, was wir noch hatten ... also Taschentücher oder Kleinigkeiten. Das haben sie uns alles weggenommen. Die ganze Kleidung wurde entfernt. Absolut alles.

B: Ja.

K: Und dann schnitten sie uns das Haar.

B: Ah ... mit Rasierklingen?

K: Mit einem elektrischen Rasierer.

B: Sie haben alle vollständig geschoren?

K: Ja, wir wurden ziemlich rasiert.

B: Und ... ihre Haare vom Kopf und?

K: Alles ... überall.

B: Am ganzen Körper?

K: Ja, am ganzen Körper.

B: Auch das ... Schamhaar?

K: Ja.

B: Warum haben sie das gemacht?

K: Ich weiß nicht. Ich dachte zuerst, es war wegen ...

B: Läusen?

K: Würmern und so. Aber ... später dann änderte ich meine Meinung. Ich glaube, es war reine Bosheit oder so.

B: Schikane?

K: Ja.

B: Sagen Sie mir, wer hat Sie geschoren?

K: Es waren Deportierte. Sie waren ...

B: Männer oder Frauen?

K: Frauen.

B: Frauen haben Sie rasiert?

K: Ja. Frauen haben das gemacht, aber Männer sind

durch ... sind die ganze Zeit durch den Raum gelaufen. Sie verstehen, das war die schrecklichste Erfahrung.

B: Wer waren diese Deputierten?

K: Deportierten.

B: Deportierten.

K: Sie waren selbst Deportierte, ja.

B: Waren es jüdische Deportierte?

K: Meistens ... ja. Die meisten waren slowakisch oder polnisch.

B: Aha.

K: Dann mussten wir ...

B: Haben sie ... alle ihre Haare entfernt?

K: Alle Haare. Absolut alles. Ich habe drei Tage gebraucht, um eine Mitgefangene zu erkennen ... eine Gefangene, mit der ich angekommen war.

B: Oh, Sie konnten das Gesicht nicht wiedererkennen?

K: Ich konnte sie nicht wiedererkennen. Zuerst zumindest. Die Leute, mit denen ich vorher monatelang zusammen gewesen war, konnte ich tagelang nicht wiedererkennen.

B: Was ist dann passiert?

K: Nun, danach warteten wir auf die sogenannte Dusche.

B: Ja.

K: Also wir mussten warten ... in einem sehr großen Raum. Der Raum war überheizt.

B: Wie meinen Sie? Sie wurden in einen anderen Raum gebracht?

K: Ja, wir wurden in einen anderen Raum gebracht, und dann setzten wir uns und warteten. Und dann wurden wir geduscht. Mit kaltem Wasser.

B: Ja.

K: Keine Seife und keine Handtücher. Nichts.

B: Ja.

K: Sehen Sie, nach drei Tagen und drei Nächten im Zug waren wir dreckig und fühlten uns unwohl. Und jetzt erfuhren wir das erste Mal, wie die Dinge hier funktionierten. Es gab eine Frau, die ein Handtuch wollte, und sie wurde schrecklich zusammengeschlagen, weil sie danach gefragt hatte.

B: Wer hat sie geschlagen?

K: Das war ein deutscher Deportierter, der Jiddisch sprach.

(Jemand betritt den Raum. Das Quietschen einer Tür wird hörbar. Dann knallt es. Hupen dringt von draußen herein.)

B: Eine Frau oder ein Mann?

K: Nein, eine Frau.

B: Ja.

K: Und dann, später ...

B: Der Deputierte schlug sie?

K: Die Deportierte. Eine deportierte Frau.

B: Ja.

K: Sie brachten uns in einen anderen Raum, und wir bekamen Kleider. Das heißt, Männerkleider, ein Hemd und eine Hose. Alte russische Uniformen.

B: Alte russische Uniformen?

K: Ja, alte russische Uniformen, Hosen und eine Jacke. Und wir bekamen eine Art Schal für unsere Köpfe.

B: Eine Art Kopftuch?

K: Ja.

B: Ein kleines Tuch?

K: Ein kleines Tuch. Ja. Und Schuhe. Ich durfte meine eigenen Schuhe behalten, mit denen ich angekommen war, Schischuhe. Aber die anderen mussten ihre Schuhe ausziehen und bekamen ... bekamen alte Schuhe mit ... Holzsohlen.

B: Ja.

K: Aber viel zu groß, so dass sie sie verloren. Weil der Boden war schlammig. Und die Erde hing daran in Klumpen, und so verloren die meisten die Schuhe und gingen barfuß weiter.

FRANCINE | Paris

Ihre Zeit verfliegt und fliegt und verfliegt. Die Reise zum Filmfestival Venedig fällt dieses Jahr aus. Französische Streifen gelten nun als Feindesmaterial und werden dort nicht zugelassen. Bevorzugt werden dieser Tage Produktionen aus Potsdam Babelsberg und Rom Cinecittà. Doch Francine will zurzeit ohnehin keine Reisen unternehmen. Die lange Bahnfahrt nach Venedig ist ihr zu mühsam. Dieses ständige Gerumpel. Sie will bleiben, wo ihr Geliebter ist und ihr Geliebter bleibt in Paris. Wegen ihr. Weihnachten kommt. Willy wird das Fest bei ihr verbringen. Eine Überraschung ist geplant. Er besorgt die Lebensmittel. Ohne Austern und Foie Gras kein Weihnachtsfest. Als Offizier hat er Verbindungen zu den besten Produzenten. Die Austern frisch von der Küste geliefert. Die Eier, die Schokolade, den Zucker, die Marrons Glacés, das Mehl und vor allem die rare Butter für den Weihnachtskuchen erhält die Köchin bereits Tage vorher. So kann sie die traditionelle Bûche, verziert mit Ornamenten, zubereiten. Francine wird ohnehin nur ein paar Bissen davon nehmen. Der Geliebte hingegen mag Desserts. Besonders liebt er den Überzug aus Schokolade.

Zur Feier des Tages trägt Willy ein Dinnerjackett aus Brokat, tailliert, mit Aufschlägen aus Satin und eine rüschenbesetzte Hemdbrust. Francine war bei Coco und hat sich ein Kleid aus schwarzer Seide ausgesucht. Mit abstrakten Blüten, die Ärmel aus transparentem Crêpe de Chine. Ihr Haar ist wie gewohnt, hoch über der Stirn aufgesteckt, mit einer Art Krone aus roten Rosen. Je besser sie es befestigt, desto länger fingert Willy später daran herum, bis ihr die Locken über die Schultern fallen. Am liebsten vergräbt er sein Gesicht darin. Die Schuhe besorgt sich Francine aus dem Fundus des Studios.

Eine Kreation aus rotem Leder, mit dicken Sohlen, hohen Absätzen. Sie ist darin fast so groß wie er. Immer noch kann sie ihren Kopf an seine Schulter legen, wenn sie das will. Das Dienstmädchen schickt sie nach Hause. Sie wird selbst servieren und ihm zu Diensten sein. Bis er herausrückt mit seinem Geschenk.

Er benimmt sich feierlich wie selten. Gibt ihr Feuer. Sie überlegt, ob sie ihm ihr eigenes kleines, nicht unbedeutendes Geheimnis verraten soll. Aber das ist eher hinderlich, ruht unsichtbar in der Tiefe ihres Bauchs. Und eigentlich wozu? Sie will dem Geliebten die Freude nicht verderben. Seine Augen glänzen, als er nach ein paar geschlürften Austern plötzlich vor ihr kniet. Francine hat ihre Zigarette schnell ausgedrückt, will schon den Rock hochziehen. Begierig, seine Zunge zwischen ihren Beinen zu spüren. Den ganzen Tag hat sie darauf gewartet. Weihnachten kann ihr gestohlen bleiben. Aber das ist nicht, was er will. Willy holt ein Etui aus der Seitentasche und klappt es auf. Ihre Beine zittern. Es wird ernst. Er will sie tatsächlich heiraten. Sie holt tief Luft und antwortet mit fester Stimme:

»Vielleicht.«

»Wie?«

»Können wir nicht abwarten, bis der Verrückte in Berlin stirbt?«

»Warum?«

»Nur wenn der Krieg vorbei ist, wird die Zukunft wirklich unsere sein.«

Er ist enttäuscht. Francine tröstet ihn mit ihrem Körper. Gehört ihm sowieso mit Haut und Haar. Wozu heiraten?

Das Baby lässt sie abtreiben, ohne ihm etwas davon zu sagen. Ein Kind ist doch immer auch ein zukünftiger Toter.

KITTY

K: Wir kamen in einen anderen Block. Dort waren unsere Schlafstellen. Es waren drei ... drei, ich weiß nicht, wie ich sagen soll.

B: Drei Lagen?

K: Ja, drei ...

B: Drei Etagen. Ja?

K: Ja.

B: Eins über dem anderen?

K: Genau. Ja.

B: Separate Betten?

K: Nein, natürlich nicht. In jedem Bett konnten ... hätten zwei Leute bequem schlafen können, aber wir waren acht für jedes Bett.

B: Ja ... Moment ... woraus waren die, aus Brettern?

K: Sie waren aus Holz, ja Holzregale.

B: Plattformen ... wie kleine Plattformen?

K: Ja, Plattformen aus Holz mit ein wenig Stroh drauf. Das war alles, und wir waren zu acht im Bett.

B: Wie groß war das, so wie ein Doppelbett?

K: Ja, ungefähr.

B: Und sie haben acht Leute in eins?

K: Acht Leute in ein Bett.

B: Auf derselben Ebene?

K: Also da gab es eine untere Ebene.

B: Und eine mittlere ...

K: Und eine obere.

B: Auf welcher Ebene waren Sie?

K: Oben, ganz oben.

B: Sie waren oben, ganz oben, stimmt's?

K: Also wir blieben da einen ganzen Tag. Es war Samstag, und wir machten nichts. Wir dösten, und sie gaben uns eine Art Suppe, die aus Kräutern gekocht war.

B: Ja.

K: Wir blieben dort die ganze Zeit. Am nächsten Tag war Sonntag, und sie haben uns gegen Typhus geimpft. Ich war mir nicht sicher, ob es wirklich eine Impfung war, aber es scheint so, dass es wirklich eine war.

B: Eine Injektion?

K: Ja.

(Die Tonqualität bessert sich, etwas Hohles, Mechanisches ist dennoch begleitend zu hören, die Drahtspule des Aufnahmegeräts, die sich dreht.)

K: Und dann am nächsten Tag begannen wir zu arbeiten. Außendienst nannten sie das. Wir mussten so circa eineinhalb Stunden marschieren zum Arbeitsplatz. Wir mussten ein Haus abreißen. Die Ziegel und das Geröll.

B: Ja.

K: Mit unseren Händen natürlich.

B: In der Stadt?

K: Nein, das war nicht in der Stadt. Es war so ein ... so ein verlassener Ort im Wald oder ... Ich erinnere mich nicht, wo genau.

B: Was meinen Sie, mit den Händen? Haben Sie keinen Hammer oder so etwas gehabt? Haben die Ihnen Werkzeug gegeben?

K: Nein, nicht viel. Wir hatten nur einige Schaufeln und ein paar Krampen. Das war alles.

B: Und das Haus musste zerstört werden?

K: Ja, wir mussten das Haus abreißen. Ich erinnere mich, wir musste in einen Brunnen steigen, der eigentlich noch funktionierte. Den mussten wir auch zerstören. Sie nahmen einen großen ...

B: Einen Brunnen?

K: Einen Brunnen, ja. Sie nahmen einen großen Baumstamm. Wir mussten ... Wir waren so zwanzig Leute, wir mussten ihn heben.

B: Ja.

K: Und dann ...

B: Um die Wand zu durchbrechen?

K: Ja, die Wand zu brechen.

B: So wie die alten Römer das machten.

K: Ja, etwa so ähnlich. *(kichert)*

B: Ja, so haben die Römer Städte erobert. Mit einem Rammbock.

K: Genauso. Ja. *(lacht)* Wenn wir von draußen zurückkamen, waren wir schmutzig und durstig. Aber es gab nichts zu trinken und ... wir konnten uns nicht waschen.

B: Ja.

K: Das machten wir ungefähr eine Woche lang. Aber ich bin dann nicht geblieben, weil, als wir ankamen, noch bevor wir tätowiert wurden, war da ein junger Nazi. Er war eigentlich noch ein Junge. Er fragte herum, ob jemand Englisch spreche.

B: Ja.

K: Wir waren drei, und sie haben unsere Namen aufgeschrieben. Und er hat mich ausgewählt. So kam ich ins Verwaltungsgebäude.

B: Ja.

K: Um im Büro zu arbeiten.

B: Warum haben die dort Englisch gebraucht?

K: Einer von den Nazis wollte Englischstunden nehmen.

B: Ja.

K: Er hat dann nie angefangen damit, aber ich arbeitete ab da trotzdem im Büro. In der Verwaltung.

B: Haben sie Ihnen andere Kleider gegeben?

K: Ja, ich habe bessere Kleidung erhalten. Diese gestreiften Kleider. Und ich durfte auch mein Haar etwas wachsen lassen, nicht viel, aber bis ...

B: ... bis der nackte Schädel bedeckt war?

K: Ja.

Monate verstreichen. Sie lässt sich Zeit. New York ist aufregend. Ständig wird sie eingeladen. Genießt das Interesse, das sie erweckt. Telefoniert fast täglich mit Fritz in San Francisco, der sie sehnsüchtig erwartet. Und dann hält sie es nicht mehr aus. Fliegt zu ihm. Fritz begehrt sie nach wie vor, und sie braucht ihn für ihr Fortkommen. Auch in der Neuen Welt ist die Liebschaft streng geheim. Keiner der Journalisten, die Huberta nach ihrer Ankunft in New York umschwärmten, darf davon erfahren. Fritz will nicht auch noch seine Stellung als Konsul verlieren. Sie planen eine Liebesreise in die weiträumige Natur, wo sie unbeobachtet sind.

»Am besten, wir fahren übers Wochenende. Hinaus aus San Francisco, dorthin, wo uns keiner kennt.«

»Wohin?«

Er schlägt den General Grant National Park vor. Fritz liebt das Rustikale. Für Huberta klingt der Ausflug nach Anstrengung.

»Bitte keine Wanderung! Ich hasse diese schweren Bergschuhe mit den ewig langen Bändern. Erstens sind sie unpraktisch, zweitens machen sie keinen schönen Fuß.«

»Keine Sorge, mein Liebling. Ich habe da andere Aktivitäten im Sinn.«

Als sie im offenen Sportwagen durch die Landschaft sausen, fühlt Huberta sich an die Berge rund um Salzburg und Berchtesgaden erinnert. Nur ist das Gestein von anderer Farbe. Die Farne höher, die Bäume die höchsten und dicksten auf der ganzen Welt. So steht es zumindest auf dem Schild am Eingang.

»Die Amerikaner übertreiben doch dauernd«, wendet sie ein.

»Nein, das stimmt.«

Fritz ist bereits länger in Kalifornien, kennt sich besser aus, steuert sein Cabrio durch den Tunnel eines umgestürzten Riesenstammes und freut sich darüber wie ein Kind. Huberta will endlich ins Bett mit ihm, um ihn neuerlich an sich zu binden. Das Blockhaus, in dem sie übernachten, ist aus dem Strunk eines Sequioas geschlagen, eine Höhle, die ins Innere des tausendjährigen Baumes führt. Fritz ist begeistert. Dass er sich nicht mehr im Zentrum der Macht in Berlin befindet, tut ihm anscheinend nicht gut. Abends liegen sie auf Bärenfellen vor dem Kamin. Fritz hat Feuer gemacht. Sie trinken Champagner, beratschlagen, gehen Bekannte durch, auf die sie nach dem Berliner Skandal noch zählen können.

»Ich werde natürlich die Dietrich treffen müssen. Das ist unvermeidlich. Und diesen aufgeblasenen Schriftsteller, mit dem sie lebt, Remarque. Komischer Name sowieso. Aber Marlenes Kontakte sind außerordentlich. Keine Ahnung, warum die so beliebt ist hier. Sie ist doch bloß eine durchschnittliche Deutsche.«

»Was willst du wegen Reinhardts Sohn machen?«

»Na, was soll ich schon unternehmen? Ich habe meine Pflicht getan, und die deutsche Kolonie in Hollywood kann mir gestohlen bleiben. Wenn ich die Dietrich treffe, dann nur in New York. Sie soll zu mir kommen. New York passt besser zu mir als billige Kulissen.«

»Die Fotografen werden sich freuen.«

»Wir werden ja sehen, wer hier europäische Eleganz repräsentiert. Sie oder ich. Ich bin eine echte Prinzessin, und bei ihr ist alles nur gespielt.«

Fritz legt ein paar Holzscheite in die Glut.

»Stell dir vor, im letzten Jahrhundert gab es hier eine Kolonie aus Utopisten, die in Blockhäusern wohnten, illegal Holz schlägerten und einen Mammutbaum namens Karl Marx verehrten.«

»Blödsinn. Du bist kindisch geworden. Höchste Zeit, dass ich wieder bei dir bin.«

Huberta zieht ihn am Ohr, lässt sein Läppchen auch nicht los, als Fritz protestiert, zerrt ihn aufs Bett. Er packt sie, drückt sich an ihren Körper, greift ihr unter den Rock, tastet nach der Stelle, an der ihre Nylonstrümpfe enden. Hitzig trifft seine Hand auf Haut, wandert weiter. Als Fritz bemerkt, dass Huberta kein Höschen trägt, stöhnt er auf, seine Finger erfassen ihr nacktes Fleisch. Sie genießen sich ausgiebig.

Als das Paar nach zwei Tagen frühmorgens aus der Hütte tritt, um zurück in die Stadt zu fahren, folgen ihnen die Feldstecher von Agenten, die das Blockhaus überwachen. Mit langen Objektiven werden kompromittierende Aufnahmen gemacht. Dass Huberta den Führer persönlich gekannt hat, war bei ihrer Ankunft in New York von Vorteil. Mittlerweile wird diese Nähe zum Feind als Gefahr interpretiert. Ein Krieg, der die ganze Welt überzieht, kann möglicherweise sogar eine Frau von Welt gefährden. Einige Monate bleibt Huberta in San Francisco in der Nähe ihres Liebhabers, ignoriert die Zeichen und die Zeit überhaupt. Vernachlässigt die Arbeit an ihrem angeblichen Buch, behauptet, sich Notizen zu machen, wann immer der Verleger am Telefon ist und sich nach dem Fortgang erkundigt. Den Vorschuss hat sie längst kassiert. Immer öfter lässt Huberta sich verleugnen. Sie versteht sich mehr als Frau der Tat, vertraut eher auf das gesprochene Wort und ihren Körper. Fritz ist für sie da. Glaubt sie.

Doch der Geliebte scheint verändert. Die Prinzessin hat es von Beginn an geahnt. Als er in diesem kindischen

Cabrio auftauchte. Seit sie in Deutschland aufgeflogen sind, erhält Fritz kein Budget mehr aus Berlin für seine Eskapaden mit Huberta. Sein Gehalt ist nicht hoch genug, um prinzesslichen Ansprüchen zu genügen. Er lädt sie seltener zum Abendessen ein, macht ihr keine Geschenke mehr. Er vermisst seine Kinder. San Francisco langweilt ihn. Er ist hier nicht mächtig genug. Also nützt er die verbliebenen Kontakte in Berlin. Will wieder ins Zentrum des Geschehens. In diese heimlichen Verhandlungen weiht er Huberta nicht ein. Zum ersten Mal, seit sie ihn kennt, entkommt er ihrer Kontrolle. Statt an ihrem Körper und ihrem adeligen Glanz ist Fritz nun am eigenen Fortkommen interessiert. Ihre Treffen werden rarer. Er redet sich damit heraus, dass das Verhältnis ihn blamiert, seine Karriere behindert. Huberta plant bereits, zurück nach New York zu reisen, um mit dem Verleger zu sprechen, der längst nicht mehr damit rechnet, dass sie das Buch noch schreibt. Da erhält sie Nachricht, dass ihr Besuchervisum abgelaufen ist und nicht verlängert werden kann.

»Was soll das?«, schreit sie Fritz an, als sie endlich in sein Büro vorgedrungen ist, ohne Anmeldung. Er bleibt kalt.

»Die Einwanderungsbehörden werden immer strenger. Du musst entweder freiwillig ausreisen, oder sie weisen dich aus.«

»Und das heißt?«

»Na, Deportation. Nie davon gehört? Weißt du nicht, was dieses Wort bedeutet?«

»Bist du wahnsinnig!« Huberta tobt. »Ich verlange von dir, dass du verhandelst. Meine Bedeutung für die amerikanische Nation ist unbestritten. Mit meinem Wissen ist dieser Krieg vielleicht zu stoppen.«

Das Gesicht des Konsuls, der jahrelang ihr Liebhaber war, beginnt zu zucken. Huberta versteht erst nicht, was das soll. Dann wackeln seine Schultern, eine Art Miauen entfährt ihm, bis er endlich nachgibt und in heftiges Lachen ausbricht. Er kann kaum sprechen, so sehr schüttelt es ihn.

»Ich als deutscher Gesandter der nationalsozialistischen Regierung soll dir helfen, den vom Führer gewünschten Krieg zu beenden? Wie stellst du dir das vor?«

»Außerdem brauche ich Geld. Ich bin nicht flüssig.«

»Ich dachte, du schreibst das berühmte Buch?«

»Nein. Der Vertrag wurde gekündigt. Ich habe zu lange gewartet. Wegen dir. Ich habe dir vertraut. Du wolltest ein gemeinsames Leben. Und jetzt bin ich politisch nicht mehr gefragt. Das hast du mir verdorben.«

»Wirklich?«

»Jedenfalls verlange ich eine angemessene Bezahlung für die Zeit, die du mit mir verbracht hast.«

Erbost stürmt Huberta aus dem Büro, zurück ins Hotel. Dieser verdammte Kontinent. Sie wartet auf Geld, das Fritz ihr schuldet. Sie ist mittellos. Mehrmals am Tag versucht sie den Verräter telefonisch zu erreichen. Er lässt sich verleugnen. Dann läutet es eines Tages, und ein Brief mit den Initialen des Liebhabers wird ihr überreicht. Sie hofft auf den erlösenden Scheck. Was sie jedoch aus dem Umschlag zieht, ist eine Rechnung für alle Ausgaben, die er für Huberta gehabt hat, seit sie in Kalifornien angekommen ist. Um seine Position zu schützen, stellt er es so dar, als habe er ihr das Geld nur geliehen.

Ich fasse zusammen: vor einem Jahr nach N.Y. 1500,- Dollar; hier zu einer Reise nach N.Y. 850,-; F. an Weihnachten 39,-; zur Reise nach N.Y. 60,- auf einen Scheck, der nicht eingelöst wurde; 20,- Telefongespräche; in den letzten Wochen nach N.Y. 73,–; am letzten Tag noch 500,– Dollar ...

Empört entziffert Huberta Posten für Posten. Nicht einmal die Liebesreise zu ihrer Ankunft in San Francisco war eine Einladung. Auch die soll sie selbst bezahlen. Im Nachhinein. Der Elende! Wie sie ihn hasst!

TRAUDI | Grieskirchen

»Weiter, weiter, zackzack! Fürs Nichtstun gibt's kein Geld.«

Der Kellner reißt Traudi aus ihrem Spintisieren. Er schiebt klirrend Berge schmutziger Kuchenteller, Gabeln und verklebte Kaffeetassen in die Durchreiche zur Küche.

»Schnell, schnell, es kommt gerade ein Schwung Gäste.«

Traudi wäscht und trocknet und stapelt. Keine Zeit für Träume. Sehnsüchtig streift ihr Blick zu den Vitrinen. Sachertorte, Dobosch, Mohr im Hemd, Indianer, Kardinalschnitte, Malakoff, Esterhazy, Cremeschnitten, Punschkrapfen, Schaumrollen. Tippt mit dem Finger ins Schlagobers, schleckt ihn ab.

Als sie sich abends auf dem Heimweg macht, ist sie erschöpft. Unterwegs hat sie Rast gemacht und drei Schaumrollen am Stück verschlungen. Sie will nicht so schnell nach Hause. Lässt sich Zeit. Da läuft ihr in Grieskirchen vorm Bezirksamt der Pfarrer vors Rad. Traudi hält an. Überrumpelt. Der Mann in seinem langen schwarzen Kleid mit unzähligen Knöpfen vom Hals bis zum Boden baut sich vor ihr auf.

»Du weißt schon, dass das nicht geht!«

Er holt ein Taschentuch aus einer verborgenen Tasche seines Rocks und wischt sich den Schweiß von der Glatze.

»Ja, was denn?« Sie stellt sich dumm.

»Na, wegen dem Rupert. Noch ein lediges Kind. Mit seinen Eltern habe ich geredet. Die wären einverstanden, dass er dich nimmt.«

»Ich mag nicht. Der ist brutal.«

»Er ist der Vater deiner Tochter. Sei froh, dass er nichts dagegen hat, dass du schon ein Kind von einem anderen hast. Liederlicher Umgang ist ein Straftatbestand.«

»Aber ich kann nichts dafür. Er hat keine Ruhe gegeben. Ich hab um Hilfe schrien.«

»Sei froh, dass der Rupert dich überhaupt will. Sein Urlaub ist schon beantragt. Sobald er Fronturlaub bekommt, mach ich den Hochzeitstermin. Schluss mit dem unchristlichen Benimm. Eine Ordnung muss sein. Der Kindsvater wird geheiratet. Verstanden?«

»Nein, nein, nein!«

Traudi steigt aufs Fahrrad, tritt in die Pedale, Tränen steigen hoch. So eine Gemeinheit. Sie heult den ganzen Heimweg lang. Wischt sich die Wangen, bevor sie die Eltern begrüßt.

Der Pfarrer setzt sich durch. Der hochgewachsene Mann mit den rücksichtslosen Händen macht extra deswegen Pause vom Krieg. Traudi muss ihn ehelichen. Dauernd raucht er Zigaretten und redet so laut. Er wäscht sich nicht gern. Die Uniform ist ihm viel zu weit, die Jacke hängt ihm schief über die Schultern. Sein Gürtel ist eingerissen. Die Schuhe dreckig. Das kleine niedrige Haus mit den winzigen Fenstern und Fenstergittern ist voll von diesem lumpigen Soldaten. Traudi findet keine Ruhe mehr. Nachts nimmt der Rupert sie im Ehebett her, das die Eltern dem Brautpaar für seinen Besuch überlassen haben. Es wird nicht besser dadurch. Sie hasst seinen knochigen Körper, hält die Luft an, hofft, dass sie nicht wieder schwanger wird.

Von Traudis ersten Tochter wird der Mann ohnehin ignoriert. Die zweite, seine eigene, Tochter streicht um ihn herum wie eine Katze, als hätte sie ihn erkannt. Dabei sieht sie den Vater das erste Mal. Das Mädchen lacht, wenn er lacht. Sie ist ihm wie aus dem Gesicht geschnitten. Traudi erträgt es nicht, sie anzuschauen. Die Kleine hebt ihre kurzen Arme, will hochgenommen werden von ihm. Der Rupert trägt sie herum, wirft sie in die Luft, fängt sie auf, und sie quietscht vor Vergnügen. Sitzt er beim Essen am Tisch, kriecht die Tochter ihm auf die Knie. Er lässt sie. Füttert sie mit den besten Bissen von seiner Jause. Kochen kann er nicht. Im Garten hilft er nicht. Ihre Mutter muss den schweren runden Korb mit dem Gemüse allein auf den Kopf heben und nach Grieskirchen tragen, wo sie Kraut und Erdäpfel verkauft. Seit der Rupert im Haus ist, trägt Traudi nur mehr Gummistiefel und frisiert sich nicht. Lässt ihre Haare zottig werden, glanzlos. Der Mann hat ihr verboten, weiter nach Gallspach zu fahren. Zum Friseur darf sie auch nicht mehr. Sie zählt die Tage bis zum Ende seines Urlaubs. Wäscht sich nicht. Sie will stinken, sodass es dem Mann vor ihr graust. Aber nichts hilft. Nacht für Nacht muss sie herhalten, bis er röchelt und schnauft und schließlich schnarcht.

Am letzten Tag wird ein Fotograf aus Grieskirchen geholt. Sie reihen sich nebeneinander vor dem kleinen Haus auf. Die Mutter im dunklen Kleid, ihre grauen Haare zurückgebunden. Der Vater im besten Hemd mit Hosenträgern und seinem Hut. Der Nachbar stellt sich dazu, neben ihm die ältere Tochter. Traudi hat ihre ausgebleichte Schürze nicht abgenommen. Ihr blondes Haar steht nach allen Seiten ab. Statt der Gummistiefel trägt sie Holzschlapfen. Der ihr aufgezwungene Mann ist der einzige Mensch auf diesem Foto, der lacht. Seine Tochter trägt er auf dem rechten Arm. Der Rupert hat ihr ein neues Kleid gekauft für den besonderen Anlass, geblümt, mit weißem Kragen, ärmellos. Die Kleine kneift Augen und Lippen zusammen, wirkt überrascht.

Als der frisch Vermählte endlich in den Zug in Richtung Front steigt, hofft Traudi, dass er nie mehr heimkommt. Soll er doch verlorengehen in diesem Krieg. Und schämt sich. Beinahe.

# III. WIDERSTAND 1944

VERA | Helfenstein

Draußen vor den Schlossmauern treibt heiße Luft in Schwaden über die Hügelketten. Vera streift Ledersandalen über, steckt getönte Gläser über ihre dicken Brillen, setzt den Strohhut auf. Bevor sie ausgehbereit ist, hat Gundo sich längst erhoben, seine bernsteinfarbenen Augen auf die Herrin gerichtet. Vera hält sich entlang der hochgewachsenen Bäume im Schatten und marschiert zum Waldrand. Das erste Heu ist längst eingebracht, obwohl es gedauert hat, bis sie genug Hilfskräfte beisammenhatten. Sie mussten die Frauen aus der Umgebung bitten mitzuhelfen. Als es so weit war, wanderte der Zug von Gestalten in leichten Schürzenkleidern, Kopftuch, mit Holzrechen in der Hand die Serpentinen zum Schloss herauf. Inzwischen steht das Gras bereits wieder hoch genug, um gemäht zu werden. Die Natur lässt sich wenig beeindrucken von einem Krieg. Aber diejenigen, die von der Natur profitieren, spüren ihn. Weil Menschen für die Arbeit fehlen. Männer, besser gesagt. Sogar der Förster muss mittlerweile mit Zwangsarbeitern zurechtkommen, um kranke oder vom Sturm beschädigte Stämme zu schlagen und zu Kleinholz zu verwerten. Bald sprießen die ersten Pilze, und die Himbeeren sind auch nächstens reif. Darum wird sich das Küchenpersonal kümmern.

Nach ihrem Kontrollgang begleitet Vera die quirligen Zwillinge, ihre ersten Enkelkinder, die den Sommer im Schloss verbringen, zum Teich am Ende des Parks. Sie können bereits schwimmen und haben Spaß daran, im dunklen Wasser nach Kröten zu jagen, welche sich nahe dem Ufer vor lärmenden Eindringlingen verbergen. Die Kinder scheuen sich nicht, die lehmbraunen Tiere mit bloßen Händen zu fangen, rufen nach Vera und wollen ihrer

Großmutter eine Kröte als Trophäe überreichen. Sie lehnt ab. Rückt ihren Strohhut zurecht, verfolgt hinter dicken Sonnengläsern die ausgelassenen Bewegungen der Enkel. Genießt den süßlich-sonnigen Geruch von getrocknetem Gras. Ist einen Moment lang fast froh. Lässt sich anstecken. Zumindest hat sie Zeit für die Kinder. Zwei Jahre ist Otto zurück aus dem Gefängnis. Ein paar Monate nachdem der älteste Sohn gefallen war, kam das Telegramm, dass Otto endgültig aus seinem Exil nach Hause darf. Sogar ohne Vorschriften über sein Verhalten.

Hingegen bereitet ihr im Augenblick Graf Marco Sorgen. Ein entfernter Verwandter Ottos, ein Tunichtgut aus dem italienischen Familienzweig, ein Herumtreiber, tauchte vor einiger Zeit im Schloss auf. Nach einer Verletzung am rechten Arm musste er nicht mehr an die Front. Otto lud ihn ein zu bleiben, weil man in diesen Zeiten jede männliche Stütze braucht. Obwohl er weiß, dass Graf Marco stets ein Draufzahler war. Man soll in so schweren Zeiten nicht auch Belastete aufnehmen, wenn man ohnehin so viel durchmacht, hat Vera gewarnt. Irgendwann schadet es einem doch nur. Aber Otto wollte nicht auf ihren Rat hören.

Und wie Vera vorausgesehen hat, macht Graf Marco mittlerweile mehr Probleme, als dass er hilft. Im Sägewerk, wo er die Arbeiter überwachen soll, gibt es ständig Streitereien. Graf Marco mit seinem Temperament kann sich schwer zügeln, verwickelt sich in unnötige Konflikte, hat an allem und jedem etwas auszusetzen. Ständig legt er sich mit einigen der Arbeiter an, wird zuweilen sogar handgreiflich. Diese protestieren, und zu Recht. Dann wieder verliert Graf Marco jegliches Interesse an seinen Aufgaben, verbringt die Nachmittage und Abende im Wirtshaus, wo er sich betrinkt. Andauernd ist es

Otto, der schlichten muss, zu Aussprachen ins Sägewerk hinuntergeht, mit seiner dunklen, beruhigenden Stimme allen gut zuredet oder Beschwerdebriefe beantwortet. Graf Marco ist keine Hilfe, sondern ein Ärgernis. Vera wünscht sich, dass der Krieg bald endet und der unliebsame Verwandte verschwindet. Die Rufe der Enkel, welche plötzlich streiten und sich gegenseitig die Köpfe unters moosdunkle Wasser tunken, reißt Vera aus ihren Gedanken.

»Raus aus dem Wasser! Ihr habt sicher Hunger. Es gibt gleich Mittagessen.«

Sie breitet das Handtuch aus, um die kleinen Körper zu trocknen, bevor sie über die Wiese zurück ins Schloss wandern. Gundo, der Treue, immer bei Fuß.

Abends, als starke Böen aufkommen, die schweren weißen Wolken haben schon lange hinter den prallgrünen Hügeln gestanden, zucken erste Blitze. Vera gibt Anweisungen, alle Fensterläden zu schließen, die im scharfen Wind heftig klappern.

Es ist der 20. Juli 1944. Am nächsten Morgen, die Gräser glänzen und duften vom Regen, der die ganze Nacht gefallen ist, läutet um neun Uhr früh der Buchhalter und meldet, dass zwei Herren der Gestapo in einem schwarzen Auto vorgefahren sind. Knapp vorher hat die Haushälterin erzählt, was die Bäckerin ihr beim Semmelholen berichtete. Gestern gab es ein Attentat auf den Führer. Er selbst habe leichte Brandwunden erlitten. Einige sollen tot, andere verletzt sein. Otto oben im Schlafzimmer weiß noch nichts davon.

Vera versucht Ruhe zu bewahren, setzt sich erneut an den Frühstückstisch, um die Herren zu empfangen. Ihre Enkel hat sie zum Spielen nach draußen geschickt. Die beunruhigenden Besucher verlieren keine Zeit mit Höflichkeiten, sondern durchkämmen gleich das Büro, in das der Buchhalter sie geführt hat, packen ein paar Ordner, blättern darin. Otto darf ihnen nicht folgen. Sie finden Geschäftskorrespondenz und Rechnungen, völlig harmlos. Danach nehmen sie sich Veras Sekretär vor, wühlen durch Briefe, untersuchen die Schreibmaschine, leuchten mit einer Taschenlampe zwischen die Tasten. Sie finden nichts Belastendes. Trotzdem weisen sie Otto an, seinen Koffer zu packen. Ein Bad darf er nehmen und sich anziehen. Vera lassen sie nicht zu ihm. Also versucht sie währenddessen herauszufinden, was die Herren ihm vorwerfen. Sie bietet Tee an, den die Männer in den langen Mänteln ablehnen. Sie kennen wohl weder die Grafen noch den Ort, an dem sie sich hier befinden. Irgendwelche Handlanger. Geruch nach Gummi und Zigaretten erfüllt den Frühstücksraum. Sie wagt zu fragen.

»Ist es wegen Graf Marco? Mein Mann ist mit ihm nur weitschichtig verwandt, und wir haben ihn aus Mitleid bei uns aufgenommen. Außerdem können wir jede helfende Hand brauchen. Es gibt so wenige Männer, die das Land und den Forst bewirtschaften während des Kriegs.«

Es können ja nicht alle kämpfen und sinnlos sterben, denkt Vera. Spricht es aber nicht aus. Sie darf Otto nicht mit einem falschen Wort gefährden. Die Gestapoleute schweigen, verziehen ihre Mienen nicht. Der Hund erhebt sich, schüttelt sich ausgiebig, schmiegt sich dann an Veras Beine. Spürt, dass seine Herrin in Bedrängnis ist. Sie streicht ihm über den Rücken. Gundo lässt die verdächtigen Eindringlinge nicht aus den Augen. Vera riskiert einen letzten Einspruch.

»Zwei Söhne von mir sind im Feld. Einer ist gefallen.«

Schweigen. Das feste Gummi ihrer Mäntel knarzt bei jeder kleinen Bewegung. Vera kann sich nicht vorstellen, wie die Männer das aushalten in der Hitze. Als ob ihre Körper in sich zusammenfielen ohne diese steife Schichte.

Vera entschuldigt sich, sieht nach den Enkeln, um zu vermeiden, dass die Kinder mit den düsteren Gestalten zusammentreffen. Zwei Stunden später darf die Gräfin sich von ihrem Gatten zumindest verabschieden. Sein kleiner Lederkoffer ist bereits im Wagen verstaut. Im letzten Moment hat Vera den schweren Lodenmantel aus dem Schrank für die Wintersachen geholt.

»Damit du nicht frierst. Wer weiß wie lang.«

»Schluss!«, donnert der Gestapomann. Keiner aus der Gegend. Verabredungsgefahr.

Vera weicht zurück, froh, dass sie es geschafft hat, Otto den Mantel zu übergeben. In der Tasche steckt die Salbe gegen den Ausschlag in seinem Gesicht. Seit den Erfrierungen ist seine Haut besonders empfindlich. In die andere Manteltasche hat Vera etwas Bargeld geschoben. Der Buchhalter hat währenddessen Graf Marco aus dem Sägewerk geholt. Nun sitzt auch der Verwandte im schwarzen Auto. Otto winkt Vera vom Rücksitz zum Abschied, während Graf Marco regungslos hinter dem Fahrer hockt, sich nicht einmal von ihr verabschiedet.

»Der Großvater musste verreisen«, antwortet Vera auf die Frage der Zwillinge beim Mittagessen. Und sie telefoniert mit ihrer Schwiegertochter in Linz, sie solle die Kinder abholen. Ab heute muss sie sich wieder um die Geschäfte kümmern. Am Nachmittag alarmiert die Haushälterin Vera. Der Führer spricht im Radio, um zu versichern, dass ihm nichts geschehen sei. Der Wahnsinn geht also weiter: »Eine ganz kleine Clique ehrgeiziger, gewissenloser und zugleich unvernünftiger, verbrecherischdummer Offiziere hat ein Komplott geschmiedet, um mich zu beseitigen und zugleich mit mir den Stab praktisch der deutschen Wehrmachtführung auszurotten.« Vera kann die dämliche Stimme nicht mehr ertragen, gibt der Haushälterin ein Zeichen, das Gerät auszumachen.

»Und passen Sie bitte auf mit dem Radio!«

Doch im Hügelland inmitten von Wäldern bekommt man ohnehin keinen ausländischen Sender herein. Zudem versteht die Haushälterin kein Englisch. Also hält sie still, bis die Gräfin draußen ist, schaltet danach das Radio wieder ein, ganz leise, wegen der Musik. Dem neuesten Schlager: *Wovon kann der Landser denn schon träumen? Er träumt von seinem Mägdelein! Das er küsste unter Waldesbäumen, bei manch verliebten Stelldichein. Hat sie ja so gerne, und aus weiter Ferne, denkt er nur an sie ...* Die Haushälterin ist nicht verheiratet und muss auf keinen warten. Was früher beunruhigend war, ist jetzt von Vorteil.

Vera begleitet die Enkel ein letztes Mal vor ihrer Abreise zum Teich, ist allerdings abgelenkt. Sie vermutet und hofft, dass es bei der heutigen Verhaftung vor allem um Graf Marco ging. Überlegt, ob vielleicht einer der Arbeiter vom Sägewerk ihn angeschwärzt hat. Aber gegenüber dem Schloss sind die meistens loyal. Oder geht es um Intrigen zwischen den Einheimischen und den Gefangenen aus den Kriegsgebieten, die hier Zwangsarbeit leisten? Ist es, weil Otto sein Exil auf der Burg ihres Schwagers Guttenberg verbracht hat? Sie muss vorsichtig sein und ab nun allen Kontakt nach Bayern vermeiden, um Otto nicht zu schaden.

In den nächsten Wochen unternimmt Vera nichts, verhält sich ruhig, übergibt die Leitung des Sägewerks dem Förster, der ohnehin die meisten Arbeiter von Kind auf kennt. Verschiedene Versionen des Geschehens in Berlin kommen ihr zu Ohren. Dass die Hitze des Sommers und die Tischplatte, auf der die Landkarte gebreitet lag, den Führer gerettet haben. Die Offiziere beugten angeblich ihre Oberkörper über die Karte, um Strategien zu besprechen. Dicke deutsche Eichenbretter schützten sie vor den Folgen der Detonation. Der einarmige Stauffenberg war kurz zuvor unter dem Vorwand ausgetreten, sein schweißnasses Hemd zu wechseln, in Wirklichkeit aber, um den Sprengstoff scharf zu machen. Seine Aktentasche mit der Bombe platzierte er unterm Tisch. Nur eine von ihnen ging hoch. Weil es so heiß war, waren die Fenster geöffnet und die Wucht der Explosion verpuffte, richtete daher nicht so viel Schaden an wie geplant. Etwas Hoffnung schöpft Vera aus der Tatsache, dass Otto den Graf Stauffenberg weder kennt noch mit ihm verwandt ist. Kurz darauf erfährt sie aus einem Brief ihrer Schwester von der Verhaftung Guttenbergs. Die Schwester ist verzweifelt und glaubt nicht, dass sie ihren Mann je wiedersehen wird. Besuche im Gefängnis werden nicht genehmigt. Obwohl der Schrecken tief sitzt, erlaubt Vera sich nicht zu telefonieren. Sie will Otto nicht verlieren und die ganze Familie damit ins Unglück stürzen.

Erst im September, die letzte Ernte ist längst eingefahren, wagt Vera in Linz beim Bürgermeister vorzusprechen. Sie bittet ihn, beim Gauleiter nachzuforschen, wie es um Otto stehe und wann er freikomme. Eigruber verbringe den Sommer in seiner Villa in Aussee, wird ihr mitgeteilt. Zumindest erfährt sie in Linz, dass ihr Mann nicht bei der Gestapo in der Mozartstraße untergebracht worden ist, sondern in einer Sonderbaracke im Lager in der Nähe von Linz. Ansonsten erhält sie keine Auskunft und kehrt enttäuscht ins Schloss zurück.

Anfang Oktober gelingt es Vera, im Linzer Landhaus persönlich beim Gauleiter vorzusprechen. Sie hat sich sorgfältig zurechtgemacht, Lodenmantel mit geflochtenen Lederknöpfen, den Silberfuchs um ihren Hals, dunkelbraune Glacéhandschuhe. Sogar ihr Hochzeitsarmband hat sie angelegt, als Zeichen ihrer Verbundenheit mit Otto. Ihre Diamantohrringe glitzern zwischen ihren nunmehr grauen Locken hervor. Die dunkle schwere Brille verleiht ihr eine Art von Autorität. Gundo hatte gewinselt, als sie allein aufgebrochen ist. Vera wollte dem Tier die lange Fahrt mit dem Bus ersparen. Der Wagen steht schon lang in der Remise.

Als Vera endlich ins Büro des Gauleiters vorgelassen wird, steht dieser am Waschbecken, trocknet sich gerade die Hände. Seine über dem Bauch hochgezogene Hose scheint wie ein dunkler Sack für den massigen Körper. Dann erst zieht er seine Uniformjacke über. Vera hat ihn bisher nie ohne diesen Panzer seiner Wichtigkeit gesehen. Er stammt aus der Gegend, der ledige Sohn einer Gemischtwarenhändlerin. Seitdem hat er an Machtfülle zugelegt.

Eigruber wendet ihr sein fleischiges Gesicht mit dem vorgestreckten Kinn zu. Unter seiner Nase die unvermeidlichen Barthaare, millimetergenau auf die Vorlage des Führers getrimmt. Die Haut um seine Augen versucht sich zu knittern und einen freundlichen Ausdruck zu mimen. Der Gauleiter verzieht seine dicken Lippen zu einem Lächeln, gibt Vera die Hand, die für einen Moment weich in ihrer liegt. Mit ähnlichen Fingern hat seine Mutter Wurst geschnitten in ihrem kleinen Laden. Vera hat die Lederhandschuhe nicht ausgezogen zur Begrüßung. Der Mächtige lässt sich in seinen Stuhl plumpsen, noch bevor er seiner Besucherin einen Platz angeboten hat.

Seine Stimme ist überraschend angenehm, den Dialekt hat er nie abgelegt. Vera versucht erst gar nicht, sich seiner Rede anzugleichen, bemüht sich aber, ihn den Standesunterschied nicht merken zu lassen. Will als tüchtige Untertanin erscheinen, die die Arbeitskraft ihres Ehemannes braucht und sich sonst nichts zu Politik denkt. Der Gauleiter bleibt wohlwollend und verspricht, sich in Berlin für eine Beschleunigung des Verfahrens zu verwenden.

»Grundsätzlich sind wir von der Unschuld Ihres Gatten überzeugt.«

Er reibt seine Hände gegeneinander.

»Wissen Sie, der Bruder des Grafen Marco war mit einem der Attentäter bekannt. Wie und wann und worum es dabei ging, müssen wir erst herausfinden. Und das braucht Zeit.«

»Oh!«, ruft Vera, fast erleichtert. »Da gibt es keine Verbindung.« Und verliert kurz ihre Contenance. »Die Brüder sind einander verfeindet und reden seit Jahren nichts miteinander. Das weiß ich mit Sicherheit.«

Eigruber schweigt, nickt, fährt mit der Hand über sein vorstehendes Kinn, streichelt mit zwei Fingern sein quadratisches Bärtchen. Vera fährt fort.

»Meines Wissens verkehren die Brüder nur per Anwalt miteinander. Wenn also Graf Marco nichts damit zu tun hat, dann ist auch mein Mann über jeden Verdacht erhaben. Ich bitte Sie, kümmern Sie sich darum.«

»Selbstverständlich, liebe Frau Gräfin. Seien Sie unserer Unterstützung versichert.«

»Ich habe bereits einen Sohn verloren, zwei kämpfen weiter. Und ich bin nur eine Frau. Die Verantwortung für den Besitz ist für mich allein zu viel.«

»Selbstverständlich, Frau Gräfin, selbstverständlich.« Der Gauleiter probiert ein Lächeln, das seine schlechten Zähne mit Lücken und braunen Flecken entblößt.

Zurück im Schloss wartet Vera auf einen Brief, eine Meldung, einen Besuch. Nichts kommt. Nur der erste Frost. Die Blätter färben sich. Die Haushälterin bringt Körbe voller Steinpilze und Parasole, kocht Brombeermarmelade und Zwetschkenkompott. Vera wird ungeduldig und überlegt, sich trotz der Kriegsgefahren nach Berlin zu begeben. Drei Monate sind seit dem Attentat vergangen. Sie will beim SS-Oberführer vorsprechen, der wie der Gauleiter ein Oberösterreicher ist und nun in der Hauptstadt agiert. Kaltenbrunner war in der Linzer Fadingerstraße zur Schule gegangen. Vera schreibt an ihn und bittet um eine Unterredung in Berlin, erhält jedoch keine Antwort.

Als sich bis Ende November weiterhin nichts rührt, besteigt sie neuerlich den Bus nach Linz, um beim Gauinspektor nachzufragen. Fürs Auto fehlt das Benzin, das nur mehr zu Betriebszwecken verwendet werden darf. Für den privaten Gebrauch gibt es keinen Treibstoff. Immerhin erhält sie in der Zentrale die sofortige Erlaubnis, Otto zu besuchen. Mit einem Telefonat wird ihr Eintreffen angekündigt, und sie begibt sich zum Bahnhof, steigt in den Zug, erste Klasse. Im Lager wird sie bereits erwartet. Von weitem sieht Vera Schornsteine aufragen, aus denen Rauch dringt. Die lang gezogenen Baracken sind von hohen Mauern umgeben. Von ferne riecht es nach verbrannten Federn, wie wenn die Köchin den restlichen Flaum von einem gerupften Hendl abfackelt. Es ist das erste Mal, dass die Gräfin ein Konzentrationslager betritt. Die Häftlinge, eine Mischung aus Kriegsgefangenen, Juden und Zigeunern müssen hier Schwerstarbeit verrichten, hat sie gehört. Worum es sich genau handelt, will Vera am besten nicht wissen. Entlang der Mauern befinden sich Wachtürme. Am Eingang wird streng kontrolliert.

Scheußlicher Gestank weht in Schwaden heran, hüllt sie völlig ein, und sie muss sich zusammennehmen, um nicht sofort die Hände vors Gesicht zu schlagen. Es fühlt sich an, als würde sie durch eine Mistgrube waten. Trotzdem versucht Vera Haltung zu bewahren, marschiert zu einem Wartehäuschen, um dort vor einer Trennwand Platz zu nehmen. Ein Essenspaket für Otto wurde ihr erlaubt. Also hat Vera in der Stadt versucht, Leckereien aufzutreiben. Trockene Kekse waren alles, was es gab. Hätte sie das vorher gewusst, hätte die Haushälterin ihr selbstgebackene mitgegeben.

Schließlich erscheint hinter dem vergitterten Fenster Ottos Gesicht. Er sieht sehr schlecht aus, obwohl die politischen Gefangenen anscheinend bessere Bedingungen haben. Sie werden nur festgehalten und müssen nicht arbeiten. Bei Ottos Anblick zweifelt Vera jedoch, ob das stimmt. Ihr Mann hat versucht, sich zu rasieren, aber seine Wangen sind schuppig und rot. Er wirkt schmaler, hat abgenommen. Das Hemd hängt ihm von den Schultern. Sein Schnauzbart ist nun weiß und nicht mehr grau. Vera sorgt sich sehr. Sie verständigen sich mehr mit Blicken als mit Worten, und die Sprechzeit verfliegt. Als sie aus der Zelle kommt, erfährt sie zu ihrer Überraschung, dass ihr Mann doch heute freikommen wird. Sie kann es kaum glauben, sinkt auf einen Stuhl. Nachdem Otto die Prozedur zu seiner Entlassung erledigt hat, fahren sie gemeinsam nach Hause.

Seitdem hält er sich nicht mehr oft im Schloss auf. Wann immer möglich, verbringt Otto die Nächte in der Hütte im Wald. Den Weg zur kleinen Lichtung muss man kennen. Vera will sichergehen, dass sie ihren Mann nicht noch einmal abholen. Niemand außer den Eingeweihten soll wissen, wo er ist. Der Förster bringt ihm zu essen, und das Brennholz hackt Otto selbst. Manchmal schleicht Vera sich nachts zu ihm, stapft im Winter durch den Schnee und hofft, dass keiner ihren Spuren folgt.

KITTY

K: Von meinem Mann habe ich nie mehr was gehört. Nur als ich dann im Büro im Lager gearbeitet habe. Das war die politische Abteilung, die Verwaltung, da fand ich diese Karteikarte, und ich fand heraus, dass er ...

B: Wo sagen Sie?

(Lange Pause. Dann spricht sie von ihm, im Imperfekt. Langsamer. Auch danach, Pause.)

K: In der politischen Abteilung, da stand auf einer Karteikarte, dass er drei Monate nach seiner Ankunft getötet worden war.

B: Wissen Sie warum?

K: Nichts.

B: Gut, also sagen Sie mir, wie war das in diesem Büro. Haben Sie von all diesen Vergasungen und den anderen Prozeduren gewusst?

K: Ja.

B: Was haben Sie denn gewusst?

K: Na ja, offiziell wurde alles geheim gehalten. Aber natürlich wussten wir ... ah ... bevor die Selektionen gemacht wurden, hatten wir die Listen. Wir machten die Listen. Wir nahmen die Karteikarten über jeden von ihnen heraus und notierten seinen Tod. Also noch bevor er eigentlich tot war.

B: Ah. Das, aha. Und wie wurde das offiziell bezeichnet?

K: Pardon?

B: Wie haben die Deutschen dieses Verfahren genannt? Also was haben sie genau gesagt, wenn sie befahlen, eine Liste zu machen und die Karten herauszusuchen. Wofür?

K: Na ja, wir, wir sollten nie, wir durften keine Fragen stellen. Sie befahlen uns einfach: Mach dies und mach das, und wir mussten das tun. Jeder wusste warum, da wurde kein Grund dafür genannt.

B: Und wie war das, als Sie die Karte Ihres Mannes fanden, was stand da drauf?

K: Na ja, er war schon tot.

B: Was stand darauf?

K: Die Karte besagte, dass er an diesem und diesem Datum gestorben war. Wir wussten, dass es an diesem Tag eine große Selektion gegeben hatte. Also wussten wir das. Die Karteikarte meines Mannes war da noch.

B: Waren Sie nahe der Krematorien?

K: Ja, da war eines ziemlich nahe bei unserem Büro. Aber das war nicht mehr in Betrieb, als ich ankam, und dann haben sie irgendwann den Schlot entfernt.

B: Warum?

K: Ich weiß nicht genau, aber ich glaube, sie wollten so wenig Spuren wie möglich hinterlassen. Als wir das Lager verließen, mussten wir zuerst vier Tage zu Fuß gehen. Wir hatten nichts zu essen mit, nur einen Laib Brot für jede, und nicht jede bekam einen.

B: Sind Männer und Frauen zusammen marschiert?

K: Nein, nur Frauen.

B: Ist jemand krank geworden?

K: Ja, es tut mir leid sagen zu müssen, dass ein paar nicht mitkamen ... und sie wurden erschossen. Ich habe es einmal gesehen.

B: Wer hat geschossen?

K: Die Nazis. Die Wächter, die uns begleiteten.

B: Wie war das? Haben sie sie wie Verurteilte erschossen, also an die Wand gestellt und so?

K: Nein, nein. Die Frau ist irgendwo hingefallen, und er hat sie einfach erschossen. Das war alles. Sie lagen überall. Die ... die ganze Route, da lagen an den Wegrändern ... die Leichen.

B: Wessen Leichen waren das?

K: Das waren die der Männer, die vorher hier marschiert waren. Und die einfach so erschossen wurden. Und in einem der Dörfer, da habe ich einen Schlitten gesehen, der war mit Leichen beladen, und die waren ... die waren ...

B: Gefroren?

K: Nicht ganz. Nein. Teilweise gefroren ... nicht so ganz ... also nicht ...

B: Ja ... ja ...

K: Nicht so wirklich geladen ... nur so raufgeworfen ... Und da ragte so ein Arm auf einer Seite raus und ein anderer aus dem Haufen auf der anderen Seite.

B: Wessen Leichen waren das, glauben Sie?

K: Leute, die entweder nicht mehr mitkonnten ... oder die versuchten zu entkommen, nur einen Schritt sich entfernten.

B: Ja.

K: Oder nur so ein wenig aus der Reihe traten, und schon wurden sie erschossen.

B: Ja, und dann?

K: Dann wurden wir wieder in diese Güterwaggons geladen. Und es war wieder schlimm ... der Waggon war eng. Und nicht alle hatten Decken. Und meine Füße bekamen Frostbeulen.

.

GRETEL | nahe Linz

Sie bürstet das Leder ihrer Stiefel, bis sich das Licht darin fängt. Fährt mit der flachen Hand über den glatten Schaft. Hervorragende Qualität des Leders. Und praktisch. Sie ist eine von wenigen im Lager, die sich so eine Rarität verdient haben. Die anderen Wärterinnen tragen auch im Winter ihre Schnürschuhe und dazu dicke Wollsokken. An den groben Stoff der Arbeitskleidung hat Gretel sich inzwischen gewöhnt. Je dicker, desto besser. Wie eine Rüstung, die sie schützt. Ohne die Uniform wäre sie jetzt allein. Arm sowieso. Mit dieser Kleidung aber, die alle tragen, gehört sie zur Gemeinschaft. Steht im Dienst. Wird gebraucht. Vor dem schmalen Spiegelviereck richtet Gretel ihre Frisur, klemmt sich die Peitsche unter die Achsel und beginnt ihr Tagwerk. Das Material wagt es nicht, den Blick zu heben, sobald Gretel in Erscheinung tritt. Das hat sie denen gleich beigebracht. Keine direkten Blicke. Sind ja eh alles Kriminelle, Asoziale, Arbeitsscheue, denen im Lager bloß Recht geschieht. Und froh sollen sie sein, dass sie was beitragen zur Gemeinschaft. Wenn sie nur nicht stinken würden wie die Viecher im Stall! Gretel muss sich jeden Morgen von Neuem zusammennehmen, um das Grausen, das ihr direkt hinunter in die Magengrube fährt, abzuwehren. Bevor sie ihren Dienst antritt, schnuppert sie an einem mit Kölnischwasser getränkten Taschentuch. Dazu Disziplin und Atmen durch den Mund. Gretel schreitet die behelfsmäßigen, aus Holz gezimmerten Baracken entlang, mit Dächern aus Teerpappe, darinnen Pritschen. Sie selbst wohnt in dem einzigen gemauerten Gebäude. Sogar heizen können sie und die Kolleginnen nach dem Dienst, sobald die Abende kühler werden.

Heute soll eine frisch angekommene Ladung überprüft, gezählt, sortiert und an die Fabrik weitergeleitet werden. Eine einfache und saubere Tätigkeit. Wie das Zuschneiden von Stoffen, das Gretel in Grieskirchen so gut beherrschte. Da war sie schon Meisterin einer wirksamen Maschine. Auch im Schneiderinnenberuf gab es Reste und Ränder, die dem Anspruch nicht genügten, Teil eines größeren Vorhabens zu sein. Das heute angelieferte Material ist in miserablem Zustand. Die Körper ausgemergelt und geschwächt, in Fetzen gehüllt. Manche tragen nicht einmal Schuhe. Das geht so nicht. Gretel bespricht sich mit einem Vertreter der Fabrik, wo sie arbeiten sollen, der kopfschüttelnd vor der Menge auf- und abgeht, die eine oder andere Gestalt inspiziert.

»Ohne Arbeitskleidung wird das nichts. So wie sie ausschauen, kann ich sie nicht brauchen. Entweder ihr beschafft's denen was zum Anziehen, oder wir schicken sie zurück. Ich brauche Arbeitskräfte, keine Vogelscheuchen. Wir sind ein anständiger Betrieb.«

Nach einigem Hin und Her werden Hosen und Jacken von russischen Kriegsgefangenen organisiert und an das Material verteilt. Irgendwer besorgt sogar Holzschuhe. Für Socken hat es nicht gereicht. Bevor die Schreckgespenster aber hineinsteigen dürfen in das frische Gewand, werden sie entlaust. Gretel hat ihre Schneiderschere aus der Werkstatt mitgenommen und legt selbst Hand an. Schneidet der einen mit den frechen Augen die Locken vom Kopf, kürzt einer anderen die Dauerwelle. Die Gestalten zucken zusammen, wenn Gretel sich ihnen mit dem schweren Gerät nähert. Aber sie lässt sich das nicht nehmen, kann mit ihrer Schere gut umgehen. So werden sie passend gemacht für die wichtige Arbeit, die dem Wohl des Reiches dient. Gretel gefällt es, Köpfe zuzuschneiden, konzentriert sich ganz auf die Haare, nicht auf das Gesicht. Wenn eine nicht gleich stillhält, schnappen die Klingen eben manches Mal nach einem Ohr oder ritzen Zeichen in die Kopfhaut einer anderen.

Um vier Uhr früh schrillt die Glocke jeden Tag, und Gretels täglicher Einsatz beginnt. Die Aufseherinnen erhalten eine Tasse warmen Ersatzkaffee mit Milch und frische Semmeln so viele sie wollen. Direkt vom Bäcker geliefert. Sonntags einen weißen Wecken, dazu ein Stück Margarine für jede. Dem Material wird pro Kopf ein Aluminiumbecher dunkel gefärbtes Getränk und trockenes Brot spendiert. Für den Verzehr sind ganze fünf Minuten von der Planung eingerechnet. Danach anstellen zum Zählappell. Damit keine von denen abhaut oder faul liegen bleibt. Nach einer Stunde pünktlich Abmarsch in die Fabrik, zwei Kilometer zu Fuß, bewacht von Sicherheitskräften mit Schäferhunden. Manchmal kriegt Gretel richtiges Kopfweh vom Lärm, den die Holzschuhe der Gefangenen machen, und dem ständigen Hundegebell. An ihrem Gürtel trägt sie ausnahmsweise eine Pistole. Zur eigenen Sicherheit.

»Unsere Produktion läuft in drei Schichten. Das sind komplizierte Prozesse. Die Maschinen dürfen nicht stillstehen.« Hat der Werksleiter verlangt.

Also teilt Gretel dem Material mit Bewegungen ihrer Peitsche und einer Stimme, die gilt, verschiedene Aufgaben zu. Kein Mucks ertönt, wenn Gretel befiehlt. Alle gehorchen, weil alle wissen, was geschieht, wenn sie es nicht tun. Je ein Dutzend weist sie der chemischen Abteilung pro Schicht zu. Zellulose wird in einem großen Kessel voll Säure getränkt. Dabei steigen beißende Dämpfe auf, befallen die empfindlichen Schleimhäute in Nase und Mund, fressen sich in die Augen. Mit jedem Atemzug attackieren widrige Dünste die Lungen der Arbeitskräfte. Acht Stunden lang. Dann wechselt die Schicht. Der Verschleiß ist aufgrund derartiger Schäden ziemlich hoch. Ständig erhält Gretel Anfragen, frisches Material für weitere Einsätze beizubringen. Solange der Krieg die Umgebung von Linz noch nicht erreicht hatte, wurden ganze Straßenzüge ausgebaut und weitreichende Gebiete damit erschlossen. Inzwischen muss Erdreich ausgehoben werden, um Bunker zu schaffen, denn die Bomben rücken näher. Zur Vorbereitung von Kampfhandlungen werden Panzergräben geschaufelt. Im Winter, wenn der Schnee unablässig fällt, ist das Fortschaffen der rasch festfrierenden Masse von höchster Dringlichkeit. Gretel kommt kaum nach. Abends marschiert sie mit der Truppe zurück ins Lager, stets von Wachmännern und scharfen Hunden kontrolliert. Für die Dauer des Weges hat Gretel die Pistole griffbereit. Nicht dass eine ausschert und sich nach einem Brotkanten oder einem rohen Erdapfel bückt, die die Anwohner absichtlich dort hingelegt haben, weil sie die tägliche Wanderung des Gesindels bereits kennen. Gretel ist angewiesen, Kontakte des Materials zur Bevölkerung tunlichst zu vermeiden. Aber was soll sie machen? Entlang des Wegs stehen Häuser. Sie kann den Bewohnern nicht verbieten, aus dem Fenster zu schauen. Die wenigen verbliebenen Männer arbeiten in der Früh bereits auf den Feldern und im Garten. Die drehen ihnen ohnehin meist den Rücken zu. Das Wachpersonal bleibt außer Dienst so gut wie immer in den Unterkünften, wo es ihnen besser ergeht als den anderen draußen. Wenn was fehlt, dürfen sie sich an den Rationen fürs Material bedienen. Sie brauchen kein Wirtshaus. Weil Gretel täglich zur Zellulosefabrik marschiert, erhält sie sogar Milch für ihre Lungen. Damit sie sich keine Krankheit einfängt.

Mit Chemie hat Gretel sich noch nie ausgekannt. Ihre Kleidung hält sie penibel in Ordnung. Diese Jacke und dieser Rock sind ihre zweite Haut. Da steckt sie mit drin und weiß um ihre Pflichten als Respektsperson. Weil alle an der großen Sache teilhaben, ist die Uniform für alle gleich. Obwohl manche der Frauen versuchen, hier und da was zu ändern, um besser darin auszusehen. Gretel hilft ihnen dabei, aber auffallen darf das nicht. Das Haar wäscht sie alle zwei Tage, dreht es mit Lockenwicklern ein. Wasser wärmt sie am Herd, den eine der Gefangenen vorher einheizt. Ihre Fingernägel feilt sie akkurat zurecht. Die weißen Blusen gibt sie in die Wäscherei des Werks, sobald nur ein leichtes Grau am Kragenrand sichtbar wird. Sie hasst Schmutz, Staub und Gestank. Alles, was sich der Sauberkeit entgegenstellt. Bevor der tägliche Einsatz beginnt, muss das Material die Kopftücher abnehmen. Gretel muss prüfen, ob das Haar vorschriftsmäßig zu einem Knoten gebunden ist. Wer nicht sauber frisiert ist, läuft Gefahr einer Kopfrasur. Trotzdem heißt das nicht, dass Gretel keine von den Gefangenen mag. Funktionieren sollen sie halt. Gibt eben solche und solche. Die, die sich ruhig verhalten, grüßt Gretel inzwischen manchmal. Die Rebellischen und Verstockten muss sie strafen, weil der Arbeitsalltag sonst nicht mehr gewährleistet ist. Wer auf dem Weg ein fallen gelassenes Stück Brot, eine Rübe oder Obst vom Boden aufhebt, erhält so sicher wie das Amen im Gebet Hiebe mit der Peitsche, mit der Gretel fachgerecht hantiert. Inzwischen kann sie genau vorherberechnen, an welchem Teil des Körpers die surrende Lederschnur landen wird. Sonst ist alle Anstrengung umsonst. Gretels Oberarmmuskeln sind kräftig geworden. Das Schreien der Ungebärdigen hört sie schon länger nicht mehr.

Daneben gibt es viele heitere Tage, an denen in der Freizeit gesungen wird. Zu Geburtstagen feiern die Aufseherinnen mit dem Wachpersonal. Leckerbissen und Schnaps werden untereinander geteilt. Auch wenn's bei anderen bereits knapp wird, das Personal erhält meist was extra. Die Bauern der Umgebung liefern frische Früchte und Most. Manchmal bringen sie ihnen sogar Eier vorbei. Wenn sie feiern, singen sie gemeinsam den neuesten Schlager, der aus dem Radio kommt: *Wovon kann der Landser denn schon träumen? Er träumt vom nächsten Wiedersehen! Unter den verschwieg'nen Waldesbäumen, Wo stets Verliebte geh'n ...*

Gretel mag, wenn es fröhlich hergeht und sich alle an den Armen fassen. In Briefen an ihre Mutter nach Grieskirchen erzählt Gretel, wie gut sie hier behandelt wird. *Sogar einen kleinen Garten habe ich hinter unserem bequemen Wohnhaus angelegt*, schreibt sie. *Den Petersil und den Schnittlauch schneiden wir uns in die Suppe. Hin und wieder pflücken mir die Frauen sogar Blumen, die ich in die Vase in meinem Zimmer stelle. Ich bin hier sehr beliebt.*

An freien Tagen fährt Gretel trotzdem nicht nach Grieskirchen zur Mutter, sondern in die Führerhauptstadt Linz. Wenn es regnet, nimmt sie ihren Wetterfleck aus Loden und das Kopftuch aus Aussee. Altrosa ist ihr die liebste Farbe. In der Stadt drängen sich die Menschen. Umsiedler, Geflüchtete aus Rumänien, Jugoslawien, Ungarn. Nur die Sudetendeutschen mit ihrem Akzent und den altmodischen Worten kann sie verstehen. Daneben treiben sich Polen und Russen aus eroberten Gebieten herum, die das Privileg erhalten haben, hier zu arbeiten. So viel Bewegung hat der Führer erreicht. Eine neue Zeit versprochen. Gretel kann miterleben, was dieses Versprechen bewirkt. Ein Durcheinander eigentlich, wenn sie ehrlich ist. Gott sei Dank gibt es neben den Fremden auch noch Landsleute, die vor allem deshalb nach Linz gekommen sind, um sich vor Bomben zu schützen. Bis jetzt blieb die Hauptstadt verschont. Große Teile des Stadtgebiets sind inzwischen unterkellert, um im Falle eines Falles möglichst viele Menschen darin unterzubringen. Gut, dass Gretel außerhalb wohnt. Im Lager kann ihnen nichts passieren. Wenn die Bomber tief fliegen, befiehlt sie den Frauen, ihre gestreiften Jacken am Boden auszubreiten, als Zeichen für die feindlichen Piloten. Weil Gefangenenlager werden nicht bombardiert.

Im Kaffeehaus leistet sich Gretel eine Schaumrolle und einen kleinen Braunen. Sie nimmt das süße Gebäck mit der Serviette in die Finger, beißt krachend hinein, leckt den festen zuckrigen Eierschaum von ihren Lippen, lässt kein Brösel am Teller. Schlürft die süße braune Brühe ihres Ersatzkaffees. Flaniert dann über den Adolf-Hitler-Platz, schaut sehnsüchtig auf den kleinen Balkon am Rathaus, wo Er gestanden ist. Weil der Führer ein Landsmann ist, fühlt sich Gretel Ihm umso stärker verbunden. Sie blickt zum Fenster hinauf, stellt sich vor, dass der Gauleiter herausschaut und sie bemerkt. Oder gar der Kaltenbrunner, der taucht immer wieder in Linz auf, hat sie gehört. Das wäre ein Mann nach ihrem Gusto. Doch nichts tut sich. Also spaziert sie über die neue, Ihm zu verdankende Nibelungenbrücke. Wind fährt ihr in den Wetterfleck hinein. Es riecht nach Schnee. Bald muss sie ihren wärmenden Pelzkragen anziehen, kein Hasenfell wie früher, sondern einen schönen silbergrauen Fuchs aus dem Depot im Lager.

TRAUDI | Grieskirchen

Durch die Lücken im Laubwald blitzen die geweißelten hohen Mauern des Schlosses Tollet, wo Frauen aus ganz Deutschland für den Reichsarbeitsdienst geschult werden. Keine von denen wurde je in Grieskirchen gesehen. Sie werden hierher transportiert und verschwinden später genauso spurlos.

Nach einer bequemen Abwärtsfahrt überquert Traudi mit dem Fahrrad den Bahnübergang, biegt um die Kurve und nähert sich der alten Mühle, die alle so nennen, obwohl da seit langem kein Mehl mehr gemahlen wird. Ein Ehepaar hat den Vierkanter übernommen. Zu einem guten Preis, heißt es. Weil der Mann einen in der Partei kennt. So genau kann sich Traudi nicht mehr erinnern. Zugezogene halt, nicht wie sie selbst schon immer in der Grieskirchner Gegend. Ein Kind nach dem anderen hat die Bäuerin geboren, genau wie vom Führer verlangt. Brave Leute, heißt es. Aber die Arbeit ist der Frau geblieben. Ihr Mann kämpft an der Ostfront wie so viele. Manchmal denkt Traudi, dass die Männer das absichtlich tun. Meistens, wenn sie dieses Lied hört, das sie ständig im Rundfunk spielen: *Wovon kann der Landser denn schon träumen? Er träumt von seinem Vaterhaus, von den alten liebvertrauten Räumen* ... Dann zweifelt Traudi. Vielleicht wollen die gar nicht so rasch heim? Vielleicht geht es ihnen draußen im Feld besser als denen, die dageblieben sind? In den Filmen sind das ja immer ziemliche Helden, die große Abenteuer erleben.

Den Bauern gehört nur die rechte Hälfte des Hofs. Die linke Seite des Besitzers aus Wien ist voller Verdächtiger, heißt es. Abschaum, wie der Pfarrer in Grieskirchen sagt. Sogar sonntags bei der Predigt lässt er sich darüber aus.

Unmoral, kriminelle Machenschaften. Deswegen nimmt Traudi diesen Weg nicht so gern. Nicht, dass sie darum ins Gerede kommt. Auch in die Nähe von Gleisen zu geraten, ist stets ein Wagnis. Wer weiß, welcher Transport von armen Teufeln hier wieder durch muss. Besser, man hat nichts gesehen. Fahrradfahren ist eine Abfolge von sicheren und unsicheren Gegenden. Bei manchen Häusern tritt Traudi schneller in die Pedale, hofft, dass keiner vorm Tor steht, sie näher kommen sieht, zuerst freundlich grüßt und sie daraufhin mit Gewalt vom Rad herunterreißen will. So viel Gesindel, das sich hier herumtreibt. In manchen Gebieten kann Traudi gemütlich treten, die Räder laufen lassen. Dort spürt sie die Wärme und das Gute, das aus den Wiesen und den Hausmauern herüberströmt, und die roten Apfelhäute in den Bäumen strahlen sie an.

Von dieser früheren Mühle jedenfalls hat sie wenig Anständiges gehört. Und sie hört sich viel um. Die meisten von den Eingemieteten sind entweder arbeitsscheu oder geistig gestört. Dass denen nicht verboten ist, Kinder zu kriegen, kann Traudi nicht verstehen. Die sind doch nichts wert. Und warum haben sie die Verrückten nicht abtransportiert? Würde das, wovon die Deutschen im Radio immer reden, wirklich funktionieren, wären die längst fort. Außerdem wohnen hier zwei Kriegsversehrte mit ihren Frauen: Ein Einbeiniger mit Krücken; ein anderer, dem sie den rechten Arm abgeschossen haben. Außerdem sind da die Banater, die Frau völlig in Schwarz, sogar das Kopftuch. Ihr Rock ist zwar weit und gefältelt, aber viel zu kurz. Der gibt ihre Knie frei, wenn der Stoff bei der Arbeit nach oben schnellt. Die Frau trägt dunkle Wollstrümpfe. Jeder kann ihr in die weißen nackten Kniekehlen schauen, sobald sie sich bückt. Dazu sind in dem

Haus zwei Halbwüchsige untergebracht, die sich mit polnischen Zwangsarbeitern eingelassen haben, schwanger wurden und deshalb von ihren eigenen Familien verstoßen. Die Männer sind längst dahin. Hoffentlich haben die Polen nicht auch Krätze hinterlassen. Als letzten Gruß. Traudi gruselt es. Das ganze Haus dünstet schon von weitem ungesunde Gerüche aus, kommt ihr vor. Sie selbst wollte diese Mühle nicht einmal geschenkt. Gewöhnlich meidet sie diese Gegend, möglicherweise fängt man sich ja was ein. Heute jedoch ist Traudi neugierig und durstig dazu. In diesem Moment, als sie gerade an ihre Zunge denkt, die nach Wasser verlangt, läuft ihr ein kleiner Junge vors Rad, und sie bremst. Kies spritzt. Bevor sie ihn schimpfen kann, springt er schon davon.

Traudi lehnt ihr Fahrrad an einen Baum. Will sich am Brunnen erfrischen. Dass da auch die Zugereisten stehen, macht ihr nichts aus. Sie grüßt die sogar. Die Frauen schauen verwundert, sind gewohnt, dass Vorbeikommende so tun, als ob sie nicht existierten.

Die Bäuerin hat ihre zwei Ältesten zum Wasserholen geschickt. Die Nachbarinnen, mit denen sie nicht reden dürfen, sind vor ihnen dran. Während die Kinder warten, rattert ein Zug mit unzähligen Waggons vorbei. Das Gewicht macht ihn langsam. Der Bub hebt den Zeigefinger und beginnt zu zählen, fasziniert von der Eisenbahn, dem mächtigen Dampf der Lokomotiven, dem stampfenden Geräusch. Zwischendurch ertönen Schreie. Menschen befinden sich hinter Holzwänden. Dann und wann erkennen sie ein Gesicht, das gierig aus einer Luke auf den Brunnen starrt.

»Aufpassen!«, ruft sein Bruder. »Wir sind dran!«.

Sie pumpen ihre Blechkübel voll. Als Traudi an die Reihe kommt, bückt sie sich zum Strahl und trinkt das kalte klare Wasser, das aus der Tiefe dieser Erde kommt. Sie selbst wohnt ja gleich an einem Bach. Nahe den Gespenstern. Die rufen nach ihr, und sie läuft in den Wald, um sie zu verjagen. Da warten aber Männer im Gebüsch, Desertierte, die sich versteckt halten und die zupacken, wenn eine Frau allein daherkommt. Und dann ist sie wieder selbst schuld. Sie kennt das nur zu gut.

Traudi steigt wieder auf, radelt weiter. Glücklicherweise passen ihre Eltern gut auf die beiden blonden Töchter auf. Denn auch an ihrem Häuschen kommen täglich Fremde vorbei, bitten um was zu trinken oder um Unterkunft, sei es nur für eine Nacht. Traudi ekelt sich vor denen. Sie lassen keinen herein. Zu riskant mit den schwachen Eltern, den Kindern, und sie als Frau allein. Obwohl es ja nichts zu stehlen gibt, außer ihren Körpern und der Unschuld der Mädchen. Manchmal, wenn es gar zu stark stürmt, erlaubt der alte Vater den Vertriebenen, eine Plane aufzustellen hinterm Haus, wo sie übernachten, geschützt vorm Regen. Die Mädchen wollen am liebsten zu den ausgemergelten Pferden laufen und sie streicheln, machen das Schnauben der Tiere nach. Traudi lässt sie nicht hin. Zu viele Krankheiten schwirren herum. Die Läuse, die Flöhe, das Fleckfieber, Diphtherie. Sie will sich nicht mit infizierten Kindern herumschlagen oder in den langen Schlangen bei der Gemeinde zur Entlausung anstellen.

Manchmal klopfen sogar verwundete Soldaten aus Grieskirchen, die zurückkommen und keine Unterkunft finden, bei ihnen an. Denen geben sie zu trinken. Aber nur, wenn sie sie von früher kennen. Da sind einige dabei, denen die Traudi gefällt, oder zumindest das Dach überm Kopf, das sie hat, eine Wärme, die aus der Stube fließt, der Geruch nach Suppe. Sogar das Schreien der Kinder erscheint den Heimgekehrten wie wunderbare Musik nach den Sirenen und dem Bombenlärm. Mit Fremden fängt Traudi ohnehin nichts an, weil die nicht im Ort bleiben dürfen. Früher oder später müssen sie wieder fort. Sie schlafen inzwischen in den Schulhäusern. Der Betrieb in den großen Gasthäusern ist eingestellt, weil dort die Kinder unterrichtet werden. Deswegen findet Traudi kaum mehr Arbeit in den Küchen. Und für Flüchtlinge stellt sie sich nicht hin. Weil der Verdienst ist gar zu klein. Die Fremden belagern sogar das Schloss und die Baracken beim Bahnhof in Grieskirchen. Und jede Familie, die ein Zimmer frei hat, wird von der Gemeinde gezwungen, einen von denen aufzunehmen. Wer nirgends wohnt, kriegt keine Lebensmittelmarken und muss hungern. Traudi ist um die Enge in ihrem Häuschen froh. Da passt keiner mehr zusätzlich hinein. Und dass der Platz in ihrem Ehebett leer ist, dafür wird sie bedauert, nicht bestraft. Die Mädchen schlafen ohnehin in der Stube beim Ofen, kuscheln sich aneinander. So hat sie das breite Bett und die dicke Tuchent für sich, zum Träumen.

HUBERTA | San Francisco

Die amerikanische Einwanderungsbehörde ließ nicht lokker. Zweimal hatte Huberta schon ihre Ausreise fingiert und wieder verschoben in der Hoffnung auf eine Versöhnung mit Fritz. Doch der blieb unerreichbar. Trotzdem verlor sie nie die Contenance. Nur mit Contenance gelingt es, das Schicksal zu wenden. Im Moment der Zurückweisung war sie jedoch nichts als eine fünfzig Jahre alte europäische Prinzessin ohne Schloss, dafür mit Schrankkoffern voller Pelzen und einer gut gefüllten Schatulle wertvollen Schmucks.

Als es eines Morgens klopft, denkt Huberta, es wäre endlich Fritz, der es sich überlegt hat, wirft einen Morgenrock aus hauchzartem Chiffon über, sprüht sich zitronig frischen Duft von Chantilly über Hals und Haar, schlüpft in Pantoffeln mit fedrigen Puscheln und öffnet.

Ein Major der Einwanderungsbehörde, von dem sie sich nur den Vornamen Sammy merkt, steht mit zwei Beamten vor der Tür. Sie bittet die Männer herein, ihre schweren Schuhe versinken in dem weichen Teppichboden des Hotelzimmers. Zumindest kommt es der Prinzessin so vor, weil der Major leicht schwankt. Sein Gesicht erinnert Huberta sofort an einen Gorilla, niedrige Stirne, wulstige Lippen, im Grunde aber lieb. Er hat den Auftrag, sie über den Pazifik nach Sibirien zu verfrachten, um die lästig gewordene Nazi-Sympathisantin endlich loszuwerden. Sie weicht zurück.

»Allerdings können Sie eine Kaution hinterlegen und dadurch verhindern, dass Sie die Wartezeit von circa sechs Wochen bis dahin in einer Gefängniszelle verbringen müssen.«

Sie nickt: »Wie viel?«

»Fünfundzwanzigtausend Dollar.« Sammys Stimme klingt rau.

Huberta zwingt sich zu einem Lächeln, bietet ihm zu trinken an, was er gerne annimmt, wühlt in ihrer Schatulle und überreicht Sammy die glücksbringende Biene, ihre Brosche aus Gold, bestückt mit Saphiren, Diamanten und Perlen. Sammy steckt sie ein. Seine Männer verschwinden.

Eine Woche später, während eines beiläufigen Besuchs, Sammy muss angeblich prüfen, ob Fluchtgefahr besteht, trägt Huberta vorsorglich den duftigen, halbdurchsichtigen Hausmantel und die Pantöffelchen, die an Cinderella erinnern. Die Prinzessin umgibt ihn mit ihrem weiblichen Duft, und der Major knickt ein, wirft sich Huberta vor die Füße. Eine derart aufregende Frau hat er noch nie erlebt. Er will in ihrer Nähe bleiben, sollte er lügen und betrügen müssen für dieses Entgegenkommen.

Alles an dir ist neu und setzt mich in Erregung, schreibt er ihr gleich am selben Abend, nachdem sie miteinander im Bett gelandet sind. Er gesteht ihr seine Liebe. Ist verrückt nach ihr. Huberta ist zufrieden. Dass Sammy weder attraktiv noch ein guter Liebhaber ist, stört nicht. So kann sie ihn besser steuern. Verglichen mit Sibirien ist ohnehin alles ein Gewinn. Verglichen mit Sibirien kann sie sich sogar einen hässlichen, übergewichtigen, verheirateten Vater von vier Kindern schönreden. Denn er hat andere Qualitäten. Sammy ist zuverlässig und setzt sich für die Prinzessin bei den Behörden ein. Ihr Visumsantrag wird neuerlich geprüft. Solange das dauert, darf sie bleiben. Huberta hat einen Fürsprecher. Gleich eine Woche nach ihrem Glücksgriff zieht sie in sein Hotel, wo sie die Nächte miteinander verbringen. Liebesnächte. Huberta ist zuversichtlich. Sammy sucht eine Aufgabe für sie.

Betet sie an. Macht Pläne.

»Darling, du sprichst so viele Sprachen. Das musst du nutzen.«

»Aber wie?«

»Du könntest für uns arbeiten, was weiß ich, vielleicht Radio. Radio kommt überall hin, und wenn du zu den Leuten in Deutschland und den besetzten Gebieten sprichst, kannst du sie vielleicht zum Aufgeben überreden. Du kannst doch Englisch, Französisch und Italienisch.«

»Propaganda?«

»Kurzwellen, stell dir vor! Deine Stimme gilt. Du könntest sagen, dass du weißt, Mister Hitler ist nur ein Gauner, und kein Mensch, den man verehren soll. Dir werden sie das glauben.«

»Hm. Bemühst du dich darum? Wenn es mir hilft zu bleiben, werde ich es tun. Meinetwegen sogar Radio. Das Letzte, was ich jetzt will, ist in dieses kaputte Europa zurückzukehren.«

»Ich kenne da ein paar Leute. Die werden schon einsehen, dass es keine bessere Frau für diese Aufgabe gibt als dich.«

Sammy strengt sich wirklich an. Verbessert sich sogar als Liebhaber. Huberta bringt ihm einiges bei, ohne dass er das bemerkt. Er bewundert sie, und sie gibt ihm die Zuneigung, die er braucht. *Wenn auch die Leute fragen, ob sie nichts anderes kann, musst du als Antwort sagen: Nur zum Trotz fang ich noch mal von vorne an.* Gar nicht so blöd, dieses Lied. Huberta summt.

Aber dann die Japaner. Die Japaner bringen die Prinzessin zu Fall. Pearl Harbour ist die Katastrophe. An besagtem Abend geht sie noch mit einer flüchtigen Bekannten ins Kino, um einen Film mit der Dietrich zu sehen. Diesmal eine Komödie mit Doppelspiel, die Dietrich eine angebliche Gräfin, welche sich einflussreichen Männern an den Hals wirft, um ihren Gatten zu retten. Was ihr aber nicht gelingt. Huberta regt sich auf.

»Reichlich spießig und völlig unglaubwürdig. Die Dietrich spielt immer nur sich selbst.«

Halb schimpfend, halb darüber lachend tritt sie aus dem Kino und wird auf der Stelle von FBI-Agenten umringt. Verhaftet. Alle Deutschen sind ab nun Feinde. So erfährt sie, dass sogar eine Prinzessin im Lager landen kann. Von nun an darf sie sich nicht mehr frei bewegen. Sammy sind die Hände gebunden. Gerade hat sie sich an seinen Körper gewöhnt, schon muss sie das Leben ohne ihn ertragen. Und ohne all das auskommen, was sie in den ersten fünfzig Jahren ihrer Existenz gewohnt war: frische Wäsche, saubere Räume, Duschen, Heizung, gutes Essen, gesunde Luft, Privatsphäre. Bislang hat Huberta die Menschenrechte des adeligen Standes für unverrückbar gehalten. Und jetzt das. Sie ist in einem verdreckten Abstellraum mit Prostituierten, Diebinnen und Obdachlosen zusammengepfercht. Den wenigen Platz, den sie haben, müssen sie mit ausgemusterten Möbelstücken, stinkenden Matratzen voller Körpergerüchen und Bergen verrottender Akten teilen. Es gibt keine Handtücher, nur alte Fetzen. Der Steinboden eiskalt, die Fenster schlecht abgedichtet und riesengroß. Es ist Dezember, ihr Silberfuchs in irgendeinen Koffer gesperrt. Der Frost malt Ornamente auf die Scheiben, die sich auch tagsüber nicht auflösen.

So sitzen die Frauen bekleidet mit ihren Mänteln, Schals und Handschuhen auf den Pritschen, vermeiden es, die Füße auf den Steinboden zu stellen, um sich nicht zu erkälten. Sobald der Frost nachlässt, tritt der Fluss neben dem Lager über die Ufer, und Wasser quillt über die Abflüsse in ihre Zelle. Das Essen besteht aus Bohnen und fettem Fleisch. Werden die Teller hereingeschoben, verbreitet sich Gestank im Raum, und Huberta muss sich übergeben. Sie isst wenig, verliert an Gewicht. Fängt sich eine schmerzhafte Eierstockentzündung ein. Wo ist Sammy? Warum holt er sie hier nicht raus? Wo sind alle ihre Bewunderer? Ihre Verehrer? Ihre Anhänger? Ihre Verleger? Und überhaupt, was hat sie eigentlich verbrochen? Sie ist keine Nazifrau. Sie ist genauso ein Opfer. Es muss sich um einen Irrtum handeln. Sammy muss das aufklären. Hubertas manikürte Nägel brechen. Die Ansätze ihrer Haare wachsen grau nach. Sie verdeckt sie mit dem seidenen Halstuch von Chanel.

KITTY

K: Im nächsten Lager waren wir wieder in einem großen Raum. Der war vielleicht für 500 Leute, aber wir waren 1200. Wir konnten uns nicht ausstrecken. Wir saßen nur so zusammengekauert am Boden und versuchten ... und versuchten ... das Beste draus zu machen.

B: Wie sind Sie gesessen? Rücken an Rücken?

K: Rücken an Rücken oder ... es war schrecklich. Und du durftest nicht aufstehen, weil sobald du deinen Platz verlassen hast, war der Raum sofort besetzt. Und du konntest nicht zurück. Das war sehr, sehr schlimm.

B: War es sauber?

K: Nein, natürlich nicht.

B: Sind Sie untersucht worden, auf Läuse oder so?

K: Nein, nein. Wir hatten nicht einmal Wasser, um uns zu waschen. Nichts.

B: Also die Leute hatten Läuse?

(Ihre Stimme hebt sich immer, wenn es um die Beschreibung von körperlichen Verwahrlosungen geht und wenn den Eingesperrten ihre menschliche Würde mit Absicht geraubt wird.)

K: Sicher. Sie waren mit Läusen bedeckt. Dort haben sie uns zwölf Tage gelassen, und dann erst kamen wir ins richtige Lager. Und dort haben wir so gehungert. Total gehungert. Wir haben Brot erhalten, drei Scheiben trockenes Brot am Tag, und einmal eine sogenannte Suppe. Das war Wasser, in das sie ein wenig Gemüse geworfen hatten, das nicht einmal sauber war, nicht gewaschen. Und die Suppe ... sie war nie warm. Nie gekocht. Das Wasser war brackig und voller Kaulquappen. Das konnte man nicht essen.

B: Aha.

K: Und da war noch Erde drin und ich weiß nicht was. Also wir konnten das nicht essen. Wir hungerten so sehr.

B: Wo haben Sie geschlafen?

K: Wir hatten Matratzen am Boden, keine Betten. Fünf schliefen auf einer Matratze.

B: Fünf? Auf einer?

K: Fünf auf einer ... auf zwei, Entschuldigung, auf zwei.

B: Fünf auf zwei Matratzen?

K: Auf zwei Matratzen.

B: Ja ... und?

K: Also wir blieben da für zwei Monate, und dann ging es ins nächste Lager. Dort war es ein wenig besser. Wir hatten ein Bett für zwei, und sogar das Essen war besser. Es war richtig gekocht, und nach dem vorherigen Lager war das ... es schien uns paradiesisch.

B: Aber Sie haben schon gearbeitet.

K: Nein, wir konnten nicht. Wir konnten nicht arbeiten. Wir waren zu erschöpft, um zu arbeiten. Die Brillen haben sie mir gleich anfangs weggenommen. Später habe ich dann andere erhalten. Als Bürokraft hatte ich Brillen gebraucht.

B: Ach so.

K: Sie haben mir sogar die Zahnbürste abgenommen. Einfach alles.

B: Ja.

K: Aber dann gab es Gerüchte, dass die Russen sich näherten, und wir mussten weiterziehen. Ich hatte Probleme, weil ich nicht gehen konnte. Mein Fuß war gefroren, und ich konnte nicht gut gehen. Aber ich ging trotzdem zwei Tage mit, bis ich nicht mehr konnte, und ich wusste, ich würde jetzt erschossen werden. Also bin ich geflohen.

B: Ja.

K: Wir sind in eine Art Sporthalle gebracht worden am Abend. Die war auf einer Anhöhe gebaut, man konnte über die Stadt schauen. Und da waren diese Stufen, die abwärts führten, und jede Treppe war von einem Nazi bewacht.

B: Welche Kleidung haben Sie getragen?

K: Ich hatte meine eigene Kleidung.

B: Wie? Warum hatten sie keine Streifen?

K: Weil in einem der Lager ... Ich hatte keine Streifen mehr. Ich hatte ein Kleid, ein ziviles Kleid ... ein ziviles Kleid mit einem ... mit einem großen, weißen Kreuz, das mit Malerfarbe auf dem Rücken gezeichnet war ... Aber ich habe es umgedreht, und dann war das Kreuz innen am Stoff.

B: Wer hat Ihnen dieses Kleid gegeben?

K: In einem der Lager war ich im Krankenhaus ... wegen meines Fußes. Sie hatten mir alle Kleidungsstücke weggenommen, und als ich wieder rauskam, gaben sie mir das Kleid.

B: Ja.

K: Und dann hatte ich noch eine Jacke, die ich mir aus einer Decke gebastelt hatte. Die hatte ich selbst gemacht. Das machte schon einen Unterschied.

ROSI | Aussee

Ein Klopfen. Rosi schiebt den Vorhang des kleinen Fensters zur Seite, schaut durchs Gitter hinaus, öffnet die Haustür nur einen Spalt und nimmt das in Fettpapier gewickelte Stück Butter in Empfang, trägt es nach hinten in die kühle Speisekammer. Zwei Tage später steht eine Frau vor ihr, die sie nur flüchtig kennt, und fragt danach.

»Heut Nacht steigt einer auffi.«

Rosi schüttelt den Kopf und schickt sie unverrichteter Dinge fort. Kurze Zeit darauf kommt die Frau mit der Hermine zurück.

»Stimmt, was sie sagt. Heute noch sollen ein paar Sachen auf den Berg.«

Also rückt Rosi das verborgene Stück Butter heraus. Den riskanten Transport zum Versteck in den Bergen oben übernehmen meist die Männer. Bis auf die Hermine schafft sowieso keine von den Frauen den Aufstieg. Nur sie ist eine wirkliche Bergsteigerin. Bereits als Mädchen ist sie mit ihren Brüdern geklettert. Die Hermine hat ihren Mann droben bei den Partisanen und kennt den Weg dorthin sogar bei Nacht. Der Steig ist gefährlich. In den scharfkantigen Felswänden verborgen, führt er steil hinauf. Ohne Seil schafft das keiner. Manchmal bricht die Hermine nach der Tagesarbeit in der Dämmerung auf, im Rucksack einen runden Laib Brot. Weil das den Männern, die oben auf ihren Einsatz warten, am meisten fehlt. Die können durchdrehen, wenn sie kein Brot haben. Das Brot ist ihre Verbindung zur normalen Welt. Das Brot ist ihr Glauben, dass es einmal eine Zeit ohne Krieg und Nazi geben wird. Ohne Brot verliert sich dieser Glaube leicht. Ohne Brot werden sie schwach. Deshalb klettert die Hermine, auch wenn sie müde ist von der Stallarbeit und den

Kindern. Deshalb fährt Rosi mit ihrem Fahrrad herum, nimmt Strapazen auf sich, sammelt Brotmarken ein, Mehl und Gries bei verschiedenen Vertrauten. Sie weiß, wo sie Mitwisserinnen findet. In einem Hotel an der Hintertür wartet die Hemma, übergibt ihr Mehl und Zucker. Danach hinterlegt Rosi die vom Mund abgesparten Schätze in Hütten, die abgeschieden liegen. Die meisten kann sie nur zu Fuß erreichen, stellt also ihr Fahrrad im Wald im Unterholz ab. Rosi ist ständig unterwegs, hat fast immer eine Ausrede parat. Falls es einem der Gendarmen einfallen sollte, sie anzuhalten. Während sie in die Pedale tritt, wiederholt sie Sätze, die sie sagen wird. Kaut sie so lange durch, bis ihr eh nichts anderes mehr in den Sinn kommt, falls einer fragt.

 Erst als es dunkelt, schleicht einer der Partisanen den Berg herunter, schnappt sich die Verpflegung aus der Hütte, schleppt sie im Finstern hoch. Wasser haben die Männer von den Quellen, oder sie schmelzen Schnee. Fleisch besorgen die Versteckten sich selbst. Schießen Gämsen oder Hasen, häuten und zerlegen die Tiere, behalten einen Teil. Einige Stücke bringen sie für ihre Familien hinunter. Manchmal sogar schon geselcht. Weil die Männer haben sich was überlegen müssen, damit das Fleisch länger hält. Aus Baumrinden haben sie eine Art Schlauch gebastelt, in den sie die Brocken Wild hängen. Fast wie ein Selchofen. Darunter ein Feuer angezündet, so dass es langsam geräuchert wird, was bis zu einer Woche dauert. Aber so was dürfen sie nur nachts veranstalten. Bei Tag wäre es zu gefährlich, falls ein Jäger durch den Geruch oder die Rauchschwaden aufmerksam wird. Der Verschlag aus Zweigen und Brettern, in dem sie hausen, darf nicht entdeckt werden. Das wäre das Ende vom Widerstand.

Hin und wieder macht Rosi bei einer der verabredeten Hütten Station, holt das Fleisch, das die Männer deponiert haben, und verteilt es unter den allein gebliebenen Frauen in Aussee. Weil sie ohnehin an verschiedenen Orten in verschiedenen Villen putzen geht, wundert es keinen, dass sie tagtäglich mit ihrem schwarzen Waffenrad herumfährt. Ist eben eine Fleißige, die Rosi. Und ihr schlechter Fuß macht sie unverdächtig.

Außerdem sind in diesen Tagen so viele Leute im Ausseerland unterwegs. Es wuselt wie in einem Ameisenhaufen, weil es herinnen sicherer ist. Flüchtlinge, Kranke, Verwundete, Ausgebombte müssen ja wo unterkommen, und hier stehen Hotels und Fremdenzimmer leer. Fast jeder hat schon jemanden einquartiert, den er gar nicht kennt. Weil keine Urlauber kommen. Schluss mit dem Promenieren. Drüben im Nachbarort sind Lazarette in den Hotels eingerichtet worden, Ärzte, Krankenschwestern, Pfleger werden gebraucht. Fast flattern mehr Fahnen mit dem Roten Kreuz als solche mit einem Hakenkreuz. Das Kreuz der Nazis ist nur mehr ein Zeichen für Unheil und Verzweiflung. Obwohl viele weiter an ihren Erlöser in Berlin glauben. Nicht Rosi, nicht die Kämpfer in den Bergen. Nicht die Helferinnen im Tal.

Manchmal werden die hinterlegten Sachen von den Männern aber nicht geholt. Weil es zu unsicher ist oder weil sie wegen Schlechtwetter vorzeitig ins Versteck zurück müssen. Einmal hat Rosi wirklich fesche, fast neue Wanderschuhe an der besagten Ecke beim rosa Salzstein hingestellt. Wochen später standen sie immer noch da. Ihr Leder voll weißer Krusten war verschimmelt. Schade drum.

Rosi tritt in die Pedale, umfährt die Gößler Wand weiträumig. Alles gesperrt, wegen Schießübungen. Die

Anwohner wurden deshalb ausquartiert. Weil höchst geheim. Keiner der Patrouillen in reichsdeutscher Uniform hält die Rosi auf. Sie schaut so harmlos aus mit ihren blauen Augen und blonden Haaren. Ob Regen oder Schnee, immer ist sie unterwegs, geschützt durch den großen Wetterfleck aus Loden, der eigentlich ihrem Mann gehört.

Viele Nazis sind daran interessiert, dass es neben dem Krieg ein normales Leben gibt, und wollen in dieser abgelegenen Gebirgsgegend eine Zeitlang ihre Ruhe. Deshalb sind die hohen Herren ja ständig in Aussee, weil im Gegensatz zu Berlin und Wien und Hamburg und Gott weiß wo keine Bomben fallen. Deshalb bringen sie ihre Kinder, ihre Frauen, ihre Geliebten in den Villen unter. Wie der Gauleiter Eigruber, wie der Sicherheitsdirektor Kaltenbrunner mit seinen Schmissen in dem langen Gesicht. Seit sie bei den Nazis aufgestiegen sind, können sie machen, was sie wollen. Und weil es ihnen hier gutgeht, können die Herrschaften übersehen, dass so eine kleine Frau wie die Rosi sich verstellt, dass sie alles mitbekommt, wenn sie das Besteck poliert oder Möbel abstaubt, die den Nazis gar nicht gehören. Jetzt tun sie so, als wären sie immer schon im Ausseerland, als hätten sie die Besitztümer selbst gesammelt. Dabei ist der Gauleiter Eigruber so wie die Rosi in einer Familie von Kleinhäuslern aufgewachsen. Und er führt sich auf, als hätte er nie was anderes gemacht als kommandieren. Der Kaltenbrunner, der eigentlich aus Grieskirchen stammt, hat sich gar eine Gräfin als Geliebte genommen, seine frühere Sekretärin aus Berlin. Die kann einem leid tun. Blutjung und sitzt hochschwanger die meiste Zeit allein in der kalten Villa und fürchtet sich vor der Geburt. Der Geliebte hat ihr versprochen, eine Limousine mit einem Arzt und einer

Hebamme aus Salzburg zu schicken, sobald die Wehen einsetzen. Noch ist es nicht so weit.

Rosi weiß auch über das Hotel am See Bescheid. Zu Besprechungen treffen sich die Großkopferten von der Gestapo und der SS dort. In der Küche aber gibt es Helferinnen und bei der Bedienung Kellnerinnen, die mithören und Eingeweihte rechtzeitig informieren. Wenn Rosi daran denkt, wie es mit der Elsa geendet hat, wird ihr weiterhin schlecht. Sobald sie auf die blanke Wasserfläche des dunkelgrünen Sees schaut, steigt ihr Angst vor dem Bösen im Menschen auf. Mit solchen Spintisiereien muss sie dann schnell aufhören, weil Angst die Sinne durcheinanderbringt, die sie alle beisammen braucht für ihre Arbeit. Sie will mithelfen, dass gelingt, wozu sie sich entschlossen haben, ohne groß drüber zu reden: dass die unrechtmäßigen Herren stürzen und ein für allemal aus der Weltgeschichte verschwinden. Weil sie Unmenschen und Verbrecher sind. Aus Angst wächst dann die Kraft, etwas gegen die Nazis zu tun. Angst erhöht die Wachsamkeit, sobald eine Tür knarrt, hinter der Rosi steht und lauscht. Sie muss fürchten, einer der Herrschaften tritt im nächsten Moment heraus, während sie versucht, sich das Gesagte genauestens zu merken, damit sie die Informationen weitergeben kann.

So kann es passieren, dass Rosi mit ihrem Radl unterwegs ist und das Brummen von Motoren von weitem hört und am Geräusch erkennt, dass das ein Auto voller SS ist, das ihr entgegenkommt. Dann biegt sie ab in den Waldweg, versteckt das schwere Fahrrad im Dickicht und legt sich in einen Graben. Der braungrüne Loden vom Wetterfleck vermengt sich mit Waldfarben. Rosi deckt sich mit einem abgerissenen Ast zu, weil sich im Hirn gerade alles sperrt und ihr nichts einfallen will, was sie erzählen soll.

Sie atmet schwer. Saugt den Geruch von nassem Laub und frisch geschlagenem Holz ein. Was wird sie sagen, wenn die Männer wissen wollen, warum sie mit einem Rucksack voller Mehl neben den Fetzen und Bürsten fürs Putzen unterwegs ist?

In solchen verzwickten Lagen fragt sie sich, was mit ihren Kindern geschehen soll, falls sie ins Gefängnis kommt. Kann der kranke Mann mit dem Herstellen von Holzschuhen für alle sorgen? Der mit seinem Herzfehler trotzdem jeden Tag in der Tischlerei herumwerkt? Manchmal hat sie sogar Zeit, ihm das Leder zuzuschneiden, sitzt nachts neben den Bergen von Schlapfen, setzt das Messer an. Natürlich denkt sie dabei genauso an Elsas Kinder. Die ihr leid tun, ohne Mutter. Aber der Herr Pastor kommt mittlerweile zurecht. Ist ja drei Jahre her, seit die Elsa ins Wasser gegangen ist. Die Frauen im Dorf helfen, wo sie können. Jetzt, wo der Schandfleck entfernt ist, tun viele von denen, als hätten sie damals nicht ihren Kindern verboten, mit den Vierteljuden zu verkehren.

Die Hermine allerdings ist von den Frauen die Mutigste. Wenn sie in die Putzerei in den nächsten Ort muss, nimmt sie ihre Kinder mit, gibt sie bei einer Bekannten ab, wo sie spielen, während die Hermine die Kleidungsstücke in die Reinigung bringt. Danach hat sie ein paar Stunden Zeit, um Sachen zu verteilen, die unter der Schmutzwäsche gelegen sind, und geheime Botschaften zu überbringen.

Oder im Winter versteckt die Hermine ein paar Renken duftenden Speck unter den Schlitten. Die beiden Mütter marschieren mit ihren Kindern den Waldweg hoch und immer höher, dick verpackt in Jacken und Schals. Die Kleineren werden rascher müde, dürfen sich hinsetzen und werden ein Stück gezogen. Nicht zu lange, weil sie sonst frieren, wenn sie sich nicht genug bewegen. Oben angelangt, klettert Rosi den verabredeten Jägerstand hinauf, wo schon einer wartet, und übergibt ihm das Fleisch. Dann die Abfahrt auf dem rutschigen Weg durch den Wald hinunter ins Tal. Rosi stemmt mit den Bergschuhen mal links mal rechts, um die Kurven zu erwischen. Lehnt sich weit zurück, die quietschenden Kinder zwischen den gespreizten Beinen. Manchmal kippen sie um, die Kleinen kreischen vor Schreck und vor Spaß. Gegenseitig klopfen sie sich Schnee ab, der in Klumpen an Wolljacken, Hosen und Wollfäustlingen klebt. Zu Hause angekommen, wird das nasse Zeug über den Ofen gehängt. Es gibt warmen Tee, die Kinder mit roten Backen, und die Männer oben am Berg sind versorgt. Was sollten sie sonst tun? Jeder macht halt sein Teil. Frauen müssen für alles sorgen, den Haushalt, die Erziehung, die Verpflegung der Männer im Versteck.

KITTY

(Die Spule des Aufnahmegeräts muss gewechselt werden. Krachen und Grummeln, Hall. Die Aussteuerung ist schlecht. Flach und weit entfernt klingen die Stimmen. Ein hoher mechanischer Ton ist im Vordergrund, dahinter das Nuscheln des Interviewers.)

K: Und dann war so ein ... ein Fliegerangriff. Und es gab eine ...

B: Panik?

K: Panik. Ja. Und dann waren die Treppen plötzlich unbewacht, und ich ging runter, und drunten fand ich einen Luftschutzkeller.

B: Ja.

K: Ich habe das zufällig gefunden. Ich wusste gar nicht, was es war und ging rein und hörte Stimmen, und ich hatte Angst. Aber es war zu spät. Die Leute kamen näher, und ich konnte nichts tun, als einfach drunten bleiben. Die haben geglaubt, ich bin ein Zivilist, oder haben so getan als ob. Ich weiß nicht. Und ich bin dann geblieben.

B: War das ein Luftschutzkeller für Leute?

K: Ja, für Zivilisten.

B: Aha. Nicht für die vom Lager.

K: Ja, das war außerhalb des Lagers. Das war kein Lager, das war nur ...

B: Aber dann war es so eine Art Bunker? Nicht wahr?

K: Nein. Es war ein offener Raum. Ein Stadion. Ein Sportplatz. Im Freien. Wir wurden da hingebracht, damit wir ... damit wir ein wenig rasten konnten. Wir waren die ganze Nacht marschiert. Und dann, als der Mond schien, konnten wir wieder aufstehen.

B: Ja.

K: Aber wir hatten nichts zu essen. Sie haben uns

nichts zu essen gegeben. Also ging ich während der Panik hinunter und kam in diesen Schutzraum und blieb dort, bis alles vorbei war. Ich war so schwach, ich konnte nicht mehr gehen, und als der Angriff vorüber war ...

B: Sie konnten nicht mehr gehen?

K: Ich konnte nicht mehr gehen, nein. Wegen meines Fußes. Also bin ich einfach nur raus nach dem Angriff, und da stand ein Naziwächter am Eingang. Aber er beachtete mich gar nicht. Ich ging raus. Ich ging zur Kirche. Die hatte ich von oben aus schon gesehen. Ich bin rein und tagelang dort geblieben. Ich habe mich hinter den Bänken versteckt, einfach auf den Boden gelegt.

B: Sind nicht Leute vorbeigekommen?

K: Doch.

B: Für die Messe?

K: Ja.

B: War es eine katholische ...?

K: Nein ... es war eine protestantische Kirche. Ich habe mich hingelegt.

B: Was haben Sie gegessen?

K: Nichts. Ich hatte nichts. Und deshalb bin ich letztlich raus, weil ich hungrig war.

B: Hatten Sie zu trinken?

K: Nein. Nichts.

B: Können Sie mir sagen, wie sich das anfühlt, wenn man drei Tage lang hungert.

K: Man spürt nichts. Du denkst einfach nicht daran, dass du nichts zu essen hast.

B: Haben Sie geschlafen?

K: Ja, ich habe viel geschlafen.

B: Haben Sie geträumt, dass Sie essen?

K: Nein, nein. Ich habe überhaupt nicht geträumt.

B: Nein. Sie haben nicht geträumt?

K: Nein. Ich war total erschöpft. Ich bin ja mit dem kaputten Fuß ungefähr 24 Stunden gewandert. Ich konnte gar nichts tun. Ich war ... Mein Körper hat derart geschmerzt. Wenn ich mich von der einen zur anderen Seite gedreht habe ... Ich erinnere mich nur daran ... Ich war am harten Steinboden ... das schmerzte fürchterlich.

ROSI | Aussee

Manchmal ist es fast harmlos, was sie bewerkstelligen, manchmal wagemutig. Einmal muss die Hermine vom hinteren Ende des Ausseer Sees eine Pistole abholen. Rosi, die in der Villa dort putzt, bietet die beste Tarnung für diesen Gang. Sie benötigen einen Grund, warum sie am helllichten Tag herummarschieren. Auf dem Weg hin springt plötzlich der Mann von der Hermine hinter einem Gebüsch heraus, drückt ihr die Pistole in die Hand und ist gleich wieder fort. Blitzschnell versenkt die Hermine die Waffe in ihrer Schürzentasche. Ungerührt gehen die Frauen weiter vor zur Villa, putzen gemeinsam. Auf dem Rückweg den Fluss entlang, als sie nach der letzten Kurve von weitem die Brücke sehen, fällt ihnen die Sperre auf. Die Gestapo kontrolliert jeden, der vorbei will. Rosi, in Panik, flüstert der Hermine zu:

»Um Gottes willen, wirf die Pistole ins Wasser!«

»Nein, unmöglich. Wir sind schon zu nah. Den Spritzer werden sie hören.«

»Aber der Fluss macht doch viel mehr Lärm!«

Die Hermine schüttelt den Kopf, schaut sich kurz um und steckt im Vorbeigehen die Waffe in einen Holzstoß, der neben dem Weg aufgeschichtet ist, kaltblütig. Und wirklich werden die Frauen von der Gestapo angehalten.

»Was machen Sie hier um diese Zeit? Warum bleiben Sie nicht zu Hause bei den Kindern? Was treiben Sie sich herum?«

Rosi spürt ihr Herz schlagen, knotet ihr Kopftuch frisch unterm Kinn, das beruhigt. Sie reißt sich zusammen und erzählt mit ihrer leisen, dünnen Stimme von der Arbeit in der Villa.

»Einmal im Monat muss das ganze Haus durchputzt werden. Allein ist mir das zu stark. Deswegen habe ich die Hermine g'fragt, ob sie Zeit hat. Mir allein ist das zu viel: Fensterputzen, Vorhänge abnehmen, ausschütteln, Teppich klopfen, Bettwäsche wechseln, Feuerholz hereinholen ...«

Sie will noch mehr aufzählen, aber die Männer lassen sie, ungeduldig, einfach durch.

»Ist schon recht, gehen Sie weiter. Lassen Sie die Kinder nicht allein beim nächsten Mal.«

Die Frauen nicken beflissen. Da ist die Hermine bereits schwanger von ihrem letzten Kind. Am nächsten Tag holt sie die Waffe aus dem Holzstoß und bringt sie in einen Stadel. Als Vorbereitung für eine größere Aktion. Weil die Pistole braucht ein anderer Kämpfer, der Sepp, der aus dem Lager geflüchtet ist. Rosi wird aufgetragen, ihn zu verstecken.

Zuerst bringt sie ihn im Keller einer Villa unter, auf die sie aufpasst. Bis die Besitzerin, die die meiste Zeit in Wien wohnt, zurückkommt, kann er ein paar Tage bleiben oder länger. Je nachdem, wie die Aktion weitergeht. Über die Fortsetzung ist Rosi nicht informiert. Ihre Aufgabe ist nur, den Mann unterzubringen und dafür zu sorgen, dass keiner ihn entdeckt. Sie hält sich an die Anweisungen. Der Sepp nicht.

Als sie eines Abends in die Villa kommt, ist der Mann fort. Ein Fahrrad fehlt, und im Haus schaut es aus wie nach einer Explosion. Obwohl sie ihm gesagt hat, dass er im Keller bleiben soll, hat der Sepp sich überall bedient. Hat in der Küche Schubladen durchwühlt, im Salon Stühle und Kissen verrückt. Beschmutzte Teller und Gläser stehen herum. Es riecht stark nach Zigarren. Rosi muss hinter ihm aufräumen und ärgert sich. Während sie die lehmigen Fußabdrücke am Boden fortwischt, fällt ihr auf, dass ein kleiner Perserteppich fehlt. Sie sucht ihn überall. Den hat der Sepp anscheinend mitgenommen. Requiriert würde er sagen. Rosi nennt das gestohlen. Als sie die dreckigen Geschirrtücher, Tischtücher und Handtücher in die Waschküche hinunterträgt, kriegt sie einen Riesenschreck. Hier hat der Sepp erst recht gewütet. Als Erstes riecht sie das Blut. Auf dem großen Holztisch liegen einzelne Teile eines Rehs, das er anscheinend voller Gier auf Fleisch heimlich geschossen und mit einem Küchenmesser zerlegt hat. Fetzen von Fell, eine Keule, die Innereien wild verstreut. Blutflecken am Boden. Rosi bindet sich ihr Tuch um den Mund und macht sich daran, im Halbdunkel des Kerzenlichts zu putzen. Niemand darf erfahren, was los war. Sie beseitigt Sepps Spuren und hofft, obwohl er ihr so einen Ärger macht, dass seine Aktion gelingt. Weil lang hält sie das alles nicht mehr aus. Das Fahrrad, auf dem der Sepp fort ist, kann sie nicht ersetzen. Vielleicht merkt eh keiner, dass es fehlt. Im Zug konnte er schlecht weiterreisen, weil die Polizei bereits überall nach dem entflohenen Lagerhäftling sucht.

Die Frauen reden nie darüber, was sie machen und wofür. Sie existieren von Minute zu Minute, von Aufgabe zu Aufgabe. Die Hermine sehnt sich oft nach ihrem Mann, stellt sich vor, wie er da oben im feuchten Laub liegt, ohne Abwechslung, manchmal tagelang bei schlechtem Wetter, und wie der Tabak ausgeht und wie die Männer um die letzten Brösel streiten. Eines Tages wird ihr ein Radiogerät zugespielt, und sie packt den Apparat in ihren Rucksack, macht sich auf den Weg. Obwohl sie schwanger ist, Kraft in den Waden hat sie immer noch. Nur die Muskeln an der Innenseite der Oberschenkel ziehen schon, wegen dem Gewicht des Kinds. Trotzdem steigt sie durch den Regen den schmalen Pfad hinauf, am Findling mit dem großen roten Punkt vorbei durch die jungen Fichten. Sie muss aufpassen. Es gibt immer mehr Deserteure, die sich in der Gegend herumtreiben. Je weniger Leute sehen, wohin sie geht, desto besser. Sie bleibt kurz stehen, schaut hinunter auf den See, denkt an die Elsa, die darin verschwunden ist. Nach der Senke marschiert Hermine zwischen halbhohen Felsen, bis sich das Gelände wieder öffnet, und die Steilwand hoch. Bald hat sie den Unterschlupf erreicht. Vom Dauerregen durchweicht, steht sie vor der behelfsmäßigen Hütte, fabriziert aus ein paar Pfosten und Ästen, die gegen die Felswand gelehnt sind, zur Tarnung abgedeckt mit Rinde. Eng und wacklig, der Wind bläst durch. Ein Wunder, wie die Männer das ertragen. Sie mögen es nicht, wenn eine Frau heraufkommt. Das bringt Unglück, heißt es. Dieses Mal und weil es die Hermine ist, machen sie eine Ausnahme. Sie kann nur kurz mit ihrem Mann reden, ihm das Rundfunkgerät geben, und dann steigt sie mit durchweichten Kniestrümpfen, dem schwerem Wollrock und dem feuchten Janker wieder hinunter. Legt sich daheim sofort unter das weiche Federbett, kuschelt sich an die Kinder.

Mit dem Detektorempfänger können die Partisanen ab nun ausländische Sender hören und überlegen, wie sie am besten vorgehen, um die Herrschaften vor Ort zu bekämpfen. Manchmal hält es der Mann von der Hermine nicht mehr aus, sehnt sich nach seiner Familie, steigt in der Dämmerung vom Berg herunter, um eine Nacht im bequemen Bett zu verbringen. Obwohl die Gefahr, entdeckt zu werden, groß ist. Einige der Wohnhäuser stehen ja längst unter Beobachtung. Doch die Geburt des jüngsten Kindes steht kurz bevor, und außerdem haben die Hermine und ihr Mann im Haus ein Versteck hergerichtet zur Sicherheit, zwei Latten in einem Bauernkasten waren hinten locker, und da kann er sich dahinterklemmen.

Eines Morgens um fünf Uhr früh, als der Mann zu Hause schläft, klopft es tatsächlich an der Tür. Die Hermine schaut durchs Fenster und sieht ein paar von der Gestapo in schwarzen Mänteln und Stiefeln draußen im Schnee. Sie öffnet nur einen Spalt. Eisige Luft bläst herein.

»Komm gleich, muss mich erst anziehen.«

Sie schlägt die Tür wieder zu, dreht den Schlüssel im Schloss. Ihr Nachthemd spannt über dem Bauch, sie will hoch, den Mann warnen, rutscht in Wollsocken fast aus, so eilig hat sie es. Aber die Polizisten lassen ihr keine Zeit. Zwei von ihnen treten die Holztür ein, stürmen ins Vorhaus. Die anderen umstellen das Gebäude. Ein Mann springt die Treppe hinauf, der andere hält ihr einen Pistolenlauf an die Stirn, und die Hermine erstarrt. Hört ihren Mann das Fenster aufmachen. Er springt in den Schnee, der reicht ihm sicher bis über die Knie. Versucht zu rennen, kommt nicht vorwärts. Eine Maschinenpistole rattert, die Tochter, die unten in der Küche schläft, schreit:

»Papa! Papa!«

Die Hermine sinkt in die Knie, hält das Ungeborene in ihrem Bauch fest, das aufgestört gegen ihre Haut klopft. Jemand muss den Mann verraten haben. Aber wer von den einheimischen Nazi-Sympathisanten? Sie kommt nicht drauf, denkt kurz an den Brocken Selchfleisch, der im Klo versteckt ist. Den hätte er auf den Berg bringen sollen zu den anderen. Die Hermine rechnet damit, dass sie jetzt drankommt. Doch die Tochter hat das Durcheinander genutzt und geistesgegenwärtig das Geselchte beim hinteren Fenster in den Schnee geworfen, wo es eingesunken ist. Es liegen mindestens sechzig Zentimeter. Trotzdem wird die Hermine verhört. Stundenlang. Sie schweigt, sinnt die ganze Zeit darüber nach, wer den Mann gestern Nacht beim Haus gesehen haben kann. Die Gestapo kriegt nichts aus ihr heraus. Sie fragt nach der Leiche.

»Der war ein Verbrecher. Der kriegt kein Grab.«

Sie regt sich auf, dass das eine Sünde sei, im Namen der Christlichkeit. Die Männer verschwinden zum Telefonieren. Plötzlich heißt es: »Also gut, heute Nachmittag um vier, es muss schnell gehen. Der Pfarrer ist informiert.«

Als die Hermine pünktlich erscheint, steht der Pfarrer bereits an der Grube. Daneben die Gestapo in grünen Schnürlsamthosen und offenen Gummimänteln, schwarzen Hüten, die Pistolen sichtbar am Gürtel. Keiner aus dem Dorf traut sich zum Begräbnis. Nicht einmal von weitem wollen sie zuschauen, aus Angst, verhaftet zu werden. Nur die vier Männer, die den Sarg tragen und in die Grube hinablassen, sind Einheimische. Dann steht mit einem Mal die Rosi hinter der Hermine mit gefalteten Händen und fällt in das Murmeln der Gebete mit ein. Da kann die Gestapo nichts dagegen sagen. Der Pfarrer hält keine Rede. Macht nur das Allernötigste. Rasch fliegt die Erde von den Schaufeln. Da fängt es wieder an zu schneien. Eine weiße Haube legt sich über das ungeschmückte Grab.

TRAUDI | Grieskirchen

Und dann hat ein Veteran ihr von der zerfetzten Uniform erzählt, das Letzte, was er gesehen hat von ihrem Mann an der Front. Aber sein Kamerad hat nicht mehr gewusst, wo sie waren, als es passiert ist, völlig konfus von dem ständigen Hinundhermarschieren. Er hat den Sinn für die Himmelsrichtungen verloren, hat er erzählt. Alles hat gleich ausgesehen. Lärm von Schießereien und den Schreien der Männer, die verwundet waren oder zum Sterben zurückgelassen worden sind, haben dem Veteranen den Kopf verwirrt. Er konnte sich nicht mehr orientieren. Also haben sie ihn nach Gallspach gebracht zur Genesung. Dort hat Traudi ihn zufällig getroffen. Es ist eh nur mehr das Kaffeehaus offen für die Gäste. Das Hotel und die Kuranlagen sind mit Flüchtlingen belegt. Sogar der Hess ist verschollen und nie mehr aufgetaucht. Vielleicht ist er ja schon geheilt.

Traudi ist mit dem Fahrrad mehrere Male einfach so hingefahren. Weil sie es nicht ausgehalten hat daheim. Der Mutter hat sie vorgeschwindelt, dass sie weiter dort arbeitet, obwohl das überhaupt nicht stimmt. Für Gallspach kleidet sie sich immer sorgfältig in ihren besten Rock und eine gebügelte Bluse. Die Dauerwelle ist nicht mehr frisch, also steckt sie die nachgewachsenen Haare hoch, bindet ein hauchzartes lila Tuch darüber, als Schutz für die teure Frisur, dass sie im Fahrtwind nicht zerzaust. Mit den wenigen Groschen in der Handtasche setzt sie sich ins Kaffeehaus, bestellt eine Brühe aus Zichorien, die Kaffee genannt wird, und kriegt was Günstiges dazu, weil die Angestellten sie von früher kennen. Manchmal stellen sie ihr sogar einen Tortenbruch hin oder eingefallene Cremeschnitten. Die mag sie besonders.

»Jedenfalls sieht es nicht gut aus«, hat der Veteran erzählt. »So etwas kann der Rupert nicht überlebt haben.«

Traudi hat ihn angestarrt. Unentschlossen, ob sie ihm glauben kann oder ob er alles nur erfindet, weil er sie näher kennenlernen will.

»Wie lange ist das her?«

»Lang.«

»Wie lang?«

»Vielleicht ein Jahr? Vielleicht eineinhalb?«

Kurz vor dieser Zeit hat Traudi die letzte Feldpostkarte erhalten. Mit Grüßen an die Tochter. Nervös kratzte sie mit der Gabel die letzten Cremereste auf dem Teller zusammen.

»Ja, aber, was muss ich jetzt tun? Es ist ja mein Mann. Wo bleibt die Benachrichtigung? Zuerst ist er nie da, bei uns, ich bin mit den Kindern eh allein. Wie geht's weiter?«

»Kriegswitwen erhalten eine Pension«, hat der Veteran gemeint. »Fragen Sie doch nach auf der Gemeinde.«

Den Zichorienkaffee hat er ihr gezahlt und ist nach einem Händedruck zurück zur Behandlung. Als Traudi nach Hause radelt, wird ihr schwindlig. Ihr heimlicher Wunsch hat sich wirklich erfüllt. Endlich Witwe. Da redet dir keiner was drein.

Doch es dauert. Ständig muss sie zur Gemeinde, nachfragen. Um die Pension zu erhalten, braucht sie die offizielle Nachricht von Ruperts Tod. Sie geht bis auf die Bezirkshauptmannschaft in Grieskirchen, stellt sich dort an. Gibt keine Ruhe. Doch die Kontrolle liegt in Berlin. Und Berlin ist zu weit. Sie setzt alle Hebel in Bewegung, geht zu den Nazis im Ort, die sie kennt. Will es unbedingt wissen. Sie sieht immer noch gut aus, trotz der beiden Kinder. Und sie träumt weiter vom Glück, das sie in der

Liebe einmal haben wird. Weil sie wieder frei ist. Hoffentlich. Sie glaubt, was die Marika im Radio singt: *In der Nacht ist der Mensch nicht gern alleine, denn die Liebe im hellen Mondenscheine ist das Schönste, Sie wissen, was ich meine ...*

Es sollen nicht nur die ganz Jungen vom Krieg profitieren. Und die, die viel besitzen, die ihre Häuser weiter ausbauen, weil es so viele Gefangene gibt, die beim Bauen helfen. Hauptsächlich Polaken, die verlangen kein Geld, sind nur froh um ein Brot. Es ist eine günstige Zeit für die, die auf der richtigen Seite stehen. Auch Traudi will ein schönes Leben haben. Ihre ältere Tochter kümmert sich um die kleinere, bringt ihr die nötigen Arbeiten bei. Sie lernt den Mostkrug vom Essigkrug zu unterscheiden, bringt die Jause aufs Feld, wenn Heu zu rechen ist oder Rüben zu setzen oder die Erdäpfel auszugraben sind. Sie kann schon die erdig-hellgelben Klumpen in den Kübel räumen, will beim Tragen helfen, plagt sich, weil sie gelobt werden will. Sie ist fünf. Aber Traudis höchstes Lob ist es, nicht zu schimpfen, nicht zu kritisieren, ihr einmal keine Ohrfeigen zu geben, von denen sie die meisten abfängt weil ihr Gesicht dem vom Rupert so ähnelt. Traudi kann die Blicke der Kleinen nicht ertragen. Weil sie dann immer das schwitzend gerötete Gesicht des Mannes sieht, das faulig stinkend über ihr droht, während sein Körper Zeug in sie hineinpumpt, das dann weiß und klebrig wieder aus ihr herausrinnt. Gleich wird ihr schlecht, wenn sie nur daran denkt. Deshalb hat sie sich bemüht, die Schwangerschaft abzubrechen. Das Leben, das sich in ihren Bauch krallte. Leider hat das nicht funktioniert. Die Kleine ist sie nicht losgeworden. Und sie hat es ihr eh erklärt, als sie einmal entlang der Trattnach an der Stelle vorbeigekommen sind, wo sie vom Rupert mit Gewalt genommen worden ist.

»Hör auf!«, hat Traudi geschrien und die Geduld verloren, weil die Tochter ständig nach dem Papa gefragt hat.

»Hör auf, und schau genau hin!«

Sie hat das Mädchen bei den Schultern gepackt und ihm den Kopf nach unten gedrückt.

»Da schau, damit du's endlich weißt, was das für einer ist. Da in der Böschung hat er mich hinprackt. Er hat mich gezwungen, der Hundling, da konnte ich mich wehren, so viel ich wollte. So hat er dich gemacht, im Gras, hinter den Trauerweiden.«

Traudi hat sich die Zornesträne weggewischt und ist rasch weitergegangen, hat das Kind stehen lassen, das sich wunderte, warum die Mama so böse geworden war mit ihr.

Endlich kommt der ersehnte Brief aus Berlin. Gefallen in der Schlacht bei Charkow.

Erleichtert erzählt sie den Eltern davon und sogar der Kleinen.

»Dein Papa kommt nicht mehr.«

»Warum?« Das Mädchen verzieht das Gesicht und beginnt zu weinen.

»Er ist gefallen.«

Die Kleine hört nicht auf zu heulen, und Traudis Mutter hebt sie hoch, um sie zu trösten.

Sofort radelt Traudi am nächsten Tag zur Gemeinde nach Grieskirchen hinauf, um die Witwenpension zu beantragen. Endlich versorgt. Traudi freut sich über die amtlich bestätigte Freiheit, genehmigt sich bei der semmelduftenden Bäckerei Wanka drei Karamellbonbons, von der teuren Sorte, mit dem weißen Einwickelpapier und der blauen Aufschrift.

Ein paar Tage später steht wieder der Pfarrer da. Dass es nicht geht, eine Frau so ganz allein. Sie solle heiraten, in erster Linie aus Anstand.

»So viele von unseren Männern, die zurückgekommen sind, brauchen jetzt weibliche Zuwendung, nachdem sie fürs Reich gekämpft haben. So wie es sich gehört. Der Mann verdient. Die Frau bleibt bei den Kindern. Schluss mit dem Vagabundieren!«

»Nein, ich will nicht!« Traudi wehrt sich, läuft zur Tür hinaus.

»Mama, Mama, wo gehst du hin? Mama, bleib da!« Die Kinder schreien.

Traudi steigt aufs Fahrrad, fährt los, hält das alles nicht mehr aus. Sie will nur mehr weg. Fährt zum Bahnhof, um sich eine Fahrkarte zu kaufen. Bis Aussee reicht aber ihr Geld nicht.

HUBERTA | Texas

Zwei Jahre ist es her, dass die Prinzessin wie eine Verbrecherin gefasst und in die Wüste von Texas verlegt worden war. Vier Wärter waren nötig gewesen, um Hubertas Widerstand zu brechen. Sie hatte sich heftig dagegen gewehrt, nach Crystal City überstellt zu werden. Sie hatte doch im ersten Lager genug durchgemacht. Dort war es vor allem feucht und kalt gewesen. Sie hatte gedacht, das würde reichen als Bestrafung. Das Einzige, was sie gewollt hatte, war ihre Freiheit. Deshalb hatte sie mit Händen und Füßen um sich geschlagen. Sogar die Fingernägel waren ihr im Kampf abgebrochen. Nur die Angst vor Zwangsjacke und Morphiumspritze, mit denen die Wärter gedroht hatten, hatte sie bewogen, sich schließlich zu fügen. Die Fingerabdrücke der Männer, die sie, nur bekleidet mit einem blutbeflecktem Nachthemd aus der Sammelzelle herausgetragen hatten, waren wochenlang an ihren Hand- und Fußgelenken sichtbar gewesen.

Anfangs, als Huberta im Internierungslager angekommen war, wollten die anderen Insassen, dass sie freiwillig nützliche Arbeit leistete. Der Nähclub brauche ständig neue Kräfte, hieß es. Sie behaupteten, es wäre die Pflicht deutscher Frauen, Taufkleider für die frisch Geborenen herzustellen oder Shorts für die Jungs zu schneidern. Huberta sollte brave Hausfrauen in Kleiderschnitten und der möglichst günstigen Verwendung von rationierten Mengen an Batist, Musselin oder Flanell beraten. Ihre schmalen Finger mit Nadel und Faden bewegen. Womöglich sogar sticken. Sich die Fingerkuppen zerstechen.

»Ich bin Prinzessin«, hat sie denen geantwortet, »mein ganzes Leben habe ich für mich arbeiten lassen. In Paris, in der Avenue George V hatte ich acht Angestellte, nur für mich allein. Meine Kleidung habe ich nicht selbst genäht, sondern bei den besten Couturiers bestellt. Die Kreationen wurden mir exklusiv von ausgewählten Modellen vorgeführt. Es stimmt zwar, ich habe guten Geschmack, aber nicht für so was.«

»Das ist kein Grund«, hatte der Deutsche gemeint. »Ich selbst bin Ingenieur. Wir müssen alle unter unserem Niveau leben. Aber diese Beschäftigung dient vor allem der Moral. Wir als Internierte dürfen unser Wissen nicht verlieren. Oder eignen uns zusätzliche Fähigkeiten an. Denn wenn das Deutsche Reich dann siegt, beginnen für uns alle großartige Zeiten.«

»Deshalb soll ich Vorhänge nähen und fremde Heime schmücken?«

»Ja, das wäre unsere deutsche Pflicht.«

»Hah, da scheiß ich drauf«, hatte Huberta geantwortet und sich für ihren ordinären Ausrutscher nicht entschuldigt. Seitdem wird sie in Ruhe gelassen.

Sie hasst dieses ständige Getue und Geschwätz der Leute. Diese Sinnlosigkeit in allem, was die Eingesperrten in ihrem Unglück unternehmen. Diese Deutschen, die für ein besseres Leben nach Amerika gekommen waren, wollen sich bloß schönreden, dass sie Gefangene des Landes sind, in dem sie glaubten, eine Zukunft zu finden. Vom Lagerleiter wird Huberta wegen unpatriotischen Verhaltens gerügt. Wiederholt erhält sie eine Mahnung, weil sie angeblich zu viel Eis holt und nicht verbrauchtes vor die Tür kippt, wo das Schmelzwasser im roten Staub versickert. Sie solle aus der großen Kühltruhe, die für alle Insassen ihres Blocks aufgestellt ist, nur so viel herausnehmen, wie sie wirklich benötigt. Als ob Huberta nichts Besseres zu tun hätte, als für jedes Getränk einzeln draußen entlang der Hütten durch die Hitze zu laufen, um fünf Eiswürfel zu holen.

Die unnachgiebigen Deutschen treiben in diesem Klima sogar Sport. Vor allem die jüngeren Männer marschieren frühmorgens über die Piste, und zwar freiwillig.

Huberta streift ihre Jacke aus feinster Seide über, die hat ihr Sammy geschickt, nimmt die weißen Baumwollhandschuhe, die sie von den Japanern getauscht hat, setzt den breitkrempigen Strohhut gegen die brutale Sonne auf. Was Sonnenschutz betrifft, hält sie es lieber wie die Japanerinnen. Vermeidet direkte Berührung mit den gefährlichen Strahlen. Manchmal verwendet Huberta sogar ihren Regenschirm, damit das bedrohliche und grelle Licht nicht direkt an die Haut dringt, sie verbrennt und ihre Hände mit braunen Flecken überzieht. Daran erkennt man das wahre Alter einer Frau. Das muss sie strikt vermeiden. Die Prinzessin latscht in Gummisandalen durch roten Staub, der sich überall einlagert und sogar durch die Ritzen von Türen und Fenstern dringt. Die Sandalen sind ihr einziges Zugeständnis an die widrigen Umstände. Tagsüber ist es im Lager unerträglich heiß, nachts kühlt es stark ab, so dass sie zudem manchmal friert. Wegen des heftigen Windes, der an allem zerrt, gibt es nur trockene Bäume mit harten Blättern, wie man außerhalb der Absperrung erkennt. Es gibt nicht einmal Kakteen. Nur mit viel Bewässerung gelingt es, in dieser Gegend Gemüse zu ziehen. Nicht dass Huberta sich dafür interessierte.

Kurz bleibt sie an auf ihrem Gang ums Eis stehen und liest auf der Informationstafel den letzten Anschlag des deutschen Büros, sorgfältig getippt. Fundsachen. Abzuholen sind: 1 Badenmütze, 3 Strohhüte, 1 weißer Sack, 1 Pfeife, 1 Taschenmesser, 1 zerbrochene Brille samt Etui, 1 Schere, 1 Kinderpistole, 1 Brosche, 1 Ohrring, 1 Feuerzeug. Außerdem weist das Plakat darauf hin, dass Sonntagabend ein Tischtennisturnier zwischen einer deutschen und einer japanischen Mannschaft stattfinden wird. Lächerlich. Wozu freiwillig schwitzen. Und vor allem: Wozu mit Japanern fraternisieren. Die sind doch der wahre Grund für alles Übel. Seit Japan in den Krieg eingetreten ist, wurden sowohl die Deutschen als auch die Japaner, welche in Amerika lebten und arbeiteten, zu Feinden. In streng bewachten Zügen brachte man sie in Lager weit abgelegen von den großen amerikanischen Städten, umgeben von Wachen und Stacheldraht. So können sie keinen Schaden anrichten.

Huberta öffnet die Eistruhe, holt mit der Schaufel die verlockenden Brocken heraus, füllt den Eimer und schleppt ihn zurück in ihre Behausung. Verteilt die kühlenden Würfel in Schüsseln, die sie überall im Raum aufstellt, freut sich an dem leisen Knacksen der tauenden Würfel. Das Geräusch erinnert an bessere Tage, an Drinks am frühen Nachmittag, an Gin Tonic, Whiskey, Cocktails. Sie umhüllt ein paar Stücke mit einem Tuch und legt sich die kühlende Packung auf die Stirn.

Sie will sich nicht abfinden mit dem Lagerleben und nicht versuchen, das Beste daraus zu machen. Auf keinen Fall. Sie ist eine Kämpferin und will alles unternehmen, um hier herauszukommen und neuerlich ein standesgemäßes Leben zu führen. Sie, die Freundin der Politiker, die Frau von Welt, die früher Flugtickets, Schiffskarten einfach so bestellte, wann immer sie wollte, sie, die sich in Limousinen kutschieren ließ, ist nun zu Höllenhitze und Isolation verurteilt. Dabei ist Huberta ein herausragender, kluger Kopf mit Weitblick. Sie könnte an einem besseren Verlauf dieses Krieges entscheidend mitwirken. Schließlich ist sie hier die Einzige weit und breit, die den Verursacher der ganzen Misere persönlich kennt. Dass sie nun selbst ein Opfer dieser Wirren geworden ist, welche die Verantwortlichen von Berlin aus veranstalten, kann und will sie nicht akzeptieren. Das hatte sie dem Psychofritzen aus Washington gleich klargemacht.

»Ich bin hier Leidtragende, keine Täterin, folglich ungerechterweise interniert. Das können Sie mir glauben. *Enemy Alien*, das bedeutet doch nichts. Was denkt ihr Amerikaner euch denn nichtssagende Begriffe aus und handelt dann danach?«

Der Psychologe hatte genickt und sie reden lassen, so wie Psychologen das halt tun. Das war Huberta schon klar gewesen. Aber sie hatte auch gewusst, dass hinter der Wand des Besprechungsraums ein Mann vom FBI saß, der alles aufnahm, was sie von sich gab.

»Wir arbeiten an einer Strategie zur Beendigung des Kriegs. Ein Profil der Persönlichkeit des Führers kann uns helfen, die nötigen Schritte besser zu planen.«

Hatte der Psychologe zu Anfang der Befragung erklärt. Er war extra wegen Huberta aus Washington gekommen. Sie hatte kein Blatt vor den Mund genommen. Wenn das FBI Informationen zum Führer wollte, dann wollte sie im Gegenzug ihre Freiheit.

»Ich verlange eine Audienz bei General Donovan, den ich persönlich kenne. Wir haben uns früher oft beim Cocktail über die politische Situation unterhalten. Er schätzte mein Fachwissen.«

»Sehr gut«, hatte der Psychologe gesagt, »dann können wir ja beginnen.«

Huberta hatte ihm geglaubt. »Alles, was dem Ende des Krieges und dieses unhaltbaren Zustands hier, der unnötigen Verdächtigung meiner loyalen Person dient, werde ich tun«, hatte die Prinzessin versprochen.

Dann war es nicht nur um Politik gegangen, sondern

vor allem um den geistigen Zustand des Führers, sogar seine sexuellen Vorlieben.

»Was hat das mit diesem Krieg zu tun?«

»Wir können das Kriegsgeschehen nicht von seiner Person trennen, seine Politik nicht von seinen psychologischen Voraussetzungen. Die strategischen Entscheidungen werden schließlich von Menschen getroffen.«

Über die Herkunft des Führers wusste Huberta wenig. Dass die Großmutter möglicherweise in Wien in einem jüdischen Haushalt gearbeitet hatte und möglicherweise geschwängert worden war, und dass er deshalb möglicherweise Hass gegen Juden entwickelt hatte, wie ihr der Psychologe erklärte, konnte sie sich nicht vorstellen. Dass seine Familienverhältnisse recht unordentlich waren, war jedoch eine Tatsache, die die Prinzessin beim ersten Treffen instinktiv gespürt hatte. Diese heilige Verehrung für seine Mutter, die ihn verwöhnt haben musste, und die geisteskranke Halbschwester. Das waren Gerüchte, die Huberta damals durch ihren Geliebten Fritz, den Adjutanten des Führers, zugetragen wurden.

»Aber würden Sie sagen, dass er eher ein Neurotiker oder dass er schizophren ist?«

»Da fehlt mir das nötige Vorwissen, ich bin kein Psychiater.«

»Oder ein Psychopath, also ein Mensch, der übertrieben irrational, paranoid oder auch narzisstisch handelt und denkt? Überlegen Sie! Sie haben ihn doch mehrmals persönlich erlebt?«

»Ich glaube, dass er viele Tabletten nahm. Vielleicht hat ihn das verändert. Seine Augen quollen hervor.«

»Alkohol?«

»Nein, nie.«

»Wie hat er sich als Mann benommen? Würden Sie ihn

als männlich beschreiben? Sie sind immerhin die einzige Frau, mit der er tatsächlich befreundet war.«

»Er hat weiche Züge, das stimmt.«

»Weich oder sogar weiblich?«

»Eher teigig, also sein Gesicht. Sein Händedruck ist nicht sehr fest. Seine Haut ziemlich dünn, fast durchsichtig. Auf den Wangen, erinnere ich mich, erschienen oft kleine rosa Flecken. An den offiziellen Fotografien und Plakaten war das ja alles wegretuschiert. Sein Haar wirkt eher dünn und strähnig.«

»Was ist mit seiner Geliebten, Eva Braun? Ist die nur Staffage, um seine Homosexualität zu verbergen?«

»Glaube ich nicht.«

»Warum?«

»Na, ich habe selbst gesehen, wie sie heimlich in sein Schlafzimmer geschlichen ist.«

»Warum hat er sich nie zu ihr bekannt? Ist er möglicherweise impotent?«

»Kann ich nicht sagen, ausprobiert habe ich es nicht, wenn Sie *das* meinen.«

»Das habe ich nicht angenommen. Nun, die Liebe zu seinem Hund. War das nicht etwas unnatürlich? Nahezu übertrieben?«

»So etwas sagen meist Menschen, die keine Tiere mögen. Aber stimmt, er hat ihn behandelt wie ein geliebtes Kind.«

»Pornographie, ist Ihnen da was aufgefallen?«

»Nein.«

»Gab es eventuell verborgene Kisten am Berghof? Sie waren ja dorthin eingeladen.«

»Nein, auch Fritz, also sein Adjutant, hat nichts davon gewusst. Und er wusste viel von ihm. Er musste ihm ja in jeder Hinsicht dienen. Er hat mir nur Dinge erzählt, die ich mir ohnehin selbst zusammenreimte. Dass der Führer von Nahem eigentlich sehr gewöhnlich, sehr durchschnittlich wirkt, fast bedeutungslos. Und auf gar keinen Fall irgendwie unheimlich.«

»Bordellbesuche?«

»Nein.«

»Sexuelle Perversitäten?«

»Nein, nein, nein. Hören Sie auf. Das ist schrecklich. Dieser Mann war, der ist doch stocknormal. Das können Sie mir glauben. Ich kenne mich mit Männern aus. Das können Sie mir nicht erzählen, dass sie wegen etwaiger obszöner Schriften wissen werden, wie Deutschland politisch funktioniert. Das ist lächerlich.«

»Sie unterschätzen die Macht der Psyche, Madam.«

»Prinzessin.«

»Ok, as you like. Prinzessin.«

»Das ist eine typisch amerikanische Sicht der Lage. Dass jeder Psychiater mehr über dich weiß als deine eigene Familie.«

»Glauben Sie, dass er bereit für Friedensverhandlungen wäre? Bereit, sein Scheitern einzugestehen?«

»Nein. Niemals. Er geht bis zum bitteren Ende.«

LOTTE | Shanghai

Das Überleben wird härter. Sie sehnt sich nach der frischen Schneeluft, nach den Bergen, nach Aussee, nach dem Schwimmen in der Donau, nach Linz. Zuerst haben sie geglaubt, dass es aufwärtsgeht, nachdem sie über Papas Tod hinweggekommen waren. Als die Mama ihre Ausbildung als Krankenschwester beendet hatte und im Shanghai Hospital zu arbeiten begann. Als nach dem Schulabschluss auch Lotte dort eine Anstellung bekam. Weil sie Maschine schreiben kann, ist sie in der Verwaltung des Krankenhauses beschäftigt. Sogar Arbeitskleidung wird vom Betrieb gestellt. Die weißen Kittel mit den riesigen, quadratischen Einstecktaschen sind praktisch. Nur Strümpfe müssen die Frauen sich selbst besorgen. Im Sommer, wenn es schwül ist, gehen sie sogar ohne.

Mamas Haar ist inzwischen völlig ergraut, was aber keiner so richtig bemerkt. Denn bei der Arbeit trägt sie ihre Krankenschwesternhaube und in der Freizeit meist Turban. Ihre Augen sind immer schlechter geworden. Ohne Brille geht gar nichts. Vor der berühmten Garden Bridge Shanghais lassen sie sich fotografieren. Posieren als Bewohnerinnen einer Weltstadt mit Wolkenkratzern so hoch wie in New York. So weit von Linz entfernt. Die Mama im karierten Kostüm. Die Schleife ihres alten schwarzen Seidenkleids trägt sie mittlerweile als Schal. Lotte hat alles neu bekommen für diese Gelegenheit. Sogar braune Lederschuhe mit Absätzen und Unterwäsche. Die Karos am Wollstoff ihres Mantels sind größer als die an Mamas Rock und Jacke. Die Ärmel an den Schultern gerafft. Die Stoffbahnen weit geschnitten. Da haben Pullover drunter Platz im Winter. Lotte lächelt sogar. Warum nicht. Sie ist bald sechzehn. Aus Linz haben sie lang nichts gehört. Nicht einmal die Erna, das frühere Dienstmädchen, schreibt mehr. Wahrscheinlich wegen dem Krieg. Ihre letzte Nachricht kam kurz nach Papas Tod. Nur ein paar Beileidszeilen. Sonst sind ihre Linzer Bekannten entweder verschwunden oder verstorben oder, wie sie selbst, auf der Flucht irgendwo gelandet. Die Tante wurde aus ihrer eleganten Wiener Wohnung ins Lager deportiert, haben sie erfahren.

Lotte und die Mama und die anderen geflohenen Juden werden Shanghailänder genannt. Was im Grunde nichts heißt. Weil Shanghai gar nicht ihr Land ist, obwohl sie dort wohnen. Rechte haben sie fast keine. Und die, die sie haben, werden weniger. Von den Chinesen werden sie bloß geduldet, als unverständliche Fremde in groben Mänteln und schweren, unpraktischen Schuhen angesehen. Von den deutschen Geschäftsleuten, die längst hier residierten, bevor die Geflohenen kamen, werden sie nicht angestellt, weil sie Juden sind. Diejenigen von ihnen, die sich schwer tun mit Englisch, finden ohnehin keinen Job. Die Japaner aber sind bei weitem die Unerbittlichsten. Allerorten hängen sie ihre Flaggen auf, eine schreiend rote Sonne in einem orangegelben Himmel. Sie befestigen Schilder mit riesigen Schriftzeichen an Hauswänden und Kreuzungen. Sie kontrollieren und marschieren. Die hohen Lederstiefel der japanischen Uniformen sind nicht viel anders als die der deutschen Soldaten, die damals in Linz eingefallen sind. Militär ist Militär. Krieg ist Krieg. Egal von wem und wofür. Gefährlich und spürbar wurde die Bedrohung jedoch, als sich die Japaner mit den Deutschen verbündeten. Lotte, die Mama, alle Juden müssen seitdem wieder zittern. Gerade haben sie sich ein wenig an Shanghai und seine Gerüche gewöhnt, haben gelernt, mit den Chinesen auszukommen. Was sollen sie tun, wenn die Japaner beginnen, sich gegen die Juden zu wenden? Weil die Deutschen das so wollen? Wohin sollen sie dann?

Jedes Klopfen an der Tür frühmorgens wird gefürchtet. Gerüchte verbreiten sich schnell, laufen durch die jüdischen Wohngebiete, steigern die Angst. *Fugu* ist so ein Wort, das durch die Lüfte schwirrt. Fugu heißt der giftigste Fisch, den die Japaner liebend gern verspeisen. Eins ihrer teuersten Gerichte. Ein Kugelfisch, dessen Fleisch sie in hauchdünne Scheiben schneiden und roh in den Mund schieben. Sobald das Gift wirkt, prickelt es auf ihren Zungen. Eine leichte Lähmung. Darin bestehen das Abenteuer und der Genuss. Dass man stirbt, wenn der Koch nicht sauber genug arbeitet und die gifthaltige Leber nicht perfekt von den durchsichtigen Fleischstücken trennt, erhöht den Reiz. Fugu haben die Japaner daher den Plan genannt, geflüchteten Juden in Shanghai Zuflucht zu gewähren. Sie sollen überleben, allerdings nur sehr kontrolliert. Die Japaner sind keine Antisemiten. Seit sie sich jedoch mit den Nazis zusammengetan haben, verlangen die Deutschen von ihnen ein härteres Vorgehen. Ein Sondergesandter aus Berlin kommt nach Shanghai, der sich um die Abwicklung der Juden kümmern soll. Noch zögern die Japaner.

Immerhin werden die Shanghailänder vorläufig nicht in Gefängnisse gesperrt. Dafür neuerlich verlegt. Selbst entscheiden, wo sie wohnen, dürfen sie nicht. Lotte und die Mama hatten ohnehin nur ein kleines Zimmer gemietet. Weil die Chinesen aus der Zone, die den Juden zugewiesen wurde, nicht wegziehen, ist das Viertel seit der neuen Verordnung völlig überfüllt. Die Häuser in Hongkew stehen dicht an dicht, sind bis auf den letzten Zentimeter vollbelegt. Zu viele Menschen müssen sich wenige

Kochstellen teilen. Also tüfteln die Frauen einen Plan aus, wer wann drankommt, das Abendessen zuzubereiten. Keine hält sich wirklich daran. Daher bugsieren Lotte und die Mama einen chinesischen Holzkohlengrill auf die Straße und versuchen so zumindest Reis zu garen. In ihrem neuen, kleineren Zimmer schieben sie abends Möbel beiseite, um Platz für die Matratze zu finden, bevor sie schlafen gehen. Tagsüber steht sie aufrecht, an die Wand gelehnt. Badezimmer gibt es keins. Lotte wäscht sich ohnehin lieber in den Sanitäranlagen des Krankenhauses. Dort gibt es richtige Seife. Für das tägliche Überschreiten der Grenze an der Garden Bridge brauchen sie eine Erlaubnis zum Transit. Die offiziellen Ausweise für Juden sind nun mit einem gelben Streifen versehen. Jüdische Läden, die sich außerhalb befinden, werden aufgelöst. Wem es gelungen ist, sich einen Geschäftsraum im Ghetto zu verschaffen, kann froh sein. Allerdings, wer kauft noch handgefertigte Hüte? Kunden gibt es immer weniger. Die Briten dürfen nur einheitliche Kleidung tragen, damit die Japaner sie sofort erkennen. Sie dürfen keine Theater mehr betreten, keine Clubs. Radios sind strengstens verboten.

Der Würsteltenor besteht weiter, ein beliebtes Lokal, das so heißt, weil Oskar, sein Besitzer, in Wien ein bekannter Sänger war. Das Café Fiaker aber befindet sich jetzt außerhalb der Zone. Guglhupf, Striezel oder Buchteln werden ab nun in privaten Küchen hergestellt. Palmgarden und das Cathay Hotel sind Juden verboten. Kein Wein mehr, keine Bowle, kein Tanz.

Ans Vergnügen denken ohnehin die wenigsten. Das Schwierige für Lotte und die Mama sind die ständigen Kontrollen, wenn sie hinaus müssen, um ins Krankenhaus zu gelangen. Jeder benötigt einen Passierschein. Und einen solchen erhält nur der, der eine Bestätigung seiner Arbeitsstelle vorweisen kann. So gut wie alle Straßen sind mit Rollen von Stacheldraht versperrt, um die Flucht von möglichen Attentätern aufzuhalten. Weil die Chinesen sich gegen die Besatzung wehren. Andauernd muss Lotte ihren Ausweis vorzeigen, um weiterzukommen. Wenn es gerade eine Schießerei gegeben hat, dringt sie gar nicht durch. Also bleibt ihr Schreibtisch im Krankenhaus einen Tag lang unbesetzt.

Frühmorgens stehen die Glücklichen, die überhaupt draußen beschäftigt sind, bereits Schlange an der Garden Bridge. Jeder muss an diesem Grenzposten einzeln vortreten. Die japanischen Wachen haben es besonders auf hübsche junge Frauen abgesehen. Sie langweilen sich in der Fremde. Manchmal winkt sogar der Kommandant ein Mädchen zu sich ins Büro, bietet ihr einen Stuhl an, prüft ihren Schein und die Identitätskarte ausführlich. Mustert die Kandidatin von Kopf bis Fuß. Berührt dabei ihr Haar, ihre Brüste.

Auch Lotte ist das passiert. Der Kommandant mit bellender Stimme, sie verstand kein Wort, sein Englisch klang wie Japanisch, drängte sie hinein und verschloss die Tür. Lottes Herzschlag beschleunigte sich. Dennoch lächelte sie, um den Mann nicht zorniger zu stimmen. Was falsch war anscheinend, weil er nun näher trat. Der faulige Gestank aus seinem Mund, als er sich zu ihr beugte, ließ Lotte fast in Ohnmacht sinken. Sie versuchte, seine Hand auf ihrer linken Brust zu ignorieren. Die Finger kreisten langsam um die Warze. Lotte hielt den Atem an. Von anderen Mädchen hatte sie gehört, dass er brutal wurde, sobald eine sich wehrte. In Gedanken zählte sie die Sekunden, atmete durch den leicht geöffneten Mund. Ihre Stille verstand er als Aufforderung. Seine Hand wanderte hinunter über ihren Bauch und blieb zwischen ihren Beinen, heiß und pochend. Dann war von draußen Lärm zu hören, irgendein Streit. Der Kommandant knurrte ein paar Worte in seiner Sprache, riss den Hörer vom Telefon. Lotte sprang auf und durfte gehen.

Ihren sechzehnten Geburtstag feiert Lotte mit den Nachbarn und der Mutter vom Rudolf im Würsteltenor. Mit österreichischem Essen, Gladiolen in Glasvasen am Tisch. Feines Porzellan, ganz wie zu Hause in Linz. Sogar weiße Tischtücher hat der Oskar aufgetrieben. Lotte in ihrem schönsten Kleid in hellem Blau, bedruckt mit schwarzen Palmen. Der Kragen weit ausladend und mit Spitze gesäumt. Die Ärmel kurz und flatternd wegen der Hitze. Mamas Stoff ist in der gleichen Art gemustert. Sonnengelb, mit Blumensträußen übersät. Sobald sie Stoffe ergattern können, lassen sie sich von chinesischen Schneidern für wenig Geld was nähen. Die europäischen Schnitte bringen sie mit. Als die Mehlspeisen bis auf den letzten Krümel verputzt sind – der Apfelstrudel war köstlich – und Lotte sich gerade fragt, wie es dem Oskar stets gelingt, die notwendigen Zutaten zu besorgen, kommt der Rudolf herein. Eine Überraschung. Er ist ungefähr in Lottes Alter, dunkelhaarig, ziemlich hochgewachsen. Mit seiner Kamera schießt er das Geburtstagsfoto. »Alle die Gläser hoch!«, ruft er.

Sie gehorchen. Er ist wirklich ein lustiger Typ. Der Witz ist ja, dass sie in Flaschen gefülltes abgekochtes Wasser trinken, aber so tun, als wäre es Sekt. Die Servietten liegen auf ihren Schößen. Konzentriert schauen sie in den Fotoapparat. Nur Lotte gelingt ein Lächeln. Gelernt ist gelernt. Sie möchte dem Rudolf gefallen. Seine Mama vergöttert ihn. Auch ihnen ist der Vater früh gestorben. Der Rudolf schlägt sich in Shanghai gut durch.

Weil er stark ist und klug. Er besucht einen Boxverein, hat seine Mama stolz erzählt. Seine rechte Hand ist in der ganzen Stadt bekannt. Das ist noch das Beste, was Jugendliche machen können. Möglichst viel Sport. Sich die Zeit vertreiben. Sich nicht unterkriegen lassen. Lotte hat für Sport keine Zeit. Und der Rudolf ist eh gleich wieder unterwegs.

Sie arbeitet viel. Die Betten im Krankenhaus sind dauernd überbelegt. Alle hoffen, dass der Krieg Shanghai nie erreicht. Sie sind bereits mit der Behandlung von Kranken überlastet. Für Kriegsverletzte gibt es keine Kapazitäten. Durch das enge Wohnen im Ghetto breiten sich Infektionskrankheiten schneller aus. Lottes Gesundheit zumindest hält. Ununterbrochen tippt sie Karteikarten, Diagnosen und Rezepte. Weil es nicht genug Ärzte gibt, müssen die Krankenschwestern zusätzlich schwierige Aufträge übernehmen. Oft wird die Mama zur Narkose gerufen, obwohl sie das in ihrer Ausbildung nicht gelernt hat. Die Ärzte erklären den Vorgang nur ein Mal. Danach muss sie die verantwortungsvolle Aufgabe sofort selbstständig erledigen. Oft fällt der Strom aus, und jeder, der Hände frei hat, muss dem Arzt mit einer Taschenlampe leuchten während einer Operation. Einige der Angestellten haben sich Infekte eingefangen. Denn die Lieferung von Desinfektionsmitteln versagt immer öfter. Viele Patienten sterben deshalb. Das Essen wird knapper. Gerade die Alten und Kranken werden dadurch geschwächt. Dazu kommt das schwer verträgliche Klima. Ihre Körper haben nicht genügend Kraft, sich gegen Keime zu verteidigen. Wie Lottes Papa.

Und was einen Tag gilt, kann sich am nächsten ändern. Es gibt kein Vorher und kein Nachher. Vor allem kein Nachher. Keinen Plan, außer dem Verlangen, gerade diesen Moment zu überleben. Sie sind ja staatenlos. Staatenlose dürfen sich nicht mehr vom Fleck bewegen. Schließlich versuchen die Deutschen ihren japanischen Verbündeten einzureden, die Juden ganz loszuwerden. Nicht bloß einzusperren und zu kontrollieren. Anti-Nazis sind Anti-Japaner, lautet ihr Argument. Bevor die Japaner sich Maßnahmen dazu überlegen, beginnen die Amerikaner, Shanghai zu bombardieren. Als ob die Lage in Hongkew nicht schlimm genug wäre, wird das Viertel zum bevorzugten Ziel. Luftschutzkeller existieren keine. Lotte und die Mama können nur hoffen, dass sie sich im Falle eines Angriffs im Krankenhaus befinden. Dort sind sie zwar sicher vor Bomben, aber nicht vor Ansteckung.

Sie haben einfach zu viele Feinde ringsum. Zuerst die eigenen Landsleute in Linz. Dann die Deutschen, später die Japaner. Und nun die Amerikaner. Der Krieg holt sie überall ein. Papa ist dabei draufgegangen. Lotte wohnt mit der Mama zusammengepfercht mit den ärmsten Chinesen und anderen Geflüchteten. Dazwischen liegen Depots mit Munition, die die Japaner wohlweislich bei ihnen, den Geringsten, gelagert haben. Dort, wo Menschen nichts zählen. Falls eine Bombe einschlägt, gehen sie alle miteinander hoch. Es gibt kaum Luft zum Atmen inmitten von Gerüchen aus ungewaschenen, schwitzenden Körpern, verstopften Toiletten, inmitten von Kloakengestank. Weit entfernt vom Komfort im schönen Cathay Hotel, wo Lotte vor langer langer Zeit einmal getanzt hat. Und viel weiter entfernt vom Landestheater in Linz. Ob das noch existierte? Und was wohl der Konrad macht?

Wer konnte, hat Shanghai längst verlassen. Doch viele verlieren die Hoffnung. Und unglücklicherweise befindet sich dieser verdammte Radiosender im Ghetto. Die Japaner haben ihn absichtlich in ihrer Nachbarschaft platziert, weil sie denken, die Amerikaner würden keine Juden bombardieren. Sie täuschen sich. Eines Nachts ist es so weit, und es geht so schnell, dass ihnen keine Zeit bleibt zu fliehen. Sie hören gerade das Brummen der nahenden Flugzeuge und gleich darauf das Krachen, das Rauschen von Wänden, die in sich zusammenfallen, das Schreien der Menschen, das Prasseln von durcheinander gewirbelten Mauerbrocken. Ein Bombensplitter trifft Lotte am Bein. Glücklicherweise wird die Mama verschont, und sobald der Staub sich gelegt hat, zerrt sie Lotte ins Krankenhaus. Die offene Wunde hat sie sofort abgebunden, um Blutverluste zu vermeiden. Weil die Mama die richtigen Leute kennt, wird Lotte in der Ambulanz sofort versorgt. Sie stochern in ihrem Fleisch, ziehen das Metall heraus, vernähen die Wunde notdürftig. Eigentlich muss die Mama alles machen, in dem Chaos Nadel, Faden und Desinfektionsmittel besorgen, welches ohnehin zur Neige geht. Doch sie weiß von einem letzten Vorrat. So verliert Lotte das Bein zumindest nicht. Richtig auftreten wird sie nie mehr können. Das Tanzen ist ohnehin ein ferner Traum, eine Erinnerung an die Zeit, als sie Kind war. Wohin sie auch geraten, folgt ihnen die Gefahr.

FRANCINE | Paris

Klickklickklickklack! Kameras blitzen mit blauen Lämpchen in silbrig aufgespannten Fächern. Francine streckt ihr rechtes, makelloses Bein nach vorn. Dreht sich leicht zur Seite. Sogar im Spätherbst leistet sie sich täglich das Vergnügen, bekleidet nur mit dem roten Badeanzug und einem leichten Umhang aus Georgette, die Stufen vom Hotel zum Meer hinunterzulaufen. Dort wartet ein Strandboy, um ein Plaid für die Diva auf dem Sand auszubreiten. Der schlüpfrige Stoff gleitet ihr von den Schultern. Tief atmet sie die salzige Luft ein. Sodann bildet ihre Silhouette, die schlanke Figur im roten Stretch, einen Kontrast gegen die glänzend bewegte Meeresoberfläche. Genial, dass sie mit der gesamten Equipe an die Küste gekommen sind, um hier weiterzudrehen. Francine führt eine Hand zum aufgesteckten Haar. Rückt die dunkle Sonnenbrille zurecht. Winkelt den linken Arm ab. Stemmt ihn in die Taille. Sie hofft, dass Willy die Fotografien sehen wird, und tut, als posiere sie nur für ihn. Irgendwo in Berlin kommt er sicherlich an französische Illustrierte. Sie seufzt, dreht sich fort von dem blitzenden Defilee. Schnürt ihre Espadrilles auf. Macht ein paar Schritte ins Wasser. Schrickt zurück, flucht, weil es kälter ist als erwartet. Aber sie braucht jetzt Abkühlung, wo ihr noch so viel Hitze aufsteigt, wenn sie an den Geliebten denkt. Willy wurde in die deutsche Reichshauptstadt abkommandiert, und Francine kann nicht fort. Sie ist der Star des neuen Films. Wieder ist Marcel ihr Regisseur. Sie ist sechsundvierzig, und in Berlin könnte sie nicht drehen. Sie hat ohnehin so lange gewartet, um berühmt zu sein. Willy versucht immer wieder, sie zu überreden, zu ihm zu ziehen.

Francine kreischt auf, als die Wellen ihre Scham erreichen, über ihren Bauch schwappen. Dann gibt sie den Widerstand auf, lässt sich sinken und schwimmt. Lässt sich umfassen. Im Film heißt sie Garance, der Name einer roten Blume. Sie wird von vier Männern zugleich umschwärmt.

Weil ich bin, wie ich bin, so bin ich gemacht, wenn ich lachen will, ja dann breche ich in Lachen aus, und ich liebe den, der mich liebt. Ist es denn mein Fehler, wenn es nicht immer der Gleiche ist? Während sie in den Wellen treibt, memoriert sie die Zeilen, die sie später sprechen wird. Zwischen den Schwimmzügen verwünscht sie diesen Krieg, der es unmöglich macht, mit dem Geliebten zusammen zu sein. Als sie aus dem Wasser steigt, wartet der Strandboy mit einem großen Handtuch aus Frottee. Wickelt sie ein. Weil der Wind weht. Es ist nicht wirklich warm. Trotzdem lässt sie sich ihr tägliches Bad nicht nehmen. Sie ist bester Gesundheit und wertvolles Gut. Sie ist die höchstbezahlte Schauspielerin Frankreichs. Würde sie erkranken, wäre der Film ruiniert.

Es hat ohnehin schon zu viele ominöse Zwischenfälle gegeben. Zuerst mussten sie wegen der Gefahrensituation an die Côte ausweichen.

Dann, weil der Krieg sich von Italien her näherte, waren sie wiederum nach Paris geflohen. Die Kulissen hatten sie zurückgelassen. Als die Bedrohung vorüber war und sie sich neuerlich an die Riviera begaben, fanden sie die Studioaufbauten in Trümmern. Ein Sturm hatte inzwischen gewütet. Der aus Latten und bemalter Pappe errichtete Boulevard du Temple war völlig zerstört.

Während die Bühnenarbeiter unter der Aufsicht von Alexandre dieses fantasierte vergangene Paris reparierten, hing Francine im Hotel Negresco herum. Ohne

Willy schmeckte der Champagner nicht. Sie rauchte eine Zigarette nach der anderen. Nichts half. Also ging sie schwimmen, um sich abzulenken und ihren Körper zu beruhigen. Danach sonnte sie sich auf der Hotelterrasse, gut abgeschirmt von der Presse. Doch was immer sie unternahm, fühlte sich schal an. Hin und wieder läutete das Telefon. Meist war nicht der Geliebte dran, sondern der Produzent aus Paris, um ihr mitzuteilen, wer aus der Equipe gerade wieder getürmt war. Oder wen sie vor der Verhaftung und dem Abtransport ins Lager retten konnten. Die französischen Sympathisanten der Nazis waren vor dem erwarteten Einmarsch der Alliierten längst ausgerissen. So wie Robert, der Judenhasser, der im Film den Kleiderhändler spielte. Er war mit dem schrecklichen Céline nach Deutschland abgehauen. Ihren ersten Produzenten verloren sie gleich zu Drehbeginn, weil die Nazis bei ihm jüdische Vorfahren ausgemacht hatten. Francine verstand nicht, was es den Deutschen noch brachte, weiter gegen Juden vorzugehen. Als würde umso heftigeres Wüten den eigenen Untergang verhindern.

Besonders um Alexandre wird gezittert. Ohne ihn könnten sie einpacken. Wiederholt verstecken sie den Bühnenbildner vor übereifrigen Gestapo-Leuten, die unangemeldet am Set erscheinen, oft sogar im Zivil. Wahrscheinlich wollen sie einen Blick auf Francines Beine erwischen oder einer Nacktszene beiwohnen. Jedenfalls ziehen sie stets ohne Beute ab. Bis jetzt.

Joseph, der Komponist, ist wie Alexandre Jude und hat aus Gründen der Camouflage den französischen Namen Georges angenommen. Wie kann Musik jüdisch oder arisch sein? Wie drückt sich das in Noten und in Melodien aus, fragt sich Francine. Außerdem muss der Kameramann die frisch abgedrehten Rollen wegen der Zensur gleich verschwinden lassen. Die Deutschen wollen ihm hineinpfuschen. Der gute Mann redet sich heraus, dass die Filme beim Entwickeln, beim Schnitt und so weiter seien. Glücklicherweise kommt er damit durch. Bis jetzt. Täglich strömen zudem an die tausend Statisten an den Drehort, um die Menschenmenge am Jahrmarkt darzustellen. Viele aus der Résistance nutzen die Gelegenheit, um sich unbehelligt tagsüber in Schminke und Kostüm vor laufender Kamera zu verbergen.

KITTY

K: Bis zum dritten Tag habe ich nicht ans Essen gedacht. Dann dachte ich, ich muss etwas essen, weil ich sonst krank geworden wäre, oder ich würde sowieso gefunden.

B: Ja.

K: Also suchte ich den protestantischen Kaplan. Und ich erzählte ihm meine Geschichte. Ich war ganz direkt und habe ihn um Hilfe gefragt. Und er hätte es auch getan, aber er fürchtete sich so vor der Gestapo.

B: Ja.

K: Also hat er mir nur ein paar Kekse gegeben, und ich wollte eigentlich einige für später aufsparen, aber er wollte, dass ich sie sofort aufesse, weil er sich fürchtete, dass, wenn sie die Kekse bei mir fanden, mich fragen würden, von wem ich sie bekommen hätte.

B: Also, der protestantische Pastor hat Sie zu einem katholischen Priester geschickt?

K: Ja.

B: Er hat Deutsch gesprochen? War es ein Deutscher?

K: Ein Deutscher, klar.

B: Bitte erzählen Sie mir von dieser Unterhaltung. Was hat er gesagt?

K: Na ja, also als ich reinkam, haben wir zuerst die Hände geschüttelt, und er war sehr höflich: Was kann ich für Sie tun, und so.

B: Wie? Wusste er? Haben Sie ihm sofort gesagt, woher Sie kamen?

K: Ja, habe ich.

B: Haben Sie ihm gesagt, dass Sie jüdisch sind?

K: Ah … nein, das nicht.

B: Nein. Hat er gefragt?

K: Er hat gefragt. Er hat gefragt, aber ich habe ihm gesagt, dass ich katholisch bin. Aber dass mein Mann Jude war, französischer Jude. Und dass ich in Österreich geboren wurde. Und dass ich deshalb so gut Deutsch sprach.

B: Ja.

K: Und er sagte: Gut, wenn sie Katholikin sind ... Wir haben hier einen katholischen Priester. Ich sagte: Oh, sehr gut. Das wusste ich nicht, und ich wollte nicht so viele Leute fragen danach. Er gab mir die Adresse. Und ich ging hin.

B: Gab es eine katholische Kirche?

K: Ja. Also dieser junge Priester war sehr freundlich, und ich habe ihm das gleiche erzählt.

B: Dass Sie katholisch sind.

K: Ja. Und er gab mir etwas Geld, und seine Mutter brachte mir Essen ... einige ... Brote.

B: Und Sie haben ihm gesagt, dass Sie aus dem Lager geflohen sind.

K: Ja, habe ich ihm gesagt. Er hat mir sogar erzählt: Du bist nicht die Erste. Du bist die Zweite oder Dritte, der ich ...

B: Der katholische Priester gab Ihnen Geld. Und seine Mutter?

K: Seine Mutter gab mir Jausenbrote. Und er riet mir, die Stadt zu verlassen, das Land. Und ich ging, so eine Stunde oder zwei. Ich kam nicht so weit, weil ich nicht gut gehen konnte. Und dann bin ich in einen Graben neben der Straße gefallen.

(Sie spricht schneller und in längeren Blöcken, als es um ihre Flucht geht. Ein hoher, pfeifender Ton begleitet ab nun die Stimmen. Das Maschinengeräusch.)

K: Und da bin ich dann gelegen, ich weiß nicht mehr, für wie viele ... Ich weiß nicht mehr, wie lange, bis jemand zu mir kam und fragte, was ich hier mache. Ich habe gesagt, dass ich hier raste.

B: Und wer war das?

K: Es war ein Zivilist.

B: Ja.

K: Und ich habe ihn gefragt, ob er mir nicht ... ob er nicht ein Zimmer wüsste, wo ich eine Nacht schlafen könnte. Ich erklärte ihm, dass ich ein verletztes Bein hatte und nicht mehr gehen konnte. Und er sagte: Bei uns ist es schon überfüllt, mit mir und meiner Frau. Wir haben nicht einmal ein Zimmer für uns. Aber du könntest zum Bürgermeister gehen und fragen.

FRANCINE | Paris

Endlich geht der Dreh weiter. Francine sitzt nackt in einem runden Trog aus falschem Stein. Das Badewasser reicht über ihre Brüste. Sie ist stolz auf deren Festigkeit. Genauso wie auf ihren flachen Bauch. Erzielt durch den Verzicht auf Schwangerschaft. Eigentlich ein Verbrechen in diesen Zeiten, Kinder auf die Welt zu bringen. Der Duft nach Fleur d'Oranger steigt aus dem Wasser und lässt sie kurz an ihre Grand-Maman denken. In der rechten Hand hält Francine einen Spiegel, in dem sie sich betrachtet. Ein Abglanz, der sich an der unbewegten Wasseroberfläche wiederholt. Auf dem Kopf ein Diadem aus goldener Folie. Die Kamera dreht und dreht und dreht sich um sie herum. Francine als Garance mustert ihr Abbild, als entziffere sie eine wichtige Botschaft. Sie ist die Wahrheit und hat kein Problem, nackt zu sein. Weil sie schön ist und eine Frau. Eine, die liebt. Und das ist nicht einmal gespielt.

Nachdem die Szene abgedreht ist, bringt Alexandre den Paravent. Geschützt vor den Blicken der Equipe steigt Francine aus dem Bottich. Ihre Haut strahlt, aber ihr Körper trauert. Weil Ferngespräche kompliziert sind und nachverfolgt werden, schickt Willy Briefe. Er schreibt gern. Seine Gespräche mit den Poeten in Paris haben Spuren hinterlassen. Er lässt Francine Botschaften durch Helferinnen zuspielen, die jegliche Hindernisse mit List und Intelligenz überwinden. Seine Liebesworte überfliegen Grenzen. Andauernd versucht er Francine zu einem Treffen zu überreden. Sein Körper schmerzt nach ihr. Sie könne im Luxus leben in Berlin. Es würde ihr an nichts mangeln. Francine trinkt seine Worte wie Wasser aus einer Quelle. Sie ist weiterhin willysiert, doch gewieft genug, um nicht mehr an einen deutschen Sieg zu glauben.

»Erst wenn der Krieg zu Ende ist«, vertröstet sie ihn. »Dann werden wir uns vereinen. Wenn es keine Bedeutung mehr hat, wer aus welchem Land stammt, wo deine Großeltern geboren sind oder welchem Glauben sie anhängen.«

Francine trägt Kronen aus Goldlamé und donnert in Schuhen mit hölzernen Plateausohlen über die Kulissen. Am Set mangelt es inzwischen an so vielem. Alexandre bastelt den Schauspielern Kostüme aus steifem Papier. Prachtvolle Stoffe zu besorgen und daraus Kleider für die Massenszenen zu schneidern ist nicht mehr möglich. Nur für Francine als Hauptdarstellerin gibt es keine Einschränkung. Sie ist entweder nackt oder trägt das Teuerste direkt auf ihrem Körper. Seide, Batist, Satin, Spitze. Nichts ist kostspielig genug. Für Francine und ihren berühmten Kollegen darf Alexandre Geld mit vollen Händen ausgeben. Sogar die raren Zigaretten hält er nur für die Vedette bereit.

Der Krieg rückt näher. Mit dem Ton gibt es deshalb immer größere Probleme. Entweder lärmen die Sirenen des Fliegeralarms, während sie aufnehmen. Oder in den Szenen mit Menschenmengen in Bewegung klappern die Holzsohlen der behelfsmäßigen Schuhe derart laut, dass sie die Worte der Schauspieler übertönen. Ständig fällt der Strom aus. Das Wasser wird knapp. Haare waschen und Duschen ist mittlerweile unmöglich. Diese Malaisen stören Francine nicht. Alle am Film Beteiligten sind sich einig, dass sie weitermachen müssen. Um junge Franzosen vorm Arbeitsdienst zu retten, heuern sie so viele wie möglich als Statisten an. Solange die Männer angeben können, am Set beschäftigt zu sein, werden sie nicht nach Deutschland zwangsverpflichtet. Indem Francine sich weigert, ihrem Geliebten nach Berlin zu folgen und dem Film treu bleibt, rettet sie Landsleute vor der Deportation. Weil außerdem sehr viele der Statisten hungern, ergibt sich ein weiteres Problem. Für festliche Szenen ist ein großes Diner vorgesehen, und sobald die lange Tafel mit den köstlichen Speisen und Früchten angerichtet ist, versucht ein jeder, sich dem reich gedeckten Tisch zu nähern, um einen Bissen Brie, eine Erdbeere oder ein Stück Baguette zu erwischen. Wenn die Dreharbeiten beginnen, fehlt bereits die Hälfte. Dann müssen die Ausstatter sich wieder auf die vielen Wege machen, die es braucht, um Käse, Fleisch, Obst aus geheimen Quellen zu besorgen. Die Bankettszene wurde ein paar Mal bereits verschoben und mehrfach gedreht.

»Gib ihnen vorher was zu essen!«, schlägt Francine vor.

Marcel kann zwar mit Geld nicht gut umgehen, würde jedoch alles für seine Leute tun. Er verteidigt die Crew gegen die deutsche Aufsicht. Weil die Produktion abhängig von den Besatzern ist. Sollten diese die Dreharbeiten verbieten, könnten sie nichts dagegen tun. Und die Aufdringlichkeit der Deutschen ist grenzenlos. Ihre Ignoranz enorm.

Eines Tages stolpern zwei von ihnen während des Drehs direkt in die Karnevalsszene. Laufen in zivilen Anzügen mit Hut durch die Menge der Maskierten und stören das Bild. Endlich erblicken sie Marcel, befehlen ihm, von seinem hohen Stuhl neben der Kamera zu steigen. Verlangen, dass er ihnen einen der Komparsen ausliefert, einen aus der Résistance. Marcels Antwort auf solche Anfragen bleibt immer gleich.

»Der ist nicht hier.«

Doch die Männer warten. Marcel lässt sich eine Liste geben, die er ausgiebig studiert. Die Personallisten sind ohnehin gefälscht. Weil die Deutschen darauf bestehen, dass die Produktion einen gewissen Prozentsatz nazifreundlicher Leute engagiert, was sie aber nicht tun. Marcel schüttelt also den Kopf.

»Ich habe hier über tausend Leute in Lohn und Brot.«

Der Gesuchte hat sich inzwischen im Clownskostüm in den weitläufigen Labyrinthen der Studiobauten verkrochen. Die Deutschen bleiben stur.

»Sie irren sich, Herr Carné, er muss hier sein. Seine Frau hat uns gebeten, ihn zu holen. Sie wurde leider von einem Bus überfahren und liegt im Sterben. Ihr letzter Wunsch ist es, ihren Gatten ein letztes Mal zu sehen.«

Erschrocken gibt Marcel nach, lässt den Mann suchen, der rasch und mit bleicher Schminke, in zu langen Clownshosen und Holzschuhen ins Büro poltert. Da springen die Deutschen auf den Mann zu, packen ihn, haken ihn unter und schleppen ihn fort. Auf Nimmerwiedersehen. Erschüttert bricht Marcel die Dreharbeiten ab. Die Karnevalsszene wird erst am nächsten Tag fertiggestellt. Der verhaftete Clown fehlt.

Nach Drehschluss lässt Francine Garance hinter sich und kehrt zurück in ihre bequeme Wohnung. Kurz darauf landen die Alliierten. Noch einmal gelingt es Willy, einen Brief an sie nach Paris zu schmuggeln. Er beschwört sie zu fliehen. Als sie zum ersten Mal Schüsse von Maschinenpistolen in ihrer Straße hört, setzt Francine sich endlich hin. Antwortet dem Geliebten. Schreibt eine einzige Zeile, steckt sie in den Briefumschlag, klebt eine Marke darauf. *Und wenn mir der Himmel auf den Kopf fällt, so findet er mich ohne Angst.*

In der Dämmerung schleicht sie aus dem Haus. Steigt auf ein Fahrrad, das die Haushälterin besorgt hat. In der leichten Reisetasche hat sie ihren Schmuck und Ersparnisse verstaut. Sie wirft den Brief an Willy ein und radelt zu Freunden. Oft wechselt sie die Bleibe. Wegen ihres Verhältnisses zu einem Offizier der deutschen Wehrmacht wird sie der Kollaboration bezichtigt. Francine verwischt ihre Spuren. Doch im Oktober endet das Versteckspiel. Die von den Alliierten eingesetzten französischen Polizisten spüren die Vedette auf. Als Francine den zwei Männern frühmorgens die Tür öffnet, ist sie im Negligé. Sie folgen ihr ins Schlafzimmer, wo sie sich vor ihren Augen ankleidet. Aufreizend langsam wählt sie die Brassière und den Strumpfgürtel aus altrosa Satin. Zieht die Seidenstrümpfe über ihre schlanken Beine, knöpft sie am Halter fest. Nimmt die bestickte Bluse aus Batist, das karierte Kostüm mit den Bordüren. Legt zwei Jäckchen und ein paar Foulards in die Ledertasche, die einer der beiden Beamten sofort übernimmt.

»Was werft ihr mir vor?«, fragt sie auf der Fahrt ins Gefängnis. Eine Antwort erhält sie erst am nächsten Tag beim Verhör. Francines Verbrechen ist die stadtbekannte Liaison mit einem deutschen Offizier. Sie verlangt nach einer Zigarette. Der Wunsch wird ihr gewährt. Sie zieht den Rauch tief ein, stößt ihn in kleinen Wolken aus. Schließt ihre lippenstiftroten Lippen, öffnet sie, schließt sie wieder. Tut den nächsten Zug. Die Männer warten.

»Warum soll das ein Verbrechen sein?«

»Verrat an der französischen Nation.«

»Habe ich nicht in allen Filmen die echte Französin gespielt? Eine, die alle mögen? Das ist mein Verdienst für dieses Land. Wenn ich gewollt hätte, wäre ich längst durchgebrannt. Und überhaupt, Verrat. Verrat? Dass ich nicht lache. Wenn ihr nicht wollt, dass die Französinnen mit den Deutschen schlafen, hättet ihr Männer die erst gar nicht reinlassen sollen. Ihr habt selbst euren Arsch hingehalten.«

»Das hier ist ein Verhör, und Sie sind des Landesverrats beschuldigt. Achten sie auf Ihre Worte, Madame!«

»Das ›Madame‹ können Sie sich Sie wissen schon wohin schieben!«

»Was war Ihre Motivation? Sie wussten, dass es verboten war.«

»Meine Motivation? Was ist die Motivation einer Frau, die liebt? Der deutsche Offizier gab mir im Bett die höchste Erfüllung.«

»Sie gestehen also. Seien Sie froh, dass wir nicht bis zum Äußersten gehen. Trotzdem, ein Beispiel muss statuiert sein.«

Francine redet sich in Wut.

»Statuiert, statuiert, so ein Blödsinn. Ihr könnt mich mal! Warum rasiert ihr den Frauen ihre Köpfe und nicht die der Männer, die für die Nazis gearbeitet haben? Warum ist es schlimmer, mit einem Feind zu schlafen, als mit ihm Geschäfte zu machen oder ihm unschuldige Menschen auszuliefern? Was bringt es denn, der Nation, den liebenden Frauen ihr Schamhaar abzuschneiden? Das könntet ihr mit Männern, die sich mit Deutschen eingelassen haben, genauso tun. Zeichnet denen das Hakenkreuz auf die Schädel! Allez!«

»Madame, wir tun hier unsere Pflicht im Dienste der französischen Nation. Eine neue Zeit beginnt. Wir müssen unser Land vom Dreck befreien.«

»Ha, dass ich nicht lache! Kommt mir hier nicht mit der Nation! Die hat mit der ganzen Sache überhaupt nichts zu tun. Mein Herz ist französisch, das könnt ihr mir glauben, aber was ich mit meiner Muschi mache, bleibt meine Sache. Meine Muschi ist international!«

Den Männern reißt die Geduld. Francine wird abgeführt. Sie hält nicht still.

»Und übrigens, wenn ich hierbleiben muss, dann hätte ich gerne die Zelle von Marie-Antoinette. Die hat doch in diesem Gefängnis ihre letzte Nacht vor der Guillotine verbracht.«

Francine weiß, dass sie sich hüten werden, ihr den Kopf zu scheren. Die berühmte dunkle Aufsteckfrisur zerstören. Diese Strafe blüht nur einfachen Frauen. Nicht der bestbezahlten Filmschauspielerin Frankreichs. Die Frauen müssen büßen für das, was die Franzosen während des Kriegs erlitten. Scheren sie ihnen die Köpfe, wachsen den Männern anscheinend die Eier nach, die sie verloren haben als Besiegte. So einfach läuft das. Indem sie ein Hakenkreuz auf die Stirn der verliebten Frauen malen, haben sie ihr eigenes Verhalten entschuldigt. Verachten sie die Mädchen der Deutschen und treiben sie sie durch die Straßen, spucken ihnen ins Gesicht, fühlen die französischen Männer sich neuerlich machtvoll und nehmen ihr Land wieder in Besitz.

Francine erlebt im Gefängnis gerade das Gegenteil. Haare wachsen an Stellen, die sie bislang rasierte. Ihre Brauen werden dichter. Buschige Wülste verunstalten ihr elegantes Gesicht. Die berühmten, mit Stift gemalten Halbmonde auf ihrer Stirn sind verschwunden. Eine Pinzette wurde ihr im Gefängnis nicht erlaubt. Das Schamhaar wuchert. An den Beinen schimmern dunkle Streifen durch die transparenten Strümpfe. Wer ist sie ohne die helle Schicht aus Puder und den erstaunten Ausdruck? Sie vermisst ihre Hautcremes. Hin und wieder holt sie einen Brief von Willy hervor, den sie bei der Verhaftung im Büstenhalter versteckt hat. Riecht daran: frisch geschnittenes Holz, Zigarre, Whiskey und einen Hauch Kardamom mit Vanille.

HUBERTA | Texas

Sie schnuppert an der Packung. Der Psychologe war abgereist, hatte ihr als Lohn echten Bohnenkaffee hinterlassen. Huberta wälzt Pläne, in welchem Land sie künftig leben will. Und mit welchem Mann. Sammy wäre zu allem bereit. Er schreibt ihr weiterhin fast täglich glühende Briefe, eine Verehrung, die die Prinzessin mittlerweile so dringend braucht wie ihr Glas Milch am Morgen. Doch das wird ihr, je weiter der Krieg voranschreitet, immer häufiger verwehrt. Angeblich benötigen die Kinder und die Babys im Lager mehr davon. Sogar die Fleisch- und Gemüserationen werden zunehmend kleiner. Nur Spinat gibt es andauernd und viel, weil Crystal City als Spinathauptstadt gilt. *Popeye the Sailor* ist Stadtheiliger.

Als sich weiterhin keine Perspektive auf Freiheit eröffnet, schreibt Huberta dringende Briefe an den General, erhält allerdings nie eine Antwort. Telefonieren ist ihr nicht erlaubt. Irgendwann trifft dann ein Brief ein, dass sie weiterhin als *Enemy Alien* gilt. Unwiderruflich. Das Gegenteil sei nach ihrem Interview mit dem Psychologen nicht bewiesen. Ihre Internierung weiter nötig. Immerhin hat sie es geschafft, in eine bessere Unterkunft verlegt zu werden. Im sogenannten Deutschen Haus ist es ruhiger und sauberer. Da ist sie vom Pack getrennt. Trotzdem ist in den engen Räumen ein Zusammentreffen mit anderen hier Untergebrachten unvermeidlich. Als Einzelperson bekam sie nur ein schäbiges Zimmer zugewiesen, während Kleinfamilien mit ihren Bälgern über ein eigenes Badezimmer mit Heißwasser und eine Küche verfügen. Durch die dünnen Wände hört Huberta das Plärren der Kinder und das Gekeife der Frauen. Die Kleinbürger beklagen sich ständig über die Prinzessin, schwärzen sie beim Lagerleiter an, dass sie ihren Müll einfach vor die Tür stellt, dass sie das Spülwasser bei Regenwetter vors Haus schüttet und damit verschwendet, dass sie nie als Babysitterin zur Verfügung steht, wenn die Mütter ihren Frauenabend im Café Vaterland verbringen, an denen sie ja ebenfalls nie teilnimmt. Dieses Gerede ist Huberta furchtbar egal. Sie hasst die dummen Parolen von Durchhalten, Disziplin und Anerkennung, dafür gibt es bei sonntäglichen Treffen manchmal Streuselkuchen. Sie hasst Streusel ohnehin. Mehl, Zucker und Fett, das ist doch keine Mehlspeise. In diesem Sinne ist die Prinzessin ganz Wienerin.

Neuerdings liegt ihr der Lagerleiter in den Ohren, sie soll zumindest die wöchentlich erscheinende Zeitung redigieren, sich irgendwie nützlich machen. Dabei ist das ein Käseblatt, das vor allem Witze und schlechte Gedichte publiziert, Aufrufe, durchzuhalten. Doch sogar dieses Geschreibsel wird von der amerikanischen Aufsicht zensiert. Huberta stellt sich sicher nicht an den stinkenden Vervielfältigungsapparat und dreht die Kurbeln.

»Tippen kann ich leider auch nicht«, hat sie dem Lagerleiter geantwortet und mit den Schultern gezuckt.

Die Prinzessin fürchtet, dass sie noch ganz verwahrlost, so weit entfernt von jeglicher Zivilisation, und zwar sowohl geistig als auch körperlich. Sie kann von Glück reden, dass sie mit dreiundfünfzig nur wenige graue Haare hat, dass sie weiterhin ansehnlich ist, ihre Muskeln fest sind. Ihre Haut schützt sie sorgsam vor der Sonne. Das ist in diesem Klima das Allerwichtigste. Aber eine Maniküre hat sie schon lange nicht mehr gesehen. Sonnencreme gibt es nur in winzigen Mengen. Einige Zeit, nachdem keine Reaktionen mehr aus Washington kamen, hat sie überlegt, ob sie einen Schönheitssalon im Lager anregen soll, ihn vielleicht sogar leiten. So würde sie an die nötigen Produkte, Cremes, Nagellack und so weiter kommen, die es in Amerika ja ausreichend gibt. Sie werden nur den Lagerinsassen nicht zugestanden, als Strafe für den Krieg der Deutschen. Dann stellte die Prinzessin sich das langweilige Gerede der Frauen vor, die ihren Salon aufsuchen, Stunden darin verbringen würden, und gab den Plan wieder auf. Neuerlich schreibt sie an Sammy. Er soll in den nächsten Drugstore gehen, ihr das Gewünschte kaufen und mit seinen Beziehungen irgendwie hereinschmuggeln. Fast kann sie den Geruch von Nagellack erschnuppern, ihn aus ihrer Erinnerung an eine Zeit voller Luxus heraufsteigen lassen. Sie leckt sich die Lippen, wenn sie an den frischen, kühlen Champagner denkt, der früher selbstverständlich war. Und an einen männlichen Körper, der sich gierig an den ihren drängt. Wie sehr sie all das vermisst. Sie packt einen Eiswürfel mit der bloßen Hand, spürt die brennende Kälte in den Fingern, fast nicht auszuhalten. Langsam fährt sie sich damit über die Lippen, leckt mit der Zunge nach den wertvollen Tropfen.

TRAUDI | Grieskirchen

Dann nähern sich die Bomber. Die Amerikaner fliegen über Italien herauf nach Oberdonau, nach Wels, nach Steyr, bis nach Linz, heißt es. Sie wollen die Führerhauptstadt zerstören. Die neu erbaute Nibelungenbrücke. Traudi wünscht, sie könnte die Statue der Kriemhild mit meterlangen Zöpfen sehen, die angeblich den Brückenkopf schmückt. Aber sie kann nicht fort. Es ist ja schon am Land gefährlich. Die ältere Tochter wurde eingeschult. Das erste Mal ist sie mit ihr nach Grieskirchen gefahren, hat der Kleinen den Weg erklärt. Dann hat sie die tüchtige Älteste der Nachbarin gebeten, sich darum zu kümmern. Die Kinder sollen lernen, allein zurechtzukommen. An der Station drängen sich viele Schüler, warten auf die Eisenbahn, die nicht immer planmäßig fährt. Manchmal fehlt es an Lokomotiven. Und der Transport von Menschen in Viehwaggons von einem unbekannten Ort zum nächsten ist anscheinend immer wichtiger als die Kinder. Vor allem im Winter, wenn viel Schnee liegt, kann es bis zu ein, zwei Stunden dauern, bis der Schrei ertönt: »Zug kommt!«, und alle auf den Bahnsteig stürmen. Wenn sie gar zu lang warten, vergessen die Schüler schon, warum sie überhaupt zum Bahnhof gekommen sind. Sie drängen sich im Warteraum mit dem öligen Holzboden und dem Riesenofen, der meist kalt bleibt, weil Kohlen fehlen. Hin und wieder geht einer der größeren Schulbuben hinüber zum Bauernhaus am Hang und bittet um ein paar Scheite. Sie feuern den Ofen an, halten die gefrorenen Finger in die Wärme, mit denen sie sich nicht mehr vorstellen können, einen Stift zu halten oder eine Seite im Schulbuch umzublättern. Irgendwann hören sie doch das Rumpeln der Waggons. Die Dampflokomotive pfeift. Verspätet, aber immerhin. Angekommen in Grieskirchen, laufen die Kinder zu Fuß weiter die Gleise entlang, über die kleine Brücke, vorbei am Friedhof, bis sie sich am Hauptplatz vor der Kirche aufteilen. Die einen gehen zum Schatzl, die anderen zum Gaisberger. Die Kleinsten, wie Traudis Tochter, sind beim Zweimüller-Wirt untergebracht. Wegen des Platzmangels werden Buben nicht von den Mädchen getrennt. Die Stadtkinder bringen manchmal ein paar Kohlenstücke mit zur Schule. So haben es alle warm. An Tagen ohne Kohle ziehen sie ihre Mäntel und Handschuhe nicht aus.

In den Schulhäusern gibt es keine Räume mehr für den Unterricht, weil dort Flüchtlinge untergebracht sind. Täglich kommen neue aus den für die Deutschen im Osten verlorenen Gebieten, aus denen sie rechtzeitig fliehen. Damit ihnen nicht Schlimmeres geschieht. Donauschwaben, Leute aus dem Banat, der Batschka, aus Bessarabien, Gegenden, von denen Traudi bisher nie gehört hat und deren Bewohner nun in Grieskirchen landen, mit Lumpen, zerrissenen Schuhen, den Bündeln mit Zeugs, an das sie sich klammern und das ihnen eh keiner wegnehmen will. Sie reden mit grausigen Akzenten, verwenden längst vergessene Wörter. Dazu kommen Kriegsgefangene aus Frankreich und Belgien, die in der Turnhalle beim Bahnhof beherbergt werden. Der Herr Bürgermeister kümmert sich höchstpersönlich darum. Zurzeit heben die fremden Männer eine riesige Grube entlang der Straße nach Gallspach aus.

Wenn Traudi vorbeiradelt, sieht sie die Arbeiter, auf ihre Schaufeln gestützt, sich unterhalten und rauchen. Angeblich versorgt der Bürgermeister sie mit Zigaretten. Als Nationalsozialist hat er ein Recht auf Nachschub. Einmal hat sich Traudi getraut und ist stehen geblieben, die Fremden sahen eigentlich sympathisch aus. Neugierig hat sie gefragt, warum die hier alles aufgrüben.

Das wird ein Schwimmbad, hat es geheißen.

»Was, ein Schwimmbad, hier bei uns?« Traudl hat sich gefreut. Im Teich in der Nähe des Schlosses badet sie ungern. Das Wasser dort ist trüb, und sie hat Angst vor dem Schlamm und den grünen Moosen, die darinnen treiben. Gleich stellt sie sich vor, wie sie in einem neuen Badeanzug in das blitzblaue Wasser eines modernen Schwimmbads springt. Aber noch ist kein Frieden, sondern im Gegenteil.

Den amerikanischen Fliegern, die über die hügelige Landschaft mit den Vierkanthöfen knattern, sind die Bomben manchmal zu schwer. Wenn der Motor während eines Angriffs zu stottern beginnt, müssen sie Sprengkörper abwerfen, um Gewicht zu verlieren. In so einem Fall kann jedem das größte Unglück passieren, sogar dem harmlosesten Bauern. Neulich waren die Bomber sogar schon in Parz und in Tollet. Obwohl, Tollet war vielleicht Absicht. Wegen der Frauen im Schloss, die zu Führerinnen ausgebildet werden. Wegen der Bombengefahr treiben sich zurzeit noch mehr von den Flüchtlingen in der Gegend herum. Viele von denen haben Verwandte irgendwo draußen in Deutschland, hat Traudi gehört. Aber sie wissen nicht, ob die noch leben. Dieser Krieg hat alles durcheinandergebracht. Sogar beim Schobesberger drüben schlägt eine Bombe ein, gerade als die bei der Jause gesessen sind. Neun tote Kühe. Der ganze Hof abgebrannt. Kilometerweit ist die Luft voll vom Geruch des verkohlten Holzes. Dabei wollen sie nur helfen, die Amerikaner, heißt es. Aber was ist denn das für eine Hilfe. Die Gabel für den Erdäpfelsalat hat's in den Deckenpfosten geschleudert, so hart war die Explosion. Die Bauersleute haben überlebt. Wie durch ein Wunder. Sie haben gleich eine Kerze angezündet in der Kirche.

Aber Traudi ist sich längst sicher, dass Beten gar nichts hilft. Der Pfarrer hat ihr bis jetzt nur Unglück gebracht. Der neue Mann, den sie heiraten musste, heißt wieder Rupert. Wie der alte. Wann immer sie kann, radelt sie fort von zu Hause. Wenn der Mann keine Arbeit hat, sitzt er faul daheim herum, und sie soll ihn bedienen. Kommt überhaupt nicht in Frage. Hin und wieder hilft er bei den Bauern beim Sauschlachten aus oder erledigt Maurerarbeiten. Kommt dann völlig verdreckt zurück. Sie muss sein Zeug waschen. Der einzige Trost, den Traudl hat, sind Mehlspeisen und die schönen Lieder, sie sie im Radio spielen. Den Text der neuesten Schlager, kann sie immer gleich auswendig: *In der Nacht ist der Mensch nicht gern alleine. Denn die Liebe im hellen Mondenscheine ...*

IV. TESTAMENTE 1946

GRETEL | Grieskirchen

Um wieder Geld zu verdienen, hat sie sich eine kleine Werkstatt bei der Mutter eingerichtet und in der Kleidersammlung einen schweren Lodenmantel, außerdem einen Wetterfleck ergattert. Mit einem einzigen Griff haben ihre Finger die ausgezeichnete Qualität des dunkelgrünen Wollstoffs erkannt. Nach dem Mittagessen räumt sie den Küchentisch ab und breitet die auseinandergetrennten Teile auf. Das halbtransparente Papier knistert, als Gretel es auf den Loden legt. Praktischerweise hat ihre Mutter die Schnittmuster nicht weggeworfen, sondern den ganzen Krieg über in der Kommode verstaut. Mit der Stoffmenge geht sich mindestens ein Kostüm aus. Der Wetterfleck reicht für zwei Röcke. Sie befestigt das Butterbrotpapier mit Stecknadeln und zeichnet mit der dünn gewordenen Schneiderkreide nach. In ihrer Schatulle hat sie noch ein letztes Stück gefunden. Um jede Nähnadel ist sie froh. Reißverschlüsse hat sie genug. Macht nichts, wenn die gebraucht sind. Nach dem Krieg wollen die Leute frisch anfangen und bestellen wieder. Dass sie bei ihrer Mutter untergekommen ist, stört Gretel nicht. Hauptsache, sie ist frei. Während sie im Lager Aufpasserin war, hat sie eh kein Geld verbraucht. Alles gespart. Wenn alle Flüchtlinge fort sind, die gerade jeden freien Raum in Grieskirchen verstopfen und mit Essen fürs Nichtstun belohnt werden, findet sie sicher bald eine eigene Werkstatt. Am liebsten wäre ihr ein Geschäft mit Schaufenster am Hauptplatz. Die Auslage wird sie eigenhändig dekorieren. Das ist es, wovon Gretel jetzt träumt. Sie setzt die Schere an und muss niesen, weil der alte Stoff staubt, während die schweren Klingen schnarrend in den Loden fahren.

Bis die ganze Aufregung sich einmal legt, muss Gretel Ruhe geben. Kein Aufsehen erregen. Nichts, was die Amerikaner daran erinnert, wo sie sich während des Kriegs aufgehalten hat. Zuerst ist sie ja rechtzeitig fort aus dem Lager. Hat die Uniform ausgezogen, zusammengefaltet und auf ihrem Bett drapiert. Ein paar Habseligkeiten in den Rucksack gepackt, ein Fahrrad geschnappt. Dass sie die Stiefel zurücklassen musste, hat ihr dann schon wehgetan. Schade um das gute Leder! Sie hat ihr Schuhwerk immer gut gepflegt. Auf kleinen Schotterstraßen und Waldwegen ist Gretel stundenlang in Richtung Grieskirchen geradelt. Hat sich zuerst bei der Tante auf dem Bauernhof versteckt. Als sie die Jeeps von den Amis gehört und die Tante den Soldaten voller Angst den Stadel gezeigt hat, ist Gretel aus dem Heuboden gekrochen. Die Amerikaner haben sie ans Bezirksgericht transportiert zum Verhör. Bei den Befragungen hat sie nichts als die Wahrheit gesagt.

»Ich habe nur die Arbeiterinnen von ihren Unterkünften ins Werk begleitet. Mehr habe ich nicht gemacht. Und ich war beliebt bei den Gefangenen. Die haben mir Blumensträuße geschenkt. Oder manchmal sogar was von ihrem Essen übrig gelassen. Ein paar Erdäpfel oder ein Stück Brot. Alles war willkommen. Weil der Hunger war überall zu Gast, sogar bei den Wärterinnen. Uns ist es auch nicht gut gegangen, das können Sie mir glauben. Außerdem haben bei mir die Insassinnen von einem Geschirr aus Aluminium, sogar mit Besteck gegessen. Wie es sich gehört. Jede mit ihrem eigenen Löffel. Dafür habe ich persönlich gesorgt.«

»Und die Peitsche haben Sie nie verwendet?«

»Ich wurde gezwungen. Wir alle haben solche Angst gehabt. Wenn ich nicht gehorcht hätte, hätten die mich genauso eingesperrt und misshandelt.«

»Und die scharfen Hunde, die auf die Frauen gehetzt wurden?«

»Glauben Sie mir, vor denen habe ich mich genauso gefürchtet. Wenn die gebellt haben, habe ich Gänsehaut gekriegt. Mir hätten die Bestien ja gar nicht gehorcht.«

»Und die vielen Toten?«

»Da konnte ich wirklich nichts machen, wenn ich welche von den armen Hascherln von da drunten im Osten übernommen hab. Die waren schon so schlecht beisammen, wie sie hier angekommen sind. Ich bin keine Ärztin. Natürlich habe ich versucht zu helfen, wo es ging. Das war meine Pflicht. Weil die Leute vom Werk hätten mich sonst gemeldet. Die haben ja viele Arbeitskräfte gebraucht in der Fabrik.«

»Was war mit den Kürzungen von Essensrationen bei Ungehorsam? Die haben doch Sie verantwortet?«

»Das war halt nötig. Die waren ja nicht alle so Unschuldslämmer, wie sie jetzt tun. Viele von denen sind Asoziale, Kummerl oder gar richtige Verbrecherinnen. Sonst wären die nicht eingesperrt. Solchen muss man zeigen, was sich gehört. Das haben die Deutschen uns bei der Ausbildung beigebracht. Trotzdem, die Gefangenen haben gut ausgeschaut, als sie rauslassen worden sind. Oder etwa nicht? Sie haben ja selbst Fotos gesehen, wo sie alle drauf lachen. Richtig fesch mit Holzschuhen und den gestreiften Jacken über die Schultern gehängt. Als wären das die Mäntel von den feinen Damen. Das war mein ganzer Stolz, dass sie immer gut gekleidet waren. Darum habe ich mich gekümmert. Sie wissen ja, dass ich eigentlich Schneiderin bin. Sicher, statt der Gürtel bei den Hosen haben sie halt Stricke gehabt. Aber die haben sie auf eine besondere Weise gebunden, so dass es ausgeschaut hat wie in einer Modezeitschrift. Nicht wahr? Die Damen haben nie aufgehört, sich aufzuputzen und gegenseitig die Haare zu schneiden. Unter denen gab es sogar eine wirklich geschickte Friseurin, die hat auch mir die Haare gemacht. Fast so wie eine Freundin. Sie verstehen. Bei uns war oft die gute Laune zu Haus.«

»Warum haben sie sich überhaupt für diesen Dienst gemeldet?«

»Ich war arbeitslos und meine Mutter krank. Ich habe sie unterstützen müssen. Wir haben so viel Pech gehabt in unserem Leben. Andauernd ist uns ein Unglück passiert. Zuerst, dass der Vater so früh stirbt. Dann hat's die Mutter mit den Nerven gekriegt. Nichts hat geholfen. Und dann hat mein Verlobter mich verlassen. Wir waren ganz auf uns allein gestellt. Wie der Krieg war, haben die Leute kein Geld mehr gehabt, um sich was nähen zu lassen. Wir haben gehungert, das können sie mir glauben. Wir haben sehr gelitten. Das darf man ja nicht vergessen, wir Österreicher haben es schwer gehabt. Das war eine große Prüfung für uns alle.«

Nach dem Verhör hat Gretel erst gefürchtet, dass die Amerikaner ihr und den anderen einen Prozess machen. Gott sei Dank haben die genug zu tun gehabt mit den wirklichen Nazis. Irgendwann hat sich alles in Luft aufgelöst. Sie hat die Zelle am Bezirksgericht verlassen dürfen. Keine Einzige von den Kolleginnen im Lager ist gestraft worden. Verhört schon, aber nicht verurteilt. Seitdem ist es so, als wäre nie was passiert. Als wäre Gretel nie fort gewesen. Die Mutter verliert darüber kein Wort. Jeder will nach dem Krieg nur seine Ruhe. Ist ja immer noch so viel Aufruhr, die vielen Ausländer in Grieskirchen und rundum. Die Kinder, die nicht in ihren Schulklassen unterrichtet werden, weil die Schulen voller Vertriebenen sind.

Gretel nimmt die zugeschnittenen Einzelteile des wasserdichten Filzes, zieht die Stecknadeln heraus und löst das knisternde Papier. Sie beginnt mit einem Baumwollfaden zu heften. Später legt sie die Trachtenknöpfe zurecht, die sie vor dem Krieg begonnen hat zu sammeln. Dreht sie, betrachtet die Prägungen der Münzen und Wappen. Das Wühlen in den Knöpfen beruhigt so schön. Das Geräusch des scheppernden Metalls und Horns und Bakelits versetzt sie in eine angenehme, sorgenfreie Zeit.

Gretel schaltet das Radio an. Auch der Apparat hat die bitteren Zeiten überstanden und empfängt krachend Botschaften aus der weiten Welt. Sie muss nur die richtige Einstellung finden. Gretel fingert an dem gelben Rad, fährt vorbei an den Städten Europas, Malmö, Bari, Rom, Bordeaux, Hilversum, Paris, Marseille, Leningrad, Oslo, bis sie ihren Lieblingssender erreicht, Monte Clemenso. Sie lehnt sich zurück, als Geigen erklingen und eine Männerstimme singt.

Ich hab mir für Grinzing einen Dienstmann engagiert, der hat mich nummeriert, damit mir nix passiert ...

Gretel muss lachen. Der Sänger kann nachmachen, wie ein Besoffener redet. In Wien drunten trinken sie viel mehr Wein. Das ist hier nicht Brauch. In der Grieskirchner Gegend gibt es Most und Schnaps und Nusslikör, alles selbst gepresst und selbst gebrannt. Für die Männer im Wirtshaus ein Bier, wenn Geld da ist. Gretels zerstochene Fingerspitzen streichen über das weiche Fell des Katers auf dem Sofa, der zu schnurren anfängt, dann fortspringt und seinen angestammten Platz auf dem furnierten Dach des Radiogeräts einnimmt. Weil der Apparat sich erwärmt, je länger die Musik darinnen spielt. Gretel summt: *Der hat mich nummeriert, damit mir nix passiert ...*

Abends klopft es am Fenster. Kundinnen, die froh sind, dass die Schneiderin zurück ist.

»Griasste, Gretel.«

»Griasste, Mitzi.«

Aus ihrem Korb holt die Mitzi ein Glas eingelegte Gurken und zwei Röcke.

»Die sind wie neu. Aber zu weit. Mit der vielen Arbeit und wo es mit dem Kinderkriegen vorbei ist, brauche ich sie enger. Ich selbst hab keine Zeit. Mit dem Reißverschluss ist mir das zu kompliziert. Meine Finger sind nicht so fein. Du bist da schneller mit der Maschine.«

»Bis wann brauchst du sie?«

»Das hat Zeit. Nächsten Sonntag nach der Kirche.«

Gretel dreht das Radio ab, spart Strom, holt die Flasche Nusslikör. Die Mutter hat genügend angesetzt. Zwei riesige Gläser voll mit grünen Nüssen ins Fenster gestellt, bis die Flüssigkeit vom vielen Zucker braun und dick und zäh geworden ist. Die Frauen trinken ein Stamperl, werden miteinander warm. Gretel lässt sich das Zopfmuster für die Trachtenjacke erklären, die Mitzi trägt. Extra für die Fahrt nach Grieskirchen. Die Jacke reicht nur bis zur Taille und wird oben am Halsausschnitt mit einer aus Wolle gedrehten Kordel festgezogen. Gretel will sich so eine stricken. Alle Frauen tragen diese Jacken beim Kirchgang am Sonntag.

»Gibt es Neuigkeiten vom Mann?«

»Nein, nichts. Sie glauben, dass er in russischer Gefangenschaft ist. Die Witwen kriegen eine Pension, und wir, die wir's genauso schwer haben und nicht wissen, ob der Mann überhaupt noch einmal kommt, kriegen gar nichts.«

Gretel schenkt ihr Nussgeist nach.

»Die Männer. Kein Verlass«, schimpft Mitzi.

TRAUDI | Grieskirchen

Sie hält es nicht mehr aus. Radelt ins Kino. Allein. Die Mädchen lässt sie zurück. Die tüchtige ältere Tochter, die eigenständig für den Haushalt sorgt. Die ängstliche Kleine, deren Vater nie wieder aus dem Krieg nach Hause kam und die sich stattdessen an Traudis neuen Ehemann klammert, den neuen Rupert. Der interessiert sich jedoch nur für den kleinen Buben, den Traudi ihm vor kurzem geboren hat. In seinem runden Babygesicht kann sie bereits die Züge des Kindsvaters erkennen. Leider. Der vom Pfarrer verordnete Mann hat eine Arbeit auf der Bahnstation gefunden und trägt eine Dienstuniform in dunklem Blau mit goldenen Knöpfen. Auf dem Kopf hat er fast keine Haare mehr. Also steht ihm die blaue Kappe mit dem schwarzen Schirm nicht schlecht. Dafür sprießt es wild über seinen ganzen Körper. Wie Borsten und Stacheln. Als würde Traudi ein Schwein umarmen nachts. Wenn der Mann an dem schweren, mit Öl geschmierten Zahnrad kurbelt, bewegt sich eine lange Kette und rotweiß gestreifte Schranken schließen den Übergang. Für jeden Zug, der durch- oder abfährt, tritt er aus dem kaisergelb gestrichenen Häuschen und hält seinen Stock mit einem roten Tuch hoch. Das Signal. Auch Weichen muss er stellen. Die Verantwortung ist groß. Wenn der Wärter nur einmal vergisst, werden Menschen, die auf die Gleise geraten, von der Eisenbahn totgefahren. Die größere Tochter bringt ihm nachmittags die Jause.

Traudi winkt ihm kurz zu, als sie an der Station vorbeiradelt. Wenn er nicht daheim ist, macht sie, was sie will. Zeigt ihm, wer das Sagen hat. Zumindest tagsüber. Traudi freut sich auf den Film aus Berlin. Die Lintschi an der Kasse trägt frische Dauerwelle. Ihr Haar ist mit einem Präparat tiefschwarz gefärbt, das sie wahrscheinlich von den Amerikanern bekommt. Mit denen steht sie sich gut. Ansonsten hätten die ihr die Lizenz fürs Kino nicht genehmigt. Man munkelt so einiges über die Lintschi, womit die sich daneben noch ein Geld verdient. Ihre Lippen sind knallrot geschminkt. Sowas traut sich hier sonst keine. Und woher hat sie den Stift überhaupt? Um den Hals trägt sie ein dünnes, durchsichtiges Tuch mit Leopardenflecken geschlungen. Traudi beneidet sie darum. Sie ist gierig nach Farben, hat genug von Schwarz-Weiß und Grautönen, von braunen Uniformen, auch von der dunkelblauen Eisenbahnerkluft, und genug von den düsteren Himmeln. Für die strahlenden Augen vom Albers, der die Hauptrolle spielt in diesem Film, kann sie sich begeistern. Macht es sich gemütlich auf dem harten Klappsitz aus Holz. Raschelt mit dem Stanniol ihrer Zuckerl, die sie nach und nach auswickelt. Fast keine Besucherinnen außer ihr. Alle bei der Arbeit oder den Kindern. Das erhöht den Genuss. Der Albers: endlich ein fescher Mann, der nicht nach Schweiß riecht, sondern alle Abenteuer heil überlebt. Weil er schlau ist. Als Baron Münchhausen ist er alles, was Traudi nicht ist. Ihm fällt immer was ein. Traudi ist dankbar. Sie kann sich verlieren. Ihre Augen tauchen in die kostspieligen Kostüme aus riesigen Stoffmengen mit Schleppe; sie schwelgen in übertriebenen, chemisch hergestellten Farben, in Bernsteingold, in Eisesblau. Traudi streift durch die prächtigen Parkanlagen im Schloss des Barons, badet in Herbstlaubfarben, bräunlich und warm. Mit Münchhausen trifft Traudi auf mächtige Frauen in bestickten Brokaten und mit blitzenden Diademen, denen er gefällt und denen sie den schönen Mann sogar gönnt. Sie lutscht und lutscht an ihren Bonbons, und der Baron reitet auf einer Kugel, schneller als die Bomben und die Flieger, die die Menschen geplagt haben im Krieg. Münchhausen stürmt in Schuhen aus Samt durch die engen Gassen Venedigs, von Spionen verfolgt. Deren Augen und Arme sind überall, aber der Albers kennt die engen Wege besser als seine Verfolger. Weswegen er natürlich entkommt. Traudi nimmt sich vor, einmal dort hinzufahren, sich in den Zug in Richtung Italien zu setzen. Das soll der Eisenbahner finanzieren. Sie ist ja schon beim dritten Mann und diesmal kirchlich verheiratet. Da zerreißt sich keiner mehr das Maul.

Dann feiert sie Fasching auf dem Wasser in Venedig. Alle sind verkleidet, das Licht so strahlend, dass es von der Leinwand herunter blendet. Geschmückte Gondeln tanzen. Es regnet Konfetti und Luftschlangen. Noch nie hat Traudi einen solchen Überfluss gesehen und wundert sich, wie die Deutschen das gemacht haben während des Kriegs. Sie ist gefangen von so viel Glanz. Davon hat sie bisher nur geträumt. Im Film wird das zur Wahrheit. Traudi will groß sein wie Katharina, die Zarin von den Russen. Traudi lacht über alternde Helden, die keine Frauen mehr verführen. Sie himmelt Albers' blaue Augen an, sein Lächeln, sein Grübchen am Kinn. Ein Mann, der alles durchsteht, seine Haut so klar wie Wachs. Noch nie hat sie so verrückt verkleidete Menschen gesehen. Der Albers glänzt. Im Getümmel des Films kann Traudi vergessen, was sie plagt. Der verstörte Blick des Ehemannes, als er kurz vorm Ende des Kriegs in der Früh in die Küche kam. Nach Schweiß und Jauche stinkend. Gejammert hat der, weil Gendarmen haben ihn vom Dienst aus der Station geholt, zum Helfen. Zusammen mit dem Streckengeher haben sie Leichen vom Bahndamm wegräumen müssen, auf einen Mistwagen laden und mit einer Plane zudecken, bevor es hell geworden ist.

»Die waren eh nicht schwer, ganz abgemagert. Nur Knochen und Haut«, hat der Mann geklagt. »Welche aus dem Lager. Transportierte. Soldaten haben ihnen die Schädel eingetreten und mit bloßen Händen die Goldzähne herausgebrochen.«

Der Mann hat gezittert, sich nicht beruhigen können, ist nicht gleich ins Schlafzimmer wie sonst. Hat sich einen Schnaps nach dem andern eingeschenkt. Traudi hat Angst gekriegt, dass er zu viel erzählt. »Die haben die Leichen einfach aus dem fahrenden Zug geworfen, alle paar Meter ist einer gelegen.« Seitdem ekelt sich Traudi noch mehr vor ihm. Dauernd muss sie an seine Totengräberhände denken. Den Geruch, den er gehabt hat, kriegt sie nicht mehr aus der Nase. Die Eisenbahn ist Leichenbahn seitdem. Sie will sich nicht berühren lassen. Läuft weg, wenn sie nur kann.

Im Kino verschränkt Traudi die Finger vor ihrem Bauch und wünscht, der Film würde nie enden, wünscht sich hinein in die farbigen Bilder. Schließlich die Enttäuschung. Große Buchstaben auf der Leinwand verkünden ENDE. Sie bleibt so lange sitzen, bis das Licht angeht, lauscht dem letzten verklingenden Ton der Musik. Trottet hinaus. Und da ist wieder die nervenzerreibende Wirklichkeit, die trostlose Enge, in die sie zurückfahren muss auf ihrem scheppernden Fahrrad. Die Muster ihres besten Kleids erscheinen ihr blass. Für Traudi gibt es nach dem Krieg nur mehr Dinge, die übrig geblieben sind.

Dinge wie Arbeit, Besatzung, Soldaten, Brot.
Dinge wie Deka, Dirndl, Erbsen, Erdäpfel.
Dinge wie Familie, Fett, Fleisch, Kochen.
Dinge wie Kaffee, Kälte, Kinder.
Dinge wie Lebensmittel, Mehl, Milch.
Dinge wie Paprika, Russenkraut, Rahm.

Die Lieder, die aus dem Radio kommen, versteht sie nicht. Englisch hat sie nie gelernt: *I've tried to explain, bei mir bist du schoen. So kiss me and say that you will understand ...*

Nur *kiss* kennt sie, das hat ihr einmal einer von den Soldaten aus dem Jeep zugerufen. Dazu schmatzende Geräusche gemacht. Traudi war zurückgeschreckt. Die Amis haben gelacht. Nein, das mit dem Küssen und so weiter ist vorbei. Mit siebenunddreißig Jahren ist sie eine ältere Frau. Jetzt gibt es nur mehr Kissen, die sie bestickt. Mit Sprüchen. Und Häkelmuster.

Lieber wäre Traudi, es ginge umgekehrt und sie könnte für immer in dem farbigen Glanz der Filme im Kino leben und nur manchmal schaute sie für eine Stunde in etwas Graues. Einmal nach Venedig fahren! Sie seufzt. Aber sie kann sich nicht einmal eine Fahrt nach Aussee leisten. Eine Reise an den Ort ihrer ersten großen Liebe. Da droben beim Salzberg nähme sie ein Zimmer und stellte sich vor, wie es gewesen sein könnte, wäre ihr Leben wirklich ihres. Und nicht eines, das andere bestimmten.

VERA | Helfenstein

Endlich ist Graf Marco zurück zu seiner Familie in der Nähe von Venedig gefahren. Vera ist erleichtert. Ohne Sehhilfen nimmt sie kaum mehr die Hand vor Augen wahr. Alles trübe und verschattet. Mit dem handschriftlichen Notieren ist es vorbei. Die feinen Striche, die engen kunstvollen Schlingen, die Vera seit ihrer Jugend mit der Füllfeder zeichnet, um Gedanken aufzuschreiben, ihre Liebe auszudrücken, ihre Erlebnisse und Sorgen auf Papier zu bringen, sind für ihre Augen zu winzig, um das Festgehaltene im Nachhinein entziffern zu können. Für andere sowieso. Also setzt sich Vera abends, wenn sie allein ist, nun vor die Maschine, spannt dünnes, fast transparentes Durchschlagpapier ein. Festeres Papier gibt es zurzeit selten. Vera ist froh, dass das Farbband hält und tippt mit zwei Fingern ihren letzten Willen.

TESTAMENT

Ich habe mich entschlossen, meinen Schmuck auf euch Kinder aufzuteilen.

Überlebt mich Papa, so lasst ihm an Möbeln, Bildern, Porzellan, was er will.

Der Förster soll meine silberne Tabatière aus der Lade meines Schreibtisches erhalten.

Der Verwalter bekommt die auf meinem Kamin befindliche Porzellanfigur eines liegenden Mopses.

Vergesst nicht, den Beamten und Angestellten, die lange Jahre im Dienst sind, kleine Andenken zu geben. Vergesst nie Gott, Kaiser und Vaterland.

An Schmuck ist zu verteilen:

Diadem, bestehend aus zehn verschiedenen Diamantmaschen mit je einem Diamanttropfen darüber, darunter einem Diamantstreifen und drei Ergänzungsstücken zum Reifen.

Eine Rivière, 34 verschieden große Diamanten, dazugehörig eine Diamantbrosche, welche in einen Ring umgearbeitet ist.

Zwei diamantene Schuhschnallen (v. Zar Nikolaus), eine davon als Brosche gerichtet.

Brosche, zwei ineinander verschlungene Emaille-Ringe, in der Mitte mit einem diamantenen X verbunden, vier Blumen aus verschiedenen Steinen.

Diamantbrosche mit drei Perlen.

Brosche Milchopal mit Diamanten und vier Rubinen

Goldbrosche mit Muttergottesmedaille und vier Perlen

Goldbrosche mit Horn und Drachen, Heimwehrabzeichen vom 1. Reg.

Brosche Muttergottes mit geneigtem Haupt.

Ring Saphir mit Diamanten gefasst, mein Verlobungsring.

Ohrringe Saphir mit Diamanten.

Goldarmband mit Saphir und Diamanten, mein Hochzeitsarmband.

Goldarmband mit zwei Diamantenherzen, offen, mit einem Rubin in der Mitte.

Armband aus russischen Münzen.

Anhänger Erdbeere mit Diamanten.

Gedrehte Perlenkette mit Diamantverschluss und Perlenquaste in Diamantknopf.

Kette mit Granaten.

Goldkette mit verschiedenen Steinen.

Die Pelzmäntel und Pelzjacken, die schon verarbeitet sind, teilt untereinander auf.

Einige Abende arbeitet sie daran. Seit Otto wieder alle Geschäfte übernommen hat, bleibt Vera mehr Raum für eigene Anliegen. Für die Enkel und für ihre geliebten Hunde. Vera hofft, dass sich die Zeiten bald beruhigen. Dass ihr in russischer Gefangenschaft verbliebener Sohn unversehrt zurückkehrt. Sie hat Pulver gegen die ekelhaft juckende Krätze an seinem Kopf in ihren letzten Brief an ihn gepackt. Der andere Sohn ist – vollkommen unschuldig – bei den Amerikanern im Aigen im Gefängnis. Obwohl der Bürgermeister den zuständigen Behörden bestätigt hat, dass Veras Sohn nie in der Partei war und dass sein Vater unter den Nationalsozialisten dreieinhalb Jahre im Gefängnis zugebracht hat. Otto war an der Übergabe der Region wesentlich beteiligt, hat dafür gesorgt, dass alles friedlich vonstatten ging. Weil er Englisch kann. Der Bürgermeister bat also die amerikanische Verwaltung, dass Veras Sohn freigesetzt wird, weil er für die Fortführung der Geschäfte rund ums Schloss gebraucht wird. Vera betet jeden Tag darum. Ohne ihn läuft der Betrieb nicht so rentabel wie nötig. Nach dem Krieg ist viel aufzuholen, und die fremden Arbeitskräfte beginnen die Gegend allmählich zu verlassen. Jeder Mann wird gebraucht.

Ohne Otto hätten sie das Kriegsende nicht so glimpflich überstanden. Das Durcheinander war groß. Verdächtige trieben sich herum, Enttäuschte, Wütende, Fanatische mit zerstörerischen Absichten, die nicht aufgeben wollten. Unberechenbar, längst nicht fertig mit dem Morden, interessierten sie sich für die im Wald vergrabenen Waffen und schleusten sich unter dem Vorwand, hier arbeiten zu wollen, ins Schloss. Wollten ausspionieren, was es zu holen gab und wie sie am schnellsten an Gewehre gelangten, um das Reich bis zum letzten Mann zu verteidigen. Wäre es nötig gewesen und hätten die Unbelehrbaren sich zu einem Endkampf verstiegen, hätte Otto gehandelt und mit seinen Leuten die Waffen, die aus Zeiten der Heimwehr stammten, ausgegraben. Er wusste, auf wen im Dorf und unter seinen Arbeitern er sich verlassen konnte, und kannte auch diejenigen, die weiter an den Endsieg glaubten. Otto setzte sich ebenso dafür ein, dass die ganz jungen Männer nicht bis zuletzt eingezogen wurden, forderte sie entweder für Arbeiten in Schloss und Forst an oder zeigte ihnen Orte zum Verstecken. Außerdem musste er sich um desertierte Soldaten kümmern, die in ihren zusammengestoppelten Uniformen auftauchten, damit Otto ihnen bestätigte, dass sie sich im Widerstand befanden. Wenn sie nur ein paar Baumstämme im Forst bewegten, einen Tag lang Holz hackten, wollten sie bereits als Nazi-Gegner gelten und sich mit dem von Otto unterschriebenen Papier absichern für die kommende Zeit. Ob dann die Russen oder die Amerikaner auftauchten, war denen egal. Die Frauen aber fürchteten nur die Russen. Über die hörte man die fürchterlichsten Geschichten. Sie galt es fernzuhalten, und das war Ottos Verdienst.

Er war den Amerikanern, die sich von Westen her näherten, im Auto mit dem letzten aufzutreibenden Benzin entgegengeeilt und hatte auf freier Strecke seine Dienste angeboten. In bestem Englisch überredete er die Amerikaner, bis zum Schloss zu fahren und damit eine Übernahme des Dorfes durch die Russen zu verhindern. Otto bildete die Brücke zwischen den Kriegsgewinnern und den Verantwortlichen der Region. Schloss Tollet wird der Familie zurückgegeben werden, sobald alle Flüchtlinge, die dort wohnen, rückgeführt worden sind. Außerdem mussten sie alle vor den Bomben bis hierher Geflüchteten versorgen. Das abgelegene Gebiet schien im Gegensatz zu Linz als Angriffsziel für die Alliierten uninteressant. Viele Kinder waren darunter, um die sich vor allem Vera kümmerte. Dazu kamen deutschstämmige Vertriebene aus dem Osten, mitsamt ihren Bündeln und Pferden. Alle Wirtschaftsgebäude und die Ställe im Schloss und im Dorf waren belegt. Otto trug die Verantwortung auch dafür. Er gab Anweisungen der Amerikaner an die Bevölkerung weiter, wendete unnötiges Blutvergießen ab. Doch Feinde, die Gerüchte in die Welt setzen, macht man sich überall. Gerade solche, denen man geholfen hatte, ihrer eigenen Verurteilung zu entgehen, schwärzten andere an, um bessere Bedingungen für sich selbst herauszuschlagen. Langsam kehrte sogar in dieser Hinsicht Ruhe ein, und das Dorf und die Hügelketten sanken zurück ins Vergessen, weil die Anfahrt von Linz so weit war, die Grenze zum böhmischen Gebiet geschlossen und unpassierbar.

Vera dreht das dünne, bis dicht an die Ränder vollgetippte Papier aus der Schreibmaschine, legt es in ihre Briefmappe, die sie in ihrem Geheimfach im Sekretär verstaut. Sie begibt sich hinüber ins Schlafzimmer, hofft, dass Otto schon im Bett liegt, damit sie sich an seinem Körper wärmen und beruhigen kann. Sie schläft selten ohne ihn ein. Gundo, der Treue, folgt und lässt sich neben Veras Bettseite nieder. Ottos Federbett ist unberührt, wahrscheinlich arbeitet er unten im Büro an seinem Bericht über die Aktivitäten zu Ende des Kriegs. Er muss alles festhalten, in der Hoffnung, den Sohn aus der amerikanischen Gefangenschaft freizubekommen.

LOTTE | Shanghai

Nach dem Luftangriff wurde das Ghetto geöffnet. Die Wachposten waren verschwunden. Aber die Bombe, die wegen der Radiostation in Hongkew eingeschlagen war, hatte viele Gebäude zerstört. Wieder einmal verloren Lotte und die Mama ihr Zuhause. Anfangs weigerten sie sich, im Schulgebäude zu übernachten, wo die Ausgebombten versammelt wurden. In der Nacht nach dem Angriff, als sie zurück aus dem Krankenhaus waren, schlichen sie zum kaputten Wohnhaus und wollten lieber dort schlafen. Lotte hatte die blinkenden Sterne durch die Öffnungen der Ruinen betrachtet. Kurz darauf hörten sie jemanden schreien: »Alarm! Da drüben bricht ein Feuer aus!« Holzreste begannen sich zu entzünden. Weil es zu gefährlich wurde, packten sie ihre Matratzen auf den Rücken und schleppten sie zur Schule. Lotte humpelte noch wegen ihrer Verletzung. Zwanzig, dreißig Menschen teilten sich ein Klassenzimmer. Dicht an dicht lagen die Matratzen in einen Raum gequetscht. Wieder gab es keine Privatsphäre, Männer und Frauen waren nicht getrennt. Abends entkleidete sich Lotte unter dem Schutz ihrer Wolldecke. Morgens verrenkte sie sich, um Unterrock, Rock und Bluse wieder anzuziehen und sich bereitzumachen für die Arbeit im Krankenhaus. Zum Waschen gingen sie einmal wöchentlich in ihre alte Wohnung. Trotz allem war dort die Wasserleitung intakt.

Eines Nachts machte der Schulleiter plötzlich das Licht an und rief: »Der Krieg ist aus! Der Krieg ist aus!« Alle schrien vor Freude und konnten nicht mehr einschlafen. Keiner wusste in diesem Moment, was das für Shanghai bedeutete. Hauptsache, die Japaner zogen ab. Welches Land würde jetzt die Stadt übernehmen? Und wie lange sollten sie hierbleiben? Die Worte Amerika, Australien, Palästina flogen durch den Raum. Die Worte Deutschland oder Österreich waren kaum zu vernehmen.

Die Amerikaner kamen mit Kartons voller Lebensmittel. Seitdem gibt es nicht nur, was sie dringend brauchen, sondern sogar Naschereien. Zuerst leckte Lotte an einem viereckigen Stück Schokolade, legte es auf die Zunge, ließ die Köstlichkeit langsam zergehen, zögerte, den Brei ihre Kehle hinuntergleiten zu lassen, zerrieb eine Schokoecke zwischen ihren Fingern, bis sie schmolz, leckte an den Fingerspitzen, steckte sie in den Mund. Dann erst wurde ihr klar, dass es stimmte. Der Krieg war vorbei.

Dass sie nie mehr nach Linz zurückkehren, wissen sie bereits. Sie haben dort nichts mehr. Kein Geschäft, kein Haus, kein Geld, keine Verwandten. Weder von der Großtante aus Wien noch von Kitty aus Paris haben sie je wieder gehört. Lotte und die Mama müssen sich für Länder bewerben wie für Jobs. Wie damals vor der Flucht aus Linz. Sie wollen nicht mehr in Shanghai bleiben. Jetzt, nachdem der Krieg vorüber ist.

Sie haben so viel durchgemacht.

Sie haben die Nazis überlebt.

Sie haben die japanischen Soldaten mit ihren langen Gewehren und Bajonetten überlebt.

Sie haben die Grabschereien des Kommandanten an der Garden Bridge überlebt.

Sie haben die Seuchen im engen Ghetto und im Krankenhaus überlebt.

Sie haben den Papa überlebt.

Nun wollen sie endlich ein normales Leben. Aber in welchem Land in dieser Welt?

Der Rudolf weiß, wohin er reisen wird. Zuerst hat Lotte fantasiert, er würde sie heiraten und mitnehmen als seine Frau. Obwohl da nichts zwischen ihnen war. Sie ist ja viel zu zart für ihn, darf nicht einmal in die Nähe des Boxvereins, um ihm zuzuschauen. Zu einem Wettkampf schon gar nicht. Außerdem sind da die Mütter. Genauso wie der Rudolf nie ohne seine Mama irgendwohin gehen wird, kann Lotte ihre Mama nicht sich selbst überlassen. Sie ist wie ein älterer Zwilling. Sie wohnen zusammen, sie arbeiten zusammen, sie essen zusammen, sie verbringen zusammen ihre Freizeit, sie schlafen zusammen auf einer Matratze. Lotte und die Mama. Gekleidet, wie immer, nach demselben Prinzip: Verschiedene Stoffe, einheitlicher Schnitt. Sich gut anzuziehen sind sie dem Papa und ihrer Linzer Vergangenheit schuldig. Als sie noch das Geschäft besaßen. Die Ärmel und der Brustteil von Mamas Kleid für das Foto sind aus durchsichtigem Material gefertigt. Für Lottes Modell haben sie einen blumigen Stoff bei den Einsätzen an Ärmeln, Schultern und Brust ausgesucht. Rock und Oberteil bestehen aus schwarzer Seide, geschneidert aus Mamas bestem Kleid aus wohlhabenden Zeiten. Sie verwerten alles. Lotte ist stolz darauf, die Seide eine Mahnung daran, woher sie kommt. Die Frauen stehen eingehängt, Arm in Arm, einander zugeneigt. Die Mama eher an Lotte gelehnt als umgekehrt. Sie riecht nach Reispuder, mit dem sie ausnahmsweise ihre Wangen geschminkt hat. Ein bisschen auch nach Desinfektionsmittel, mit dem sie im Krankenhaus ständig hantiert. Mamas langes Haar ist zu einem Zopf geflochten und zu einem Kranz aufgesteckt. Ihre Brille hat sie für das Foto abgesetzt. Lotte trägt weiterhin Bubikopf, geht regelmäßig zu einer Kollegin zum Schneiden. So ist es billiger. In dunklen Pumps, vorne mit Maschen aus feinem Leder, stehen sie auf einem Flecken Perserteppich im Fotostudio. Wie verloren sie wären, hätten sie sich nicht. Sie sind gleich groß.

Die Mama hat Rudolfs Mutter bereits vor drei Jahren bei einem Treffen der Schanghailänder kennengelernt. Eine weitere vaterlose Familie. Aus den Berichten seiner Mutter hat Lotte erfahren, dass der Rudolf bereits in Wien eine der besten Partien gewesen ist. Vielleicht hat sie übertrieben, weil sie ihren Sohn so sehr liebt. Der Rudolf hat unbedingt seinen Trachtenhut auf die Flucht mitnehmen wollen. Erzählte die Mutter. »Den Ausseer. So was Unpraktisches. Aus Kaninchenhaar mit einem breiten grünen Band. ›Was willst du damit in Shanghai?‹, habe ich gefragt. Und der Rudolf, er weiß ja immer eine Antwort, hat geantwortet: ›Stell dir vor, in diesem Material sind Tiere aus Österreich eingewebt, die einmal dort durch den Wald gelaufen sind. Wenn ich ihn trage, trage ich Hasen aus der Heimat auf meinem Kopf mit mir herum.‹« Rudolfs Mutter lachte. Lotte und die Mama lachten auch. Rudolf macht gern Witze. Er riecht gut, mischt sich die Pomade für seine dunklen Haare selbst zusammen. Während sie im Ghetto wohnten, hörte er nie auf zu trainieren. Seine Beine sind beweglich, seine Schultern- und Armmuskeln kräftig, ausdauernd. Außerdem ist er ausnehmend intelligent. Darauf kommt es an. Ganz Shanghai schätzt Rudolfs schnellen Haken. Seine Taktik hat er Lotte einmal erklärt: »Du musst alle Möglichkeiten im Kopf durchspielen und reagieren, bevor dein Gegner ansetzt zur Attacke. Schnelles Denken, schnelles Zuschlagen, den Gegner täuschen und enttäuschen, ihn müde machen und zermürben. Bis er eine falsche Entscheidung trifft oder seine Schritte unsicher werden. Damit hast du ihn und versetzt ihm den letzten Hieb.« Während er spricht, schiebt er ein Stück der knorrigen chinesischen Wurzel Ingwer in seinem Mund hin und er, kaut darauf herum. Ingwer desinfiziert. Rudolfs Mutter war zwar anfangs gegen die Boxerei. Trotzdem verdient ihr Sohn damit genügend Geld für beide. Wegen dem Boxen hat der Rudolf sogar eine Aussicht auf Amerika. Ein Stipendium an einer der besten Universitäten. Visum eingeschlossen, sogar für die Mutter, damit die ihn versorgt, während er studiert. Zu Lottes Geburtstagsfeier laden sie daher den Rudolf ein. Zusammen mit anderen Mitgliedern vom Trachtenverein. Die Dirndlkleider der Mädchen sind aus Resten zusammengestellt. Nicht immer können sie die Farben von Schürze, Rock und Oberteil so kombinieren, wie es Brauch ist. Lotte hat sich gewünscht, dass alles so aussehen soll wie in den unbeschwerten Ferien ihrer Kindheit, wenn sie im Sommer nach Aussee gefahren sind: Grünes Mieder mit weißen Knöpfen, ein altrosa Rock schön gefältelt, die Schürze in Blaudruck. Unter dem Mieder eine weiße Bluse mit Spitze. »Der grüne Leib soll an den Wald erinnern, der rosa Rock an die Alpenrosen, die blaue Schürze an die schönen Seen.« Hat die Schneiderin ihnen erzählt. Damals als sie noch Österreicherinnen waren. Dann fanden es die Nachbarn und Bekannten schlagartig in Ordnung, dass Lotte und ihrer Familie nach dem Leben getrachtet wurde. Sie begreift bis heute nicht, wie das möglich war. Die Mama ist fast daran zerbrochen. Lotte ist bald achtzehn und will unbedingt eine Zukunft.

Mit den Amerikanern kommen dann die Butter und die Milch, kommt sogar getrocknetes Fleisch, das lange zu kauen ist, einzuspeicheln, bis die Fasern weicher werden und auf der Zunge einen rauchigen Geschmack hinterlassen. Wasser müssen sie weiter abkochen, da geht kein Weg daran vorbei. Regelmäßig können sie einen Essenskarton an der Ausgabestelle abholen: eine große Schachtel, eingewickelt in Wachspapier. Sie holen die Dosen und Pakete heraus: Fleischkonserven, Trockenpilze, Erdnussbutter.

Zusammen mit einem kleinen Messerchen, um die Dosen zu öffnen. Jedes Mal probiert Lotte die Erdnussbutter zuerst, taucht ihren Finger hinein, erstaunt über den salzig-cremig-süßen Geschmack, die kleinen Körnchen von Nüssen, die in der Erde wachsen. Sie kann sich das nicht vorstellen. Gierig nach Fett, nimmt sie einen Löffel, isst zu schnell, bis ihr fast schwindlig wird. In der Box liegt ein Handzettel, der besagt, dass ein Mensch mit dem Inhalt des Kartons zwei Wochen überleben kann.

Zu Lottes Geburtstag bestellt die Mama eine Sachertorte beim Würsteltenor. Fast alle Zutaten sind nun erhältlich. Wenn auch rationiert. Für die Torte hat die Mama in weiser Voraussicht all ihre Schokoladentafeln aus den Carepaketen zusammengespart. Und wirklich taucht der Rudolf bei der Feier auf, samt Hut und gut gelaunt. Alle Mädchen kichern, und er wagt einen Tanz mit dem Geburtstagskind. Wohl eher aus Höflichkeit, und ihr selbst ist es wegen dem Fuß, der weiterhin schmerzt, peinlich. Obwohl sie Dirndl tragen, hören sie neueste Schlager: *Bei mir bist du schoen, it's such an old refrain. And yet I should explain. It means I am begging for your hand ...*

Der Rudolf singt lautstark mit, und wirbelt Lotte auf der Tanzfläche ganz schön herum. Daraufhin lässt er sie rasch los, sein Duft nach Äpfeln, Rasierwasser und Ingwer verfliegt. Wie geplant verschwindet er im Boxclub, um zu trainieren. Das mit dem Handanhalten war ja nur in Lottes Kopf herumgeistert. Vielleicht auch in Mamas Gedanken. Vier Wochen später sind der Rudolf und seine Mutter fort. Lotte und die Mama haben sich inzwischen für Palästina entschieden, ohne zu wissen, wie es dort sein wird. Milch und Honig oder Wüste. Nur dass Juden willkommen sind, hat Lotte erfahren. Daraufhin haben sie ihren Antrag gestellt. Weil die Mama so müd ist vom Verfolgtsein.

VERA | Helfenstein

Otto sitzt über die riesige Schreibmaschine gebeugt. Die haben sie gleich nach seiner Entlassung aus dem Lager angeschafft, damals das neueste deutsche Modell, eine schwarze, solide Olympia, jedoch mit Frakturschrift. Die mag er lieber als Antiqua. Aber die Tastenschläge machen unheimlichen Lärm. Otto bemüht sich, möglichst viel Text auf das rare Papier zu bringen. Er hofft, dass seine festen Schläge keine Löcher ins dünne Blatt graben, konzentriert, den Ablauf der Geschehnisse nicht durcheinanderzubringen. Dies ist sein politisches Testament. Die Weiterführung seiner Liegenschaften, ja die Zukunft seiner Nachfahren hängt ab davon, wie er die Ereignisse während der Kriegsjahre hier schildert. Otto schreibt Geschichte, weil er als Einziger einen Überblick haben kann: Grieskirchen, Berlin, Bayern, Linz, Gusen, Salzburg. So viele Orte, an denen er sich aufgehalten hat. Und zum Schluss, während der geheimen Arbeit gegen den Feind, wurde ja nie was schriftlich aufgezeichnet. Die Gefahr, entdeckt und verraten zu werden, war zu groß. Alles kommt aus seiner Erinnerung. Nur Otto kennt die Namen aller Beteiligten und die Taten, die zu den Namen gehören. Mehrere Nächte sitzt er bereits vor der Maschine und hämmert in die Tasten. Schildert seine Irrfahrten, seine Verhaftungen, sein erzwungenes Exil beim Schwager, die Verbannung aus dem eigenen Wirkungskreis, die Trennung von seiner Familie und seinen Aufgaben im Schloss.

Otto schreibt, dass er nach seiner Rückkehr aus dem Exil ein Netz von Unterstützern unter Einheimischen schuf, Informationsketten einrichtete, um zu erfahren, wer von den verbliebenen Nazis in der Gegend sich zum

Endkampf rüstete. Otto musste wissen, wer Waffen und Munition hortete, wer über Sprengstoff verfügte. Mit geschickten Sperren und Kontrollen erreichte Otto mit seinen Vertrauten, dass die Verdächtigen ihren Wirkungskreis beschränken mussten. Straßen wurden geschützt, Versammlungsorte streng bewacht. Otto schreibt, dass er Kämpfer unter den Kriegsgefangenen rekrutierte, für die er zu sorgen hatte. Persönlich weihte er sie in die Pläne ein, die Stellung jedes Einzelnen wurde festgelegt sowie dessen notwendige Bewaffnung im Ernstfall. Seine Sprachkenntnisse in Englisch, Französisch und Italienisch halfen ihm dabei. Otto bemühte sich darum, weitere Pistolen zu besorgen. Ein Vertrauter erhielt sie von den Ungarn über der Grenze. Damit wurden die Engländer, die er in seinem Schloss als Gefangene verwaltete, ausgestattet. Otto schreibt:

Die Frauen arbeiteten an der Instandsetzung von Waffen, nähten rotweiße Armbinden, Kokarden, Fahnen in den Landes- und Bundesfarben, die sie bereithielten für die Befreiung. Sogar diese harmlos scheinenden Handlungen konnten ihnen gefährlich werden, bedenkt man die umherziehenden Militärs, die sich ab nun selbst Befehle gaben und herumspionierten und wohlmeinende Menschen denunzierten. Auch die offiziellen Behörden waren inzwischen völlig unberechenbar.

Veras Namen erwähnt er nicht. Es versteht sich von selbst, dass sie als seine Frau und Schlossherrin beteiligt war und wusste, was er plante. Zumindest war ihr der genaue Ort des Waffenverstecks in der Nähe der Hütte bekannt, in der Otto sich verborgen hielt, bis abzusehen war, dass die Nazis den Krieg verlieren. Schließlich kam es gar nicht zum Kampf, sondern die gemeinsame Sprache war ihre Rettung.

Ich konnte wegen meiner Englischkenntnisse die anrückenden Alliierten dazu bewegen, uns nicht zu attackieren. Ich kam mit weißen Leintüchern angefahren, und sie ließen sich überreden. So habe ich sogar die Besetzung durch die Russen verhindert und unseren Frauen das Schlimmste erspart.

Schreibt Otto in seinem Bericht über den Widerstand in seinem Verwaltungsgebiet. Erleichtert zieht er die letzte dicht beschriebene Seite aus der Maschine, heftet die zwanzig Blätter zusammen und steckt sie in einen Briefumschlag. Morgen geht der Bericht an die Behörden. Dazu legt er den Brief vom Bürgermeister mit der Bitte um Freilassung seines Sohnes.

Der Graf hat sich eine Belohnung verdient und steigt hinunter in den Keller. Der Strahl seiner Taschenlampe streift die nackten Ziegelmauern entlang durch die Gewölbe. Otto erinnert sich, wie er schon als Bub für den Vater hier nach bestimmten Weinflaschen suchte. Seitdem weiß er, in welchem Abteil des Kellers sich welche Sorte und welcher Jahrgang befinden. Der Keller verfügt über so viele Räume, dass keine Regale nötig sind. Die Flaschen lagern am kühlen Boden nahe der Erde. Zur Feier des Tages schnappt Otto sich einen Wein aus 1938, gekeltert noch vor dem leidigen Krieg. Auf die Männer, die ihn und andere gequält haben, wartet nun in Nürnberg das Urteil.

Vera wälzt sich in dem großen, weichen Bett mit den frischen Laken, kann nicht einschlafen. Dabei hat sie, während sie las, andauernd gegähnt. Sie braucht Ottos Körper, wollte ihn nicht bei der Arbeit stören. Also wirft sie sich den Nerz über, setzt ihre schwere Brille auf, nimmt die Taschenlampe, verlässt das Schlafzimmer. Streicht durch den Gang im Obergeschoss, dessen

Wände bis auf den letzten Fleck mit Geweihen und Gemälden der Ahnen bedeckt sind. Schatten des Vergangenen. Gebilde aus Knochen, Leinwand, Pigmenten sind die Versicherung, dass es diese Familie und dieses Schloss bereits seit Jahrhunderten gibt, dass Sterblichkeit zwar ihre Körper verändert, nicht aber das Fortbestehen eines Geschlechts, eines Standes, einer Festung gegen die Natur und das Böse im Menschen.

In diesem Licht kommt es Vera vor, als ob die Rehe, die an ihren Hälsen an der Wand befestigt sind, sie freundlich grüßten, als Ebenbürtige. Eines Tages wird auch sie auf einem Gemälde für immer diesen Mauern verbunden sein, und zum ersten Mal ist sie damit einverstanden. Vera spürt die Schnauze von Gundo in ihren Kniekehlen, tastet nach seinem Fell. Das beruhigt. Sie wird eine warme Milch trinken und zurück ins Bett schlüpfen. In der Küche sucht sie nach einem Topf und entdeckt das Radio, versteckt in einem Schrank. Sie drückt daran herum. Es leuchtet langsam auf, als würde das Gerät die Wellen erst suchen. Auf einmal hört sie eine leise Stimme, die auf Englisch singt.

I could say bella, bella, *even say* wunderbar. *Each language only helps me …*

… tell you how grand you are, ertönt unvermutet Ottos Bass hinter ihr. Mit einem Arm umfasst er sie, im anderen hält er eine Flasche Wein, die er jetzt abstellt. Sie dreht sich um. Er sieht gelöst aus. *I could say* bella, bella, *even say* wunderbar. Seine dunkle, warme Stimme nah an ihrem Ohr. Sie lächelt. Arm in Arm steigen sie die Treppe zum Schlafzimmer hinauf. Nach Linz fahren sie nur mehr, wenn sie unbedingt müssen.

»Marvelous.« Manierlich senkt sie ihre mit einem Diadem verzierte Aufsteckfrisur. Das Haar sorgfältig blond getönt.

»Vielen Dank, Hoheit.« Der Gesellschaftsreporter steckt den Schreibblock ein. Der Fotograf an seiner Seite klickt. Hubertas Edelweißohrringe, geformt aus Brillanten, leuchten im Blitzlicht auf. Die Prinzessin greift in die Armbeuge ihres Begleiters und entschwebt. Der kleingewachsene, um die Mitte breitere männliche Körper streckt sich auf Absätzen, flüstert ihr ein Liebeswort ins Ohr. Sie lächelt. Ohne gerade weiße Zähne geht in New York nichts.

»Wir sind im Mittelpunkt des Universums, Darling. Nur, dass diese Zentren alle paar Jahre woandershin wandern. Man muss Schritt halten können, die Änderungen rechtzeitig erkennen und dementsprechend reagieren.« Sammy nickt, fasst sie schüchtern um die Taille. Huberta ist stolz darauf, beweglich zu sein und allen Gefahren, die sie bedrohen, getrotzt zu haben. An seiner Seite schreitet sie durch den Salon des Luxushotels, arbeitet sich mit Lächeln und Smalltalk durch die Gästeschar, lässt keine wichtige Persönlichkeit ungegrüßt. Niemals hätte sie dem Reporter verraten, wie elend ihr Dasein im Internierungslager gewesen war. Wie sehr sie erniedrigt wurde. Keiner soll ihre Vorgeschichte im Kerker von New Jersey auch nur erahnen. Schließlich hat sie stets den besten aller Wege ausgemacht, der sie herausführte aus dem jeweiligen Unheil. Nun ist sie zurück nach New York gelangt. In höchste Kreise. Das ist das Einzige, was zählt. Obwohl sie Sammys Plädoyer, für immer in der Metropole zu wohnen, bislang nicht nachgegeben hat. Noch nicht.

New York ist der Prinzessin im Grunde zu windig und zu kalt.

In der unfreiwillig in Texas verbrachten Zeit hat sie sich an Sonne und Licht gewöhnt. Erstaunlicherweise tat das trockene Klima der Wüste ihren Knochen gut, obwohl die unhaltbaren Zustände im Lager andauerten. Die leidigen Mitbewohner mit ihren kleinbürgerlichen Manieren und schlecht erzogenen Kindern durften ihre Käfige nach und nach verlassen. Huberta saß fest. In ihrem Fall blieben die Behörden hart. Bis zum letzten Moment. Der Präsident höchstpersönlich hatte dafür gesorgt, dass die Prinzessin nicht freikam. Sie könne gefährlich werden, Geheimnisse ausspionieren, den Deutschen verraten und so das Kriegsende gefährden. Fast fühlte Huberta sich durch diese Sonderbehandlung geehrt, wäre es nicht ziemlich öde geworden da draußen zwischen den Sandstürmen und Kakteen und den Kämpfen um die tägliche Ration Eiswürfel. Gegen Ende zu hatte die Prinzessin schließlich die Kühlbox zwischen den Häuschen für sich allein. Der Nähclub, die Schule, die Bäckerei, alles war längst aufgelöst. Sogar die gefangenen japanischen *Aliens* durften vor ihr raus. Lächerlich. Sie war der letzte Mensch, der das Internierungslager in Crystal City verließ. Sammy holte sie mit seinem Wagen ab.

Deshalb bedeutet der strahlende Auftritt in New York ihr in diesen Tagen umso mehr. Eine Genugtuung, obwohl sie weiterhin von der Gnade der Behörden abhängig ist und Sammy daher umso mehr braucht. Ihr kleiner dicker amerikanischer Major mit den etwas zu protzigen Ringen und der Goldkette um den Hals, nun sorgfältig unter der gestärkten Hemdbrust verborgen. Sammy, der nichts lieber tut, als sie zu beschützen, seine Prinzessin. Scheiden ließ er sich ihretwegen auch. Soll sich die Presse doch das Maul zerreißen! Hubertas Lippen sind glatt und in den aktuellen Farben der Saison geschminkt. Von ihren tadellos manikürten Fingernägeln leuchtet das modische Rot von Dior, Rouge canelle. Die Prinzessin lässt sich die Demütigung des Lagers mit keiner Faser anmerken. Die New Yorker sind ohnehin Weltmeister im Vergessen, denn der Krieg hatte immer anderswo stattgefunden. Der Gesellschaftskalender wurde währenddessen unbeirrbar fortgeführt, und die Vertreter des Geldadels sind von europäischer Aristokratie stets entzückt. So eine jahrhundertealte Herkunft ist nicht käuflich zu erwerben. Immer wieder soll Huberta aufzählen, mit welchen royalen Oberhäuptern in der alten Welt sie verwandt und verschwägert ist. Spätestens dann sind ihre Zuhörerinnen überzeugt, dass die Prinzessin sich in einen höheren Kreislauf fügt, unbeirrt von den verachtenswerten Beweggründen für einen vergangenen und von den USA gewonnenen Kriegs auf entfernten Kontinenten. Außerdem ist Hubertas Schmuck echt. Sammy hat dafür gesorgt, dass die wertvollen Stücke während ihrer Internierung nicht verschwanden. Sogar die glücksbringende Biene ist wieder aufgetaucht.

ROSI | Aussee

Also die Männer sind entweder im Berg drinnen oder am Berg droben g'wesen. Im Tal, am See, im Dorf, im Haus haben wir Frauen g'schaut, dass das Leben weitergeht während dem Krieg. Für die Kinder und das Vieh. In einem fort beschäftigt. Wir haben g'macht, was wir machen haben müssen, und das war's. Nicht, weil uns einer was ang'schafft hat. Und ich erzähl' das nur noch einmal, und danach ist Schluss. In Zukunft halt' ich den Mund. Wollen eh alle, dass ich endlich ruhig bin.

Kurz bevor's vorbei war, also wo sie draufkommen sind, dass sie den Krieg verlieren, war das Durcheinander groß. Weil sogar die, die vorher für die Nazi waren, haben auf einmal beim Widerstand dabei sein wollen, und das sogar schriftlich verlangt. Wir haben die Papiere unterschrieben. Aber denkt haben wir uns was anderes. Vorher sind die brav hinter die Nazi herg'rennt und haben was g'habt davon. Denen ist es nicht schlecht 'gangen.

Der Lehrer in der Volksschule hat geweint und den Kindern vom Heldentod vom Führer vorg'jammert. Hat erlaubt, dass sie früher heimgehen, zum Trauern. Der feige Hund. Die großen Herren in Berlin haben sich umbracht. Damit sie nicht g'straft werden. Das war gar nicht couragiert, das war erbärmlich. Im Hotel am See hat der Eichmann einen Steireranzug gestohlen, damit er sich leichter davonmachen kann über die Almen und das Tote Gebirge. Im Dorf hat es bis zum Schluss einige geben, die dem Kaltenbrunner g'holfen haben, damit der sich in der Jagdhütte oben am Berg verstecken kann. Haben ihn und ein paar von der SS auffibracht. Falsche Papiere hat er g'habt, der Herr Obergruppenführer. Da war ihm Berlin längst zu unsicher. Hat sich g'schlichen. Und wie die Amerikaner nach Aussee kommen sind, hat der Moser denen verraten, wo sie ihn untergebracht haben, den Kaltenbrunner. Wird schon nicht zu seinem Schaden g'wesen sein.

Der Moser hat zusammen mit dem Förster die Amerikaner auffig'führt. Weil den Weg muss einer kennen: beim Augstsee steigst du ein, gehst in Richtung Bräunigzinken, den Steig auffi, da musst schwindelfrei sein. Dann steht bald die Jägerwand vor dir. Schroff und steil. Wenn du nicht wissen tätest, dass es weitergeht, tätest du umkehren. Du musst aufpassen, dass du nicht stolperst. Endlich kommst du zur Augstwiesn. Ab da geht's wieder flacher. Gegen Ende zu führt der Weg durch die Latschen. Danach ist es nicht mehr anstrengend und von weitem siehst du die Hütte. Sogar mit Veranda. Wie sie den Kaltenbrunner g'schnappt haben, ist noch Schnee g'legen. Obwohl im Tal bereits Frühling war. Im Mai. Oben gab's viel Schnee. Da kommst du nur langsam vorwärts. In der Nacht sind sie weg, und erst in der Früh, es hat getagt, waren die Amerikaner bei der Hütte. Der Kommandant war als Bergsteiger verkleidet. In Lederhosen, Trachtenjanker, Hut und Bergschuhen mit Steigeisen. Die sollten glauben, dass er ein Einheimischer ist, der sich verirrt hat und Schutz braucht in der Hütte. Die Soldaten haben sich versteckt. Viele von denen sind gar nicht durchkommen bis zur Alm. Ohne Steigeisen sind sie ausg'rutscht, hing'fallen, haben sich verletzt. Wie der Kommandant an der Hüttentür klopft hat, hat ein Mann aufg'macht, in lange Unterhosen. Die haben noch g'schlafen. G'feiert vorher, weil später haben die Soldaten eine ganze Kiste mit Champagnerflaschen g'funden in der Hüttn und französische Süßigkeiten. Natürlich Waffen und Munition und einen Haufen Geld. Persönliche Gegenstände haben sie rechtzeitig im Ofen verbrannt. Der hat noch g'raucht. Zuerst haben die Männer nicht aussi wollen. Aber der Amerikaner hat einen Brief von der Gisela dabei g'habt, der Geliebten vom Kaltenbrunner, mit der Bitte, dass sie aufgeben sollen. Den haben sie g'lesen und sind mit Hände hoch aus der Hüttn. Der Kaltenbrunner hat tan, als wär er ein Mediziner, hat einen falschen Ausweis vorzeigt und den Doktorkoffer, den er dabei g'habt hat. Ist stur blieben. Dann sind sie runter ins Dorf, stundenlang, haben nicht g'muckt. Wie sie zu Mittag ankommen sind beim Volkshaus, sind alle hin, zum Schauen, auch die Gisela. Sie ist dem Kaltenbrunner um den Hals g'fallen, erleichtert, dass der noch lebt. Und so haben die Amerikaner g'wusst, dass sie den Richtigen erwischt haben. Zugeben hat der trotzdem nichts. Und bereut schon gar nicht. Bis zum Schluss hat er behauptet, dass er nie Befehle unterschrieben hat, damit die Juden in den Tod g'schickt werden. Dass er nie ein KZ besichtigt hat. Dabei ist er auf die Fotos!

Viele Nazi waren in den Hütten im Ausseerland versteckt und die Amerikaner haben am Anfang glaubt, dass die nicht aufhören wollen zum kämpfen. Alpenfestung hat es g'heißen. So ein Blödsinn. War ja schon zu spät. Die Nazi haben im Grund nur ihre Wertsachen in Sicherheit bringen wollen, für später. Oder sich in Ruhe überlegt, was sie aussagen, damit sie mit ein paar Jahren im Gefängnis davonkommen. Danach, wenn das Ärgste vorbei ist, haben sie sich vorg'stellt, schaufeln sie wieder alles aus und machen sich ein schönes Leben. So wie der Schatz vom Kaltenbrunner im Gemüsegarten unterhalb vom Haus von der Christel. Da haben mehrere die Beete heimlich umgraben. Weil seine Geliebte, die Gisela, dort *unterbracht war und die Zwillinge. Die sind gerade zwei Monate vorher im Kuhstall auf die Welt kommen. Nichts da mit Klinik und Oberarzt. Die Nazi haben möglichst weit weg wollen, Südamerika war ja beliebt, Hauptsache nicht vor Gericht kommen. Und ein paar von denen sind für immer verschwunden.*

Dann der ganze Zirkus mit der Kunst im Salzberg. Hat ja ein jeder g'wusst, dass die Nazi immer das Beste abstauben. War schon bei den jüdischen Villen so. Sicherlich, bei den Bildern ist ziemlich viel zusammenkommen. So an die sechstausend, hat's g'heißen. Für das Führermuseum in Linz. Mit Raupen haben sie die Kunstwerke schnell zum Salzberg auffig'fahren. Weil für die normalen Fuhrwerke war viel zu viel Schnee. Es war rutschig. Und das viele Holz für die Regale und die Kisten hat genauso in den Berg hineinmüssen. Dort haben einige von den Tischlern aus der Gegend zum Schluss eine ziemliche Arbeit g'habt. Hals über Kopf hat's gehen sollen. Allein fünf Kilometer Kabel, hat mir mein Mann erzählt, nur damit sie genug Licht einikriegen in die Stollen. Später, wie die Amis da waren, war ein jeder derjenige, der die Bilder gerettet hat. Praktisch in letzter Minute. Der die Bomben verhindert hat. Und wenn er nur die Fuhrwerke von weitem beobachtet hat. Weil jeder will ein Held sein. Zumindest im Nachhinein. Wenn man alles nicht mehr so genau prüfen kann. Viele von denen haben's ja wirklich so hindreht, die meisten sogar. Manche hat's erwischt. Den Sohn vom Besitzer von der Postalm, der war ein fanatischer Nazi, den haben sie gleich im Löschteich ertränkt. Er war zu den Arbeitern im Lager drunten so brutal, dass sie nicht warten haben wollen auf ein Urteil. Keiner hat später was zugeben. So leben wir eben dahin mit Mördern.

Die schönen Villen, die sie am Anfang von den Juden ergattert haben, sind wieder leer g'standen. Weg war er, der Bluthund von der Villa Trapp. Im ersten Stock haben sie ein abhörsicheres Zimmer g'funden. Der Himmler war genauso zu feig, sich schnappen zu lassen. Hat sich umbracht, mit Zyankali. In Schloss Fuschl sind die Amerikaner einzogen. Die Bauern haben ihre Grundstücke rundum zurückkriegt, die ihnen die Nazi wegg'schnappt haben, weil sie glaubt haben, sie brauchen mehr Platz. Zum Schluss waren die ziemlich narrisch, haben einen Verfolgungswahn g'habt.

Wir, die wir gegen die Nazi g'wesen sind, waren danach plötzlich die Roten oder gar die Kommunisten. Weil sie haben wieder einen Feind braucht. Das war schwer für uns. Leider haben wir auch untereinander g'stritten. Ich muss sogar einen Prozess gegen den Sepp führen. Wegen Diebstahl. Er hat ein Packerl Pfundnoten im Heustadel versteckt und behauptet, ich hätte es ihm g'stohlen. Deswegen darf ich eigentlich nichts sagen. Dabei habe ich ihm g'holfen nach der Flucht aus dem Lager, hab ihm G'wand, einen Schlosseranzug, und Essen bracht. Der war ja bei mir ang'laufen und wegen mir hat er in der Villa untertauchen können. Und kein Wort davon in seiner Geschichte. Ich komm' gar nicht vor in seiner Version. Auf einmal war ich unsichtbar. Meine ganze Arbeit. Das Buch hat er nicht einmal selber g'schrieben, sondern ein Deutscher. Das meiste davon war eh erfunden. Keine saubere Geschichte. Dafür habe ich jetzt eine Klage am Hals.

Probleme wegen dem Sepp hab' ich ja schon seinerzeit g'habt. Seine Mutter hat glaubt, ich habe ein Verhältnis mit ihm. Die hat das so hing'stellt, dass ich ihn verführt habe. Dabei habe ich Brotmarken g'sammelt, damit ich ihm was zum Essen bringen kann. Der Sepp hat sofort wieder einen guten Posten kriegt nach dem Krieg. Oder der Gaiswinkler, der war später der größte Held von allen. Hat sich genauso einen Roman über seine Taten schreiben lassen. Die Autos, die der sich dann leisten hat können, da haben sich ja viele g'fragt woher.

Ihre Spuren haben die Nazi im letzten Moment verschwinden lassen. Messgeräte in den See g'worfen. Schluss war mit Sprengungen unter Wasser. Zig Male sind die Fuhrwerke zum See und zurück, um Beweise zu versenken. Die Soldaten haben Silberplatten und Platin kriegt, weil Geld für den Sold war keins mehr vorhanden.

Und jetzt gehen welche herum und behaupten, ich hätt' profitiert, weil ich in den Villen putzt hab' und gewusst hab', wo die Wertsachen sind. Deswegen will ich nicht mehr drüber reden. Das ist halt so.

Eigentlich sind ja die Männer in ihrem Versteck am Berg oben sogar sicherer g'wesen als wir Frauen unten im Dorf. Wir waren immer unter Beobachtung. Wir haben tagtäglich schwindeln und heimlichtun müssen. Jederzeit hätt' uns einer erwischen können oder denunzieren. Und die tapferen Kämpfer vom Widerstand wären verhungert. Man fragt sich ja, warum jetzt allein die Männer die großen Helden sind. Aber die meisten von uns haben halt nicht Englisch g'redet. Wer Englisch können hat, hat sofort seine Geschichte erzählt. Und die Amerikaner haben alles glaubt. Wir Frauen haben eben immer stillhalten müssen. Das haben wir uns so ang'wöhnt. Zuerst, damit wir nicht verraten werden, und nach dem Krieg war's nicht viel anders.

Dabei war ich anfangs froh, wie die Amerikaner endlich kommen sind. Hab' mich auf ein bisserl Ruhe g'freut. Nicht mehr jeden Tag unterwegs, auf dem Fahrradl. Mein linker Fuß ist zum Schluss immer schlechter worden. Weil was wir g'macht haben, war gefährlich. Nicht auszudenken, was meiner Familie passiert wäre, wenn ich hochgangen wäre. Wir waren so tief im Untergrund, dass wir nie mehr herauskommen sind. Dann hat es so ausg'schaut, als hätten wir nichts unternommen gegen die Nazi. Weil die Nazi lauter waren als wir nach dem Krieg. Die jungen Dirndl vom Dorf sind neben den Jeeps herg'laufen, haben ein paar Blumen g'rupft und den Amerikanern über den Kopf g'schmissen. Sobald die stehen blieben sind, haben sie sich denen um den Hals g'worfen.

FRANCINE | Paris

Exakt an dem Tag, als die Amerikaner Tokio mit Napalm bombardierten, wurde Marcels Film in Paris erstmals vor Publikum auf Leinwand projiziert: unscharf, wackelnd, in schlechter Tonqualität. Die Kostüme waren vom Karneval in Venedig inspiriert und aufwendig geschneidert. Im fantasiert historischen Paris wird während der Feiern jedoch nicht getanzt, sondern gehopst. Auf und ab, auf und ab, auf und ab. Die bunten Federn sollen in Schwarz-weiß-Bildern schillern. Francines Kleid in der Rolle der Garance erinnert an Trachten: Knappes Mieder, von dem ein weiter Rock aufspringt. Dazu eine duftig helle Bluse. Mit einem Griff öffnet sie das Oberteil und zeigt kurz ihre nackten, sehr kleinen Brüste. Dieser Trick funktioniert nur, weil die Kostüme völlig auf ihren einzigartigen Körper hin entworfen sind. Die Männer, die sich um sie bemühen, tragen Kappen und hohe Hüte. Ihre Zähne sind schlecht. Ihre Bärte lückenhaft rasiert. Die Haut der Frau leuchtet. Ihr Kopf ist frei und unbedeckt. In Großaufnahme erscheint das weiß geschminkte Gesicht des Pierrots auf der Leinwand. In überlangen, weiten Hosen, über die er fast stolpert, tapst er auf die Bühne des Jahrmarkts. Dreht die Krempe seines Hutes falsch herum. Ein Herz ist auf seine Brust gemalt. Die Heldin himmelt seine hellen Augen an und wird in seinem Anblick wieder jung. Er macht auf dumm nur so lang, bis die Frau ihn braucht, um ihre Unschuld zu beweisen. Seine Kunst ist wortlos und erzielt trotzdem die erhoffte Wirkung. Ihr Lächeln ist nun seines. Garance wird freigesprochen. Sie schnappt sich die Rose aus ihrem Dekolleté und wirft sie ihm zu.

Damit ist es um Pierrot geschehen. Er reiht sich in die Folge von Garances Verehrern. Einer von ihnen ist doof, einer verschlagen, einer normal, und einer ist reich. Garance kann sich nicht entscheiden. Sie liebt ja nichts so sehr wie ihre Freiheit. Die Frau wird beschuldigt, verführt, beschützt, verdächtigt und gerettet. Sie soll Frankreich verkörpern, eine weibliche Nation, die – obwohl von allen Seiten belagert – bei sich bleibt. Die nackte Wahrheit. Im Bottich voller Badewasser mit dem Spiegel in der Hand.

»Die Liebe ist einfach«, behauptet Garance.

Alles, was sie sagen, gehorcht der Zeitlosigkeit. So hat es zumindest Cocteau in seinem Drehbuch vorgesehen. Doch der Film geriet zu ausführlich, und die Premierengäste verließen den Saal, noch bevor die Geschichte endete. Gierig nach Sensationen vermissten sie bei der Aufführung vor allem eine Person: die Darstellerin der Garance, von vielen Männern begehrt.

Francine las die ersten Reaktionen auf die Premiere mit Genugtuung in den raschelnden Seiten von *Le Monde*. Die Zeitungen, die sie erhielt, waren mindestens eine Woche alt. Wenn überhaupt Botschaften von draußen das Schloss erreichten. Immerhin wurde sie rasch aus dem Gefängnis geholt und in diesem Schloss untergebracht. Die Kritiker hatten im Kino mehr als ein verkleidetes Spektakel in einer Fantasiewelt gesehen. Französische Kunst triumphiere über deutsche Barbarei.

Idiotisch!

Francine entzündete eine Zigarette. Trotzdem wäre sie gern dabei gewesen, um Cocteau und Marcel zu treffen, die ganze Equipe. Sie hatten während der Dreharbeiten so viel Zeit miteinander verbracht. Nur weil sie liebte, wurde sie auf diesem Schloss festgehalten wie eine Verbrecherin. Erhielt Auftrittsverbot. Zwei Jahre lang dürfe sie sich Paris nur im Umkreis von achtzig Kilometern nähern. Nur weil ihr Auserwählter den falschen Pass hat. Leider lässt die Liebe kein bisschen nach. Einsperren hilft nicht. Francines Liebe wird von seinen Briefen genährt. Und von ihrer Imagination.

»Mein Leben, meine Seele gehören nur dir«, lässt sie Willy wissen.

»Meine Liebe ist überzeitlich. Ich verzweifle ohne dich. Rette mich!«, kritzelt sie auf Papier.

»Ich liebe so stark, und ich kann es kaum ertragen!«, beschwört sie ihn, der mittlerweile die meiste Zeit in den österreichischen Bergen in einer Villa verbringt und nicht zurück nach Frankreich darf. Fast wünscht Francine sich den Krieg zurück, die deutsche Besatzung, welche Willys Anwesenheit in Paris erforderte. Nächtelang streicht sie unruhig durch die stillgelegten Räume des Schlosses. Kerzenleuchter in der Hand, ungeschminkt, ihr Haar aufgelöst.

KITTY

(Im Lagerraum des Joint Distribution Committee im Pariser Hôtel Lutetia führt der amerikanisch-litauische Psychologe David Boder das Interview, verwendet ein Aufnahmegerät mit Drahtspulen.)

K: Ich hatte keine Wahl. Der Mann ließ mich von seinem Freund mit einem Fahrrad abholen, und der brachte mich zum Bürgermeister. Er war nicht da, aber seine Frau, und ich sagte ihr, dass ich nicht mehr gehen konnte, dass ich ein Flüchtling aus … aus, ich weiß nicht mehr, was ich ihr erzählte. Im Dorf wurde ich in einen riesigen Schlafsaal gebracht, wo schon andere Geflüchtete waren.

B: Aha, da gab es auch schon deutsche Flüchtlinge?

K: Ja, Zivilisten, ziemlich viele.

B: Und immer trugen Sie dieses blaue Kleid, das Sie im Krankenhaus bekommen hatten?

K: Ja. Das Kleid war meine Rettung. So war ich nicht als Insassin eines Lagers zu erkennen. Sie haben mich sehr freundlich aufgenommen. Ich blieb und sagte dem Vermieter, dass ich am nächsten Morgen gehen würde. Aber ich schlief bis Mittag. Ich wollte weg, aber ich konnte nicht gehen wegen meines verletzten Fußes. Also bin ich zurück und habe gefragt, ob ich noch eine Nacht bleiben kann. Der Vermieter war nicht da, und seine Frau hat gesagt: Klar, legen Sie sich wieder hin. Aber eine Stunde danach kam der Vermieter und fragte mich nach meinen Papieren.

B: Hm.

K: Na ja, ich hatte aber keine, und ich sagte ihm, dass ich alles verloren hätte. Also sagte er, na, wenn Sie sie verloren haben, dann rufen wir die Polizei. Sie wissen ja, dass wir im Krieg sind, und es gibt eine Menge Spione überall. Darum müssen wir uns kümmern. Und zu den anderen sagte er, dass sie auf mich aufpassen sollten, damit ich nicht weglaufe. Aber da war keine Gefahr, weil ich hohes Fieber hatte. Ich fiel einfach zurück ins Stroh und schlief weiter. Dann weckten mich zwei Polizisten und fragten mich, was ich hier tue, und wie ich hierher gekommen wäre. Ich habe denen erzählt, dass ich vor den Russen davongelaufen bin, und sie haben mich nach meinem Namen gefragt. Ich habe ihnen meinen Mädchennamen genannt. Und sie haben mich nach meiner Adresse gefragt. Die Polizisten fragten mich, was ich vorher gemacht hatte, und ich sagte, dass ich da in einer Munitionsfabrik gearbeitet hätte. Und ich wusste auch, dass in diesem Gebiet bereits die Amerikaner waren. Also konnte die Polizei das nicht nachprüfen.

B: Gut.

K: Also dann habe ich einfach einen Straßennamen erfunden, und das haben sie akzeptiert. Anscheinend gibt es die Straße wirklich dort. Und das war alles, wonach er gefragt hatte. Aber der Vermieter sagte: Sie können hier nicht bleiben. Ohne Papiere geht das nicht. Und ich fragte, was soll ich denn tun? Er sagte, er wisse es auch nicht. Trotzdem, Sie können da nicht so einfach durchs Land stromern ohne Papiere. Also habe ich vorgeschlagen, dass ich bald zurückgehe, um bei der Naziwohlfahrt neue Papiere zu beantragen.

B: Und sie fanden das eine gute Idee.

K: Und am nächsten Morgen fuhr ich mit dem Milchwagen zu diesem Nazi-Sozialamt. Und ich erzählte, dass ich keine Papiere hatte, und die schickten mich ins Rathaus. Dort unterschrieb ich eine Erklärung.

B: Dass Sie Ihre Papiere ...

K: Ja, dass ich alle Papiere verloren hatte. Und ich erfand

noch alle Arten von Essensmarken, die mir fehlten, und füllte alles aus, und sie schickten mich zurück zur Polizei. Und dort sagten sie mir, dass sie mir nicht helfen konnten. Papiere darf man nicht verlieren.

(Sie lehnt sich zurück, ist nicht mehr nah genug am Mikro. Ihre Worte sind nur schwer zu verstehen.)

K: Ich antwortete: Ja, ich verstehe, aber ich muss irgendwo schlafen, ich habe zwei Tage lang nichts gegessen. Ich bin hungrig und müde, und Sie müssen mir sagen, wo ich schlafen kann. Und sie erzählten mir von einer Schule, einer Art Schutzraum. Für deutsche Zivilisten. Ich ging hin, aber der Direktor sagte: Nein, ohne Papiere kann ich Sie nicht aufnehmen. Ich sagte daraufhin: Aber ich war gerade bei der Polizei, und die haben mich hierhergeschickt. Also antwortete er: Gut, ich kann Sie bis morgen aufnehmen, aber Sie müssen irgendeine Art von Identifikation vorweisen. Schlafen Sie jetzt, und wir kümmern uns am Nachmittag darum.

B: Ja.

K: Also er brachte er mich in ein Zimmer, da gab es Matratzen, und ich kriegte zwei Decken, und es war sauber. Da waren ungefähr 15 Leute drin, es war ein ehemaliger Klassenraum.

B: Ja.

K: Und dann am Nachmittag kam ein deutscher Sanitäter. Er sah mich, und ich muss hohes Fieber gehabt haben und hochrot im Gesicht gewesen sein, weil er zu mir kam und fragte: Was fehlt Ihnen denn? Ich sagte, mein Fuß. Ich hatte da meinen Schuh schon ein paar Tage nicht ausgezogen, und der Fuß war offen und geschwollen. Er sah das und meinte: Sie müssen sofort ins Krankenhaus.

B: Hm.

K: Ich wollte da nicht hin, wegen meiner Tätowierung.

Ich hatte Angst, wenn ich mein Kleid ausziehen musste, dann würde alles ...

B: Ja.

K: Also habe ich darauf bestanden, dass ich dableiben kann und sagte, wenn sie mich nur hier lassen auf dieser Matratze, und wenn ich nicht wieder so viel marschieren muss, dann ist das schon in Ordnung. Und es gelang mir, ihn zu überreden, und er verband meinen Fuß bloß. Er desinfizierte die Wunde und sagte: Auf jeden Fall dürfen Sie sich nicht bewegen. Sie müssen ausgestreckt bleiben und nicht mit diesem Fuß gehen.

B: War es ein Arzt?

K: Ein Medizinstudent wahrscheinlich. Und der Direktor stand dabei, und ich sagte ihm, Sie wollten mich doch wegen der Papiere noch was fragen. Aber er sagte: Ist in Ordnung. Lassen Sie mal. Sie bleiben jetzt einfach hier, und ich kümmere mich um Sie. Und dann in einem ganz anderen Ton: Ich habe ja nicht gewusst, dass ihr Fuß in einem derart schlechten Zustand ist.

B: Hm. Nette Entschuldigung.

K: Ja. Also blieb ich da für ein paar Tage. Aber dann kamen die Russen näher, und wir sollten die Stadt verlassen. Ich versuchte zu gehen. Es ging nicht. Ich kehrte zurück und blieb im Bett. Um fünf fand mich eine Krankenschwester und sagte: Sie müssen fort. Ich antwortete: Ich kann nicht gehen. Also erzählte sie mir, dass um sechs Uhr ein Zug fahren würde. Der Bahnhof war nicht so weit weg, und so bin ich dahin.

B: Also die haben geglaubt, Sie sind Christin.

K: Natürlich.

B: Eine Katholikin.

K: Ja.

B: Eine Deutsche.

K: Ja. Ich hätte es sonst nie geschafft. Ich ging zum Zug, und vom Zug weg musste ich wieder gehen.

B: Wie weit sind Sie denn mit diesem Zug gefahren?

K: Nicht so weit, vielleicht so fünfzehn, fünfundzwanzig Kilometer. Ich ging und kam zu einem kleinen Platz, ein Unterschlupf für Zivilisten. Für *Displaced Persons*. Eine Herberge.

B: Ein Schutzraum?

K: Eine Schule, die zum Schutzraum gemacht wurde. Da war ein Riesenchaos. Keiner stellte Fragen, also ging ich einfach zu einem freien Bett und legte mich hin, und zu Mittag holte ich mir Suppe, und keiner kümmerte sich um mich. Am nächsten Morgen haben sie uns gesagt, dass wir rausmüssen. Ich ging also auf die Straße, und auf der einen Seite waren die Russen und auf der anderen Seite die Amerikaner. Ich wusste nicht, auf welcher Seite welche waren. Ich sah eine Gruppe von französischen Kriegsgefangenen, die die Straße entlanggingen, und ich rief: »Wohin geht ihr?«

B: Auf Französisch?

K: Ja. Wir gehen zu den Amerikanern!, riefen sie. Und ich sagte: Ich komme mit euch. Sie waren einverstanden und warteten auf mich. Vier Männer und zwei Frauen.

B: Franzosen?

K: Ja. Politische Gefangene. Aber sie liefen viel schneller, als ich mit meinem kaputten Fuß konnte. Also sagte ich ihnen: Ich will euch nicht zur Last fallen. Geht einfach schon voraus, und ich folge euch. Sie waren wirklich nett. Ich hatte Glück, denn sie schlüpften überall durch. Da gab es noch deutsche Truppen, die Zivilisten festnahmen. Und so ein Posten wollte mich auch festnehmen. Aber ich sagte: Ich gehöre zu dieser Gruppe Franzosen. Ich bin politischer Gefangener. Und sie ließen mich gehen.

B: Aber wie haben sie die Franzosen durchgelassen?

K: Ja, die ließen sie durch.

B: Sie haben Sie zu den Amerikanern gehen lassen?

K: Ja.

B: Haben Sie eine tätowierte Nummer?

K: Nein, ich hab' sie mir herausschneiden lassen.

B: Wie denn?

K: Das war eine richtige Operation. Es musste herausgeschnitten werden. Die Farbe ging sehr tief.

B: Sie wurde rausgeschnitten und dann wieder Haut darübergelegt? Also Sie haben an ihrem linken Arm eine Narbe.

K: Ja.

B: Da, wo die tätowierte Nummer entfernt wurde.

K: Ja.

B: Wer hat das gemacht?

K: Ein Krankenhaus in Paris.

B: Hat der Arzt Geld dafür verlangt?

K: Nein.

B: Gab es viele Leute, die ihre Nummern entfernen ließen?

K: Nein. Fast niemand.

B: Aber, wo haben sie denn die Haut rausgenommen?

K: Nirgends, er schnitt die Nummer heraus und nähte die Haut zusammen.

B: Aha. Er schnitt sie heraus und nähte sie zusammen.

K: Ja.

B: Hm, wie alt sind denn Ihre Kinder jetzt?

K: Meine Tochter ist neun und die Jungs sieben und fünf Jahre.

B: Und wo sind sie?

K: Sie sind immer noch bei diesem Ehepaar im Süden. Niemand hat sie verraten.

B: Wann werden Sie sie holen?

K: Ich muss zuerst in Paris meine Wohnung zurückbekommen. Wir hatten eine große Wohnung. Früher.

B: Ja.

K: Und die ist besetzt, und ich kriege sie nicht zurück. Da wohnt eine Frau drin, eine Schauspielerin, und ich schaffe es nicht, sie rauszubekommen.

B: Und deshalb können Sie ihre Kinder nicht zurückholen?

K: Genau. Wir haben kein Zuhause.

HUBERTA | Salzburg

In Salzburg lief es nicht ganz so mühelos, als sie kurz nach Kriegsende mit Sammy dorthin reiste. Sie wollte ihm unbedingt ihre erste Heimat zeigen, und er wollte unbedingt verstehen, woher seine Geliebte stammt. In Österreich erinnerte man sich genau daran, dass Huberta sich gleich zu Beginn den Nazis angedient und davon profitiert hatte. Die Österreicher waren nicht bereit zu verzeihen, denn sie hatten Schäden davongetragen, waren enttäuscht wegen des verlorenen Kriegs. Es war nichts geworden aus einem großen gemeinsamen Reich.

Trotzdem, Sammy gefiel es in Salzburg. Nur Wien mochte er nicht. Wien war ihm zu grau, zu viele Trümmer und Bombenschäden, der Prater abgeholzt. Also fuhren sie weiter Richtung Westen. Sammy betrachtete Salzburgs Festung wie eine Erscheinung aus einem Märchenfilm von Disney. Hubertas Schloss Leopoldskron jedoch begeisterte ihn vollends. Obwohl sogar in diesem Paradies eine Bombe eingeschlagen hatte. Glücklicherweise nur im Garten, der in Hubertas Abwesenheit nicht ausreichend gepflegt worden war. Einige Fensterscheiben aufgrund der Detonation zerbrochen. Ein wertvoller Kronleuchter lag in tausend Teile zersplittert am Boden. Bruchstücke von Schrapnellkugeln waren in die Wandbemalung des chinesischen Zimmers gedrungen.

Huberta schritt durch die verlassenen Räume, fuhr mit flachen Händen über die verletzten Wände, fühlte die Wunden der geliebten Mauern. Sie führte ihren Verehrer durch den unversehrten Spiegelsaal mit den verschnörkelten Ornamenten aus Gold. Sammy war sprachlos. Als geborener Amerikaner hatte er es nicht für möglich gehalten, dass derartige Schönheit existierte. Er bewunderte Huberta, die durch ihre Herkunft Teil dieses Reichtums und der verfeinerten Kultur von Königshäusern war. Wie geblendet spazierte er auf Zehenspitzen durch die Bibliothek, wagte es nicht, die Vitrinen aus geschwungenem Glas zu öffnen. Er las ohnehin nie ein Buch. An den Stuckarbeiten, den Gemälden, den barocken Engeln konnte Sammy sich nicht sattsehen.

»Noch nie war ich in schöneren Räumen. Nicht einmal im Film«, gestand er der Prinzessin.

Und er ahnte, was es heißt, Teil der Aristokratie zu sein, obwohl die Zeitspannen von mehreren Hunderten, ja Tausenden von Jahren, in denen diese Familien herrschten, ihm als Amerikaner unvorstellbar sind. Er verstand nur, was für ein Glück er hatte, dass er mit Huberta einen Körper berührte, eine Frau versorgte, die in größeren Zusammenhängen lebte als er selbst mit seinen dürftigen Wurzeln und seinem vergänglichen Dasein.

Schließlich die Festspiele. Huberta hatte darauf bestanden. Sammy reservierte Karten für die besten Plätze. Karajan wirkte trotz Dirigierverbot bereits im Verborgenen mit. Glücklicherweise. In wochenlangen Proben studierte er mit dem Orchester die »Hochzeit des Figaro« ein. Bei der Aufführung jedoch durfte er nicht im Orchestergraben erscheinen. Er hatte sich nie von den Nazis distanziert und auch während ihrer Herrschaft seine Kunst nicht aufgegeben. Nun saß er neben Huberta in der Loge. Auch sie geächtet. Sie tröstete ihn wie ein kleines Kind, das nicht mitspielen durfte.

»Noch nicht, du musst Geduld haben. Bald denkt keiner mehr daran.«

»Aber der Krieg ist längst vorbei, und Kunst sollte frei sein von Politik. Das ist doch der Sinn dieser Festspiele.«

Karajan war gekränkt.

»Ich weiß, wie hier alles funktioniert, und jetzt wollen sie die Leitung den Amerikanern übergeben? Ich bin einer der besten Dirigenten der Welt. Alles wegen dieser verdammten Entnazifizierung.«

Herbert konnte wirklich wütend werden. Und auch ziemlich boshaft, denn er fragte: »Und, gnädige Prinzessin, was ist eigentlich mit Ihnen, Sie sind schon entnazifiziert?«

»Ich, warum ich? Ich war ja gar nicht in Deutschland während des Kriegs.«

Die Enttäuschung machte Karajan grausam. Da half auch der Champagner nichts, den Huberta auf Sammys Rechnung in die Loge bestellte.

Am nächsten Morgen brachen sie in einer Limousine in Richtung Aussee auf. Sobald sie die Festspielstadt hinter sich gelassen hatten, drehte der Chauffeur das Radio an. Eine betrunkene Stimme ertönte, die im Wiener Dialekt nuschelte. *Ich habe Sie für Grinzing als Dienstmann engagiert, sag'n S', bin ich nummeriert, damit mir nix passiert?* »Machen Sie diesen Schwachsinn sofort aus!«, herrschte Huberta den Chauffeur an. Aber Sammy fuhr dazwischen und wollte das Lied hören. Es gefiel ihm. Er konnte ja die Worte nicht verstehen. Huberta war das peinlich. In ihrer Liebe zu klassischer Musik konnte dieser Ami ihr noch nie folgen. In die Oper war er immer nur ihretwegen gegangen und bewunderte vor allem das Schauspiel, die Kostüme. Von allem anderen hatte er keinen Schimmer. Schweigend ließ sich Huberta mit dem Geliebten ins Salzkammergut kurven, hinein in die Bergwelt, entlang der eiskühlen Flüsse und Seen, die sich wie Perlen in verschiedenen Blau- und Türkistönen neben der Straße aufreihten. Tiefer und tiefer drangen sie in die Täler und erreichten Aussee, wo sie standesgemäß im besten Haus am Ort, im Hotel am See, abstiegen und von den Besitzern gebührend empfangen wurden.

Sammy war hingerissen von der Landschaft und umso verliebter in Huberta. Kurz flog es die Prinzessin an, und sie fühlte sich versucht zu bleiben. Plötzlich meinte sie, tief in ihrem Inneren zu empfinden, wie sie weiterhin, trotz aller Stationen in ihrem Leben, österreichisch war. Es tat gut, ihre erste Sprache zu sprechen und verstanden zu sein. Bis zu diesem Zeitpunkt hatte sie nicht geahnt, wie nahe das Wienerische ihrem Herzen trotzdem war.

Andererseits, was sollte sie in Österreich? Mit diesen ihr feindselig gesinnten Menschen? Die nicht verstanden, dass sie helfen hatte wollen, um sie alle zusammen zu vergangener Größe zu führen. Die Einheimischen, sogar in Aussee, waren kleinliche Geister. Huberta spürte das Flüstern der Leute in ihrem Rücken, wenn sie mit Sammy entlang des Sees ins Dunkel der Nadelbäume spazierte. Wenn sie sich im modischen Badeanzug ans Ufer begab und unter einem riesigen Sonnenschirm nach dem Schwimmen trocknen ließ, wurde heftig getuschelt. Die Leute waren schrecklich zurückgeblieben. Huberta hingegen hatte sich den Lebensstil der Kalifornier angewöhnt. Das Verhuschte und Verhüllte der Alpeneinwohner, besonders der Frauen, war nichts für sie. In ihrem abwechslungsreichen Leben hatte sie sich bisher nie freiwillig eingeschränkt, nur weil sie eine Frau war. No, Sir!

Da lässt sie sich lieber in New York vom Friseur, der eigens für sie ins Hotel kommt, einen diamantenbesetzten Stirnreif ins Haar fügen und besucht mit Sammy klassische Konzerte in der Carnegie Hall. Er wird sich schon daran gewöhnen. Obwohl, auch zu Hause in Beverly Hills, wo sie ihr Haus behalten hat, sind ihr nicht alle Nachbarn wohlgesinnt. Besonders unter den leidigen Emigranten, die rechtzeitig aus Deutschland und Österreich davongelaufen waren, bevor es dort zur Sache ging. Es sind ohnehin vor allem Juden, Intellektuelle, moderne Komponisten, die ihre Nasen derart hochtragen. Diese Manns, diese Viertels, diese Schönbergs, diese Werfels, diese Korngolds oder wie immer sie heißen. Die ganze Hollywood-Mischpoche, die einer Prinzessin das Wasser niemals reichen kann und wohl auch nicht will. Von denen wird sie geschnitten, weil sie ein einziges Mal in ihrem Leben den Führer in Berchtesgaden besucht hat. Was ist dabei schon geschehen? Alles, was sie getan hat und künftig tut, geschieht aus humanitären Gründen. Huberta ist jedenfalls nicht schuld, wenn diese angeblich so bedeutenden Künstler nun zwischen den Welten hängen und nicht mehr wissen, wohin. Eine Wienerin, die angeblich Drehbücher für Hollywood schreibt, behauptet sogar, Hubertas Halbschwester zu sein. Als ob ihr Papa jemals fremdgegangen wäre. Eine Frechheit. Die Lügnerin sitzt verarmt in ihrer billigen Wohnung und will wahrscheinlich von Hubertas privilegierter Stellung profitieren. Die Briefe der Schwindlerin hat die Prinzessin nie beantwortet. Das fehlte noch. Sie fühlt sich jedenfalls angekommen in Amerika und will sich vorläufig nirgendwo anders aufhalten.

Aber dann, als sie endlich ihre gesellschaftlichen Pflichten aufgenommen hat, als es ihr gelungen ist, neuerlich von den höchsten Kreisen der Society geschätzt zu sein, wird ihre Aufenthaltsgenehmigung in den Staaten nicht verlängert. Sie kann es nicht fassen.

Wo hat man das schon gehört? Dass eine Prinzessin ausgewiesen wird. Und wo soll sie hin? Wien kommt nicht in Frage. Berlin auf gar keinen Fall. Paris ist verbrannte

Erde. Und nach London darf sie immer noch nicht einreisen. Dort gilt sie weiter als Spionin.

Sammy ist ihr Trumpf. Auch davon würde sie den Reportern nie erzählen. Sie verliert nie die Contenance. Niemals. Sammy, der mittlerweile als Anwalt arbeitet, kennt sich als ehemaliger Major der amerikanischen Einwanderungsbehörde mit Gesetzen hervorragend aus. Ihm können seine früheren Mitarbeiter nichts vormachen. So tüchtig arbeitet Sammy, dass er – wie nicht anders erhofft – eine Verlängerung der Frist erwirkt. Huberta würde sich von den Amerikanern nicht abschieben lassen wie irgendeine billige Verbrecherin.

Tapfer nimmt sie eine Champagnerschale in die Hand, die der Gefährte ihr reicht, nippt daran, tut einen nächsten Schritt in ihren Pumps aus Satin, die zwar an den Zehen drücken, deren Schnallen allerdings mit Glitzersteinen verkrustet sind. Seit sie vorwiegend bei amerikanischen Designern kauft, gilt sie als die am besten angezogene Frau New Yorks, erscheint sogar auf den farbigen Seiten von Mode- und Gesellschaftsmagazinen. Eine Prinzessin mit fünfundfünfzig Jahren. Keine andere Frau kommt ihr in die Quere. Sie beherrscht das Spiel. Huberta fährt fort, auf diesem und auch zukünftigen Parketten zu glänzen. Unbeirrbar. Auf Höhe der Zeit.

FRANCINE | Paris

Diese Ruhe macht Francine noch verrückt. Das übermäßige Grün, der Rasen, die gestutzten Sträucher, das Labyrinth des Schlossparks. Sie hat noch nie auf dem Land gelebt. Braucht Asphalt, den stinkenden Kanal, den Lärm von Menschen und Autos. Das schwere, dunkle Holz der Schlafzimmermöbel versetzt sie in Trauer. In der frisch duftenden Bettwäsche liegend, vermisst sie den rauchigen Geschmack von Willys Haut. Im Badezimmer aus rot gefleckten Marmor blickt ihr aus dem Spiegel ein Wesen mit aufgeschwemmten Wangen und dunklen Augenringen entgegen. Das kann nicht Francine sein. In der Badewanne friert sie. Die Wanne hält nicht still. Ihre Löwentatzen scheinen über das Mosaik zu kriechen. Das Wappen mit der Krone verhöhnt Francine. Die Blümchen auf der Tapete verwandeln sich im Halbdunkel in Spinnenbeine, die über ihren Körper geistern. Sie isst wenig, obwohl es ihr an nichts fehlt. Gesalzene Butter, Comté, vierundzwanzig Monate gereift, Baguette, Zucker, Kaffee, Zigaretten, wird alles angeliefert.

Nur im Salon fühlt Francine sich wohl. Die Tapisserien beruhigen. Dorthin geht sie, um in Ruhe zu rauchen. Das Licht ist milde. Das Parkett knarrt heimelig. Auf ihrer Flucht vor der Verhaftung hat sie so viel Zeit in wechselnden Zimmern und Wohnungen verbracht, die stets anderen gehörten, die andere eingerichtet hatten. Sie muss allein zurechtkommen. Das ist sie nicht gewöhnt.

Sie ruft sich Willys Stimme in Erinnerung. Beschwört seine spitzen Ohren, seine klare Stirn, die graubraunen Augen. Die schönen Dirigentenhände und seine vollen Lippen, die so weich, so zart auf den ihren lagen. Sie fürchtet, alt zu werden. Bald ist sie fünfzig und auf Entzug. Ihre

Droge heißt Willy. Er darf sie nicht anrufen. Ihr Kopf ist aus den Sternen gefallen. Mon Amour. Ihre Dosis war zwei Briefe pro Tag. Jetzt erhält sie einen einzigen alle paar Wochen. Und der ist zensiert. Nie mehr privat. Willy schreibt an seinem Roman. Anstatt mit Francine zusammenzuleben.

Als sie endlich aus dem Schloss entlassen wird, ihre Strafe verbüßt hat, kehrt sie zurück in ihre Wohnung am Quai de Conti. Ihre Haushälterin hat die Stellung gehalten. Alles ist unverändert. Als wäre nichts geschehen. Kein einziges Stück ihres Besitzes ist verschwunden. Ihre Räume wurden nicht requiriert. Am Sekretär findet Francine Willys neuesten Brief. Er lädt sie ein, zu ihm in die Berge zu kommen. Will sie heiraten. Schon wieder.

Meine Angebetete,

es fühlt sich komisch an, jemandem zu schreiben, der nicht antwortet. Aber ich rede ja ganz gern vor mich hin, also leide ich nicht zu sehr. Wann immer ich etwas Schönes sehe, möchte ich es dir zeigen, mit dir teilen und eigentlich ist das jeden Moment. Auf Spaziergängen kann ich eine alte Mühle sehen, die auf einem kleinen Hügel thront. Und der See, dessen dunkles Blau unglaublich ist, fast wie der Himmel so rein. Frühlingsblätter sprießen auf den Bäumen, die Vögel singen. Ich seufze, wenn ich das sehe und höre, weil ich mir wünsche, dass du da wärst, um all das mit mir zu erleben. Niemals, seit wir uns trennen mussten, habe ich so sehr gespürt, dass ich dich liebe. Schreib mir endlich. Dieses Schweigen schmerzt. Schreib mir alles, was du denkst, was du fühlst. Ich träume von einem Wiedersehen, das für immer wäre. Ich warte voller Ungeduld.

Dein Liebster

Francine kann sich nicht vorstellen, in einer Gegend voller Berge und Wiesen zu wohnen. Und der See tut ihrer Stimme sicher nicht gut. Zu viel Feuchtigkeit. Dort wäre sie nichts. Willy ruft an. Endlich. Will es wissen.

»Wirst du meine Frau sein?«

»Ich bin, was ich bin, nur in Paris. Bitte komm!«

Er verspricht, alles in Bewegung zu setzen, um mit ihr zu leben. Will sich umhören. Auch er ist nichts ohne eine Aufgabe. Francine wartet. Doch Paris ist nicht mehr gut zu ihr. Keiner von den alten Freunden lädt sie mehr ein. Sie ist zwar berühmt als Garance, aber als Francine in keinem Salon willkommen. Das ist erschreckend. Zu viel Einsamkeit. Das Hôtel Lutetia ist von den Amerikanern requiriert. Willy darf nicht nach Paris. Zumindest nicht in den nächsten Jahren. Was sollen sie tun? Zumindest ist Telefonieren möglich. Sie wird schwach und bittet: »Du musst was arrangieren. Hol mich hier raus!«

Willy besorgt Papiere von den Amerikanern. Aber ein letztes Dokument fehlt. Die beglaubigte Erklärung, dass sie einen Ausländer heiraten will. Francine wartet ein paar Tage. Erträgt es nicht mehr, steigt in den Zug, macht sich auf die Reise. Kommt trotzdem durch die Kontrolle, fällt ihm an der Bahnstation in die Arme. Verfällt seinem Geruch, seinem Körper, seinen Lippen. Francine will aus dem Bett nicht mehr heraus. Gibt sich Willy hin, völlig. Tage und Nächte, Wochen verzischen, ohne dass die Verliebten das Vergehen bemerken. Als sie sich trennen, können sie nicht glauben, was sie tun.

»Warum eigentlich?«

»Bald komme ich, um in Paris mit dir zu leben«, verspricht Willy.

Sie reist ab. Er bleibt in den Bergen von Aussee. Endlich kommt das Angebot, auf das Francine gewartet hat.

Die nächsten Dreharbeiten. Sie ist neuerlich mit der Kamera verheiratet. Flirtet mit den Beleuchtern.

»Das erste Mal seit dem Krieg werde ich geschminkt, um schön zu sein im Film«, schreibt sie Willy.

Bald danach wird die Produktion eingestellt.

Francine dreht das Radio an.

Cigares, cigarettes et blague à tabac, briquets, allumettes et pipe à papa, c'est un tic antique, un tic fantastique, le plus pathétique des tics ...

Singt lauthals mit. Singen hält jung. Im Spiegel ihrer Schminkkommode sieht sie die Zukunft: Sie wird erblinden. *Fumée parfumée, le plus pathétique des tics!* Sie lacht und heult. Egal. Sie wird wegen ihrer Filme unvergessen sein.

ROSI | Aussee

Es war danach nicht wirklich ruhiger. Weil der Krieg so viele Menschen aussig'rissen hat aus dem, was sie vorher g'wesen sind. Ich habe ja noch Glück g'habt, dass ich an einem Ort blieben bin, bleiben hab' dürfen. In Aussee haben sie nur im Hotel am See ein paar Lagergefangene untergebracht. Abg'magert, räudig, kaputt. Arme Kreaturen.

Während drüben in Gastein, hat's g'heißen, waren weitaus mehr Überlebende zur Erholung. Aus den Lagern oder Vertriebene. Bergluft ist ja heilsam. Oder in Ischl sind sie herumzogen. Die Hotels dort sind sowieso leer g'standen. Hat sich ja kein normaler Mensch leisten können. Viele von den Besitzern haben sich aufg'regt, haben lieber Touristen wollen. Keine Flüchtlinge. Aber es war eben keine Zeit für Urlaub.

Weil die Juden und die Politischen in den Lagern so schlecht behandelt worden sind, haben manche das z'rückzahlen wollen. Was ich ja verstehen kann. Aus Rache sind sie über die Apfelbäume herg'fallen, haben sich Birnen von den Ästen g'rissen, Zwetschken g'stohlen, Mundräuber. Oder sie sind ins Kaffeehaus, haben Torten und Kaffee b'stellt und nicht zahlt. Vielleicht haben sie einfach Hunger g'habt, haben was nachholen müssen. Im Lager haben sie ja nicht viel kriegt. Viele Hotelbesitzer haben aus den Zimmern g'räumt, was nicht niet- und nagelfest war. Teppiche, Lampen, Vorhänge, sie haben halbkaputte Betten vom Dachboden g'holt. Alles weglassen, was gemütlich ist. Das reicht für die Primitiven, haben sie g'sagt. Die kennen ja nicht einmal den einfachsten Benimm. Und wenn man was dagegen sagt, tun die so, als würden sie kein Deutsch verstehen.

Weil manche Überlebende haben so eine Mordswut

g'habt, nach dem was ihnen an'tan worden ist in den Lagern. Die haben die Stoffe auf den Sofas zerschnitten, obwohl das Sofa oder die Bettbank, wie wir sagen, ihnen nichts tan hat. Es hat eben denen g'hört, die es zulassen haben, dass so viele von ihren Familien umbracht worden sind. Und dann waren die Leute vom Dorf es den Juden neidig, dass sie von den Amerikanern besser versorgt worden sind als sie selbst. Die geben denen ja alles, was nur geht, hat's g'heissen. Mehr als uns, haben die Leute g'sagt. Die kriegen sogar Butter, Kondensmilch, Schokolade, Kaffee, Eier. Geschenkt. Einfach umsonst. Und dann verkaufen die, die früher im Lager g'sessen sind, den Einheimischen die Sachen schwarz. Ganz ungeniert. Für teures Geld. Das bringt natürlich böses Blut. Keinen Frieden.

Aber ich kann's mir schon vorstellen. Hab ja mit eigenen Augen zug'schaut, wie die Juden vertrieben worden sind im Achtunddreißigerjahr. Und was sie verloren haben. Das waren richtige Herrschaften, Opernsänger, Fabrikanten, Soubretten, Professoren, Dichter. Alle assimiliert. Und das sage ich jetzt nur ein einziges Mal und sonst nie wieder. Ich hab' die Namen von denen nie vergessen, die ihr Haus an die Nazi abgeben haben müssen. Ich erzähl das, weil's mir lieber wär, dass sie wiederkommen und dass die jetzigen Bewohner, die sich in den schönen Häusern einnisten, verschwinden. Ich wünsch mir, dass alles so ist wie vor dem Krieg. Mit vielen von denen Herrschaften habe ich mich gut verstanden. Die meisten sind nach Amerika, also die, die wegkönnen haben, die, die sich's leisten konnten, die, die vorsichtig genug waren, zur rechten Zeit zu reisen. Die anderen haben sie deportiert. Ich sag dir also ein paar von den Namen, vielleicht kümmert sich ja einmal einer drum:

Leopold Andrian-Werburg

Helene Benisch

Eduard und Friederike Brasslov

Artur Drach

Regina Engelsberger

Leonie Feitler

Hildegard Fröhlich-Feldau

Alice Haas

Markus Haijek

Berta Hammerschlag

Elsa Hatschek

Karoline Heller

Paul und Irene Hellmann

Josef Kohn

Theodor Kremenezsky

Erich Lenk

Yvonne Löwenberg

Siegfried Levissohn

Rosa und Alfred Mayer

Lilly Morawetz

Johanna Nemetschek

Adolf Pick

Melanie Popper

Hermine Relly und Sophie Schaar

Gustav Steger

Mitzi Stern

Rudolf Stiasny

Traudi Weißkopf

Einige von den jüdischen Herrschaften sind sicherlich tot. Zum Beispiel der Königsgarten, von dem hab' ich gehört, dass er umkommen ist im Lager. War ein feiner Herr. Ein fescher, sportlicher. Ein olympischer Fechter.

Andererseits ist die Elsa, meine Freundin, die Frau vom Pastor wieder auftaucht nach dem Krieg, obwohl sie ja für tot erklärt war. Das war vielleicht ein Schreck. Weil sie ist damals gar nicht in den See. Das war nur ein Trick. Sie hat das für ihre Kinder tan. Mich haben sie schön täuscht. Kurz nach der Kapitulation, da ist die Elsa mit ein paar Amerikanern zurück nach Aussee. In einem

Jeep. Ganz in Schwarz in Kostüm und Hut. Richtig elegant. Die Amerikaner haben sie heimchauffiert. Sie hat die ganze Zeit über, wo sie weg war, als Krankenschwester in Passau draußen g'arbeitet. Mit dem Ausweis ihrer toten Schwester ist sie nicht aufg'flogen. Ich habe mich g'freut, dass sie lebt. Vielen im Dorf war es aber gar nicht recht, dass sie wieder da war. Die waren der Elsa böse. Weil sie betrogen worden sind. Haben sie g'sagt. So eine Schwindlerin. Haben sie doch recht g'habt, dass die Frau vom Pastor keine Saubere ist, hat's g'heißen.

Sogar der Lehrer, der ihre Kinder derart malträtiert hat, dass sie nicht mehr zu Schule gangen sind, ist kurz vor Schluss beim Pfarrhaus auftaucht und wollt eine schriftliche Bestätigung, dass er sich nichts Schlimmes hat zuschulden kommen lassen. Einen Persilschein hat er kriegt vom Pastor. Viele haben das braucht, damit sie keine Schwierigkeiten haben, wenn die Amerikaner hier regieren. Keiner hat zugeben wollen, dass er die Elsa gequält hat. Alles Einbildung, hab'n die Leute g'sagt. Ihr Mann war natürlich froh, und erst die Kinder, wie sie auftaucht ist. Gleich haben alle so tan, wie wenn nie was g'wesen wäre, während dem Krieg. Wenn du nur was andeutet hast, sind sie fuchsteufelswild worden. Weil keiner hat sich erinnern wollen. Die Elsa hat weiter Angst. Weil was wird passieren, wenn die Amerikaner fort sind? Wer wird mir was nachtragen?, sagt sie. Die, die gegen sie g'hetzt haben, wohnen immer noch da. Vielleicht will sie doch nach Berlin, sagt sie. Aber Berlin ist kaputt. Nur mehr Ruinen. So sind wir Frauen nach und nach zu Schatten worden. Nur die Berge, die Steige, der See wissen was von uns und von unseren Gängen. Das Rückgrat kommt von die Fisch her, heißt es. Deswegen ist es so schwach. So wie die Berge früher unterm Wasser waren, so waren des auch wir. Und aufrecht gehen ist eine schwere Aufgabe für den Menschen.

Die Hermine muss ohne ihren Mann zurechtkommen. Dem, der ihn verraten hat, ist nie was passiert. Damit muss sie weiterleben, dass sie dem vielleicht jeden Tag übern Weg rennt, ohne dass sie das weiß.
Die Kathi, der sie die Werkstatt g'nommen haben, weil der Bürgermeister glaubt hat, er kann eine Riesenfirma mit Trachtenstoffen aufziehen, lebt irgendwo in Amerika. Ihr Mann ist längst tot.

Manches Mal fang sogar ich an zu vergessen, glaub' mir selber nicht mehr. Es muss ja weitergehen nach den schrecklichen Jahren. Da hilft keine Feindschaft. Egal, was passiert ist, wir müssen miteinander auskommen. Wir kleinen Leute können nicht einfach fort, wenn uns was nicht passt. Das musst du aushalten. Außerdem bin ich eine Frau, und die Männer haben sich g'schämt, dass sie sich weniger traut haben als ich. Obwohl ich so zart bin und mit meinem schlechten Fuß. Dadurch bin ich unverdächtig blieben. Ich will keinen in Verlegenheit bringen. Und mir nichts nachreden lassen. Die Rosi, die ist doch a Kummerl. Heißt es dann. Das ist das Ärgste.

Daher Schluss, aus, Ende. Ich erinnere mich nicht mehr. Zu den heiligen Zeiten setze ich meinen Goiserer auf, den dunkelgrünen mit einer hellgrünen Schnur aus Seide. Den habe ich mir g'leistet. Weil ich lass' mir nicht mehr anschaffen, was ich anziehen darf oder nicht. Das Kopftuch nehme ich zum Arbeiten. Weil putzt werden muss immer. Gleich wer regiert. Wenn wir alle den Mund halten, kommt es einem bald vor, als wäre nie was passiert. Nicht wahr? Weil auch die Berge stumm sind. Und der See schluckt eh alles hinunter.

DANK

Ich danke der Literar-Mechana Wien für die Forschungsaufenthalte in Altaussee und Grundlsee sowie für die Unterstützung während der Covid-19-Krise.

Ich danke Petra Schäfer und dem Deutschen Studienzentrum Venedig.

Ich danke Dominik Revertera für die Einsicht ins Familienarchiv Helfenberg zur Verwendung von Auszügen aus Ida Reverteras Tagebuch sowie von Dokumenten von und über Peter Revertera-Salandra.

Außerdem danke ich meinen Brüdern und Bärbel Brands.

QUELLENVERZEICHNIS

Akten und Handschriften der Bezirkshauptmannschaft Grieskirchen, Oberösterreichisches Landesarchiv: https://www.landesarchiv-ooe.at/fileadmin/user_upload/Dateien/Verzeichnisse/04_Mittelbehoerden/04-4_Bezirkshauptmannschaften_seit_1868/04-4-05_BHGR.pdf

Aleida Assmann: Der lange Schatten der Vergangenheit. Erinnerungskultur und Geschichtspolitik, München 2018

Ruth Beckermann: Der Igel, Videofilm, Filmladen Filmverleih, Wien 1985

Franz Severin Berger: Spione, Schwindler, Schatzsucher – Kriegsende im Ausseerland 1945, Bad Aussee 2014

Franz Severin Berger, Christiane Holler: Überleben im Versteck. Schicksale in der NS-Zeit, Wien 2002, darin: »Vom Untertauchen der Erna Thalhoff«, S. 133ff

Karin Berger et al. (Hrsg.): Der Himmel ist blau. Kann sein. Frauen im Widerstand in Österreich, Wien 1985

Arthur Birago: Die braune Zeit. Geschichten aus Grieskirchen, o. O. 2019

David P. Boder: Interview mit Nelly Bondy, Voices of the Holocaust, August 22, 1946, Paris, France: https://voices.library.iit.edu/interview/bondyN?search_api_fulltext=nelly%20bondi

Marcel Carné: Les enfants du paradis, Drama 1945

https://www.erinnern.at/

Dominique François: Femmes tondues : la diabolisation de la femme en 1944 : les bûchers de Libération, Coudray-Macouard 2006

Barbara Frischmuth: Einander Kind, Salzburg, Wien (u.a.) 1990

Arno Gruen: Der Fremde in uns, Stuttgart 2000

Martina Gugglberger: »Versuche, anständig zu bleiben« – Widerstand und Verfolgung von Frauen im NS-Reichsgau Oberdonau, in: Gabriella Hauch (Hrsg.): Frauen im Reichsgau Oberdonau. Geschlechtsspezifische Bruchlinien im Nationalsozialismus (Oberösterreich in der Zeit des Nationalsozialismus 5), Wien 2006

Martina Gugglberger: »Das hätte ich nicht gekonnt: nichts tun.« – Widerstand und Verfolgung von Frauen im NS-Reichsgau Oberdonau, in: Johanna Gehmacher und Gabriella Hauch (Hrsg.): Frauen- und Geschlechtergeschichte des Nationalsozialismus. Fragestellungen, Perspektiven, neue Forschungen. Einführungstexte zur Sozial-, Wirtschafts- und Kulturgeschichte 23, Wien 2007

Jutta Hangler: »Die Arisierung Bad Ischls macht Fortschritte ...« Die »Entjudung« von Liegenschaften am Beispiel eines oberösterreichischen Tourismusortes. Diplomarbeit, Salzburg 1997

Klaus Harprecht: Arletty und ihr deutscher Offizier. Eine Liebe zu Zeiten des Krieges, Frankfurt a. Main 2011

Nina Höllinger: Die Causa Löhner: Vermögensentzug (»Arisierungen«) an jüdischen Liegenschaften in Bad Ischl, Medienbegleitheft zur DVD, Wien 2011

Helmut Kalss: »Edith Hauer-Frischmuth – Eine ruhmlose Heldin?«, in: Raimund Bahr: Für Führer und Vaterland. Das Salzkammergut 1938 – 1945, Wien 2008.

Helmut Kalss: Widerstand im Salzkammergut – Neue Aspekte, 2005

Peter Kammerstätter: Materialsammlung über die Widerstands- und Partisanenbewegung Willi-Fred. Freiheitsbewegung im Oberen Salzkammergut-Ausseerland 1943-45, 2 Bde., Typoskript, Linz 1978.

Robert Kriechbaumer (Hrsg.): Der Geschmack der Vergänglichkeit: Jüdische Sommerfrische im Salzkammergut, Wien-Köln-Weimar 2002

Walter C. Langer: The Mind of Adolf Hitler: The Secret Wartime Report, New York 1972

»Man hat halt mit dem leben müssen«, Nebenlager des KZ-Mauthausen in der Wahrnehmung der Lokalbevölkerung, Endbericht eines Forschungsprojektes des Mauthausen Komitee Österreich, 2002, Projektleiter: Rudolf Kropf, Andreas Baumgartner

Alois Mayrhuber: Künstler im Ausseerland, Wien 1985

https://www.oeaw.ac.at/

Sepp Plieseis: Vom Ebro zum Dachstein. Neue Zeit 1946

Politische Landschaft, Kunst-Widerstand-Salzkammergut, Katalog zur Ausstellung, Graz 2015

Elisabeth Reichart: Heute ist Morgen. Fragen an den kommunistisch organisierten Widerstand im Salzkammergut. Phil. Diss., Salzburg 1983

Bericht des Grafen Peter Revertera-Salandra über den Aufbau einer Widerstandsbewegung im Raume Helfenberg im Mühlkreis, 13.4.1946., DÖW 2162, in: Widerstand und Verfolgung in Oberösterreich 1934 – 1945, Band 2, hrsg. v. Dokumentationsarchiv des österreichischen Widerstands

Gespräch mit Dominik Revertera
Notizen Ida Revertera, Archiv Familie Revertera, Helfenberg

Susanne Rolinek: Im Schatten von Hitlers Heimat: Reiseführer in die braune Topographie von Oberösterreich (einschließlich dem steirischen Salzkammergut), Wien 2010

Edward W. Said: Invention, Memory and Place, in: Critical Inquiry, vol. 26, Nr. 2, Chicago 2000

Schlie, Salzmann, Roithner, Schlüter, Novak: Katalog zur Sonderausstellung im Kammerhofmuseum Bad Aussee, 2014

Martha Schad: Stephanie von Hohenlohe. Hitlers jüdische Spionin, Stuttgart 2019

Jacques Semelin: Das Überleben von Juden in Frankreich 1940 – 1944, Göttingen 2019

Anton Strobl: Die Jahre im Heimatgau des Führers: eine regionalhistorische Dokumentation zur NS, o. O. 2013

Franziska Tausig: Shanghai Passage. Emigration ins Ghetto, 2., überarbeitete und erweiterte Auflage. Nachwort von Otto Tausig, Vorwort von Helmut Opletal, Wien 2007

The last Days of Ernst Kaltenbrunner: www.cia.gov./library/center-for-the-study-of-intelligence/kent-csi/vol4no2/html/v04i2a07p_0001.htm

Hellmuth Thomas (Hrsg.): Visionäre bewegen die Welt: Ein Lesebuch durch das Salzkammergut, Regensburg 2005
Gerhard Topf: Auf den Spuren der Partisanen. Zeitgeschichtliche Wanderungen im Salzkammergut, Budapest 1996.

unSICHTBAR. Widerständiges im Salzkammergut, hrsg. von Klaus Kienesberger et al., Wien 2008

Unter uns. Familienblatt des Lagers Crystal City, Texas 17. Juli 1943: https://foitimes.com/index_files/Crystal_City_TX_Camp.htm

Jörg von Uthmann: Eine Liebe in Frankreich. WELT 28.05.2011

Gudula Walterskirchen: Blaues Blut für Österreich. Adelige im Widerstand gegen den Nationalsozialismus, Wien 2000

Weg von hier. Wie erzählen wir es unseren Kindern. Ilse Mass: http://www.weg-von-hier/hallo-welt/

Wir haben uns bemüht, alle Rechte bezüglich der verwendeten Texte und Quellen zu klären. Sollten wir trotz intensiver Recherche etwas übersehen haben, bitten wir die Rechteinhaber, sich an uns zu wenden.

DIE AUTORIN

Foto: © Uta Tochtermann

SABINE SCHOLL

Geboren und aufgewachsen in Österreich, lebte und lehrte sie in Aveiro, Chicago, New York und Nagoya. Nach ihrer Rückkehr in den deutschsprachigen Raum unterrichtete sie Literarisches Schreiben in Leipzig, Wien und Berlin. Für ihre Romane und Essays erhielt sie zahlreiche Auszeichnungen. 2021 erschien ihr Essay *Lebendiges Erinnern – Wie Geschichte in Literatur verwandelt wird*. Sabine Scholl lebt und arbeitet in Wien und Berlin.